OEUVRES
D'ALEXIS BOUVIER
LE MOUCHARD
GRAVE PAR TREMEL...

MESSAGERIES DE LA PRESSE

24, rue de Lille,   PARIS   9, rue du Croissant.

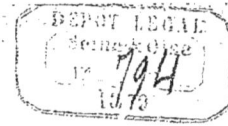

ŒUVRES
D'ALEXIS BOUVIER
LE MOUCHARD
GRAVÉ PAR TRÉMELAT
TREMELAT

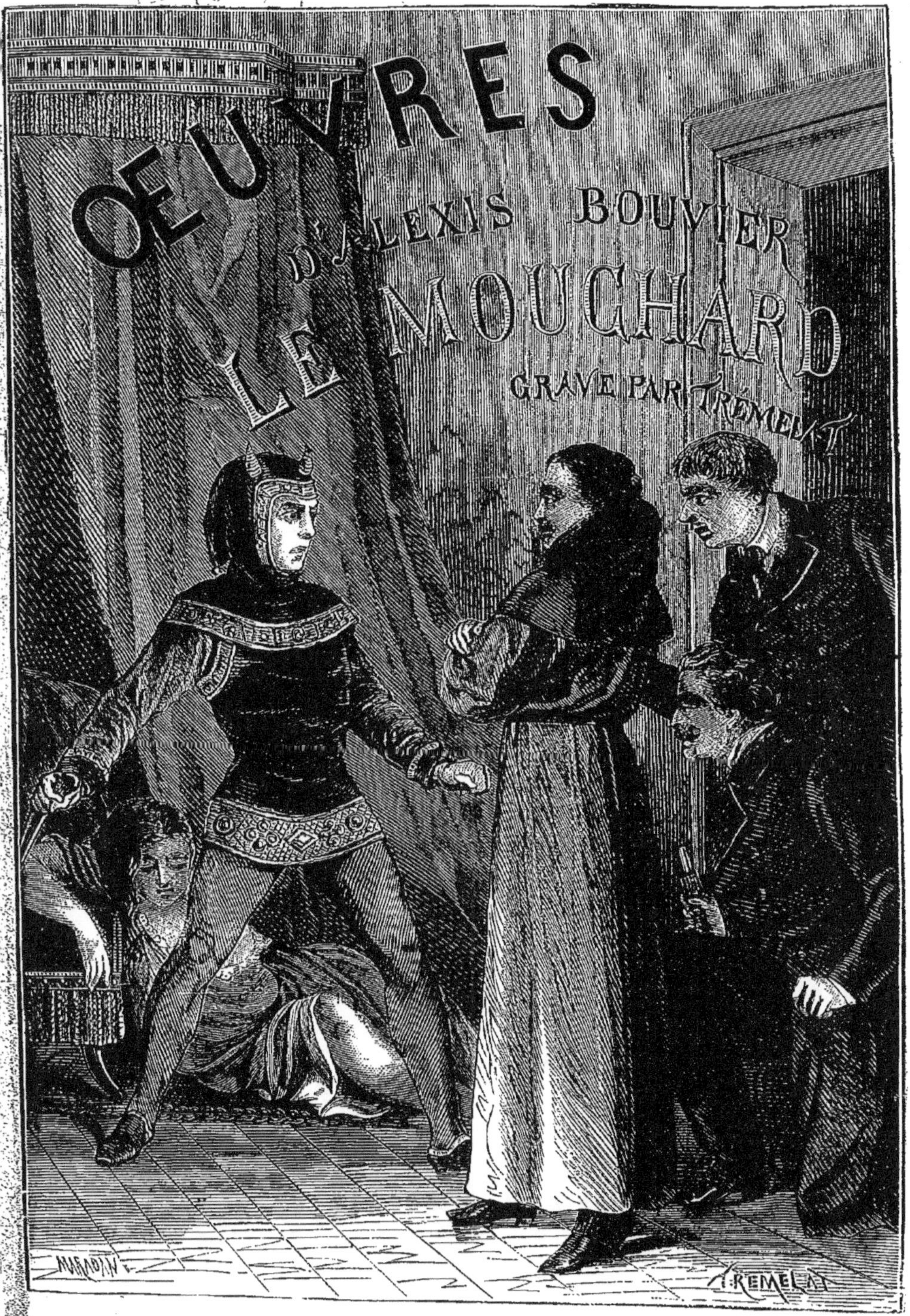

LE MOUCHARD

PREMIÈRE PARTIE

I

CE QUI SE PASSAIT UN SOIR DE DÉCEMBRE 1861

Il neigeait, et la bise âpre d'hiver sifflait dans les petits arbres des quais, soulevant en tourbillons les flocons glacés.

Le Rhône coulait sinistre, roulant ses flots impétueux dans la nuit sombre. Les rues, les quais étaient déserts ; quelques agents seulement, abrités sous les portes, battaient des semelles en maugréant contre le temps qui les glaçait. Lyon dormait, bercé par la grande chanson du vent.

Par ce temps affreux, par cette nuit noire, une femme, presqu'une enfant, à peine vêtue, se glissait le long des maisons du cours de Brosses, grelottant sous ses vêtements couverts de neige.

Elle s'arrêta devant une boutique fermée, à travers les volets de laquelle filtraient encore des rayons de lumière. Elle s'appuya un instant à la porte, et là, comme si elle faisait un suprême effort, elle frappa... doucement d'abord... On n'avait pas entendu. Elle frappa plus fort... Aussitôt la lumière s'éteignit.

La femme comprit qu'elle avait effrayé ceux qui veillaient encore après les heures réglementaires ; elle se pencha vers la serrure de la porte et dit :

— C'est moi, Clément.

Aussitôt, on entendit parler à voix basse dans le bouge, puis la porte s'ouvrit, et un jeune homme sortit. En voyant la femme qui, tremblante, sans parler, le regardait en suppliant, il dit :

— Ah ça! qu'est-ce que tu viens faire ici?... Y a-t-il du bon sens de sortir dans l'état où tu es... et à cette heure-ci... pour qui passes-tu?...

— Clément, je viens te chercher, tu joues, tu vas tout perdre comme le mois dernier.

— Qu'est-ce que c'est que ça!.. Tu sais que je n'aime pas ces façons-là, Jenny...

— Rentre avec moi à la maison...

— File vite d'abord, reprit le jeune homme d'un ton grossier... Tu verras bien quand je rentrerai... Il ne manquait plus que ça; tu vas prendre maintenant l'habitude de venir me chercher au café...

— Je ne reviendrai plus... mais rentre.

— En voilà assez... vite, et file.

— Oh!... Clément!...

— Veux-tu partir... Cré...

En voyant la colère de son mari, la jeune femme obéissante se hâta de regagner sa demeure, et Clément, maugréant et de mauvaise humeur, rentra dans le cabaret dont la porte se referma aussitôt.

Il alla reprendre sa place à une table entourée de trois personnes, et au bout de laquelle se tenait la maîtresse de la maison, une femme jeune encore, replète, la mine fleurie, l'œil brillant, dont le sourire plein de promesses s'adressait à tous.

Celui qui tenait les cartes, un beau garçon d'une vingtaine d'années, d'allure et de mine distinguées, dit à Clément, en le voyant rentrer :

— Voulez-vous jouer un dernier coup?

— Il est bien tard, messieurs, — dit la maîtresse de la maison, plutôt pour parler que pour engager sa clientèle nocturne à partir.

Le jeune homme tira sa montre et regarda l'heure; c'est avec peine qu'il put distinguer les aiguilles, l'ivresse naissante obscurcissait déjà sa vue...

Il dit enfin :

— Il est à peine trois heures ! Je ne pars qu'à quatre heures ; vous n'allez pas nous mettre à la porte par ce temps-là, et m'obliger à attendre à la gare, les pieds dans la neige.

— Certainement non !... mais ne faites pas de bruit.

— Voyons, monsieur Clément, voulez-vous votre revanche de cinq... louis ?

Clément ne répondit pas. Les dents serrées, il s'approcha d'une veilleuse placée sur le comptoir, il fouilla ses poches, et, tout pâle, rassembla avec peine une cinquantaine de francs, disant tout bas :

— Si je perds encore ça... je...

Il n'acheva pas et reprit haut :

— Je vous fais cinquante francs !

— Si vous voulez ! fit le jeune homme indifférent.

La maîtresse de la maison disait :

— C'est le dernier coup, vous savez, après ce sera le départ.

— Oui, oui ! Félicité... donnez-nous une bouteille de champagne... C'est moi qui l'offre... Je peux bien faire ça.

— Oui, vous en avez une veine, dit Clément en lui présentant les cartes.

Celle qu'on appelait Félicité était allée chercher la bouteille.

Les deux consommateurs s'étaient rapprochés pour voir le jeu ; le jeune homme, fouillant ses poches, disait :

— Mais je n'ai donc pas de billets de cinquante francs !

Il tira alors de la poche de son paletot un portefeuille dans lequel il fouilla et sortit une liasse de douze à quinze mille francs, dans laquelle il chercha un billet de cinquante francs.

Clément, pâle, les lèvres serrées, regardait la liasse ; ses regards en dessous lançaient des éclairs, il maugréa :

— Et ce sont toujours ceux-là qui gagnent !

La partie s'engagea ; le coup décisif était en train ; la sueur au front, Clément étudiait son jeu. On frappa à la porte.

Sur un : Chut ! de Mme Félicité, on fit silence, pendant que de sa main la commère dissimulait la lumière de la bougie... Clément entendit la voix de Jenny qui disait :

— Clément, c'est moi, viens, je n'ose plus rentrer à la maison !...

— Encore, fit Clément furieux, et posant ses cartes, il courut à la porte, l'ouvrit, et la main levée, il cria :

— Veux-tu ficher le camp... et rentrer à la maison, ou je te reconduis avec ma botte...

— Clément, il faut vivre le mois... pense au petit, vois, tu vas perdre encor... c'est...

— Veux-tu...

On entendit le bruit d'un soufflet.. suivi de sanglots, puis ces mots :

— Oh ! c'est mal !... c'est mal !...

Clément, furieux, le sourcil froncé, rentra après s'être assuré que Jenny s'éloignait, en disant :

— C'est elle qui me porte la guigne...

— Oh ! les femmes, dit un des consommateurs, quelle plaie !

Clément avait pris ses cartes, son adversaire venait de regarder son jeu et disait en l'étalant :

— C'est vrai, monsieur Clément, vous avez encore perdu, et, riant, comme un homme ivre, il ajouta : — Malheureux au jeu, heureux en femmes !

Clément, inerte, l'œil fixe, atterré, regardait les cartes ; il était livide... Son adversaire ramassait l'argent en disant :

— Nous partons, Félicité ! Dites donc, Clément, vous allez me reconduire.

Clément leva la tête, et d'une voix étrange, il répondit :

— Oui, Gaston... Oui, je vais vous reconduire...

Quelques minutes après les quatre consommateurs étaient dehors, grelottant dans la neige. Ceux qui n'avaient pas joué dirent :

— Nous partons vite, au revoir... et bon voyage. Nous allons du côté des Brotteaux.

— Vous me reconduisez à Perrache, Clément, dit le jeune homme, saisi par le froid et tout à fait gris, s'appuyant sur les volets pour ne pas tituber.

— Je ne vous quitte pas, répondit Clément.

Les deux hommes s'éloignèrent, et celui qu'on avait appelé Gaston s'accrocha après le bras de Clément en disant :

— Ah ! mon cher, une fois dans le train, quel somme... L'air m'a fini... je suis gris comme un sacristain...

— Marchons et faites attention, ça glisse.

Les deux hommes descendirent le cours de Brosses.

Arrivés devant la rue de Béarn qui, dans la nuit, semblait s'ouvrir comme un gouffre, Clément regarda autour de lui.

La rue de Béarn est étroite, on y descend par un escalier roide, ayant douze ou quinze marches ; à cette heure, et par le temps, les marches étaient invisibles sous la couche de neige qui les couvrait. C'était un chemin dangereux. Clément qui guidait son compagnon, l'amena près des marches : ayant regardé autour de lui, certain d'être seuls, d'un brusque coup d'épaules, il jeta Gaston dans la rue ; celui-ci, étourdi du choc imprévu, alla tomber la tête en avant jusqu'au bas de l'escalier ; là, brisé par la chute, il resta inerte.

Clément regarda encore autour de lui, il était bien seul ; vivement alors, mais avec précaution, il descendit les marches, et se précipita sur son compagnon ; celui-ci, croyant qu'on venait lui porter secours, convaincu que sa chute n'était qu'un accident, se souleva avec peine, disant d'une voix avinée :

— J'en ai piqué une tête... aidez-moi, je manquerais le train...

— Tu vas faire un autre voyage, dit alors Clément, en saisissant à la gorge celui qui se livrait plein de confiance. Sentant les doigts qui l'étranglaient, comprenant le guet-apens dans lequel il était tombé, Gaston se dégagea, cherchant à se redresser pour se défendre. Mais, avant d'être relevé sur son coude, il sentit comme un coup de poing qui lui frappait l'estomac, et il retomba inanimé.

Clément lui avait plongé son couteau dans la poitrine !

Il faisait froid, avons-nous dit, et la neige tombait dru en tourbillonnant sous les rafales d'un vent glacé ; et cependant, penché sur sa victime, l'œil démesurément ouvert, Clément avait le front couvert de sueur. Ses cheveux moites fumaient ; une buée s'échappait de son corps brûlant.

Une grande minute il resta ainsi, regardant sa victime inanimée, puis sa main rouge qu'il lava dans la neige; et, se penchant encore sur le cadavre, il ouvrit le paletot : alors, tremblant, il fouilla dans la poche et prit le portefeuille... Il regarda autour et au-dessus de lui, la neige l'aveuglait. Ne voyant personne, il allait fuir, lorsque, prenant une résolution, il pensa :

— Nous sommes sortis ensemble de chez Félicité : en trouvant son corps demain là, je risque d'être pris, tandis que, le corps disparu, personne ne s'en occupe... puisqu'il n'est pas d'ici... et qu'il partait ce soir par le train...

Clément se baissa, glissa un mouchoir sur la blessure et boutonna le paletot. Tout à coup il crut entendre du bruit, il eut la pensée de fuir, mais, se domptant, il resta, et avec une facilité qui dénonçait une force prodigieuse, il prit le corps de son compagnon par le bras, le dressa et, le tenant debout appuyé sur lui, la tête inerte penchée sur son épaule, il l'emporta en disant :

— Allons, Gaston, tenez-vous donc... ou vous manquerez le train... C'est l'air qui vous a mis dans cet état.

Et il marcha vers les quais, emportant le cadavre... et ainsi... les passants... s'il y en avait eu à cette heure... auraient parfaitement pu croire, en voyant le groupe, qu'un ami complaisant reconduisait chez lui son compagnon ivre-mort.

Il ne s'était pas trompé, cependant. Lorsqu'il s'était précipité sur son ami, Jenny, qui, jusqu'ici, s'était blottie sous une porte, croyant qu'ivres, les deux hommes avaient glissé, avait couru à leur secours... elle s'était cachée aussitôt en voyant, dans le clair-obscur de la nuit neigeuse, son mari qui dévalisait son ami.

Tremblante, sans voix, elle regardait en refusant de croire ce qui se passait devant elle.

Il semblait que les éléments déchaînés prêtaient leur ombre au crime. Jenny s'effaçait le long du mur, regardant, épouvantée, le forfait qui venait d'être commis. Elle voyait et elle se refusait à croire, elle voulait encore se persuader qu'il n'y avait là qu'un accident; son mari un voleur ! un assassin ! c'était impossible. Lorsqu'elle vit Clément redresser le corps, lorsqu'elle l'entendit parler à haute voix à sa victime, elle respira, elle s'était trompée.

Cherchant de son regard perçant si, au plus loin où s'étendait sa vue,
personne ne l'observait. (Page 10.)

Son mari ivre accompagnait son ami plus ivre que lui : ils étaient
tombés tous les deux.

Clément, plus prudent, plus raisonnable, avait pris le portefeuille de
son ami afin que celui-ci ne le perdît pas. En arrivant au lieu où il le
conduisait, il lui rendrait les valeurs. Plus tranquille, après avoir construit ainsi en une seconde la scène à laquelle elle avait assisté, Jenny

2

respira, et se dissimulant dans l'ombre, suivant les murs, se cachant dans les encoignures des portes, évitant d'être vue et d'être entendue, elle suivit son mari.

Clément soutenant le corps, suant du fardeau, de l'émotion et de la situation, passa au milieu des squares du quai de la Vitriolerie, et après avoir regardé autour de lui, il traversa les quais déserts. Quelques voitures de maraîchers passaient sur le pont de la Guillotière, mais les pauvres diables qui les conduisaient, prudemment blottis sous la bâche, se pelotonnaient en soufflant dans leurs doigts, les lanternes jetaient une lumière rouge et sans rayons sur la neige.

Arrivé près de la berge, l'escalier étroit et roide du bas-port ne permettant pas à deux hommes de descendre de front, Clément s'arrêta, il appuya sa victime sur le parapet, puis, certain de ne pas être observé, il laissa glisser le corps sur la berge de pierres lisses si peu inclinée qu'elle semble presque à pic.

Le cadavre descendit rapidement et alla s'affaisser sans bruit dans la neige épaisse. Clément descendit à son tour, et s'accroupit quelques minutes près de sa victime, restant immobile, et cherchant de son regard perçant si, au plus loin où s'étendait sa vue, personne ne l'observait. Le bas-port était désert, les parapets des quais et du pont étendaient leurs lignes noires dans l'horizon gris de neige. Le Rhône, mugissant, brisait ses lames écumantes sur la moise : le vent hurlait en s'engouffrant dans les arches.

De l'autre côté du quai, Jenny, cachée derrière un kiosque, avait vu le groupe traverser la chaussée. Étonnée, puis épouvantée, elle avait vu les deux hommes se diriger vers le petit escalier : le premier était descendu, le second l'avait suivi aussitôt.

L'idée du crime n'était plus dans le cerveau de la jeune femme.

Elle ne voyait qu'une chose, deux ivrognes, desquels peut-être il était utile de surveiller les dangereuses excentricités.

Se trouvant de l'autre côté du quai, le parapet lui avait masqué toute la scène.

Elle n'avait pas vu la façon sommaire avec laquelle l'un d'eux avait, en homme qui sait vivre, fait passer son compagnon le premier. Elle se demandait ce que les deux pochards allaient faire sur le bas-port.

Elle courait pour traverser le quai... et s'arrêta tout à coup... on la suivait.

Elle eut peur et se retourna.

C'était un agent de police. Rassurée, elle alla jusqu'au parapet... il la suivit... elle s'arrêta et l'agent dit :

— Qu'est-ce que vous faites à cette heure-ci?...

— Mais... monsieur, j'attends mon...

En disant ces mots, elle avait jeté les yeux sur le bas-port du côté du pont...

Elle allait désigner ceux qu'elle avait suivis; l'œil hagard, la bouche ouverte, elle se tut devant l'agent stupéfait.

C'est que le tableau que la malheureuse femme avait devant les yeux était véritablement foudroyant; elle se taisait, parce qu'elle ne pouvait montrer ce qu'elle voyait, le crime s'étalait à ses yeux. Sous l'arche du pont, dans l'ombre, son regard, habitué à la nuit, voyait son mari traînant par les pieds le corps de sa victime. Ce n'était pas un ivrogne s'appuyant sur un ami, c'était un assassin qui courait au Rhône pour y cacher le secret de son crime.

Jenny ne pouvait livrer son mari, le père de son enfant. Elle restait inerte, sans force, sans voix. Il lui semblait que sa pensée s'envolait : elle ne voyait plus, n'entendait plus... Il y avait sur sa face une grimace qui voulait être un sourire pour tromper l'agent, et qui déjà paraissait être la crispation nerveuse de la folie naissante.

L'agent reprit menaçant :

— Enfin, qu'est-ce que vous faites à cette heure et qui attendez-vous?... Je la connais, celle-là?

Jenny avait le bras tendu vers son mari... l'assassin!...

Une minute encore, elle livrait le misérable à la justice. Son bras retomba, inerte, le long de son corps : elle ne trouvait pas un mot à répondre à l'agent. Celui-ci lui dit :

— Vous savez bien qu'à cette heure vous devriez être rentrée. Il faut vraiment avoir le diable au corps pour sortir d'un temps pareil... Allons, file vite... Je te laisse pour aujourd'hui...

Jenny comprit alors la méprise de l'agent. Le rouge lui monta au visage, mais le mieux était d'éviter toute explication. Elle se hâta de partir.

L'agent, en regagnant son abri sous une porte d'allée, disait :

— La pauvre diablesse, il faut qu'elle ait bien besoin pour faire son métier par ce temps-là...

Pendant que l'agent, lui tournant le dos, traversait le quai, Jenny avait marché une vingtaine de pas jusqu'au second escalier; là, se pelotonnant pour n'être pas vue, elle s'était cachée derrière les caisses placées sur le quai et avait vu s'achever le drame.

Son mari avait traîné le corps de Gaston dans l'ombre du pont, près du bord; là, il avait poussé le cadavre et l'avait roulé jusqu'au Rhône. En voyant le corps tomber, Jenny avait jeté un cri d'horreur. Malgré le vent, malgré les mugissements du fleuve, Clément avait entendu, il avait regardé autour de lui épouvanté; ne voyant rien, mais certain d'avoir été aperçu, il ne pensa qu'à fuir. Il jeta dans l'eau son couteau sanglant, appuya sa main sur sa poitrine pour s'assurer que le portefeuille y était encore, son regard chercha si rien ne flottait dans l'écume blanche du Rhône.

Rien! la victime avait disparu.

Clément courut aussitôt tout d'une traite jusque chez lui, rue d'Aguesseau; la porte était entr'ouverte; avant d'entrer, il regarda encore s'il avait été suivi. Ne voyant rien jusqu'au plus loin où son regard s'étendait, il entra, attendit quelques minutes derrière la porte, la tête penchée, écoutant attentif... Rien! il ouvrit doucement, regarda encore dans la rue, personne!

Certain, cette fois, de n'avoir pas été suivi, il respira bruyamment, et monta en se disant :

— Je vais montrer à Jenny un billet de banque, et tout sera oublié... pauvre petite!...

Puis la scène qui venait de se passer lui traversa le cerveau, et un frisson lui courut dans le sang. Il se hâta de gagner son logement, il entra, et vit qu'il y avait encore de la lumière dans la chambre à coucher.

— Elle ne dort pas!...

Il entra, et évitant de regarder le lit, il se dirigea vers un berceau placé devant la cheminée et dans lequel un petit enfant de quatre ou cinq mois était endormi ; il se pencha sur le petit être et l'embrassa doucement, puis, souriant, il tourna sa tête vers le lit, s'apprêtant à demander pardon de sa grossièreté...

Le lit était vide !

Il resta d'abord stupéfait, puis il fronça le sourcil, une effrayante pensée lui traversait le cerveau.

— Est-ce que Jenny l'avait suivi ?

Il haussa aussitôt les épaules ; il avait trop souvent regardé autour de lui pour n'être pas assuré qu'on ne l'avait point suivi. Jenny était simplement retournée au cabaret du cours de Brosses pour l'obliger à rentrer. Il en fut satisfait... il avait ainsi le temps de réparer le désordre que le crime avait amené dans sa toilette ; il changea de linge, se lava les mains, et, après avoir caché le portefeuille qu'il avait volé, il se coucha.

Le sang-froid du misérable était tel que le calme lui était revenu ; il souriait, il oubliait le crime, pour ne penser qu'à l'aisance qu'allait amener l'argent volé.

Tout entier à cette pensée, et las de la lutte, il s'endormit, comme le juste après une journée laborieuse, — calme, heureux, souriant à ses pensées, rêvant d'avenir...

Le cadavre froid roulait dans le Rhône...

Il dormait heureux, lui !... Sa jeune femme, frissonnante, grelottait dans la neige..., dans sa situation de jeune mère, c'était peut-être une mortelle imprudence ; il la croyait à la porte du bouge attendant, patiente... il souriait et il pensait :

— Ça lui servira de leçon.

Et Clément s'endormit.

II

OU LE LECTEUR REVIENT VOIR CE QUI SE PASSAIT PAR CETTE NUIT DE DÉCEMBRE.

Avant d'aller plus loin, retournons vers la jeune femme que nous avons laissée presque folle d'épouvante, de terreur et de honte, sur le bas-port du quai de la Guillotière; nous croyons devoir présenter au lecteur l'admirable enfant, la jeune mère dévouée qu'il n'a fait qu'entrevoir dans le premier chapitre. Jenny, la blonde Nini, était une adorable créature, que l'amour et la fatalité avaient jetée dans les bras du misérable que nous avons laissé endormi, l'attendant.

Jenny était bien faite pour inspirer l'amour. A l'époque où notre histoire commence, jeune épouse et jeune mère, elle n'avait pas encore dix-huit ans.

C'était bien la femme la plus agréable à voir, la plus digne d'affection, et c'était surtout la plus méritante de respect. Grande et robuste, absolument gracieuse, fine de lignes, souple et presque élégante d'attaches, le regard la suivait ravi, découvrant, à mesure qu'il s'attachait sur elle, des grâces nouvelles.

Le corsage opulent se liait admirablement à ses épaules superbes. La gorge un peu forte — Jenny, jeune mère, nourrissait son enfant — ne pesait pas trop sur la taille longue, mais d'un modèle puissant. La santé, la vie, le désir couvaient sous la peau chaude de teint, mais fleurie, veloutée, diaphane.

Sous le front, un peu bas peut-être, les yeux bruns paraissaient noirs, à cause de l'ombre de ses cils bruns. Le nez fin était légèrement relevé comme pour mieux montrer des narines roses qui se dilataient à chaque impression, un nez gai; la bouche, magnifiquement garnie d'une double rangée de perles nacrées, était pleine d'esprit et de sourire. La raillerie jouait dans les fossettes qui animaient ses joues. Les oreilles, trop petites comme de fins coquillages, étaient d'un rose transparent. La ligne du visage s'encadrait merveilleusement dans sa chevelure opulente, chevelure de soie, d'un blond unique, dont l'éclat et le brillant faisaient plus valoir encore sa pittoresque beauté.

Jenny était belle, très-belle...

Les poudres, les onguents, les fards, les pâtes, les mastics n'avaient jamais flétri ce teint superbe de santé.

Nini, comme on la nommait à quinze ans, n'avait jamais gâté ni sali sa beauté saine par le maquillage.

Jeune, on l'avait jetée au premier homme qui était venu la demander en mariage ; on avait hâte de la marier : la fin de cette histoire nous dira pourquoi.

Jenny, au reste, entraînée par la chaleur de son sang, s'était bien vite grisée d'amour au regard brûlant du beau Clément ; elle était trop jeune pour opposer la raison à ses désirs ; c'était le premier homme qu'on lui permettait de regarder. Il était beau, elle l'avait aimé, on lui avait dit que c'était l'homme qu'il lui fallait, elle l'avait épousé...

Et Clément l'aimait, et c'était un heureux ménage, consacré doublement par la naissance d'un fils adoré... un ménage duquel on disait :

— Ils ont l'avenir devant eux, ils seront heureux, ils s'aiment, ils sont travailleurs...

Les filles qui avaient mal tourné disaient en voyant Jenny :

— Elle a de la chance, elle !

Les jeunes gens disaient :

— Il n'a pas à se plaindre, lui...; il a une belle fille, travailleuse et femme de ménage...

Le soir même on l'avait dit, et la malheureuse femme était accroupie dans la neige, se domptant pour ne pas perdre connaissance, lorsqu'elle avait vu son mari précipiter le corps de son compagnon dans le Rhône. Malgré elle, elle avait jeté un cri et était restée la bouche ouverte, terrifiée, craignant d'avoir été entendue, d'avoir donné l'éveil à l'agent qu'elle savait être posté sur le quai.

Elle avait vu le corps tomber, son mari prendre la fuite. Sans raison, sans avoir conscience de ce qu'elle faisait, elle courut aussitôt vers l'endroit où il avait précipité sa victime dans l'eau.

Elle tomba à genoux terrifiée ; les mains jointes et comme prête à prier sur une tombe, le regard fixé sur le Rhône.

Tout à coup, il lui sembla voir au-dessous d'elle de plus forts bouillonnements. Elle baissa les yeux et, épouvantée, elle vit sur la moise de la berge, c'est-à-dire au bas du talus, sur la lisse de pierre au milieu de laquelle on a creusé le lit du Rhône, elle vit le corps à demi submergé de la victime de son mari.

Les flots impétueux roulaient le corps sans le porter au large, elle le suivit à genoux dans la neige, ne sachant ce qu'elle allait faire... puis elle s'arrêta étonnée...

Le corps glissait sur l'eau, roulant toujours, mais sans disparaître.

Il lui sembla même que le cadavre se redressait sur le fleuve.

Était-ce une hallucination ?

Elle le voyait flotter à la surface, puis, tout à coup, s'arrêter presque devant elle ; en étendant le bras elle l'aurait touché.

Jenny eut peur, elle se recula.

Tremblante, muette, elle regardait ce corps qui semblait l'attirer : le cadavre poussé par le remous venait vers elle, elle sentit un froid mortel se glisser dans ses moelles pendant qu'une sueur froide perlait à la pointe de ses cheveux.

Dans la clarté de l'aube naissante, dans le blanc-gris de la neige, elle voyait la figure calme et douce de la victime, le bras sous lequel Clément l'avait porté était resté tendu, et il s'était raidi.

Il semblait à Jenny que ce bras se tendait vers elle. Comme le noyé qui va disparaître et dont une dernière fois la main sort de l'eau pour chercher une aide, le bras de Gaston s'étendait vers Jenny pour lui demander du secours.

Jenny, éperdue, affolée, prise d'une superstitieuse terreur, inconsciente de ce qu'elle faisait, croyant voir le cadavre s'animer, obéit à l'appel, elle se traîna jusqu'à lui, elle tendait ses doigts brûlants de fièvre au mort, la main glacée de Gaston serrait la sienne, épouvantée de l'étreinte, croyant que l'esprit en dessus de la matière agissait, croyant aux sottises d'une éducation de femme dirigée par les prêtres, croyant que l'âme, vengeresse du corps, voulait l'attirer à elle, dans le gouffre, pour punir le crime de son époux.

Jenny se rejeta en arrière, mais le cadavre obéit à l'impulsion et tomba près d'elle sur la moise ; terrifiée, elle voulut crier, la voix s'éteignit dans sa gorge, elle poussa un soupir et tomba sans connaissance.

Ce qui venait de se passer était cependant bien simple ; au-dessous du bas-port des quais, le fleuve est bordé par une espèce de moise. Nous n'employons pas le mot juste, mais il est le tableau exact de ce que nous voulons dépeindre.

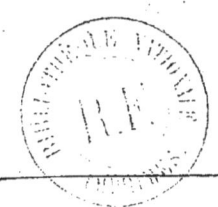

Le solide gaillard avait pris sur son épaule, etc. (Page 20.)

La moise d'un pont se compose des charpentes liées entre elles, au milieu desquelles on coule du ciment et sur lesquelles on bâtit les piliers des arches ; la moise est aussi la ligne de charpentes qui relient les terres du lit d'un fleuve. Dans le cas où nous l'employons, la moise a cê but, elle est de roche ; on peut faire ainsi, lorsque le Rhône est à sa hauteur ordinaire, deux ou trois pas dans l'eau sans en avoir au-dessus de la cheville.

3

Ce jour, l'eau était basse; le corps de Gaston, précipité par Clément, était tombé dans la neige, les pieds dans l'eau.

Les vagues énormes, sous le pont, par les basses eaux, le chassaient de leur écume. D'abord ébranlé, le cadavre du malheureux se trouva ensuite secoué, puis entraîné; on aurait pu croire alors qu'il allait être poussé au large; point : il roula sous l'effort de l'eau en ligne droite jusqu'à l'avant du bateau à lessive.

Nos lecteurs comprennent que le corps de Gaston était tombé sur les chaînes qui attachaient le bateau à un anneau du quai, et poussé par les flots, il se trouva tout à coup presque à l'avant du bateau, absolument immergé et le bras sur la moise.

Nous avons dit que Jenny avait perdu connaissance; mais cette syncope ne dura que quelques minutes.

Revenant à elle, couchée sur la neige qui tombait à gros flocons, entendant gronder le Rhône, elle fut quelques secondes à se souvenir; elle regarda près d'elle, et, en voyant le corps, tout ce qui s'était passé dans la nuit lui revint à la mémoire.

Elle passa sa main libre sur son front pour écarter ses cheveux mouillés, elle secoua sa tête d'un mouvement léonin, puis, prenant une décision, la courageuse enfant arracha sa main des doigts crispés de la victime, et plus raisonnable, comprenant qu'il n'y a de surnaturel, de miracle, que pour les faibles ou les niais, elle commanda à sa faiblesse, elle força sa volonté, elle voulut savoir.

Elle se pencha sur le corps de Gaston, ouvrit son paletot boutonné, et, méprisant toute fausse pudeur, elle glissa la main sur son cœur... le cœur battait; elle prit le poignet... le pouls battait la fièvre. Décidée, courageuse, retrouvant ses forces, elle se leva aussitôt: le jour allait poindre, elle courut sur la passerelle du bateau (*de la plate* [1]) à travers les planches duquel un rayon lumineux venait de percer. C'était le couleur de lessive qui se levait.

Elle frappa, et l'on répondit aussitôt de cette bonne voix à moitié surprise, dans le patois du vrai Lyonnais :

----

[1]. On nomme ainsi à Lyon les bateaux à laver qui sont sur la Saône et sur le Rhône,

— C'est pas Guieu possible, y a pas de bon sangue à venir à cette heure. Tu n'as donc ben envie de travailler, ma mie :

— Vite, vite..., par grâce, au secours ! répondit Jenny, d'une voix sourde.

Au secours ! c'est un appel auquel tout vrai Lyonnais, riverain du Rhône, ne peut rester sourd.

La porte s'ouvrit aussitôt et le couleur de lessive parut à peine vêtu.

— Eh ! ma mie, où qu'il est donc ?...

Et, malgré la neige, le froid glacial, le Lyonnais cherchait sur le Rhône celui qui réclamait son appui ; il troussait machinalement les jambes de sa cotte pour se jeter à l'eau.

Jenny lui dit à mi-voix :

— Tenez, le voici.

Et elle montrait le corps de Gaston, que le courant avait repris et entraîné, et qui se trouvait à moitié engagé sur les chaînes du bateau, et dont les bras touchaient presque la moise.

— Eh ! z'enfants, faut n'avoir bien envie de se neyer pour petafiner dans l'eau par ce temps de chien... Tends un peu, ma mie, Ripal y va te trouver.

Et, tout en parlant, Ripal courait pieds nus sur les bords du bateau ; il se dirigeait adroitement sur les chaînes d'amarre et, se cramponnant solidement d'une main, il se laissa glisser en-dessous ; de son autre main, il saisit le corps.

Jenny regardait, haletante, le brave homme se dévouer au sauvetage. Elle tremblait non plus seulement pour celui qu'elle voulait sauver, mais aussi pour le solide gaillard qui jouait sa vie en cherchant à sauver son semblable. C'est que la situation avec laquelle Ripal, calme, paraissait se jouer était terrible. Pendu d'une seule main, au-dessus du fleuve mugissant, à l'avant du bateau sur lequel l'eau bouillonnait impétueusement, ses pieds nus, croisés sur la chaîne, le soutenaient. Un faux mouvement, et il glissait avec son fardeau pour disparaître sous le bateau.

Jenny, voyant la difficulté qu'éprouvait le brave homme à revenir, sauta sur la moise, saisit le bras du malheureux et l'attira à elle ; débarrassé de son fardeau, Ripal se redressa, et, avec l'adresse d'un acrobate, marcha sur les chaînes et sauta sur la moise. Il se pencha aussitôt sur le corps.

— Eh! bon Guieu, il ne buge pas, le gône!

— Aidez-moi, dit Jenny suppliante, à le mettre à l'abri... et peut-être nous le sauverons.

— T'u sais donc pas où que tu demeures, ma mie?

— Ah! si! mais nous ne pouvons pas rentrer!

— Ah! dit le couleur de lessive en regardant un instant la jeune femme, c'est d'zaffaires d'amour... y s'a voulu défaire à cause que tu l'aimes pas.

— Oui! oui, c'est cela, répondit Jenny, heureuse d'avoir une raison à donner. Aidez-moi à le sauver.

— D'abord, ne faut pas le laisser là... faudrait y ravigoter le gigier et l'estome! y va se geler. S'agit pas, ma mie, de s'ébarliauder dans des cancorneries, mais de le ravigoter... J'ai là ma cambuse, dans le fond d'une cour, sur le quai, que je mets mes affutiaux, portons-le là.

Ripal se baissa et lui prit les épaules. Jenny essaya de lui prendre les pieds, mais la force lui manqua.

— Tends un peu, la petiote, dit Ripal; t'as de trop petites mains pour porter de gros corps... Tiens, ma mie.

Et, en disant ces mots, le solide gaillard avait pris le corps de Gaston dans ses bras, et, le plaçant sur son épaule, il remonta sur le bas-port.

— Suis-moi, ma mie; je te conduis.

Jenny, tremblante, le suivit, regardant si les agents n'étaient pas aux aguets.

Il neigeait toujours, mais l'aube naissait; cependant tout était désert. Ripal, portant le corps, remonta la berge, puis traversa le chemin de la Vitriolerie sans rencontrer personne; il entra, suivi de Jenny, dans une maison voisine de la rue d'Aguesseau, et, ayant traversé la cour, il porta la victime dans un hangar qui servait de magasin. Il coucha le corps de Gaston sur de la paille, entre deux touries, alluma une lanterne et, s'adressant à Jenny, il lui dit :

— Maintenant, frictionne-le un peu, ma mie, du moment que respire, il n'y a pas de danger..., tu le sauveras... Ah! le gône, je comprends que se tue pour une pareille frimousse, seulement, par un autre temps. Attends que je lui tape dans les mains.

Et joignant l'action à la parole, Ripal écrasait à grands coups de ses mains, larges comme des battoirs, les mains fines du jeune homme qui, revenu à lui et essayant de les retirer, gémissait, se croyant encore sous les coups de son assassin :

— Grâce ! ne me martyrisez pas.

— A z'enfants, disait Ripal, joyeux et en tapant plus fort, ça le fait revenir : c'est bon ça... ça te fait de bien, ma mie...

Jenny avait hâte de se trouver seule avec celui qu'elle venait d'arracher à une mort certaine ; et quand Ripal, essoufflé d'avoir frappé, dit :

— Ma mie, je vais te laisser, maintenant il va mieux. Je vais aller à mon feu, et je reviens sitôt et te lui apporte un peu de lichade pour le remettre.

Elle s'empressa de répondre :

— Oui, monsieur, allez à votre ouvrage, merci de votre dévouement... et quand vous allez revenir il vous remerciera lui-même.

— De dévouement, y en a pas... il prenait un bain trop froid... je lui ai empêché, voilà... y fais pas de méchanceté, la mie, y sera content...

— Merci !... dit encore Jenny en lui prenant affectueusement les mains.

— Et y g'na pas de quoi, que je te dis, à tout à l'heure.

Et Ripal, toujours pieds nus, courut dans la neige pour retourner à la plate, en disant :

— Vrai de vrai ! moi je dis que gn'a de gônes que z'ont la cervelle petafinée pour mieux aimer par des temps comme ceusses-là se coucher dans le Rhône que près de frimousses comme la mie... la, ah, z'enfants ! qué j'en voudrais bien une comme ça pour me tenir le plat à barbe.

Et il éclata de rire.

Pendant ce temps, Jenny, penchée sur le corps de Gaston, épiait ses moindres mouvements ; lorsque Ripal était parti, elle avait lavé la blessure, et, sentant le cœur, dont les battements étaient réguliers, elle avait espéré que le couteau ne l'avait pas atteint. Elle avait pansé la plaie, le sang était sorti rouge, sain; elle l'avait alors tamponné avec son mouchoir. Elle avait terminé le pansement, et elle refermait le gilet qui maintenait les linges, lorsque, relevant la tête, ses yeux rencontrèrent ceux de Gaston.

Il était revenu à lui, il regardait la jeune femme, cherchant à s'expliquer comment et pourquoi il était là. Jenny eut un mouvement; d'une voix faible le blessé lui demanda :

— Qui êtes-vous, mademoiselle?

Jenny le regardait, l'écoutait et ne répondait pas, une seule pensée occupait son cerveau : Il vit !

Le jeune homme demanda encore :

— Où suis-je ici?

— Ici, répondit-elle, vous êtes à l'abri, chez des amis qui veulent vous sauver.

Gaston regarda celle qui lui parlait à la lueur de la lanterne; il vit cet admirable visage que nous avons dépeint; il répondit par un sourire au regard plein de douceur et de compassion de la jeune femme qui l'avait sauvé.

Gaston était un beau gaillard, élégant d'allures, de manières et de langage, solidement bâti, aux épaules larges, au cou fort, aux jambes solides, il avait de vingt à vingt-cinq ans, gentil garçon, des cheveux blonds, des yeux noirs, un nez fin, à peine busqué, une bouche étroite et un peu lourde, pleine de bonté; une barbe rousse, toute jeune, douce comme de la soie, encadrait sa figure.

— Comment suis-je ici, où m'avez-vous trouvé? demanda Gaston après quelques minutes.

Jenny ne répondit pas.

Gaston reprit :

— Je suis glacé, mes vêtements sont tout mouillés, suis-je tombé à l'eau?

Jenny pensa aussitôt que le malheureux, en effet, devait être transi et que le froid pouvait faire ce que le couteau n'avait pas fait... Elle chercha autour d'elle et trouva des vêtements grossiers, cote, gilet de laine, bourgeron. Elle revint vers le blessé et lui dit :

— Avez-vous la force de vous vêtir?

— J'aurai de la peine ; mais je suis capable de me tenir debout.

— Tenez, dit-elle en lui donnant les hardes qu'elle avait décrochées, changez vivement de vêtements.

Pendant que Jenny s'éloignait, Gaston se hâta.

Lorsque las, il eut terminé, elle revint vers lui, et, s'asseyant à côté du grabat sur lequel il était étendu, semblant prendre une résolution, elle lui demanda :

— Vous souvenez-vous de ce qui s'est passé ?

Gaston répondit aussitôt :

— Absolument...

— Dites-le moi...

Gaston hésitait...

— C'est moi qui vous ai sauvé. Je vous dirai par quelles circonstances ; mais je vous demande, en échange, de me dire la vérité. Du reste, j'en sais presque autant que vous pouvez m'en dire... Vous jouiez ce soir au cours de la Brosse, chez Félicité.

— Ah ! vous savez cela ; c'est vrai, je jouais, j'étais un peu lancé ; j'ai gagné d'abord peu de chose. Puis, l'heure étant venue de fermer la maison, Félicité renvoya les mauvaises pratiques et nous garda quatre ou cinq... J'avais une chance de possédé... Je gagnais tout le monde et nous jouions gros jeu, un louis la partie, aller et retour. Il y avait là un garçon que j'avais connu autrefois dans une grande maison de Lyon... C'est lui qui a le plus perdu...

— Pourquoi ne dites-vous pas son nom ?

— C'est inutile !... A dater de ce moment, je ne me souviens plus de rien.

Jenny regarda fixement celui qui lui parlait. Celui-ci soutint son regard. Ils restèrent ainsi dix longues secondes, et Jenny reprit :

— Celui avec lequel vous avez joué se nomme Clément de son prénom. Vous êtes sorti avec lui vers trois heures et demie du matin. Il allait vous reconduire au chemin de fer...

Gaston se souleva et, appuyé sur son coude, observant encore celle qui lui parlait, il dit lentement :

— Ah ! vous savez cela... aussi, et il la regarda encore. Jenny baissa les yeux.

— Mais pourquoi me questionnez-vous?...

— Puisque c'est moi qui vous ai sauvé... qui vous ai arraché du Rhône...

— Du Rhône, fit Gaston stupéfait.

— Oui, du Rhône, vous ne devez pas avoir peur de moi!...

— Mon Dieu, fit brusquement Gaston, vous m'étonnez, vous me charmez, et vous m'épouvantez.

— Je vous épouvante!

— Oui!... enfin, vous voulez savoir de moi ce qui s'est passé après notre sortie de chez Félicité.

— Oui!...

— Clément m'a offert le bras, car j'étais absolument ivre — oh! sans cela — enfin! je le priai, devant partir par le train de quatre heures (mes malles sont à la consigne), de me reconduire; il me soutenait, lorsque, arrivé en face de la rue de Béarn, vous savez, cette rue, la première du cours de Brosses, dans laquelle on entre en descendant des marches...

— Je sais...

— Je crus glisser... je reçus comme un coup de poing, et je crus que c'était Clément qui cherchait précipitamment à me retenir; je tombai la tête en avant, j'étais à moitié étourdi. Je cherchais à me relever, lorsque je me sentis prendre au cou... on m'étranglait, on me terrassait; je fis un effort suprême, j'allais me dégager, lorsque Clément m'enfonça son couteau dans la poitrine... Je tombais alors et perdis connaissance. Vous m'avez promis de me dire ce qu'il était advenu; parlez.

Et, fatigué, Gaston s'accouda sur la paille. Jenny lui demanda encore :

— Est-ce que vous avez eu quelque chose avec Clément?

— Moi! jamais!... je l'avais quelquefois obligé.

— Mais, ce soir-là, vous n'aviez pas eu de dispute?

— Non, c'est un beau joueur!

— Vous n'aviez pas... eu... la même maîtresse?...

— Est-ce qu'il avait une maîtresse?

— Je ne sais pas... je vous le demande ..

— Mais non, il est marié... il paraît même qu'il a une femme adorable... Ah! vous cherchez le mobile de crime .. Hélas! ce n'est point

Elle promena la lumière devant ses paupières fermées; il ne bougea pas. (Page 29.)

cela. Le motif sera cause que je déposerai une plainte contre lui, car je ne peux pas perdre cela... Il m'a volé mon portefeuille... une douzaine de mille francs.

— Vous ne déposerez pas de plainte .. dit vivement Jenny... Je vous ai sauvé, et la seule chose que je vous demande en échange de la vie que je vous ai rendue, c'est le silence... c'est l'oubli.

4

— Mais qui êtes-vous donc, au fait?

— Moi! fit crânement Jenny, je suis celle qui vous a sauvé... je suis la femme de votre assassin, et je vous défends de dénoncer mon mari.

— Que faites-vous ici, alors?

— Je veux achever ce que j'ai commencé; je veux vous sauver... et je veux vous venger.

Gaston regarda fixement celle qui lui parlait; évidemment, il se demandait si elle avait bien toute sa raison, il reprit :

— Vous n'aimiez pas votre mari?

— Je l'adorais, dit simplement Jenny.

— Cependant... si vous parlez de vengeance, c'est que cet amour est éteint, c'est qu'aujourd'hui vous voulez...

— Ne cherchez pas... fit vivement Jenny... j'adorais mon mari, parce que je le croyais bon; je lui pardonnais sa conduite parce qu'il y a des passions malheureuses, auxquelles il est difficile de résister, et que le jeu est une de ces passions ; mais je le voyais beau, je le savais bon, je le croyais honnête... De cette nuit seulement, je le connais... je le hais...

On juge facilement de la stupéfaction du jeune homme en entendant cet aveu; il dit :

— Alors, ne voulant pas partager la honte attachée à son nom, vous voulez me venger, dites-vous.... et pour cela, vous le dénoncerez vous-même en revendiquant le droit de vous séparer et de ne plus porter son nom?

Jenny eut un triste sourire.

— Non! dit-elle, la loi est plus cruelle et plus injuste que la raison ; je suis mère et mon union indissoluble m'oblige, ainsi que mon fils, à porter éternellement le nom de celui que je sais être un voleur et un assassin.

— Mais, alors, que voulez-vous faire?...

— Je veux d'abord réparer le mal qu'il a fait, et c'est à vous, sa victime, que je demande conseil.

Gaston regarda l'étrange femme qui lui parlait; après quelques minutes de silence passées à l'observer pour éviter de répondre aussitôt, il lui demanda :

— Comment, tombé au bas de l'escalier de la rue de Béarn, suis-je ici, après, m'avez-vous dit, avoir été repêché dans le Rhône?

Jenny raconta alors la longue nuit de souffrances qu'elle avait passée en suivant son mari; elle raconta tout... Et après, les bras tombants, la tête en avant, elle dit :

— Et maintenant, que faire?

Gaston avait bâti un plan pendant qu'elle parlait. Il répondit :

— Vous êtes une brave femme, madame. Vous voulez, pour le nom de votre enfant, éviter un scandale judiciaire, vous réservant à vous-même la punition du crime.... Brave fille, honnête femme et bonne mère... Madame, je vous obéirai... Pour cela, d'abord, il faut disparaître.

— Que voulez-vous dire?

— Que je ne dois pas rester plus longtemps ici... Il ne faut pas que l'homme qui m'y amené nous retrouve.

— Qu'allez-vous faire?

— Je vais partir. Mes malles sont à la gare, je vais m'y rendre et prendrai le train du matin...

— Mais vous ne pourrez pas supporter ce voyage.

— On peut ce qu'on veut... et je veux être à la hauteur de ce que vous avez fait... vous allez me donner le bras jusqu'à Bellecour : là je trouverai des voitures, le jour est presque levé... Vous retournerez chez vous, près de votre enfant.

— Mais lui?

— Lui! il a dû fuir avec le produit de son vol... il se fera renseigner demain, il faut qu'il croit son crime englouti dans le Rhône.

— Mais si grands que soient votre volonté... votre courage, vous ne pourrez marcher...

Gaston eut un sourire en disant :

— Aidez-moi, madame.

Elle lui tendit la main, il se dressa et fut obligé de se soutenir au mur; il était livide. Jenny anxieuse l'observait, il se dompta, sourit encore et dit :

— Je le veux, j'irai... donnez-moi votre bras, madame! et s'appuyant d'un bras sur Jenny, de l'autre main comprimant sa blessure, il marcha, respirant bruyamment, se mordant les lèvres pour ne pas se plaindre. Ils mirent à peine un quart d'heure pour arriver à la place Bellecour. Il faisait petit jour, et au milieu du monde d'ouvriers et de commis se rendant à cette heure au travail, ils passèrent inaperçus. Lorsqu'il fut en voiture, il dit à Jenny :

— Écrivez-moi dans deux jours à l'adresse suivante : Gaston Rosay, chez son père, Rosay et Cᵉ, à Saint-Étienne.

— Je vous le promets!

— Qu'allez-vous faire maintenant?

— Moi, je vais aller chercher mon enfant...

— Madame... j'ai un mot encore à vous dire...

— Parlez!

— Je n'ai rien sur moi... à peine l'argent de mon voyage que j'avais dans un porte-monnaie ; mais ce soir, je serai chez moi et j'aurai ce que je voudrai...

Jenny regardait le jeune homme, cherchant à comprendre pourquoi il lui disait cela; il continua :

— Vous, vous êtes seule, abandonnée, vous avez un enfant.. et puis je vous dois la vie... Voulez-vous me permettre, ce soir, de vous adresser dans une lettre...

— Monsieur, fit fièrement Jenny, je travaillerai ce soir!...

— Pardon, mon enfant, je n'ai pas refusé vos soins, moi... et puis je ne consens à faire ce que vous avez voulu, à me taire enfin..., que si vous acceptez de moi ce que je vous offre.

Jenny leva les yeux sur Gaston, leurs regards se rencontrèrent, et malgré elle, elle dit à demi-voix :

— Vous êtes donc bon, vous?

Il sourit :

— Je vous écrirai poste restante, avec cette suscription : *Mademoiselle Nini*.

Jenny restait muette devant la voiture; il lui reprenait la main et elle le regardait sans parler. Embarrassé par ce regard, Gaston reprit :

— Que voulez-vous dire, madame?

Jenny prit une résolution, monta sur le marchepied, et le corps à demi dans la voiture, les larmes aux yeux et d'une voix brisée par l'émotion, elle dit :

— Il a voulu vous tuer, il vous a volé ... On a cherché à vous faire du mal... Vous avez souffert, vous souffrez encore, mais vous êtes sauvé, et, depuis votre retour à la vie, vous n'avez pensé qu'à une chose : faire le bien... Ah! monsieur, vous penserez de moi ce que vous voudrez... je vous aime.

Et avant que Gaston fût revenu de sa stupéfaction, elle lui avait pris la tête dans ses mains et avait appliqué sur ses lèvres un brûlant baiser, pendant que ses larmes avaient mouillé ses joues... Puis, échappant vivement à l'étreinte du jeune homme, elle sauta dans la neige et courut du côté de la rue d'Aguesseau.

Jenny, affolée, se sauvait dès qu'elle avait vu le jeune homme hors de danger, pensant à son enfant qu'elle avait laissé endormi chez elle.

Lorsque Gaston lui avait dit que son mari ne rentrerait pas, qu'il allait s'occuper de se mettre à l'abri des recherches, elle avait fait un geste de dénégation.

C'est que Jenny savait de quelle force était l'amour charnel, il faut l'avouer, que son époux ressentait pour elle, et elle ne croyait pas que Clément pût partir sans elle.

A cette heure, elle désirait que Gaston eût dit la vérité. Elle ne voulait plus revoir Clément, elle n'était pas certaine, si ce dernier lui parlait, de se contenir et de garder le silence, de pouvoir conserver le secret qu'elle avait exigé de celui qu'elle avait sauvé. Elle ne savait pas où elle allait ; son but était de prendre son fils et de se cacher avec lui... après... après...

Jenny arriva haletante à sa porte ; elle leva les yeux, la fenêtre était éclairée, mais elle se souvint que c'était elle qui avait laissé une veilleuse allumée. Le jour était déjà trop grand pour qu'elle put voir une ombre derrière les rideaux... elle monta, tout était calme, son enfant reposait... Elle regarda le lit et recula étourdie, Clément dormait ! il dormait !... Elle n'en pouvait croire ses yeux ! Elle voulut s'assurer si ce sommeil était factice, elle promena la lumière devant ses paupières fermées ; il ne bougea pas.

Qu'allait-elle faire? Elle regarda son enfant, se creusant le cerveau pour arrêter une ligne de conduite. Se penchant et les larmes aux yeux, l'embrassant, elle dit :

— Pauvre petit, quel avenir!

L'enfant s'éveilla et cria ; Jenny s'empressa de le prendre et de lui donner le sein pour le faire taire.

Mais Clément s'était éveillé ; il regarda à moitié endormi, et, voyant sa femme près de son enfant, il dit :

— Te voilà enfin, Jenny, tu sais maintenant à quoi sert d'attendre ceux qui ne veulent pas qu'on les commande... Que ça te serve de leçon... Couche-toi... empêche le petit de crier... je tombe de sommeil.

Et se retournant dans le lit, Clément se rendormit.

Jenny assise, l'enfant pendu à son sein laiteux, regardait son mari, la bouche ouverte, stupéfaite de ce calme et de cette indifférence. Elle se demandait si elle n'avait pas été le jouet d'un rêve, si ses yeux avaient bien vu, si c'était bien là le misérable qui, pour voler son ami, l'avait assassiné, puis avait été traîner sa dépouille dans le Rhône.

De quelles choses un pareil homme n'était-il pas capable !

Elle était décidée à fuir avec son enfant ; elle se décida à tout lui cacher, car elle sentait que, pour effacer les preuves, Clément ne reculerait devant rien. C'était sa vie, celle de son enfant... celle de Gaston, — il faut bien le dire, elle y pensa, — qui étaient en jeu, si Clément se doutait seulement de ce qui s'était passé dans la nuit.

III

OU CLÉMENT CROIT QUE LA FORTUNE VIENT EN DORMANT.

Livide, le dégoût aux lèvres, se refusant à croire ce qu'elle avait vu, ce qu'elle avait entendu, Jenny emmaillotta chaudement son enfant endormi, puis l'étendit dans son berceau. Évitant de faire du bruit pour ne pas éveiller Clément, elle fouilla les meubles et fit hâtivement un paquet des quelques hardes qui lui restaient.

Elle hésita un instant en tenant un volumineux rouleau de papier, — des reconnaissances de Mont-de-Piété, — pour savoir si elle l'emporterait... elle le remit dans le meuble en disant avec un triste sourire :

— Il dirait que je l'ai volé !

Alors, elle éteignit la veilleuse ; le jour était tout à fait venu, elle prit une feuille de papier à lettre et écrivit :

« Mon ami,

« C'est lasse d'une nuit passée à t'attendre, à te chercher, les pieds presque nus dans la neige, c'est épuisée d'une exigence que ma situation ne peut supporter, que je me décide à briser avec toi... Sans mon fils, je me serais tuée !... Je l'emmène, par lui et pour lui je vivrai.

« La passion malheureuse qui t'entraîne, a amené la misère chez nous... Je suis sans pain, sans linge, et bientôt, si je ne prenais un parti, mon enfant serait sans toit. J'ai tout épuisé, prières, caresses, serment... J'ai tout sacrifié, pour vendre ou engager, depuis la robe de baptême de mon enfant jusqu'à mon alliance... Tu as tout joué, tout perdu... Je te pardonne... et ne te demande que l'oubli. Seule, je me sens assez de courage pour travailler et élever mon enfant... Tu sais qu'il ne pourrait en être ainsi si nous restions ensemble... Le dernier mot que tu m'as dit a tué l'amour que j'avais pour toi.

« Adieu.   « JENNY. »

Ayant placé cette lettre bien en vue sur la table, Jenny prit son enfant, passa à son bras le paquet de hardes qu'elle avait préparé, et évitant de faire du bruit pour ne pas éveiller son mari, elle sortit de la chambre et descendit rapidement l'escalier. La neige couvrait tout, et l'on ne voyait plus que de rares passants.

Arrivée dans la rue et obligée de choisir une direction, Jenny ne sut plus que faire. Tous ses plans avaient été inconsciemment dressés; sans souci de ce qui pouvait advenir, elle avait agi sous l'impression du moment. Elle était trop honnête pour consentir à vivre désormais avec ce misérable, elle était trop mère pour obliger son enfant à appeler son père, l'assassin du pont de la Guillotière... elle était assez brave, assez courageuse, pour recommencer sa vie; elle se sentait prête à tout... la misère ne l'effrayait pas, elle ne voyait qu'un but : être honnête et faire de son fils un homme!

Mais, seule, dans la rue, tremblante sous la bise d'hiver, son enfant sur un bras, son paquet de l'autre, elle se demanda où elle pouvait aller?...

Le dilemme était terrible; ses poches étaient vides et elle n'avait plus d'amis à Lyon. Nous disons qu'elle n'avait plus d'amis, parce que Jenny savait bien que n'importe où elle irait, on lui demanderait :

— Pourquoi quittez-vous votre mari?

Et Jenny ne pouvait, ne voulait pas dire ce qu'elle avait vu.

Puis, dans le plan conçu par son jeune cerveau, elle voulait absolument disparaître du milieu dans lequel elle avait vécu. Elle ne pouvait rester longtemps ainsi, elle craignait, d'un côté, le réveil de Clément; de l'autre, la rencontre d'un voisin ou d'une voisine; elle marcha devant elle; elle arriva bientôt au quai de la Vitriolerie; elle allait tourner vers le pôle lyonnais : le pont de la Guillotière, lorsqu'elle s'entendit interpeller, et se heurta à une main qui lui barrait le passage.

— Eh! ma mie!... où que tu vas donc? Je te cherche, moi?

Jenny leva les yeux et reconnut le brave garçon qui l'avait aidée dans son miraculeux sauvetage.

C'était Ripal.

Il avait fait des frais de toilette : il s'était rasé.

Il arrivait en sauveteur, c'est-à-dire que, dans l'échancrure de sa blouse sur l'estomac, il avait fourré tant de choses, alcool et victuailles, qu'on l'eût pris pour un bossu.

Nous devons, avant d'aller plus loin, présenter rapidement aux lecteurs cet enfant du Rhône, que nous reverrons souvent dans le cours de notre récit.

Ripal avait un âge indéfinissable; il était jeune et paraissait presque vieux.

Ceux qui le connaissaient depuis dix années disaient :

— Je l'ai toujours connu ainsi... il a toujours la même tête.

Si la tête de Ripal était toujours la même, on devait en dire autant de sa façon de se vêtir. Ripal portait toujours le même costume : une culotte de velours, enfoncée dans de gros chaussons qui se perdaient dans d'immenses galoches, et ces galoches étaient un monde! quelque chose entre un coffre de guitare et une boîte à violon; une blouse eau

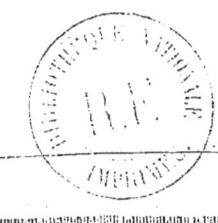
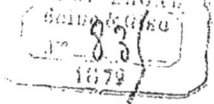

Voyons, ma mie, c'est pas tout ça! (Page 35.)

de savon, à poche, sur la poitrine, sanglée aux hanches par une ficelle dans laquelle était passé un mouchoir à grands carreaux rouges. Ripal avait des cheveux jaunes qu'il taillait lui-même : c'était simple comme tout; il enfonçait sa casquette sur la tête, tous les crins qui passaient, il les coupait. Ses petits yeux verts étaient surmontés d'une touffe de poils roux qu'il appelait ses sourcils; ses joues étaient saillantes, sa

5

peau tannée; comme la bouche était petite et que les lèvres étaient grosses, il semblait toujours faire la beube. Le nez qui était immense, jouissait d'une heureuse qualité : il remplaçait le baromètre, la pluie faisait remonter le rouge au front, la sécheresse au contraire transformait l'extrémité du cartilage en fraise appétissante.

Lorsque les laveuses du bateau devaient sécher leur linge, elles regardaient Ripal; si le nez était rouge, elles étendaient le linge sur le bas-port; s'il était pâle, elles allaient l'étendre dans le séchoir couvert.

Cela n'excluait pas une certaine coquetterie, que lui avait donnée, sans doute, l'habitude de vivre sur la plate — on appelle ainsi, à Lyon, les bateaux de laveuses qui sont sur le Rhône — avec des femmes. Il laissait pousser juste au-dessous de chacune de ses narines un petit bouquet de poils roux-bruns, qu'à trois pas on aurait pris pour un haricot rouge.

Ripal était marié... Mais sa femme l'avait abandonné; il disait, lui, que c'était le gouvernement qui en était cause, car sa femme l'adorait... Ripal prétendait être aimé pour lui-même...

Ce n'était pas le gouvernement qui avait pris sa femme, c'était pis... Mais nos lecteurs le sauront plus tard. Maintenant qu'ils connaissent notre brave Ripal, nous continuons...

Ripal montrant un pain, une bouteille et quelques victuailles, dit:

— C'est de la médecine que je lui apportais au gône...

— Il est parti, dit Jenny.

— Comment cela, parti?... Mais il ne pouvait tenir debout... et il vous a quitté?

— Oui!

— Et le petit mioche?...

Jenny baissa les yeux, et, pour n'être pas obligée de rien raconter à Ripal, elle appuya ce qu'elle disait.

— Il devait nous quitter, le courage revenu, il est parti,... il le fallait.

Ripal regardait étonné le bébé et le gros paquet, il se doutait qu'il n'avait assisté qu'à la première partie du drame, il dit assez timidement:

— Et ma mie, t'as l'air d'être abandonnée et de ne pas savoir où aller.

— C'est vrai, dit Jenny, répudiant toute fausse honte. C'est vrai, vous m'avez aidée ce matin : puisquele ciel veut que je vous rencontre, je m'adresse encore à vous... Je suis sans asile, avec mon enfant.

— Oh! mais tu sais, fit aussitôt Ripal, il ne fait pas assez chaud pour causer dans la rue... Viens un peu, la petite... Nous n'allons pas retourner au magasin du quai, parce que le patron, à cette heure-ci, pourrait venir. Nous allons aller chez moi... Et marchons vite, car le petit va geler.

— Merci, vous êtes bon, vous !

— Donne un peu le paquet... Oh ! il est pas lourd... Justement que nous pourrons manger un peu avec ce que j'apportais pour remettre le noyé. Ça tombe bien, ça ; j'ai mon petit ménage ; je ne vais que le dimanche pour me changer, je couche toutes les nuits à la plate... Tu seras là à ton aise.

— Est-ce loin? demanda Jenny en suivant Ripal...

— Non, ce n'est pas loin ; mais marchons vite, il fait froid... donne aussi le petit...

— Non, non, je puis courir.

Et Jenny le prouva en hâtant le pas, car elle avait hâte de s'éloigner de la rue d'Aguesseau. Ils marchèrent une grande demi-heure pour arriver dans le vieux Lyon, jusqu'au coin de la rue de la Juiverie. C'est là que Ripal demeurait jadis avec sa femme. Depuis qu'il était employé dans les lavoirs, il n'y venait guère qu'une ou deux fois la semaine. Après avoir dit à sa voisine que c'était une cousine à lui qui lui arrivait de Mâcon pour se placer à Lyon, il installa Jenny dans sa chambre, alluma vivement le feu, puis servit le déjeuner, et alors seulement il dit :

— Voyons, ma mie, c'est pas tout ça! qu'est-ce qu'il est devenu, le beau gars que nous avons retiré du Rhône ?

— Il est parti !...

— Parti en laissant son beau bébé là ?

— Cet enfant n'est pas le sien... je suis mariée.

— Ah!... et ce n'était pas le mari...

— Non !

Ripal mordit les petites touffes de poils qu'il avait sous le nez ; ce que Jenny lui avouait, lui rappelait à lui ses petites misères conjugales... Il dit, embarrassé :

— Je comprends... je comprends, c'est celui que tu aimes !

— Je n'aime personne; dit Jenny, vous vous trompez. Vous êtes bon, vous m'aidez et malgré toute la confiance que vos bontés m'inspirent, je ne peux rien dire... Seulement, sachez que mariée et honnête femme je quitte mon mari de mon plein gré... que celui que vous m'avez aidé à sauver ce matin, je le voyais pour la première fois au moment où vous l'avez porté dans le petit magasin.

Je quitte mon mari avec l'idée arrêtée de ne jamais le revoir, décidée à élever mon enfant par mon travail seulement. Que je fasse mal ou bien, je suis seule juge de ma conduite que rien ne pourra changer. Si vous me croyez indigne, monsieur, de ce que vous faites pour moi, il en est temps encore, je partirai et n'aurai pour vous qu'un bon souvenir.

— Ah ça sang dieu ! est-ce que j'ai dit un mot de ça, moi? que vous soyez mariée ou pas, que vous quittiez votre mari à tort ou à raison, est-ce que ça me regarde, ça? Vous êtes sans logis, pas vrai? Vous avez eu une secousse qui va faire que le garde-manger au petit sera mal garni... Vous avez l'air d'une brave femme... Aie pas peur, ma mie, chez Ripal t'es chez toi et on te respectera... Les affaires ça me regarde pas... Si un jour t'as besoin de les dire, on t'écoutera... et on te servira, voilà tout... Maintenant, mangeons un brin... parce que je n'ai plus qu'un quart d'heure à dépenser.

Il avait placé le couvert, il servit Jenny, se servit lui-même, et, pour donner l'exemple, attaqua vigoureusement le plat. Jenny s'était un peu retournée pour donner le sein à son enfant qui venait de s'éveiller; Ripal, la bouche pleine, lui demanda :

— Peux-tu me dire comment tu t'appelles, ma mie?

Jenny fit un mouvement; elle n'avait pas pensé à cette question si naturelle, si simple. Ripal attendait. Tout à coup se souvenant de ce que lui avait dit Gaston sur la place Bellecour, elle répondit en souriant.

— Je me nomme Nini.

— Ah! c'est un drôle de nom de famille... Eh bien, Nini, à la santé du petit — il boit, le gône, il n'entend pas — et de nous deux!

Jenny sourit et trinqua.

Ripal essuya sa bouche avec sa manche, et, se levant, il dit :

— C'est l'heure de m'en aller ; te voilà installée ; voici la clef ; ainsi, ma mie, t'es chez toi ; ce soir je reviendrai voir si tu as besoin de quelque chose ; ne te gêne pas, il faudra demander et ne pas avoir peur.

— J'aurai une chose à vous demander d'abord, me chercher de l'ouvrage que je puisse faire ici...

— Oh ! t'as bien le temps de ça, la petite, remets-toi d'abord...

— Merci, merci, mon ami, de la simplicité avec laquelle vous faites le bien.

— Ah ! bien, en voilà d'autres ! Faut-il laisser dans la rue des femmes et des petits enfants, maintenant?...Merci de quoi ! Voilà une chambre que tout s'y abîme parce qu'il n'y a jamais personne ; elle va être habitée aujourd'hui, et ça va être joli comme tout... Moi, je n'ai pas de famille, personne à aimer, à m'occuper ; à présent, je ne vais plus penser qu'à vous ; mais, au contraire, c'est moi qui te dois de la reconnaissance... Donne-moi un peu le petit, voir ?

Ripal prit l'enfant et le berça...

— Regarde un peu Ripal, petit... Ah ! tu ris, parce qu'il a une bonne frimousse, il te fait l'effet de Guignol... Eh bien, petit, c'est ton ami... Si t'as pas de papa pour te défendre, il sera là, lui.

Ayant appliqué un gros baiser sur les joues de l'enfant, il le rendit à sa mère. Celle-ci lui tendit son front ; Ripal, ému, l'embrassa et dit :

— T'es seule, ma mie... eh bien, d'aujourd'hui, tu as un frère qui est prêt à se faire casser les os pour toi...; à ce soir.

Et Ripal sortit.

IV

LE FONDS DE LA CONSCIENCE DE M. CLÉMENT

Il était près de midi lorsque Clément, bondissant sur son lit, s'éveilla en criant :

— Ce n'est pas moi ! laissez-moi ! laissez-moi !

Au sommeil lourd de l'ivresse avait succédé le cauchemar... Déjà le remords vengeur poursuivait le misérable. Les yeux hagards, le front en sueur, il cherchait dans sa chambre les ennemis invisibles contre lesquels il se défendait... Rien! c'était un songe! il eut un inexprimable soupir de satisfaction; puis, passant à deux fois les mains sur son front, comme pour en chasser les restes de son songe, il dit :

— Suis-je sot!

Tout à coup son front se plissa; il regarda à ses côtés.

Ce n'est pas l'absence de Jenny, de sa femme, qui l'étonnait. La courageuse ménagère se levait toujours avant Clément, s'observant bien à ne pas l'éveiller.

Ce qui étonnait Clément, c'est que l'oreiller de Jenny était dans le coin, encore tout gonflé, et ne portait pas l'empreinte de sa tête...

Sa place, dans le lit conjugal, n'était pas froissée...

Jenny n'était pas rentrée! Que voulait dire cela?

Clément se leva aussitôt et courut au berceau.

Le berceau était vide!

Il sentit alors une sueur froide couler le long de ses tempes, un tremblement convulsif agita ses membres; accoté au berceau, sans force, l'œil fixé par terre, sa pensée courait vagabonde à travers toutes les suppositions, pour revenir sans cesse au même point.

— Jenny était encore à la porte quand je suis sorti de chez la Félicité, elle m'a suivi... elle a vu... Elle a vu.

Et ses dents, à cette pensée, mordaient ses lèvres.

—Elle est revenue, elle a enlevé son enfant, et à cette heure elle est chez un commissaire et raconte tout... Il faut fuir.

Et imposant sa volonté à son corps défaillant, il se redressa et se hâta de s'habiller : sa pensée tout entière était au bruit de la rue; malgré l'horrible temps et quoique à moitié vêtu, il ouvrit sa fenêtre, revenant chaque minute voir si un mouvement ne se produisait pas dans la rue; il se penchait sur la porte de l'escalier, écoutant si des pas ne se faisaient pas entendre.

Pas une seconde il ne pensa à son enfant, pas une seconde il ne pensa à ce qu'allaient devenir ceux qu'il condamnait à porter un nom infâme. Il ne pensait qu'à lui, à lui seul, il se hâtait pour échapper aux recherches.

Il allait vers la cachette où il avait, la veille, placé le portefeuille, lorsqu'il vit la lettre laissée par Jenny ; il fit un brusque mouvement : cette fois, encore, il eut peur. Le doute le soutenait, allait-il avoir la certitude que son crime était connu ? Il prit vivement la lettre, la lut, eut encore un gros soupir de satisfaction, sourit, puis, haussant les épaules, il dit cyniquement :

— Allons, tout va bien... Je suis riche, et ma vie recommence.

S'étant habillé, il tira de son carnet un papier timbré, une signification de vente, et dit :

— C'est samedi que l'on vendra ; je vais remettre la clef à la concierge, et le propriétaire ne sera pas gêné pour faire faire sa vente.

Il prit alors le portefeuille, compta les billets, environ quatorze mille francs, il l'enfouit, non dans ses poches, mais sur sa poitrine, sous sa chemise, et, la sueur au front, il se hâta de descendre ; là, il réfléchit qu'en remettant la clef à la concierge, en cas d'enquête, il prévenait ainsi de son départ. Il entra chez sa concierge et lui dit du ton le plus calme :

— Madame, je garde la clef... Si ma femme rentre avant moi, dites-lui de venir me trouver pendant l'entr'acte, ce soir, au Grand-Théâtre...

Il sortit en disant :

— J'ai maintenant sept à huit heures devant moi ; dans cinq heures, je serai à Genève.

Audacieux comme un coquin, il descendit jusqu'au quai, se pencha sur le parapet pour voir s'il n'y verrait pas quelque indice de recherche ; le quai était désert. Tout frissonnant et la sueur au front, cependant, il suivit le même chemin qu'il avait pris la veille... Il alla vers l'eau, regardant autour de lui... Arrivé près de la plate, à l'extrémité du bas-port, il se pencha comme s'il était attiré par un aimant irrésistible ; là, ses mains tremblèrent, il regarda encore autour de lui : personne ! Il descendit sur la moise...

Du parapet du quai, le misérable avait vu sur la chaîne qui attachait la plate au pont un chiffon que l'eau secouait... Quoi de plus ordinaire, près d'un lavoir... Cependant il était descendu, et sur le bas-port il avait reconnu le mouchoir sanglant qu'il avait tamponné sur la poitrine de sa victime.

Une fois sur la moise, de sa canne il décrocha le mouchoir san-glant et le poussa au large.

Quand il le vit s'enfoncer et disparaître, il fut tout à fait rassuré. On n'avait fait ni enquête, ni recherches, le mouchoir le prouvait. Essuyant de sa manche la sueur qui glaçait son front, il remonta sur le quai, traversa le pont de la Guillotière, entra dans un café, et demanda une large enveloppe et de la cire. Il glissa sous l'enveloppe 13,000 francs et les adressa, poste restante, à Genève, après avoir écrit dessus : Papiers de famille.

Puis il alla à la poste et fit charger la lettre.

Ceci fait, il se dirigea vers la gare des Brotteaux en se disant :

— Si quelquefois on me prenait en route, du diable s'ils trouvent l'argent.

Après avoir hésité un instant, il remonta la rue de Lyon en disant :
— Il le faut...

Il arriva bientôt devant les bureaux d'une fabrique de soieries, c'est là qu'il était employé, il entra ; il y eut à son entrée dans le magasin un grand silence. Il eut peur! Il vit le maître de la maison sortir de son bureau et venir droit à lui.

— Monsieur Clément, fit le manufacturier calme, c'est vous que j'attendais; en raison de la situation difficile que vous faisait un jeune ménage où la famille est venue tôt, je passais sur les irrégularités de votre conduite, mais votre position n'est probablement pas si mauvaise que je le supposais, puisque vous êtes celui qui cherchez le moins à l'améliorer; je n'ai aujourd'hui aucune raison de reculer devant une nécessité urgente pour la bonne tenue de ma maison. Veuillez vous chercher une place; à compter de ce jour, vous ne faites plus partie de la maison...

— C'est bien, monsieur, je vais mettre mes papiers en ordre et je me retirerai.

— Point, monsieur, fit sévèrement le patron à voix basse, j'ai vérifié les livres... je ne vous dis rien... partez... cela restera là... Vous avez une femme et un enfant, bénissez-les... ils vous sauvent.

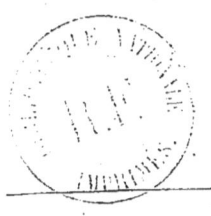

Mon enfant, je descends prendre le frais sur le pont de Bergues... (Page 45.)

Le rouge au front, la rage au cœur, les dents serrées... Clément balbutia :

— Bien, monsieur, je vous obéis... Laissez-moi prendre mes papiers personnels...

— Faites, répondit le patron.

Clément entra dans le bureau et fouilla dans plusieurs tiroirs. Enfin,

6

il glissa la main dans un carton et prit une feuille de papier semblable à un passeport qu'il cacha, et, sombre, comme accablé par ce qui venait de se passer, il sortit en disant d'une voix sourde à celui qui le chassait :

— Ah ! monsieur, vous m'avez tué.

Dès qu'il fut dehors, un sourire de satisfaction éclaira son visage ; il remonta la rue de Lyon, entra chez un coiffeur, se fit raser la barbe et changer la coupe de cheveux ; puis, s'étant regardé dans une glace, satisfait, il sortit et entra dans un café où il demanda de quoi écrire.

Il écrivit.

« Je meurs, parce que j'ai perdu la paix de ma famille, parce que j'ai été chassé de la place qui me faisait vivre... Que ma femme, ma Jenny me pardonne... Dieu ait pitié d'elle et de notre enfant... Je me jette dans dans le Rhône. »

Il signa la lettre, mit son adresse, et, étant sorti du café, il alla s'acheter un chapeau.

Il attendit la nuit ; puis, vers sept heures, il descendit sous le pont Morand et plaça sous le bas-port son vieux chapeau avec la lettre fixée dedans par une épingle, et, riant, il remonta sur le quai.

Il allait sauter en voiture, mais il pensa que si sa ruse avortait, si on le cherchait après son départ, le cocher pourrait indiquer sa route ; il se rendit donc à pieds aux Brotteaux, à la gare de Genève.

Son premier soin fut encore de regarder si les agents n'étaient pas postés dans la gare.

— Rien ! tout était calme. Cette fois il prit son billet de première, se blottit dans un coin, et ayant rallumé un cigare pendant que le train rapide l'entraînait, il pensa à la vie nouvelle qu'il allait commencer.

C'est une chose curieuse à voir que la pensée à travers le crâne d'un coquin, surtout lorsqu'on veut chercher les causes de ses fautes :

— Maintenant, pensait-il, je suis libre ; je puis tenter véritablement la fortune ; si je réussis, bah ! je n'aurai pas de peine à retrouver Jenny et le petit... Ils vont être misérables. Eh bien ! et moi, ne l'ai-je

pas été? Qui m'a aidé, qui m'a soutenu?... Personne. Si j'avais eu
quelqu'un s'occupant de moi, est-ce que j'en serais là? Quand j'ai
cherché un appui, sans cesse on m'a repoussé... qu'avais-je à faire?...
Travailler? Est-ce que le travail pouvait satisfaire à mes passions? Si la
créature a au-dessus d'elle une divinité à laquelle elle doit tout, cette
divinité, qui lui donne des passions, doit aussi lui donner le moyen de
les satisfaire... Je suis pauvre et j'ai des goûts de riche... Que faire?
Le travail! mais cela fait manger... cela ne fait pas vivre, et je veux
vivre, moi... Et puis, quoi, après tout, si je n'avais fait ce que j'ai
fait cette nuit, dans un mois, j'étais pris peut-être pour la fausse traite;
ainsi, je la fais payer à l'échéance; j'excuse le passé... je sauve l'avenir et tout est fini... C'est un crime... Oui. Eh! mon Dieu! j'ai changé
de nom; j'ai le passeport du voyageur de la maison; c'est une vie
nouvelle, vie d'estime, de respect et de plaisir que je me crée, au lieu
de la vie misérable où je me débattais, dans la misère, dans les dettes et
au milieu d'une famille pauvre... Quelque chose me dit que je gagnerai
avec cet argent, que je serai riche... Au diable les vilaines
pensées...

Lorsqu'on arriva à Bellegarde, à la douane, il descendit calme du
train, et passait tout souriant devant le commissaire, lorsque celui-ci
l'arrêtant, lui demanda:

— Pardon, monsieur, comment vous nommez-vous?

— Moi! fit-il, devenu blême, balbutiant, perdant contenance...

Le commissaire l'observait.

— Mais, monsieur, je suis voyageur de commerce de la maison X...,
rue de Lyon, à Lyon...

— Veuillez, monsieur, fit le commissaire avec un sourire, attendre
une seconde.

Cette fois la sueur mouilla son front, il se plaça à côté du commissaire pendant que les voyageurs défilaient à côté de deux autres
personnes également retenues comme lui.

Il était tard, c'est à peine si dans l'obscurité du bureau des douanes
les gens pouvaient se reconnaître, mais Clément atterré de cette quasi-
arrestation se dissimulait le plus qu'il pouvait. Il lui semblait impossible que ce fût à cause de la terrible nuit, le matin personne dans le

quartier n'avait eu connaissance de ce qui s'était passé sur le bas-port du quai de la Guillotière.

Une dénonciation était impossible, le lugubre drame n'avait eu que les acteurs pour spectateurs, c'est-à-dire l'assassin et sa victime.

Restait le patron qui l'avait chassé, mais celui-ci, dans l'écrasante et courte explication qu'il avait eue avec lui, l'avait assuré de l'impunité.

Lorsque les voyageurs furent passés, le commissaire, se tournant immédiatement vers lui, demanda :

— Est-ce que vous avez un passeport ?

— Certainement, monsieur, le voici.

Le commissaire lut le passeport, constata que le signalement se rapportait à la physionomie de Clément, et très calme le lui rendit en disant :

— C'est bien, monsieur, passez... et il se tourna vers un des autres individus qui attendaient.

Clément, content, stupéfait, aurait en toute autre occasion demandé de quel droit on l'avait ainsi suspecté, mais sa conscience n'était pas assez calme pour oser pareille observation. Il se hâta de sauter en wagon, et le soir même il descendait à Genève à l'hôtel du Lac. Une fois seul dans sa chambre, il respira bruyamment en disant :

— Enfin je suis libre, absolument libre, je n'ai personne ni devant ni derrière, Clément Herquin est mort ! Je suis un autre homme, la société me doit la vie, je la lui prendrai ; il me fallait des armes, je les ai !

Il entendit remuer à côté de sa chambre ; il se tut, et ayant éteint sa lumière, il regarda par le trou de la serrure d'une porte qui communiquait avec sa chambre : il vit un homme d'une cinquantaine d'années, l'air paisible d'un bon bourgeois, qui, assis devant une table, relisait et corrigeait les feuilles d'une longue correspondance.

A chaque instant l'homme tirait et consultait un calepin ouvert devant lui... Lorsqu'il eut terminé ses corrections, il le vit rassembler tous les papiers qui étaient sur la table et en faire un tas... alors son regard, habitué à la lumière, vit sur la même table une perruque et une paire de favoris postiches.

— Qu'est-ce cela ? pensa Clément. Voici un drôle de particulier.

Et la curiosité éveillée, il s'observa à ne pas faire de bruit, ne perdant pas un geste de l'inconnu.

Celui-ci, calme chez lui à cette heure (il était près de minuit), prit tous les papiers inutiles et les porta dans la cheminée. Il les brûla et resta à attiser le feu jusqu'à ce que le dernier feuillet fût consumé.

Il revint alors vers la table, prit une large enveloppe et écrivit. L'enveloppe se déchira sous sa plume. Il jura, la froissa et la jeta pour en mettre une autre. L'enveloppe jetée alla rouler sous le lit.

Il glissa sa lettre sous une autre enveloppe et s'appliqua cette fois à écrire la suscription. Ceci fait, l'homme, après avoir apposé les timbres d'affranchissement, glissa précieusement la lettre dans son carnet, puis, se plaçant devant sa glace, il mit les faux favoris, la perruque, ferma soigneusement sa malle et sonna; lorsque les pas se firent entendre dans l'escalier, l'homme, qui était fort et grand, se courba tout à coup, prit un air paterne et dit à la bonne qui se présenta :

— Mon enfant, je descends prendre le frais sur le pont de Bergues... un instant avant de m'endormir... Veuillez mettre de l'eau dans les vases...

— Mais, monsieur, il fait un gâchis du diable, la neige fond...

— Oh ! je ne serai pas long...

Il sortit.

Dès qu'il fut parti, Clément vit la bonne préparer la couverture, puis prendre le pot à eau et le broc, et enfin se retirer.

A ce moment, il sortit lui-même; il regarda autour de lui : le couloir était désert. Il entra dans la chambre de l'inconnu, sur la porte de laquelle la bonne avait laissé la clef; il se coucha aussitôt sur le tapis et chercha l'enveloppe que l'individu avait jetée. Pourquoi ? Lui-même aurait été bien embarrassé de le dire.

Il avait vu l'homme écrire, c'était banal, il l'avait vu jeter au feu les brouillons de sa correspondance, cela n'était pas extraordinaire; mais ce qui l'avait intrigué, ce qui lui faisait désirer de connaître cet homme, c'était la double face sous laquelle il l'avait vu ! Et puis, il trouvait au moins singulier qu'un homme qui savait que le courrier ne se lève que

le matin, aille, à minuit, jeter sa lettre à la poste par l'exécrable temps
qu'il faisait cette nuit-là.

Lorsqu'il tint l'enveloppe, il sortit précipitamment : il entendait la
bonne monter l'escalier. Il rentra dans sa chambre, mais il avait soufflé
sa bougie et fut forcé, à son tour, d'appeler pour avoir de la lumière.
Quand il fut seul enfin, il lut sur l'enveloppe :

« Monsieur Laferme, cabinet de la sûreté, Préfecture de police, à
Paris. P. S. »

La première pensée qui traversa le cerveau du criminel fut de se
demander si cet homme n'était pas là pour lui, s'il n'avait pas été
filé. Puis il comprit l'absurdité de ses suppositions, il se coucha en disant :

— Il est toujours bon de connaître ceux qui vous entourent... Je
ne crois pas que je ferai mon ami de ce monsieur-là.

Il se mettait au lit et allait s'endormir lorsque l'homme rentra dans
la chambre voisine. Le lendemain matin, Clément, à peine éveillé, s'in-
formait de l'heure du départ des bateaux du lac. Renseigné et ayant
quelques heures devant lui, il alla dans les premiers magasins de Genève faire l'acquisition d'une garde-robe convenable. Il acheta une
malle, car il avait pensé la nuit que c'était à cause de l'absence de ba-
gages qu'il avait été presqu'arrêté à Bellegarde. Après avoir copieu-
sement déjeuné, il régla sa note d'hôtel, et, vêtu comme un parfait
gandin, il se rendait au bateau à vapeur lorsqu'il rencontra son voisin
d'hôtel... leurs regards se croisèrent.

Il était à peine arrivé sur le bateau, la cloche du départ sonnait,
lorsqu'un individu sauta prestement sur la passerelle qu'on allait enlever; naturellement les yeux de Clément — toujours sur ses gardes, —
se portèrent sur le nouveau venu ; en rencontrant son regard il eut comme
un choc.

Il lui sembla que l'homme était le même qu'il avait croisé en sortant
de l'hôtel, celui qui envoyait au bureau de la sûreté, à Paris, une si vo-
lumineuse correspondance.

Cependant, ce n'était pas le paterne bourgeois qu'il avait vu cache-
tant soigneusement ses lettres; ce n'était pas non plus le *jeune* vieillard
qu'il avait vu la veille sortant pour respirer l'air humide du lac avant

de se coucher ; c'était un jeune homme de trente ans, élégant de tournure, soigné de mise.

Si courte que soit la distance de l'embarcadère des bateaux à l'hôtel
du Lac, il avait pris une voiture, et Clément se demandait si le nouvel
embarqué n'était pas son voisin d'hôtel, qui, dans la voiture, s'était une
troisième fois transformé.

Sentant toujours peser sur lui le regard investigateur de l'inconnu,
Clément se plaça à l'avant du bateau, l'observant en dessous, n'ayant
qu'un désir, savoir si cet homme était bien celui qu'il avait vu à
l'hôtel du Lac.

Le hasard le servit à souhait ; l'homme alluma un cigare.

Le bateau filait sur le lac et la brise d'hiver empêchait les allumettes de prendre feu.

L'inconnu tira de sa poche un papier, qu'il embrasa au soufre d'une
allumette, et ayant allumé son cigare, il le jeta, mit son pied dessus, et
alla s'asseoir à l'avant pour fumer plus tranquillement... Clément se
leva, se promena sur le pont et ramassa, sans être vu, le papier à demi-
consumé, puis il revint à l'arrière du bateau ; il regarda et vit qu'il
avait la note de l'hôtel ; enfin, il allait savoir le nom de cet homme.

La note ne portait pas de nom, mais elle l'assurait qu'il ne s'était
pas trompé. C'était le compte du n° 8, et Clément, consultant la sienne,
vit qu'il avait occupé le n° 9.

Les craintes du misérable redoublèrent. Il était étourdi de la facilité avec laquelle il se transformait, et il commençait à craindre qu'il
ne fût absolument lancé sur ses traces, il se tint sur ses gardes.

Dans l'après-midi, le bateau le descendit à l'extrémité du lac, il
prit aussitôt le chemin de fer pour se rendre à Saxon.

Le compartiment dans lequel il monta était déjà occupé par un individu, toujours le même, son voisin d'hôtel. Mais là le regard qui le
gênait tant était caché par un binocle à verres teintés ; cette circonstance augmenta encore les perplexités de Clément ; il se blottit dans le
coin opposé du compartiment et feignit de dormir.

Arrivés le soir à Saxon, les deux hommes se trouvèrent encore dans
la même voiture qui les conduisait à l'hôtel des Bains.

Clément monta dans sa chambre pour réparer le désordre que le voyage avait amené dans sa toilette, et, attiré par un irrésistible aimant, il se rendit aussitôt au Casino. Vainement, il chercha autour de la table son inséparable compagnon de voyage; plus calme de ne pas le rencontrer, il prit place immédiatement autour du tapis vert.

La maison de jeu de Saxon est assez connue pour que nous n'ayons pas besoin de la dépeindre; nous nous bornerons à regretter que de faux philanthropes aient fait supprimer les jeux en France. Aujourd'hui, Paris compte plus de mille maisons de jeu, cercles, tripots, tables d'hôtes et cafés; Lyon en a au moins autant, et cela naturellement sans surveillance, sans réglementation, et surtout sans bénéfices pour l'État. Les jeux autorisés et conséquemment surveillés mettraient le malheureux atteint de ce vice à l'abri des cartes biseautées du premier escroc venu. Nous voulons la liberté en tout, et si le jeu est un vice, nous trouvons très naturel que celui qui a le malheur d'en être atteint en souffre... Mais revenons à Clément.

Les premiers coups furent heureux; en quelques minutes, il amena devant lui une masse de quatre mille francs; alors gai, sentant la chance de son côté, il allait risquer un grand coup, lorsqu'en relevant les yeux, son regard rencontra celui d'un individu étrange.

Coiffé sur l'oreille, vêtu d'une longue redingote boutonnée sur son gilet qui montait jusqu'au col, un col en crin, duquel sortait une tête longue, à cause de la barbiche peut-être; les yeux, enfoncés sous l'arcade sourcillière, ombragés d'épais sourcils, lançaient le regard qui troublait Clément; deux longues moustaches cirées à l'extrémité coupaient la face anguleuse. Sur l'observation d'un valet, l'homme ôta son chapeau; les cheveux coupés en brosse laissaient voir le crâne en poire : aux oreilles longues et rouges pendaient deux anneaux d'or.

Clément, interdit, cherchait à reconnaître l'homme, mais c'était impossible, le regard seulement lui semblait être celui du correspondant de M. Laferme, chef de la sûreté à Paris, mais la métamorphose était si complète qu'il était impossible de croire que c'était le même individu.

Embarrassé par ce regard persistant, Clément jouait mal. A dix heures, il n'avait plus rien devant lui; il avait tout perdu. Il rentrait maussade à l'hôtel, lorsqu'en arrivant pour réclamer sa clef, il se

Mon enfant, ne jouez pas à ce jeu-là (Page 53.)

heurta à celui auquel il attribuait sa guigne ; à celui qui, depuis le matin, ne le quittait pas plus que son ombre.

Ne pouvant contenir sa mauvaise humeur, il dit en le voyant :

— Encore !

L'homme calme fit, du ton d'un officier qui commande :

7

— Je voudrais souper... Comme je m'ennuie dans ma société, vous me mettrez mon couvert dans le salon.

— Monsieur, dit le garçon de service, vous y serez aussi seul que dans votre chambre... car, ce soir, il n'y a pas de soupeurs.

— Et ça n'est pas moi qui lui tiendrai compagnie, maugréa Clément en prenant sa bougie.

L'individu avait l'ouïe fine, car il se retourna aussitôt, et, de son ton bourru, il dit :

— Ça se trouverait mal, monsieur Clément, car j'avais justement l'intention de vous inviter.

Clément devint livide en entendant son nom.

L'homme continua :

— Vous ne me refuserez pas ça, n'est-ce pas?... Allons, garçon, flanquez-moi deux couverts dans le coin du salon... Un bon souper... Vous acceptez, n'est-ce pas?

Tout décontenancé, n'osant refuser, Clément dit pour parler :

— Mais, monsieur, nous ne nous connaissons pas...

— Justement; nous ferons connaissance à table; c'est pour cela que je vous prie d'accepter. Servez-nous vite, dit-il au garçon d'hôtel.

Puis, prenant familièrement le bras de Clément, étourdi, il l'entraîna dans la longue galerie en lui disant plus bas :

— C'est-à-dire que vous ferez connaissance avec moi, car moi je vous connais bien, monsieur Clément; et, voyez comme on est injuste, depuis ce matin vous me fuyez comme un mauvais génie, et je suis bien plutôt votre ange gardien.

Cette fois Clément eut peur, il se croyait arrêté par un fin limier qui le suivait depuis Lyon : résister, c'était tout perdre en faisant du scandale; quoique certain de l'impunité, il était armé, mais assurément celui qui, d'une si étrange façon, s'attachait à lui, devait avoir dans ses poches de quoi empêcher toute rébellion.

Il avait une si singulière mine, que l'inconnu qui l'avait invité à souper, dit :

— Mais, monsieur, qu'avez-vous donc? Trouvez-vous ma société si désagréable, mais alors, Dieu me garde de vous l'imposer.

Clément le regarda fixement.

— Je vous prie de souper avec moi, monsieur, parce que se sais que vous êtes à la recherche d'une position sociale, parce que je crois que je puis beaucoup vous servir.

— J'avoue, monsieur, avoir contre vous certaine prévention. Voulez-vous répondre à quelques-une de mes questions?

— Je répondrai à tout ce que vous voudrez ; seulement, veuillez attendre que le garçon ait fini son service, ajouta-t-il plus bas : lorsque nous serons seuls, nous causerons.

Ils se mirent à table et ne dirent plus mot ; le regard de Clément, seul, cherchait à lire dans la physionomie placide de l'individu qui, calme devant une glace, après avoir tiré un petit démêloir d'écaille, peignait sa barbiche et ses moustaches.

En quelques minutes, le couvert fut dressé, les huîtres ouvertes étaient sur la table, et un garçon, la bouteille à la main, attendait pour faire le service.

Celui qui semblait être un bas officier de cavalerie, se leva, prit la bouteille des mains du garçon, lui montra la porte et du ton dont il aurait crié :

— En avant marche !

Il dit :

— Par file à gauche, à la cuisine, et veuillez me ficher la paix jusqu'à ce qu'on vous sonne.

Le garçon, un peu étonné, obéit ; aussitôt que la porte fut fermée, l'individu, glissant un coin de sa serviette dans son col, dit à Clément :

— Maintenant, nous pouvons causer... Que me disiez-vous ?

— Je disais, monsieur, que je ne vous connais pas.

— Mon Dieu, monsieur Clément, vous serez satisfait tout de suite. Je me nomme Isidore Bassier, j'aime autant vous le dire franchement, ça gêne moins dans la conversation.

— Ce n'est pas positivement ce que je voulais vous demander...

— Parlez !

— Vous étiez cette nuit, hôtel du Lac, à Genève.

— Chambre 9, oui, monsieur. — J'étais alors chef de la maison Baulin et Cie, fil et coton, de Lille, voyageant pour affaires.

— Ah ! c'était vous...

— Absolument, cher monsieur Clément.

— Ce matin, ce jeune gentleman qui sauta sur le bateau à vapeur ?

— Et qui perdit à dessein la note d'hôtel que vous avez ramassée, c'était sir Husson, de la maison Crakers, de Southampton, voyageant pour les aciers.

— Eh bien ?

— Hé ! c'était moi !... A Saxon ici, ce major assez peu fait aux usages pour ne pas se découvrir en entrant dans les salons, il est inscrit sur le livre de l'hôtel des Bains, sous le nom de Baptiste Cascor, ancien officier de la légion étrangère, retraité, voyageant pour sa santé. C'est lui que vous voyez devant vous dans la peau de votre serviteur Isidore Bassier... lequel vient vers vous en ami.

Clément était absolument abruti, il dit :

— Excusez-moi, monsieur, mais il vaut mieux se connaître à fond... n'est-ce pas votre avis?

— Tellement mon avis, monsieur Clément, que c'est pour cela que je m'adresse à vous.

— Je ne comprends pas.

— Je vous connais, moi... jugez-en.

Clément, anxieux, écoutait, tout en se demandant où voulait en venir ce singulier individu.

Le faux major tira de sa poche une pipe courte, atrocement culottée, la pipe intime qu'on ne fume qu'avec les amis; il la bourra religieusement, observant le plus profond silence, puis il l'alluma lentement...

Clément, pendant tout ce temps, accoudé sur la table, la tête dans ses mains, regardait en dessous de l'ombre de ses épais sourcils son nouveau camarade. Celui-ci, calme, fumait doucement pour que le feu s'étendît sur son tabac; enfin, il reprit d'une voix indifférente et le regard distrait par les longues spirales de fumée qu'il envoyait :

— Vous vous nommez Clément... vous êtes marié à une charmante enfant du nom de Jenny; vous avez de ce ménage un petit bébé, mais

vous n'aimez pas les enfants et vous supportez difficilement le ménage.
Vous êtes de l'école de ce viveur habitué aux filles faciles, qu'on ne
connaît qu'une nuit, qui, s'éveillant le lendemain de son mariage,
disait, à moitié endormi, à sa jeune femme : « Ma petite biche, ne fais
pas de bruit; va-t'en et écris-moi la veille lorsque tu voudras revenir! »... Vous êtes banal enfin comme affection et comme sentiment.
Le cœur, je n'en parle pas; il y a des poseurs qui prétendent en avoir,
mais ça ne vous regarde pas!... Vous étiez à Lyon bien recommandé,
vous aviez l'appui du clergé, car vous avez été élevé dans un séminaire.
Oh! ce n'est pas un reproche! une institution admirable; la dissimu-
lation y est élevée à l'état d'art; croire à Dieu et agir en son nom, vous
savez la force que ça donne. On a tant de respect pour Dieu, qu'on
méprise tout ce qui est au-dessous. Et puis enfin, n'est-ce pas, c'est au
séminaire qu'il faut passer devant le tribunal de la pénitence... Ces
coquins de laïques ont d'autres tribunaux beaucoup moins paternels.

« Je reviens à ce que je vous disais, vous aviez l'appui du clergé,
vous étiez placé dans une des premières maisons de soieries, vous
jouissiez de la confiance et de l'amitié du maître de la maison, vous
savez que vous en avez abusé. Enfin, un jour... attendez donc, il y a
dix jours, vous ornementiez sur le livre un simple chiffre... un 1, vous
ajoutiez une barre, et cela devenait un 4, c'est-à-dire que vous aviez
payé pour la maison 1,360 fr., et le livre portait 4,360 francs... Ça
s'est découvert il y a trois jours... Vous aviez été deux jours sans aller
au bureau... le patron avait déposé une plainte, un mandat d'amener
était lancé... tenez, le voilà.

En disant ces mots, le major Caseor montrait au jeune homme le
papier. Clément, livide, dirigeait la main vers sa poche, en disant :

— Ah! vous êtes chargé de m'arrêter?...

Le faux major prit vivement le bras de Clément, l'appuya sur la
table, sans que celui-ci, surpris d'une telle force, pût résister, et de
l'autre main rejetant sa serviette placée près de son assiette et découvrant un revolver qu'il prit aussitôt, il dit :

— Mon enfant, ne jouez pas à ce jeu-là, ne cherchez pas dans votre
poche une arme pour vous défendre, vous voyez que je vous ai de-
vancé... Écoutez-moi, tranquillement, écoutez-moi avec calme, sans

crainte, je ne veux pas vous arrêter... vous n'avez rien à craindre, je veux votre bien.

Clément, d'abord atterré, ne trouva pas une parole ; obéissant, il replia son coude sur la table et écouta :

— Mon cher enfant, je vous ai dit que vous aviez des protections : tout cela peut passer inaperçu, si vous le voulez.

Clément rassembla toute son énergie et demanda :

— Enfin, que voulez-vous de moi ?

— Moi, cher monsieur Clément, mais votre bien... votre bien... Savez-vous qui je suis ? demanda en souriant malignement Isidore Bassier ; à cette heure, je suis le major Cascor.

Clément joua le tout pour le tout et répondit en le regardant en face :

— Oui, monsieur, je le sais, vous êtes agent de la police secrète.

Bassier éclata de rire, et d'un air bénin, dit :

— Cher monsieur Clément, j'ai sur vous des notes absolument favorables. Il paraît que vous êtes d'une intelligence rare... mais je veux, en quelques mots, vous montrer à qui vous avez affaire. Il faut que nous connaissions bien chacun notre valeur personnelle...

— Vous m'écoutez ?

— Religieusement.

— Eh bien, monsieur Clément, vous êtes descendu à la gare de Genève à huit heures et demie ?

— Oui, monsieur.

— A huit heures, je recevais cet avis par le télégraphe.

Isidore Bassier présenta une dépêche à Clément qui lut étourdi :

« Il sera à Genève à huit heures, et descendra à votre hôtel ; avisez. »

— C'est de moi dont il est question !

— De vous-même.

— Qui pouvait savoir l'hôtel où je descendrais ?

— Voyez, monsieur Clément, vous êtes intelligent. Souvenez-vous qu'à la gare, lorsque vous étiez hésitant déjà, une voiture s'avançait vers vous ; vous montiez, et c'est le cocher qui a dit : « Oui ! oui ! je vais au Lac. » Vous n'avez pas fait attention ?

— Non !

— Voyez, cher monsieur Clément, ce qu'on peut faire... Cela vous servira. Nous voulions que vous descendiez à l'hôtel du Lac. De plus, je voulais, moi, vous amener à vous occuper de moi et surtout à m'é- couter avec cette attention... je suis bon enfant; je vous dis tout.

— Je vous écoute...

— D'abord, j'ai dit à la bonne de donner à un voyageur qui allait venir amené par tel cocher, la chambre voisine de la mienne, ce voya- geur étant un ami auquel je voulais, le lendemain, faire la surprise de ma présence. On vous descendit donc au 8, j'étais au 9. Lorsque vous fûtes bien chez vous, c'est-à-dire abandonné par les gens de l'hôtel, après avoir placé une perruque et une fausse barbe sur ma table, je renversais bruyamment des chaises. Un homme qui n'a pas la cons- cience tranquille s'occupe toujours de ce qui se passe autour de lui. J'avais placé sur le verrou de la porte, qui séparait nos deux chambres, une plume, si la moindre pression était faite sur la porte, la plume devait tomber; moins de deux minutes après le tapage la plume tom- bait. Ceci m'avertissait que vous étiez penché sur la porte, et me guet- tant par le trou de la serrure, la perruque et la fausse barbe devaient vous intriguer. Je pris un tas de papier et le jetai au feu, en attisant bien afin qu'il n'en restât rien... là, la curiosité et l'inquiétude devaient vous prendre.

« Dans mon métier, monsieur Clément, on ne fait pas de brouillon de lettre, souvenez-vous-en, on nous pardonne les fautes de français et d'orthographe, on exige des renseignements — comme pour certains petits journaux. — Je fis alors le truc des deux enveloppes... puis ayant pris ma fausse barbe, ma perruque, affairé, inquiet, je sortis, appelant la bonne pour avoir un motif de laisser ma clef sur la porte... Je ren- trai et cherchai l'enveloppe sous le lit, elle n'y était plus... on pouvait l'avoir balayée... A deux heures du matin, vous ronfliez. Ah! quel ron- fleur vous êtes! — J'ouvrais la porte qui séparait nos deux chambres, je fouillai dans vos poches.

— Dans mes poches? exclama Clément ahuri.

— Oui, oui, dans vos poches; je vis même un passeport, celui qu'on m'avait signalé de Bellegarde... et je trouvai l'enveloppe!... vous l'aviez.

— Monsieur, dit Clément, vous m'effrayez.

— Vraiment! tout cela est cependant bien peu de chose... Mais, buvez donc! rien n'établit de courant sympathique comme un bon vin... et je n'ai pas tout dit...

Bassier emplit les verres et continua :

— Vous êtes intelligent, n'est-ce pas, et regardez comme vous êtes naïf! mon regard persistant à se fixer sur vous aurait dû vous donner méfiance; lorsque je file véritablement quelqu'un, je m'occupe surtout de ne pas éveiller son attention ; c'est le contraire que j'ai fait avec vous!... la note de l'hôtel perdue à bord du bateau... mon insistance à vous regarder jouer...

— Mais pourquoi tout cela?...

— Je vous l'ai déjà dit : pour arriver à cet entretien.

— Et quel est le but de cet entretien?

— Ah! voilà que nous arrivons aux choses sérieuses. Je vais encore jouer cartes sur table. J'ai reçu un avis, je vous l'ai montré, qui me prévient de votre arrivée, mais il avait été précédé d'un autre avis dans lequel on vous disait adroit, intelligent, discret... et capable de tout... Or, ici, je commence à être connu, surtout par les *politiques*... Il nous faut un homme nouveau...

— Moi... de la police!!! exclama Clément tout rouge de honte.

Isidore Bassier fut pris d'une telle hilarité qu'il faillit en casser sa pipe...

— De la police, voilà le grand mot... mais, cher monsieur Clément, je puis, demain, comme voleur et comme faussaire, vous envoyer la mépriser quelque part, la police, si vous ne préférez la servir.

Clément se mordit les lèvres en baissant la tête.

Il y eut un instant de silence au bout duquel, comme s'il continuait et du même ton mielleux, Bassier reprit :

— Je vous propose une position heureuse, lucrative, nous nous servirons de vous pour aller dans un certain monde, vous êtes beau joueur... maladroit, oh! maladroit; aux cartes vous perdrez toujours la partie... au trente et quarante vous perdrez tout votre argent... c'est fatal!... Vous voyez que je viens au-devant; vous avez, à la poste de Genève, nous le savons, une lettre chargée...

Clément leva la tête, il était livide, il ne trouva pas un mot à dire,

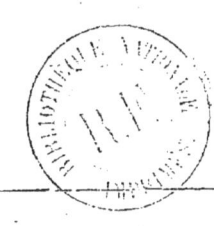

Rival, je suis veuve! (Page 61.)

il le sentait, il appartenait à cet homme... cet homme qui savait tout...

Le faux major continua :

— Avec cet argent, et du train dont vous y allez, il ne vous restera pas un sou dans dix jours... Alors pensez bien à ce que je vous dis, vous me trouverez près de vous, et je vous ferai obtenir l'argent nécessaire pour continuer à jouer dans les cercles de Genève; vous vous

8

lierez avec les gens qui vous seront signalés ; quand vous serez compromis, sur un mot de vous vous serez protégé... C'est un métier
charmant... Et voyez donc, on vit double, vous êtes à la fois trois,
quatre personnes... et, légalement, j'ai dans mon portefeuille les pas-
seports légalisés de Baulin, de Lille, de sir Husson, du major Caseor
Baptiste... Il n'y en a qu'un que je n'ai pas, mon cher ami : le mien !
vous seriez comme moi. La vie passée est absolument effacée, et vous
devenez un homme nouveau !...

Clément inquiet, épouvanté, abruti, avait hâte d'être débarrassé
de son compagnon.

Celui-ci le comprit, car se levant, il dit :

— Cher monsieur Clément, à cause des garçons, j'ai dû garder
mes moustaches, et tout cela m'étouffe. J'ai besoin, la figure débar-
bouillée, l'estomac libre, les pieds dans de chaudes pantoufles, de fumer
une bonne bouffarde. Je vais me retirer. Ne cherchez pas à me répondre,
vous ne pouvez rien avoir à me dire qui soit sérieux... Vous allez
demain matin à Genève chercher votre argent ; il vous durera dix jours...
mettons-en quinze... Mieux servi que le joueur malheureux, lorsque
vous vous coucherez ayant perdu, lorsque la désespérance viendra
frapper votre cerveau, immédiatement vous penserez à ce que je vous
ai dit, et alors le calme reviendra sur cette seule pensée : Bah ! j'ai
toujours là une position assurée... Et puis vous envisagerez mieux votre
métier... vous n'aurez pas cet air méprisant pour la police... la police,
monsieur Clément, qui protège tout le monde, même les coquins.

Puis, éclatant de rire, Bassier ajouta :

— Surtout les coquins !... ne vous fâchez pas, j'en suis... Vous
verrez lorsque vous aurez admis ce métier dans vos songes, vous verrez
comme il vous sera agréable et doux... Vous vous prouverez que
malgré les préjugés, c'est un beau métier que celui qui consiste à chercher, à découvrir, à prendre pour les livrer à la justice les ennemis de
la société.

— Qu'appelez-vous les ennemis de la société ?

— Tous ceux, mon cher monsieur Clément, qui ne sont pas les
amis du gouvernement de l'empereur...

— Ah !

— Mais, malheureux, songez-y bien, vous crevez la misère depuis plus de dix ans, usant votre intelligence à marcher sur un terrain étroit comme les marges du Code, entre la honte et le crime, poussé ou tiré par celui-ci ou celui-là, manquant à chaque instant, après avoir été fripon, de devenir criminel...

Clément regarda fièrement l'agent pour savoir s'il n'avait pas mis une intention dans les derniers mots ; mais celui-ci continuait :

— Le monde, c'est l'égoïsme ; il vous verra, ventre affamé, nez gelé, sans vous offrir un sou...

— Enfin, dit Clément, vous me proposez d'être mouchard... de la rousse...

— Fi... cher monsieur Clément, je vous croyais intelligent... Je vous parle d'aller dans un certain monde observer les ennemis de la société, de l'ordre... c'est faire de la politique...; plus, à l'étranger, politique étrangère.. Tout au plus pourrait-on dire espion ; mais vous qui êtes Français, qui savez la valeur des mots, vous savez bien que vous ne feriez qu'œuvre de patriote... Allons, je vous laisse... vous tombez de sommeil... Réfléchissez... Je suis sûr de vous... Au revoir, bonne nuit.

Et l'agent, redevenu le major Caseor, sortit droit comme un i en faisant le salut militaire, — laissant Clément, non envahi par le sommeil, mais atterré, abruti par ce qu'il venait d'entendre.

Il se leva sombre et gagna sa chambre... là, fiévreux, il se jeta sur son lit, après avoir recommandé qu'on l'éveillât à la première heure, afin de ne pas manquer le train de Genève.

V

COMMENT JENNY APPRIT QU'ELLE ÉTAIT VEUVE.

Jenny, lorsque Ripal l'avait laissée seule dans sa chambre de la rue de la Juiverie, s'était d'abord installée ; elle n'eût pas été femme si elle n'avait immédiatement fouillé un peu partout, sous prétexte de s'habituer à son nouveau logis. Lorsque son enfant fut endormi et chaudement couché dans le lit, la jeune femme, calme, s'assit près de la fenêtre, par laquelle on voyait les pointes aiguës des vieux toits tout blancs de neige. Elle pensa ; tous les événements de la terrible nuit défilèrent devant ses yeux, elle eut peur d'abord, puis les larmes coulèrent sur ses joues...

La pauvrette, depuis presque deux ans, s'était fait une famille ; elle avait construit son avenir sur son mari, puis sur son enfant. Mais, que faire ? elle regrettait alors de n'avoir pas pris le gros rouleau de papier.

C'était un paquet des reconnaissances des objets de ménage qu'on avait dû engager au Mont-de-Piété : à cette heure, elle aurait pu avoir quelque argent en vendant tout cela.

Elle se souvint alors de ce que lui avait dit celui qu'elle avait sauvé, Gaston Rosay. Il l'avait suppliée d'accepter un prêt ; la pauvre enfant avait tant souffert, que haussant légèrement les épaules et secouant la tête, elle dit tout bas :

— Il sera comme les autres ; il est sauvé maintenant, il oubliera.

Disons bien vite que ce n'était pas absolument sa pensée.

Le soir, Ripal la surprit pleurant. Tout attristé, le brave garçon lui dit :

— Voyons, ma mie, puisque tu le quittes à cause qu'il est un mauvais gars... Tu vas pas le pleurer...

— Ce n'est pas lui que je pleure, Ripal...

— Allons, ma belle, faut pas de larmes ; il faut être gaie pour le petit... J'apporte pour le dîner, mangez bien, ne pleure plus. Moi, c'est l'jour du coulage, je retourne... A demain...

On se figure aisément la nuit que passa la pauvre Jenny.

Depuis la veille, elle n'avait pas fermé l'œil ; la fièvre de terreur qui l'avait soutenue était tombée avec ses larmes.

A peine couchée, un sommeil de plomb l'envahit ; elle ne s'éveilla qu'au grand jour, le lendemain, au cri de son enfant éveillé par les heurtements qui secouaient la porte.

Elle se leva vivement, se vêtit à la hâte et ouvrit.

C'était Ripal, pâle et tout tremblant, qui rit en la voyant, et dit :

— Ah ! que j'ai eu peur !...

— Peur, fit Jenny, inquiète, et de quoi ?

— Et sang-Dieu, ma mie, voilà un grand quart d'heure que je cogne et que tu ne réponds pas... J'ai cru que t'avais fait des bêtises... avec ta tête sens dessus dessous et tes larmes... et te voilà... que je te *coque*, et il l'embrassa...

— Et le gône, il piaule... et bonjour, petit. Attends un peu, il veut la bouteille, donne lui, ma mie, pendant que je vas te chercher le pain... Je déjeune avec toi ce matin et ne veux pas que tu sois triste comme ça. Ah! bon Dieu, qu'il piaille, fais-le déjeuner, vite, il est pressé le gône!... Je descends et je reviens...

Jenny toute gaie de son réveil, donna à son enfant son sein laiteux; elle se plaça près de la fenêtre dans le rayon d'un jaune pâle du soleil d'hiver, échangeant avec son bébé le bon sourire franc de ceux qui s'aiment.

Quand Ripal remonta, voyant l'enfant au sein de sa mère, il dit gaiement :

— Ah! le gourmand, il s'en donne : t'inquiète pas, ma mie, je regarde pas... je mets le couvert... Tiens, pour te distraire, j'ai acheté le journal.

— Ah! fit vivement Jenny, qui le prit et, craignant d'y trouver quelques faits relatifs au crime de la nuit, lut aussitôt les faits divers...

Ripal chantonnant dressait son couvert, l'enfant s'endormait sur le sein de sa mère. Ripal ayant tout préparé, se retournait pour inviter Jenny à se mettre à table, il la vit livide, prête à défaillir, il courut à elle...

En le voyant la jeune femme se leva, plaça son enfant sur le lit, et lorsque Ripal lui dit :

— Eh! mon Dieu, qu'est-ce que tu as donc, ma mie ?

Elle répondit en tendant le journal :

— Ripal, je suis veuve !

— Hein !

— Voyez.

Le Lyonnais prit le journal et lut :

« Hier soir, on a trouvé sur le bas port du Rhône, près du pont Morand, un chapeau dans lequel une lettre était fixée avec une épingle.

Cette lettre portait l'adresse de Mme Herquin, rue d'Aguesseau, et contenait ces quelques lignes :

« Je meurs parce que j'ai perdu le pain de ma famille, parce que j'ai été chassé de la maison où j'occupais la place qui nous faisait vivre. Que ma Jenny, ma femme, me pardonne ; Dieu ait pitié d'elle et de notre enfant, je me jette dans le Rhône.

« Adieu !

« Clément Herquin,

« rue d'Aguesseau, n° »

« Des recherches faites dans le Rhône, il n'est rien résulté jusqu'à cette heure. L'enquête a révélé que le malheureux Clément, qui occupait une place de confiance dans une des grandes maisons de soiries de notre ville, avait été chassé, le jour même, à la suite de la constatation d'un déficit relativement considérable dans ses comptes.

« Le malheureux était joueur ; de plus, il n'était pas heureux en ménage : sa femme avait quitté, la veille, le domicile conjugal emportant avec elle leur unique enfant...

« On suppose que Clément, rentrant chez lui après avoir été chassé par son patron, trouvant la maison vide, s'enfuit désespéré et se jeta dans le Rhône.

« On ignore ce qui sont devenus la femme et l'enfant. »

Ripal, après avoir lu, se découvrit en disant :

— C'est un pas grand'chose, dis-tu, ma mie, il n'est plus ! Il faut oublier tout ça... Il est mort !... et devant la mort, silence et pardon !

Jenny, sombre, les yeux fixes, pensait ; les incidents de la nuit traversaient son cerveau ; elle se demandait quelle raison avait pu pousser au suicide l'homme qu'elle avait vu dormir si calme, les mains encore humides du sang de sa victime ; la logique — la grande force de la jeune femme — se refusait à admettre cette abnégation après une si grande dépense de cruelle volonté.

Tout à coup, s'étant assurée que son enfant dormait profondément, elle dit à Ripal :

— Mon ami, il faut que vous m'accompagniez.

— Où donc, demanda le brave garçon, obéissant et essuyant sa bouche pleine du revers de sa manche.

— Nous allons aller à Bellecour... Là, je saurai tout; si c'est vrai, il aura renvoyé l'argent.

— Qu'est-ce que tu dis? fit Ripal.

— Rien, rien, répondit vivement Jenny en se mordant les lèvres.

Jenny avait pensé tout haut.

Elle se disait : Il est impossible que l'homme que j'ai vu froidement accomplir son crime, que celui que j'ai vu aussi insouciant de ce qu'étaient devenus sa femme et son enfant, que celui-là ait tout à coup renoncé au bénéfice des crimes qu'il avait eu la lâcheté de commettre...

Clément avait tué pour voler, il avait volé douze ou quatorze mille francs. Qu'était devenu cet argent? Si le remords déchirant sa conscience l'avait obligé à penser au suicide, il avait dû d'abord penser à racheter sa faute par la restitution.

Il connaissait sa victime, il avait dû alors renvoyer à la famille de Gaston Rosay l'argent qu'il lui avait volé. C'est sous l'influence de cette pensée qu'elle avait demandé à Ripal stupéfait de la conduire à Bellecour.

Ripal, tout bouleversé par l'allure et l'énergie de la jeune femme, n'osait l'interroger ; il lui offrit son bras et, silencieux, il la conduisit jusqu'au bureau de la place Bellecour.

Il l'attendait discrètement à la porte. Mais Jenny lui dit :

— Venez avec moi.

Un peu embarrassé, tout gauche, gêné par les regards d'admiration qui suivaient la jeune femme sur son passage, Ripal entra tortillant dans ses mains son petit chapeau de feutre mou.

Jenny se dirigea vers le guichet sur lequel était écrit :

« Poste restante. »

Elle demanda :

— Monsieur, avez-vous une lettre pour mademoiselle Nini?

L'employé chercha et lui remit la lettre.

On juge facilement du regard hébété de Ripal, qui restait la bouche ouverte, se refusant à croire qu'une lettre avec une semblable suscription pût arriver à destination.

C'était donc véritablement le nom de la jeune femme. Lorsque Jenny lui avait dit qu'elle se nommait ainsi, il avait pensé que des raisons particulières, toutes naturelles en pareille circonstance, l'obligeaient à se cacher sous un nom d'emprunt. Une lettre portant le même nom en était l'affirmation.

Ripal n'en revenait pas et Jenny, pressée de sortir, fut obligée de lui prendre le bras et de lui dire :

— Vite, venez.

Ils sortirent ; dans la rue de la Charité, la jeune femme brisa l'enveloppe. Elle en sortit un billet de banque de mille francs. Jenny devint rouge.

Ripal écarquillait les yeux, émerveillé par le chiffre et disant :

— On m'avait bien dit qu'ils étaient bleus.

Jenny lisait un petit mot qui accompagnait le billet.

« Jenny, je vous dois la vie. Ma mère, à qui j'ai tout raconté, vous bénit et vous prie, pour votre enfant, d'accepter ce billet... Elle veut que vous lui écriviez... Jenny, je vous en supplie, répondez-lui... Gaston. »

D'abord un sourire vint sur les lèvres de Jenny, et une larme glissa sur ses joues... Puis son regard brilla ; elle pensa :

« Clément n'a pas renvoyé l'argent... C'est une comédie ! Il vit !...

— Et qu'est-ce que tu dis, ma mie ! fit Ripal en serrant précieusement le billet... Prenez ça ! et tant mieux ! s'il vit !...

— Je dis, Ripal, que demain tu quitteras ta place.

— Hein !

— Demain, tu vas t'occuper de me chercher une situation.

— Moi !

— Oui, tu es seul, sans amis, sans famille... moi aussi ! tu me l'as dit ! eh bien, tu seras mon... mon père, ta famille c'est moi et mon enfant.

— Et qu'est-ce que tu veux faire de moi ?

— J'ai maintenant des amours et des haines.

— Ah ! bon Dieu ! tu parles comme une folle. C'est l'argent qui te tourne la tête.

— J'ai un but qu'il faut que j'atteigne.

Je vous retrouverai, vous... (Page 71.)

— Qu'est-ce que tu veux ?

— Je veux me venger... Je veux dévouer ma vie à punir les traîtres... Je veux sacrifier tout à ma vengeance... Je veux lutter contre un monstre qui, je le sens, n'a qu'un but : mal faire... Je veux enfin, que le sacrifice de l'âme et de la vie de la mère, efface sur le front de son fils la souillure de son père.

9

— Il y aura de l'honnêteté ?

— Toujours !

— Du danger ?

— Souvent !

— Mais tu seras heureuse ?

— Oui !...

— Eh bien, ça y est !... Rentre à la maison, fit Ripal... Je cours à la plate, et je dis que les vapeurs de la lessive, ça me donne des rhumatismes. Va vite et je te rejoins.

Le soir même, Ripal, obéissant, accompagnait Jenny et son fils à Saint-Étienne.

Nous devons raconter vivement ce qui se passait à Genève.

Le jour même, Clément avait été prendre, à la poste, la lettre chargée qu'il s'était adressée. En arrivant à l'hôtel, il avait trouvé, sous enveloppe, deux cartes d'entrée pour des cercles de Genève, où l'on jouait la roulette et le trente et quarante. Il s'y était rendu. On juge de l'ardeur qu'il mit à jouer, à satisfaire la passion qui le dévorait tout entier.

Quatre jours après, Clément, sombre, traversait le pont des Bergues, se demandant ce qu'il allait faire, le cerveau bouleversé, les poches vides, ayant emprunté, pour jouer, à des connaissances du jour, c'est-à-dire s'étant fermé l'entrée du cercle.

Enfin, absolument décavé, et ayant à payer son hôtel.

Il s'accouda sur le parapet du pont, regardant couler l'eau transparente, peut-être des idées de suicide passaient-elles dans son cerveau ; mais l'eau est peu profonde au pont des Bergues...

Il se demandait ce qu'il allait faire... La pensée de son crime était loin de lui. En quittant Lyon et en changeant de nom, il lui avait semblé qu'il était un tout autre homme ; et, à cette heure il regrettait son petit logement de la rue d'Aguesseau ; il aurait voulu y être transporté, retrouver sa femme et son enfant.

Ceux-là qui le fatiguaient dans la bonne fortune lui semblaient désirables à cette heure où il était abandonné par tous. Ce n'était pas pour eux qu'il désirait les retrouver, les pauvres gars... c'était pour lui, sans argent, sans ressources, dans un pays où il était inconnu, exposé, le lendemain, à être mis à la porte de l'hôtel où il vivait.

Cette petite fortune, acquise par un crime, il l'avait perdue en quatre jours.

Désespéré, cherchant vainement une issue à sa situation, il était accoudé sur le pont, lorsqu'on vint lui frapper sur l'épaule.

Il se retourna vivement; celui qui l'avait ainsi accosté était un homme d'une soixantaine d'années; il portait lunettes, un grand chapeau de feutre recouvrait son front, il était vêtu d'un gilet de tricot de laine à manches; l'extrémité de son pantalon de velours à côtes se perdait dans d'immenses galoches; il tenait d'une main un panier, de l'autre, un long scion autour duquel se tortillait une ligne de crin.

— Hé! l'ami, fit-il, vous savez que ça n'est pas profond là... il ne faut pas penser à s'y jeter.

En entendant la voix, Clément tressaillit.

— Vous! exclama-t-il.

— Ne vous ai-je pas dit que je serais là quand vous auriez tout perdu; je vous donnais dix jours. Vous n'en avez mis que quatre... Et bien, voulez-vous la somme égale à celle que vous avez perdue pour recommencer ce soir?

Clément s'était redressé.

— Donnez-moi le bras, fit-il, et marchez... Je vais porter votre panier.

Le pêcheur glissa son bras sous celui de Clément, qui lui demanda:

— Et que faut-il faire pour cela?

— Mon cher ami, dînez avec moi, et je vous expliquerai ce que vous avez à faire... Êtes-vous décidé?

— Agent secret, n'est-ce pas?

— Public même, dit l'homme en riant...

— Tout ce que vous voudrez, répondit Clément, je vous appartiens; mais faites-moi vivre et bien vivre!

— C'est entendu... venez!

Le pêcheur entraîna Clément, et tous les deux entrèrent bientôt non plus à l'hôtel, mais dans une petite maison discrète de la rue du Rhône.

— Où allons-nous? demanda Clément.

— Chez moi.

— Mais vous étiez à l'hôtel?

— Pour vous attendre... Vous deviez venir avec nous, c'était fatal...

Clément le regardait abruti.

— Ah! j'oubliais, reprit le pêcheur; il faut déchirer le passeport du commis-voyageur. Tenez, voici votre nouvel état civil.

Et l'individu, que nos lecteurs ont reconnu, Isidore Bassier, lui donna le passeport.

— Vous vous nommez Hippolyte Coquelet; — c'est gentil. — Dans l'intimité, on vous nommera Coquo; et vous n'avez pas besoin de faire démarquer votre linge, les mêmes initiales, vous voyez : Clément Herquin, Coquelet Hippolyte, un C et un H. Vous ne vous figurez pas le travail agréable que nous vous réservons; c'est par les femmes que vous devez avoir vos renseignements : vous êtes bien décidé?

— Oui, montons.

Les deux hommes disparurent dans la petite maison du Rhône.

DEUXIÈME PARTIE

I

DU DANGER D'ALLER RESPIRER LE FRAIS UN SOIR DE L'ANNÉE 1873.

Vers la fin de l'été, un soir d'août, à l'accablante chaleur du jour succédait une nuit douce et fraîche; le soleil se couchait tout rouge dans un ciel de feu, le gris noir était traversé par de longues nuées d'or, un vent tiède enfilait les quais, et sur le quai Saint-Antoine à peine sentait-on le frais se dégager de la Saône, avec la nuit qui tombait; le silence avait envahi les berges, tandis qu'au contraire, sous les arbres du quai, se promenait tout un monde : fillettes rieuses, lutinant les gônes... demoiselles de magasins, ouvrières, commis, employés, ouvriers, vieux bourgeois, jeunes ménages, faux ménages; tout cela, après la journée gagnée ou remplie, se sauvait de la rue à l'air lourd et malsain pour venir au frais respirer à pleine poitrine l'air sain et vivifiant du bord de la rivière.

Tous gais, ils se promenaient riant et causant haut...

Un jeune homme de mise et d'allures distinguées, après s'être promené le long du quai, traversa la place d'Albon et s'engagea rue Saint-Côme, regardant et cherchant de tous côtés, comme s'il attendait quelqu'un. Il se promena une grande demi-heure; puis, las d'attendre, il redescendit vers le quai, et, à la clarté de l'étalage des boutiques, il regarda l'heure à sa montre.

— Il est l'heure, cependant, maugréa-t-il.

Il allait remonter du côté de la rue Saint-Côme lorsqu'il vit un groupe se former au coin de la rue Mercière; pour occuper son

impatience, il courut vers le groupe; il se glissa indifférent au travers
des spectateurs et vit la scène qui causait cet émoi.

Des agents, repoussant les curieux qui les entouraient, appréhen-
daient une jeune fille.

— Allons, circulez!... disaient-ils.

Un grand gaillard, le chapeau un peu sur l'oreille, semblait commander aux autres agents; il tenait la jeune fille par la main. Celle-ci,
toute confuse, haletante, levait son bras replié sur sa figure pour cacher
son visage. Lorsque l'homme lui avait posé la main sur l'épaule, elle
avait vainement cherché à parler, ses lèvres avaient remué, mais pas
un son n'était sorti de sa bouche.

Le grand gaillard disait à haute voix, et visiblement pour être
entendu :

— Depuis une heure je vous surveille et je vous vois tous les jours
ici à pareille heure, allons, allons, venez avec moi.

La jeune fille fit un suprême effort et elle dit :

— Vous, monsieur, vous êtes un misérable, vous le savez bien, je
viens tous les jours, à pareille heure, trouver quelqu'un qui m'attend,
qui est là.

— Oui, oui, je la connais... vous le trouverez toujours...

— Ne me touchez pas!...

Et la jeune fille se recula pour échapper à sa main.

Le jeune homme que nous avons vu venir indifférent et chercher,
pour passer le temps, les causes de l'attroupement, était resté calme;
mais lorsqu'il entendit la voix de la jeune fille, il bouscula les gens qui
se trouvaient devant lui, se précipita entre celle-ci, qui se reculait, et le
principal agent, qui voulait la reprendre. Il prit le grand gaillard par
les deux bras et le jeta au milieu de ses acolytes stupéfaits.

— Vous en avez menti!... dit-il, cette jeune fille est avec moi.

Le grand gaillard revint, l'air insolent, et regarda celui qui l'avait
bousculé, en disant :

— Ah! vous êtes son... son...

Avant qu'il n'eût achevé l'injure, un formidable coup de poing
l'envoyait une seconde fois au milieu de ceux qui l'accompagnaient.

Ceux-ci, outrés de l'insulte faite à leur chef, allaient se précipiter

pour arrêter et la fille et son défenseur; déjà leurs lèvres sales s'apprê-
taient, par des injures, à sonner l'hallali... mais celui qui les dirigeait
les retint et les entraîna en disant au jeune homme :

— Je vous retrouverai, vous...

Ils disparurent au milieu des huées de la foule.

Le jeune homme avait hâte de s'éloigner.

Il prit la jeune fille par la taille, car celle-ci défaillante s'appuyait
sur lui, et l'entraîna vers la rue Mercière, en laissant les curieux
désappointés.

— Oh! ma pauvre Ève, c'est moi qui suis cause de cela, disait-il,
désespéré.

— Marcel... mon ami... je ne peux plus marcher, arrêtons-nous.

— Venez... venez, ne craignez pas de vous appuyer sur moi, j'ai
peur que des curieux nous aient suivis.

— Je ne peux plus me tenir, Marcel... Marcel, soutenez-moi.

En disant ces mots, la jeune fille défaillit. Celui qu'elle appelait
Marcel la prit dans ses bras, il appuya la tête sur sa poitrine et la main-
tint debout, il regarda autour de lui, quelques boutiques étaient encore
ouvertes, mais il semblait ne pas vouloir être vu, car avisant la rue
Dubois, moins fréquentée que la rue Mercière, il y entra. Une porte
d'allée était ouverte, précédant un couloir noir comme un gouffre, il s'y
engagea. Là, à l'abri des curieux, il assit la jeune fille sur les dalles et
poussa la porte de la rue; ayant appuyé le buste sur ses genoux, il tira
de sa poche une boîte d'allumettes, s'éclaira et regarda l'endroit où il se
trouvait; c'était l'allée d'une maison abandonnée et qui devait être pro-
chainement livrée aux démolisseurs.

Au fond se trouvait un ancien escalier aux larges marches, à
gauche l'entrée d'une cour sur le côté de laquelle était une pompe. Mis
ainsi au courant des êtres, il prit la jeune fille dans ses bras et vint
l'asseoir dans l'angle du mur sur les marches de l'escalier; il alla aussitôt à la pompe et trempa d'eau son mouchoir, puis il revint près de
celle qu'il avait amenée et lui mouilla les tempes.

— Ève! ma belle... Ève, vous sentez-vous mieux... et il prenait ses
mains froides.

Au bout de quelques minutes, la jeune fille revint à elle. Marcel la tenait enlacée et lui disait :

— Ne craignez rien, Ève, je suis près de vous.

La jeune fille cherchait vainement autour d'elle à reconnaître le lieu où elle se trouvait. L'obscurité l'aurait effrayée, si la voix de Marcel ne lui avait assuré qu'elle était hors de danger et sous la sauvegarde d'un brave et courageux garçon.

Marcel craignait que la jeune Ève n'eût peur et lui disait :

— J'ai redouté que les gens qui nous entouraient en nous suivant ne vous reconnussent, je vous ai plutôt portée qu'entraînée jusqu'à la première rue ; une maison était ouverte, sombre parce qu'elle est abandonnée, je vous y portai, car vous aviez perdu connaissance... Ne craignez rien, ma chère Ève, lorsque vous serez forte nous sortirons, et de ce qui s'est passé ce soir il ne restera que le souvenir.

La jeune fille ne répondait pas ; elle serrait dans les siennes les mains du jeune homme, pression affectueuse qui, à chaque détail raconté, disait :

— Merci !

— C'est odieux et ridicule, continua Marcel ; mais, il faut bien le dire, les agents sont généralement grossiers, et, vous voyant seule, ils se sont trompés...

— Non ! dit sèchement Ève, en prenant d'un mouvement nerveux les mains de Marcel.

— Comment ! non ! que voulez-vous dire ? fit celui-ci stupéfait.

— Marcel, l'homme que vous avez vu est un misérable que je rencontre chaque jour, qui m'obsède de ses poursuites, auquel je n'ai répondu que par le mépris qu'il méritait.

— Comment, cet agent ?

— Une fois, dans une soirée, je l'ai vu ; depuis ce jour, il n'a cessé de me poursuivre. J'ignorais sa position ; je le croyais un fonctionnaire de la Ville... Il avait été présenté chez nous... Il y a deux jours, m'ayant parlé d'une façon inconvenante, je lui déclarai que j'allais me plaindre à mon oncle... ce qui arriva. Notre maison lui fut défendue.

Hier, je le rencontrai.

Il eut un mauvais sourire, et me dit :

Celui-ci, au contraire, les suivit longtemps du regard. (Page 75.)

— Vous vous défendez... mais c'est fatal! vous m'appartiendrez....
J'ai vu ce soir ce qu'il était réellement...

Marcel avait peine à se contenir; il écoutait se mordant les lèvres
et il dit :

— Si j'avais su, je l'aurais étranglé. Pourquoi, Ève, ne m'avez-
vous pas parlé de cet homme ?

10

— A quoi bon vous tourmenter?... Vous n'avez pas de jalousie, vous savez que je vous aime. J'aurais dit un mot à ce sujet, je connais votre nature violente, vous auriez voulu punir le misérable... Que serait-il advenu?

— J'aurais évité la scène odieuse de ce soir.

— Bah ! ne vous tourmentez pas, mon ami... Je n'ai pas été reconnue ; vous êtes heureusement arrivé pour me délivrer... Je suis près de vous, de vous tout tremblant de ce petit scandale... C'est oublié, Marcel, n'y pensons plus.

— Mais, ma pauvre enfant, vous ne devinez pas le danger auquel vous échappez, vous ne vous demandez pas quel était le but de cet homme?

— Ai-je besoin de penser à cela, puisque, maintenant délivrée de lui, je suis près de vous.

— Ève, cet homme reçu chez votre oncle, ne pouvait penser à vous conduire à la Permanence[1]; au premier mot, il savait bien que son indignité était découverte. Abusant de sa situation, il vous arrêtait, vous conduisait où il voulait et, pour échapper à une arrestation qui vous bouleversait, il vous proposait le plus honteux marché... Encore aurait-il opposé la force peut-être à votre refus.

— Cela n'est pas possible !

— Tout est possible de la part de ces gens... Dites-moi le nom de...

Marcel s'interrompit, on avait frappé trois coups espacés à la porte de la rue.

— Chut ! fit-il ; levez-vous, Ève ; donnez-moi le bras et montons vite.

La jeune fille obéit, s'appuyant tremblante au bras qu'on lui offrait. Ils montèrent quelques marches. Tout à coup le sombre couloir s'éclaira, une porte s'était ouverte sous l'escalier, et un rayon lumineux s'en était échappé. Un homme parut en même temps qui alla ouvrir la porte de la rue. Celui qui entra dit aussitôt :

— On a donc fermé la porte, ce soir ?

— Non ! c'est par oubli, peut-être le dernier venu.

— Est-ce que nous sommes nombreux ce soir?

— Pas trop, une dizaine...

1. Prison de Lyon.

Le dernier arrivé suivit celui qui était venu lui ouvrir, après avoir poussé la porte sans la fermer toutefois. Il reprit :

— Joseph, il faut faire attention à ce que la porte reste ainsi, la maison est abandonnée; si des gens sont obligés de frapper et d'attendre à la porte pour entrer, il suffit d'un seul pour donner l'éveil, et nous serions pincés... Veillez-y.

— Vous pouvez y compter.

Il ouvrit la porte sous l'escalier, introduisit le nouveau venu et retourna à la porte dans le pêne de laquelle il introduisit un bouchon afin de l'empêcher de se fermer. Il revenait lorsqu'un individu entra sans bruit, il referma aussitôt la porte.

— Qui va là?

— Ah ! c'est vous, Joseph... ouvrez-moi, alors, je n'ai plus besoin de ce signal.

— Venez, dit celui qu'on avait appelé Joseph, reconnaissant à la voix celui qui lui parlait.

Il ouvrit la porte sous l'escalier et entra avec celui qu'il introduisit.

Quand la nuit et le silence eurent de nouveau envahi la vieille maison, la jeune fille tremblante de peur, serrant le bras de Marcel, lui dit tout bas :

— Qu'est-ce que ces gens-là?... Oh ! sauvons-nous j'ai peur !

Comme Marcel sentit sous sous bras le tremblement de sa compagne, il se hâta de lui obéir, et, évitant de faire le moindre bruit, ils descendirent l'escalier, longèrent le couloir et sortirent de la maison.

Leurs yeux, habitués à l'obscurité, leur permettaient de se diriger facilement.

En sortant ils se heurtèrent à un tout jeune homme paraissant au plus de dix-huit à vingt ans, qui, semblant étonné de les voir sortir de la maison dans laquelle il allait entrer, se recula vivement, cherchant l'ombre pour n'être pas vu.

Marcel et Ève passèrent sans le voir; celui-ci, au contraire, les suivit longtemps du regard. Quand après avoir longé la rue Dubois, ils s'engagèrent et disparurent dans la rue Centrale, tout préoccupé, le jeune homme entra dans la vieille maison.

Marcel reconduisit la jeune fille; sa main caressait la sienne, et il la rassurait.

— Que j'ai peur... Mais quels sont ces hommes?

— Je ne sais pas... peut-être est-ce l'entrée particulière d'un café ou d'un cercle.

— Mon Dieu, j'en suis encore toute tremblante... C'est la soirée aux émotions.

— Revenons à vous, à la pénible aventure de la place d'Albon... Quel est le nom de l'homme qui a joué cette odieuse comédie?...

— Marcel, ne parlons plus de cela, c'est heureusement fini... je ne veux pas vous dire le nom de cet homme et je vous prie de n'y plus penser... la leçon de ce soir lui profitera, nous ne le reverrons plus... oubliez tout cela, et ne risquez pas, pour punir une grossièreté, de vous compromettre en me compromettant moi-même.

— Vous croyez, ma pauvre chère amie, que le misérable va renoncer désormais à ses poursuites... je ne pense pas ainsi, et en refusant de me dire son nom, vous lui permettez de vous tendre un autre guet-apens.

— Répondez-moi franchement, si je vous disais le nom de cet homme, que feriez-vous?

— Je l'irais trouver demain, et d'homme à homme je viderais la question.

— Et vous croyez que les gens qui font le métier de cet homme accepteraient... Vous seriez leur dupe et leur victime. Cet homme ne mérite que notre mépris... Oubliez tout cela, Marcel. Maintenant, je suis tranquille à votre bras, parlons de nous.

En disant ces mots, Ève penchait la tête sur l'épaule du jeune homme, sa douce haleine glissait sur ses lèvres, son bras serrait son bras... Elle souriait, et Marcel dut lui rendre son sourire...

— Vous le voulez, Ève! que votre volonté soit faite...

— Je le veux, minauda la jeune fille... n'avez-vous donc rien à me dire ce soir?

— Si, le mot que je vous répète toujours... je vous aime...

La jeune fille fit entendre un rire doux... en même temps qu'elle cachait son visage sur l'épaule de son cavalier.

— Ève, reprit Marcel, puisque nous devons parler de nous, je vous demande l'explication de ce que vous me disiez hier.

— Hier, ne m'avez-vous pas compris? Je vous disais qu'il fallait chercher si, dans vos amis, vous n'aviez pas un ami de mon oncle.

— Je me souviens de cela, mais pourquoi?

— Pourquoi, c'est simple cependant, pour qu'il vienne officieusement chez nous et se charge enfin de parler de vous... le refus de mon oncle ne s'adresse qu'à votre nom... il ne vous connaît pas; un homme adroit lui disant qui vous êtes le ferait revenir sur ce qu'il a dit.

— Mais, s'il maintenait son refus...

— Marcel, je vous l'ai dit, et n'ai qu'une parole... alors je le sommerais de me donner qui j'ai choisi, ou je l'abandonnerais.

Marcel ne répondit pas; la jeune fille interpréta son silence, car elle dit, semblant lui répondre :

— Non, c'est à la dernière extrémité seulement que je me déciderai à agir. Vous ne le connaissez pas, Marcel, mais c'est la bonté même; il a des rudesses de vieux soldat à côté de faiblesses d'enfant; s'il vous voyait, il vous aimerait... Que voulez-vous, il a vécu sous un autre régime; ses grades, sa situation, il les doit à l'Empire... Il ne veut pas entendre parler d'autre gouvernement... Vous ne vous occupez guère de politique, vous, mais votre père fut poursuivi sous l'Empire...

— Il fut déporté et mourut là-bas...

— Oui, lorsque je lui ai dit votre nom, on lui a dit cela... Oh! alors, il a crié : c'est un républicain ! ! !

— Il disait vrai, Ève...

— Moi, Marcel, je ne sais pas et ne veux pas savoir ce que vous êtes, c'est ce que j'ai dit à mon oncle... Je ne fais pas de politique en me mariant... Je ne veux pas demander mon mari au suffrage universel...

— Vous le nommez vous-même.

— Oui, Marcel, et je voudrais que vous fassiez moins de politique et un peu plus d'amour... Faites des concessions, c'est-à-dire le possible pour avoir un entretien avec mon oncle... Cédez-lui, laissez-le dire et tout sera vite entendu...

— Est-ce bien vous, Ève, qui me dites semblable chose ? Toutes les concessions, je les ferai, je les ai faites... Mais croyez-vous que je puisse aller jusqu'à l'entendre insulter à la mémoire de mon père ?... Quand je l'entends vanter ces jours terribles de Décembre, quand je l'entends dire que le crime est une nécessité, quand je l'entends appeler celui qui fut traître, parjure et criminel un sauveur... Je me tais, je retiens la salive qui me vient aux lèvres, n'est-ce pas assez ?

Le jeune homme s'enflammait, la jeune fille pencha encore la tête, approchant son front des lèvres de Marcel, et elle dit pour le calmer, dans ce zézaiement des enfants et des amoureux...

— Fi ! que c'est laid de parler politique, monsieur, fi !

Marcel, tout boudeur, posa ses lèvres sur son front et lui dit :

— Vous avez raison, Ève, je suis un niais... Il faut s'occuper de trouver le moyen de vous arracher de ce monde...

— Sans scandale...

— Naturellement... Oh ! sans cela, moi aussi, je sortirais de la légalité pour rentrer dans le droit... un fiacre pour vous amener chez moi ce soir, et monsieur le maire dans quinze jours.

— Voulez-vous vous taire... Marcel.

— Je ne dis ça que pour parler comme lui !... C'est sa phrase favorite... mais, je reviens à ce que vous disiez, je vais chercher si je connais quelqu'un avec lequel il puisse s'entendre (ce sera difficile) et nous tentons un dernier assaut...

— Cherchez, et pendant ce temps, moi, je vais lui parler. Il se fait tard, retournons vers chez moi.

— Mais nous n'avons rien dit...

— Eh ! bien, parlez... vite...

— Nous convenons de ceci : vous allez parler au capitaine ?

— Dès demain ?

— Vous allez lui dire que vous tenez à avoir une réponse positive ?

La jeune fille éclata de rire.

— Mais vous croyez donc que je parle à mon oncle comme on parle à n'importe qui... mais, pour lui dire quelque chose, il faut le préparer, l'amadouer... sinon, il s'emporte et tempête.

— Et quand on pense que vous obéissez à cet original !

— Marcel, ne dites pas de mal de lui, je connais ses travers, ses ridicules même, mais je tiens à ce que l'on n'en parle pas devant moi. Mon oncle m'a élevée, mon père était malheureux... il mourut en laissant à ma mère la misère et des dettes, pour élever une enfant qui venait de naître... Mon oncle avait toujours vécu en mauvaise intelligence avec mon père, et, cependant, lorsque ce malheur frappa ma mère, il la recueillit et la fit vivre.

— C'était sa sœur...

— C'est vrai! mais de plus, lui, un militaire, il sacrifia tout ce qu'il gagnait pour m'élever, moi... et je ne l'oublierai jamais...

— Ma chère Ève, Dieu me garde d'attaquer le capitaine Sapertache. Cependant si vous voulez m'écouter avec calme quelques minutes, je vais rétablir la vérité à côté de la légende...

— Que voulez-vous dire : la légende?

— Mais oui. De qui tenez-vous ce que vous venez de me raconter ; de votre mère?

— Non, hélas! j'ai à peine connu ma sainte et chère mère... c'est de mon oncle et de ceux qui m'ont élevée.

— Écoutez-moi bien, Ève; vous me connaissez assez pour savoir que je suis incapable de mentir...

— Oui, mon ami; oui, je le sais! dit Ève, en pressant affectueusement les mains du jeune homme.

— Ève, ma chère amie, ma belle et pure promise, lorsque j'ai parlé chez nous de l'union que je projetais, on s'est vite occupé de savoir ce qu'était la famille de celle que je voulais épouser. Ce sont de vieilles habitudes bourgeoises qu'il ne faut point blâmer, elles ont pour but d'éclairer les jeunes gens sur les conditions que le passé pourrait faire à l'avenir.

— Ah! fit Mlle Ève, piquée, on a pris des renseignements sur moi. Chez vous on croit moins en votre jugement que je n'y crois, moi... Et qu'a-t-on appris sur moi?

Marcel sembla ne pas avoir remarqué le ton dont l'observation était faite. Il répondit :

— On a appris que vous étiez un ange, que votre père avait été jugé par une commission mixte et condamné; ayant réussi à s'échapper, il avait été repris, jugé et fusillé sommairement...; que votre mère, devenue folle lorsqu'on était venu la seconde fois lui arracher son mari, avait été recueillie, avec l'enfant qu'elle venait de mettre au monde, par son frère le capitaine Sapertache... On apprit aussi que, chaque fois que la malheureuse folle voyait un uniforme, ses crises la reprenaient... Alors le capitaine mit sa sœur dans une maison de santé; elle y mourut deux ans après. Puis vous fûtes placée dans un pensionnat par le capitaine, votre tuteur.

— Vous voyez bien! dit Ève.

— Mais, chère amie, ce que l'on ne vous a pas dit... C'est que votre père n'était pas dans la misère... il fut ruiné par le coup d'État; obligé de se cacher, son fonds fut vendu par les soins de sa femme; des oppositions frappèrent le produit de la vente... Et tout resta là. Lorsque vous fûtes orpheline, le capitaine Sapertache, votre tuteur, s'occupa de vos affaires, fit lever les oppositions en acquittant les dettes, et l'actif s'éleva encore à plus de vingt mille francs... Vous voyez que les sacrifices faits par le capitaine ne l'ont jamais obligé à vendre ses vieilles épaulettes...

Ève, les yeux baissés, marchait sans répondre...

Enfin elle dit :

— Marcel, vous êtes bien certain de ce que vous me dites?

— Je vous ai dit, Ève, que je ne mentais jamais.

— On m'avait dit que l'inconduite de mon père l'avait fait mettre en prison, et c'est en rougissant que je parlais de lui... On m'avait dit que la honte dont il s'était couvert avait rendu ma mère folle... On m'avait dit enfin que mon père étant mort insolvable, c'était mon oncle qui avait payé ses dettes.

Stupéfait, Marcel s'était arrêté, et, regardant la jeune fille, il dit :

— Ah! c'est plus fort que la légende !... On m'avait dit, répétez-vous... Qui est-ce? où?

— Oh! je puis le dire, c'est ce misérable, ce Coquelet...

— L'agent! exclama Marcel. Ah! il se nomme Coquelet...

Ève se mordait les lèvres. Elle avait parlé malgré elle, poussée par la colère et l'indignation.

Il était trop tard pour revenir sur ce qu'elle avait dit ; elle s'écria :

A ce mot, toutes les mains se tendirent vers le jeune homme. (Page 85.)

— Marcel, il est tard ; je dois rentrer, adieu. Je vous en supplie, ne faites rien, mon ami !

Et, en disant ces mots, elle enlaçait le jeune homme et lui tendait son front à baiser.

— Ne faites rien avant demain .. laissez-moi la nuit pour penser... et, demain soir, trouvez-vous, à huit heures, à cette place. Je vous ra-

11

conterai ce que je sais sur cet homme et j'obéirai à ce que vous me direz.

Ayant dit ces mots, elle n'attendit pas le baiser du jeune homme ; elle le lui donna et se sauva.

Elle était arrivée chez elle.

Elle traversa la rue et disparut, laissant son amoureux tout pensif sur la place Bellecour.

Marcel resta quelques minutes sur la place, attendant que la porte se fût refermée sur celle qu'il venait de reconduire. Tirant de sa poche un cigare, il l'alluma et, songeur, se promena sous les grands arbres de la promenade ; il allait se diriger vers le concert pour finir sa soirée lorsque, changeant subitement d'idée, il revint vers la rue Centrale et la remonta en disant :

— Il faut que je sache ce qui se passe en cette maison.

Marcel était, quelques minutes après, au coin de la rue Dubois ; il cherchait la maison dans laquelle il était entré une heure avant pour mettre Ève à l'abri des curieux. Il remontait la rue et fut tout surpris de voir dans l'angle des portes des individus postés. Il se vit suivi à son tour.

Ne voulant rien risquer, il feignit un passant indifférent et continua son chemin jusqu'au quai Saint-Antoine, désert à cette heure. Là, il s'arrêta, et, se cachant, il regarda derrière lui. Il était agité, nerveux. Marcel, dans l'homme qui l'avait un instant suivi, avait reconnu l'agent qui avait insulté Ève.

Il vit alors les agents postés tout autour de la maison, auxquels à chaque instant celui qu'Ève lui avait dit se nommer Coquelet allait donner des instructions. Il se demanda si ces gens n'étaient pas là pour se saisir de lui et d'Ève, ou si plutôt ils n'étaient pas en train de surveiller ceux qu'il avait vus entrer avec tant de mystère dans une salle basse.

Marcel était un brave et loyal garçon, il jugea immédiatement la situation. Si c'était à Ève et à lui qu'on en voulait, il n'avait rien à craindre, et Ève étant à l'abri, aucun scandale n'était à redouter. Lui, plein de son honnêteté, il se moquait de la police... Si ce n'était pas cela, c'était donc les gens qu'il avait vus entrer, ceux qui avaient tant effrayé Ève, que l'on poursuivait. Quelque chose en lui parlait pour ces gens ; il était certain que ces gens n'étaient point des malfaiteurs, et puis il considérait d'abord comme ennemi ce grand gaillard insolent qui avait insulté celle qu'il aimait, et il était heureux de le combattre ; il résolut d'entrer et de prévenir ceux qu'on surveillait.

Ayant pris cette résolution, il marcha hardiment et passa presque sous le nez de celui qui s'appelait M. Coquelet... Il leva les yeux pour s'assurer qu'il ne se trompait pas ; leurs regards se croisèrent.... L'homme se rejeta dans l'ombre, mais Marcel l'entendit dire :

— Comment, il en est !

Il poussa la porte, elle était toujours entrebâillée, elle s'ouvrit au premier heurtement... Marcel, plus prudent, la referma sur lui, et se dirigea vivement vers la petite porte... Il frappa, comme il l'avait vu faire, trois coups espacés.

On ouvrit aussitôt ; il entra, referma la porte et, comme celui qui lui avait ouvert, l'envisageant stupéfait, lui demandait :

— Que voulez-vous ?

Il regarda devant lui, vit une douzaine d'individus réunis, formant le cercle autour d'une table, devant laquelle le jeune homme, qu'il avait vu entrer au moment où il sortait, était assis.

A la question de celui qui avait ouvert la porte, tout le monde s'était levé inquiet.

Marcel, dominant l'émotion qu'avait fait naître le regard de ceux devant lesquels il se trouvait, avança résolument, et dit :

— Messieurs, je viens vous prévenir que vous êtes cernés...

Un des hommes vint vers Marcel et le pria d'avancer au milieu du cercle ; celui-ci obéit.

Là, les yeux fixés sur lui au milieu du plus profond silence, l'homme dit :

— Qui vous a envoyé ici ?

Marcel était pâle, il aurait voulu, pour tout au monde, n'avoir pas cédé à l'idée qui l'avait poussé vers des gens qu'il ne connaissait pas. Il était trop tard, il se sentait suspect. Il releva la tête, et son regard franc et loyal se croisant avec celui de l'homme qui l'interrogeait, il répondit :

— Personne ! je viens vers vous de mon plein gré.

— Vous savez qui nous sommes?

— Non !

Il y eut un murmure dans l'assemblée. Le jeune homme qui occupait le bureau dit :

— C'est vous que j'ai vu sortir ayant une femme au bras, il y a une grande demi-heure !

— C'est moi !

— D'où veniez-vous ?

— Messieurs, dit franchement Marcel, voulez-vous me permettre de vous raconter par quelles circonstances je suis venu ici?

— Parlez, dit celui qui le premier avait interpellé le jeune homme.

Marcel alors raconta comment, à la suite de l'agression d'un agent, il avait dû, pour mettre à l'abri celle qu'il protégeait, l'emmener dans cette maison abandonnée et dont la porte était ouverte. Ayant porté sur les marches sa compagne qui avait perdu connaissance, il avait vu entrer plusieurs individus.

Il raconta qu'ayant reconduit la jeune fille, la curiosité seule l'avait ramené rue Dubois : il avait vu alors rôder autour de la maison des agents qui semblaient obéir justement au misérable contre lequel il avait défendu sa compagne : autant pour lutter contre cet homme, que pour servir des gens auxquels il ne croyait pas de mauvaises intentions, il avait résolu de les prévenir, ce qu'il venait de faire.

Le ton décidé, l'air de franchise et la simplicité de Marcel parlèrent en sa faveur, les individus se regardaient entre eux. Celui qui déjà avait parlé, exprimant la pensée de tous, dit :

— Vous nous semblez sincère. Mais enfin qui pourra nous répondre de vous?

Marcel regarda autour de lui... puis, comme s'il prenait une décision subite, comme si la clarté se faisait sur ce qui l'entourait, il répondit :

— Si je ne me trompe pas, si j'ai bien deviné le but de votre réunion secrète, mon nom vous assurera de ce que je viens de dire.

— Comment vous nommez-vous donc?

Tous les hommes se penchèrent curieusement; Marcel, au milieu du plus complet silence, dit :

— Je me nomme Marcel Caverlet.

Il y eut à ce nom comme un frémissement dans l'assemblée; le vieillard demanda affectueusement : Vous êtes parent de Jacques Caverlet...

Marcel reprit fièrement :

— Je suis le fils de Jacques Caverlet, du républicain qui fut fusillé un soir sans jugement...

A ce mot, toutes les mains se tendirent vers le jeune homme, et le vieillard lui dit :

— Vous ne vous êtes pas trompé, vous êtes ici en famille, nous étions tous les compagnons de lutte de Jacques, et vous allez prendre parmi nous la place qu'il y aurait occupée.

Marcel prit place, puis le jeune homme placé devant la table commanda :

— Joseph, sortez une minute, ou plutôt regardez par les fenêtres du premier et voyez si le citoyen Caverlet ne s'est pas trompé... si nous sommes surveillés.

Celui qu'on appelait Joseph, et que nous avons déjà vu introduire chacun des conjurés, obéit aussitôt.

Le vieillard alla près du jeune homme placé au milieu de la table et lui parla bas... Les autres, tout préoccupés de ce qu'ils venaient d'apprendre, causaient entre eux. Marcel regardait le jeune homme qui semblait présider; il était étonné que si grave responsabilité pesât sur tant de jeunesse, car, nous l'avons dit, ce jeune homme, presque un enfant, ne paraissait pas plus de dix-huit à vingt ans.

Et c'était un charmant garçon, qu'on en juge. De taille moyenne, il était négligemment, mais artistement vêtu, d'un paletot de velours de soie, d'un pantalon mi-collant dont le bas laissait voir un pied de femme fortement et lourdement chaussé, à dessein — peut-être pour se grandir; un foulard blanc, noué à la Colin, lui servait de cravate, les cheveux, d'un blond étrange, étaient longs et tombaient frisés jusque sur ses épaules. L'œil noir et grand avait cette vivacité du regard qui met l'esprit dans les yeux; il jetait des éclairs sous l'ombre de cils immenses et bruns, une singularité avec les cheveux blonds. La bouche, magnifique, était pleine de sourire et de raillerie ; mais, sous le menton, sur les lèvres et sur les joues, pas un poil follet, le duvet de la pêche ; le nez fin, délicat, était si peu relevé qu'il paraissait droit. Malgré soi, on se demandait ce que ce jeune homme venait faire au milieu de ces hommes aux larges fronts, ce que faisait cette gaieté dans le sévère.

Joseph rentra tout à coup et dit :

— C'est vrai, ils sont postés dans la rue Dubois.

Tout le monde se leva... le jeune homme demanda :

— Et *lui ?*

— C'est lui qui les dirige.

— Bien ! je vous l'avais dit ! Et la rue de la Poulaillerie ?

— Elle est libre !...

— Ne risquons rien, alors, partons. — Et à demain soir où vous savez pour communications importantes. Partez vite par les caves.

— Vous, monsieur Marcel, veuillez m'accompagner.

On obéit en silence. Un à un les hommes sortirent et s'enfoncèrent dans l'escalier des caves.

On juge facilement de la fiévreuse curiosité qui agitait Marcel ; quels étaient ces hommes, quel était leur but ? on l'avait reçu comme une vieille connaissance, et il ignorait encore le motif de la réunion à laquelle il avait assisté.

Lorsque tous les individus qui composaient la réunion furent sortis, le jeune homme, qui n'avait pas été le moindre sujet de curiosité de Marcel, vint vers lui, lui prit familièrement le bras et lui dit :

— Venez.

Ils suivirent, à leur tour, le chemin précédemment suivi par les hommes et sortirent bientôt par la rue de la Poulaillerie. La rue était déserte, les deux jeunes gens s'y engagèrent sans hésiter. Marcel n'osait parler et ce fut son compagnon qui lui dit :

— Vous êtes Marcel Caverlet ; oh ! mais je vous connais bien.

— Vous me connaissez, moi ?... Vous connaissez mon nom ?

— Non pas, vous...

— Moi ?

— Oui, et c'est justement pour cela que je vous ai prié de m'accom-

pagner, ou, pour vous parler plus justement, de vous laisser reconduire... Je suis content de me trouver avec vous ; j'ai de bons conseils à
vous donner.

— A moi? fit Marcel tout à fait stupéfait.

— Écoutez-moi, et vous serez convaincu que je ne me trompe pas...
Croyez-moi, et vous serez assuré que je ne vous trompe pas.

— Je vous écoute.

— Vous êtes l'amant aimé de Mlle Ève Jolin.

Marcel fronça le sourcil ; il n'aimait pas le ton léger avec lequel le
jeune homme parlait de choses si graves pour lui ; mais celui-ci,
appuyé sur son bras, continua :

— Vous avez contre vous deux hommes... l'oncle, un vieux dur-à-
cuire, absurde comme ses convictions, le capitaine Sapertache, qui
voudrait absolument pour sa nièce un homme bien pensant, qui ait
servi, surtout... il ne reculerait même pas devant un invalide. Celui-
là, du jour où on lui a parlé de vous, il a sacré, juré et déclaré que du
grand jamais vous n'entreriez dans sa famille, le fils d'un forçat !...
horreur, c'est bien assez d'avoir pour nièce la fille d'un supplicié...

— Comment diable savez-vous cela? dit Marcel étonné.

— J'en sais bien d'autres...

— Le misérable que vous aviez contre vous, il y a quelques jours,
est ce même agent qui feignit d'arrêter Mlle Jolin au coin de la rue
d'Albon. C'est un détail que vous ne nous avez pas conté tout à l'heure
à la réunion.

Marcel devint tout rouge et tout décontenancé ; il regarda son compagnon, en disant :

— Vous me faites peur.

— Oh ! ne craignez rien, fit vivement celui-ci, nous sommes amis...
et il continua :

— C'est un nommé Coquelet, agent de toutes les espèces de
polices.

— Mais si, aujourd'hui, j'allais me plaindre...

— Oh ! mon Dieu, c'est absolument comme si vous ne vous plai-
gniez pas ; il dira qu'il s'est trompé, qu'au reste, reconnaissant son
erreur, il s'est retiré sans procéder à son arrestation.

— Il ne pourrait déclarer cela puisqu'il connaissait Mlle Jolin, qu'il était reçu chez l'oncle, et que, depuis la veille, il avait été chassé de la maison.

— Justement, alors, sa défense est plus simple : on ne l'a pas chassé, au contraire, c'est lui qui a renoncé à aller dans cette maison, en voyant la conduite de celle qui y résidait, et ne connaissant que son devoir, devant la preuve évidente du dévergondage de la jeune fille, il a oublié qu'il connaissait la famille et l'a arrêtée ; mais, surtout, dans le but de lui donner une leçon profitable qui la fasse rentrer dans la bonne voie.

— Mais, vous m'épouvantez, c'est le dernier des misérables.

— J'avais commencé par vous le dire...

Marcel n'en pouvait croire ses oreilles.

— C'est cet homme qui, lorsque vous avez essayé de vous faire recevoir dans la maison, a parlé contre vous au capitaine...

— Quel était donc le but de cet homme ?

— Vous l'avez bien deviné... la jeune et belle Mlle Ève lui plaisait, il se présenta comme un mari... pendant la guerre, il a un peu servi... il a porté l'uniforme ; cela rentrait dans les goûts du capitaine, il fut agréé.

— Que me dites-vous là ? fit Marcel douloureusement surpris.

— La vérité ; mais n'allez pas accuser Mlle Ève, elle ignorait l'avenir que lui bâtissait son oncle... Au bout de quelques jours, l'employé Coquelet — il se disait employé — devenu familier dans la maison, voulut prendre quelques privautés. Mlle Ève, offensée, indignée, se plaignit au capitaine ; celui-ci, tout en blâmant Coquelet, dit à la jeune fille qu'elle eût à reconnaître en lui son futur époux... Vous jugez du scandale... Mlle Ève se fâcha, déclara même nettement — vous devez encore ignorer ça, — qu'elle avait un fiancé, le seul qu'elle accepterait pour mari ; c'est vous ! Le capitaine s'emporta... et se brouilla avec sa nièce, en lui disant que le soir même elle serait présentée officiellement à son futur... Le jour même, le capitaine reçut une lettre anonyme qui lui annonçait que l'employé Coquelet était marié ; on lui écrivait la date et l'église, et, si le sieur Coquelet niait, on s'offrait à lui donner d'autres preuves. Cette fois le capitaine éclata, tant, tant, qu'on dut

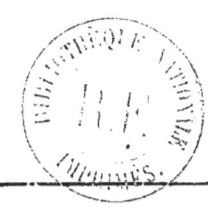

Coquelet avait courbé le dos, et le chapeau à la main. (Page 91.)

fermer les fenêtres; jamais pareils sacrements n'étaient sortis de la bouche d'un homme... Le soir, lorsque le capitaine eut donné la lettre à Coquelet, celui-ci fut atterré; lorsqu'il vit la colère monter au cerveau du capitaine... il se hâta de fuir... et, en descendant l'escalier, montrant le poing à la porte, il dit :

— Oh! la nièce, l'oncle et l'autre, vous me payerez tout cela...

12

Vous savez maintenant ce qu'il est capable de faire. Ainsi, garde à vous, et adieu.

Marcel, abasourdi, stupéfait, effrayé, écoutait; il sentit qu'on lui quittait le bras, il releva la tête, et chercha son compagnon.

Il ne vit personne, il se trouvait seul au coin de la rue de la Barre.

Tout bouleversé, Marcel regagna précipitamment sa demeure ; il se demandait vainement comment ce tout jeune homme était tant éclairé sur sa situation, et sur ceux qui l'occupaient. Il sentait gronder en lui une rage sourde à la pensée que le misérable Coquelet avait tenté de s'emparer de celle qu'il aimait... Et puis, ce qui, par-dessus tout, battait son cerveau, c'était la secrète réunion qu'il avait découverte et que semblait diriger un jeune homme.

Il rentra chez lui tout fiévreux et se coucha.

II

LE VÉRITABLE MÉTIER QU'EXERÇAIT L'HONNÊTE M. COQUELET

Lorsque l'heure réglementaire était sonnée, il était permis à toute personne d'entrer dans l'Hôtel de Ville pourvu qu'elle y vînt pour affaire et n'y restât pas trop longtemps.

Nous n'avons pas à parler de l'Hôtel de Ville de Lyon : le monument que construisit vers 1650 l'architecte lyonnais Simon Maupin, sur le lit d'un ancien canal comblé par des *terraux*, est connu de tous; sa façade est justement considérée comme une des beautés architecturales de Lyon.

Mansard, en réparant le monument, l'a peut-être un peu alourdi.

Le lendemain du jour où se passe le chapitre précédent, l'heure venait de sonner, nombre d'impatients montaient les quatorze marches, franchissaient le vestibule sans même donner un coup d'œil aux merveilleux groupes des frères Coustou, la Saône et le Rhône, pour entrer dans la cour; là, ils appuyaient à droite et, au travers d'une foule de gardes urbains, se faisaient un passage pour entrer dans les bureaux.

L'homme que nous avons vu la veille, cherchant illégalement à arrêter la belle Ève Jolin sur la place d'Albon, était debout dans la salle d'attente, accoudé près de la porte d'entrée du cabinet d'un chef quelconque ; le chapeau sur l'oreille, il mordillait ses ongles, impatient que son tour arrivât ; les agents causaient familièrement avec lui. C'est sous le nom de Coquelet que Ève l'avait dénoncé à Marcel. Le sieur Coquelet était un gaillard assez bien pris, un peu déhanché, de manières et d'allures communes ; il portait toute sa barbe, une barbe châtain blond, le nez un peu lourd était droit, la bouche avait les épaisseurs des lèvres de faune, l'œil bien clair clignotait souvent, le regard était torve : il guettait sans cesse et ne fixait jamais, l'ensemble du visage était railleur... Après avoir plusieurs fois prié celui qui gardait la porte, d'entrer en portant la carte de celui-ci et de hâter le départ de l'importun qui occupait si longtemps son chef, Coquelet prenant son parti dit :

— Je suis trop pressé, j'entre, tant pis.

Il entra sans que le garçon de service lui fît la moindre observation ; arrivé devant une seconde porte, il frappa ; une voix, d'un ton d'impatience, dit :

— Entrez... Qu'est-ce encore?...

Coquelet avait courbé le dos, et, le chapeau à la main,

Valet souple au logis, insolent au dehors,

il se glissa, disant avec humilité à la personne assise devant le bureau :

— Excusez-moi... je viens pour des choses graves, très-graves...

— Tiens, c'est Coquelet, dit un grand gaillard adossé à la cheminée.

En voyant celui qui venait de prononcer son nom, Coquelet devint plus plat encore.

— Excusez-moi, je me retire... Si j'avais su, monseigneur, monsieur le comte, que vous étiez ici... c'est excès de zèle, je me retire, pardonnez-moi.

Et il se retirait à reculons et courbé. Celui qui était la cause de ce nouvel abaissement d'échine, était un grand fonctionnaire sans doute ;

il paraissait avoir la soixantaine, grand, s'il était droit on sentait que sous la redingote bridée le torse était dans un corset; il portait des pantalons à sous-pieds, et les rotules desséchées par l'âge étant rebelles, il marchait en tenant ses jambes droites, comme un homme habitué au cheval.

Soigné dans sa mise, il croyait devoir à son tailleur une apparence de juvénilité; la tête, abandonnée au soin d'un valet de chambre consciencieux, était minutieusement faite, les cosmétiques s'y fondaient doucement, harmonieusement; les moustaches provoquantes étaient cirées et se dressaient comme deux longues aiguilles; le teint pâle était bilieux, les yeux étaient gris et rapprochés du nez mince mais rouge et givelé à son extrémité; le visage paraissait fatigué et portait les traces d'une vie largement employée; la dentition, entre les lèvres pâlies, était à son déclin, les dents désertaient; la boutonnière était rouge, très-rouge, naturellement. Il dit d'un ton léger :

— Restez, Coquelet, restez, mon ami, nous avons terminé... puis, se tournant vers l'individu qui écrivait au bureau :

— Ainsi vous m'avez compris? pas de scrupules, agissez; il gêne, détruisez; je réponds de tout; ils me haïssent, je le sais... mais jamais autant que je leur rends moi-même... Il ne manquerait plus que ça, un maître de café, un gargotier, nous conduiraient! Agissez, j'approuve. Maintenant, venons à vous; qu'y a-t-il de nouveau, Coquelet?

— Nous sommes seuls et je puis parler?

— En toute sûreté.

— Je suis sur la piste d'un complot.

— D'un complot! dit en riant le maître du lieu.

— Je ne puis donner des détails aujourd'hui, mais voici cependant ce qu'il y a déjà : ils sont une vingtaine, chefs de groupe, qui se réunissent une ou deux fois par semaine dans un lieu que je connais. Parmi eux, le seul que je connaisse à cette heure est le fils de Caverlet.

— De Jacques Caverlet! Comment, le fils va recommencer le jeu du père?

— Celui-là, j'en suis certain, je l'ai vu... Mais une chose plus étonnante, c'est qu'il y a dans ces sociétés un homme que j'avais toujours cru avec nous et qui, au contraire, se sert de notre confiance en lui pour faire une propagande indirecte dans l'armée.

— Que me dites-vous là, fit, en fronçant le sourcil, celui qu'on avait appelé M. le comte, un des nôtres?

— Oui, monsieur, oui; j'allais dans cette maison, et ainsi que le veut le métier dont votre confiance m'a chargé, j'écoutais et veillais. Je me suis d'abord pris aux allures toutes martiales de celui dont je parle, je croyais à ce qu'il disait de ses affections passées, lorsque je l'ai vu recevoir chez lui et destiner à sa nièce Marcel Caverlet.

— Ah çà, de qui parlez-vous?

— Du capitaine Sapertache!

— Vous êtes fou, Coquelet! Sapertache, ce brave imbécile, devenu rouge! Sapertache radical, laissez-le se glisser dans leurs rangs, moi je réponds de lui, s'il tire son sabre, c'est pour faire le moulinet autour de lui en jurant comme le diable.

— Si monsieur le comte me le permet, je lui donnerai des preuves...

— Des preuves!

— Je n'ai pas de preuves aujourd'hui, mais je demande deux jours pour en apporter.

— Deux jours, fit le comte en se promenant dans le cabinet; puis, se tournant vers la personne qui était assise devant le bureau, il lui dit :

— Savez-vous qu'un semblant de complot seulement, en ce moment, nous serait utile. La découverte d'une société secrète, avec les histoires qui courent à Versailles sur la rue Grôlée, du caractère séditieux qu'a constamment la ville, si l'on pouvait montrer que la démagogie est ici latente, nous aurions une certaine force.

— C'est vrai, appuya son interlocuteur.

— Tout mouvement factieux appelle la répression, et ayant une raison, une cause, nous ne serions pas longs à dominer ici.

— C'est bien mon avis.

— Ainsi, Coquelet, vous croyez être sur la piste d'un complot?

— Je suis certain que des réunions secrètes ont lieu... or, c'est le commencement du complot.

— Évidemment, ils ne se réunissent pas au milieu de la nuit pour parler d'affaires. Dans ce complot se trouverait l'élément bourgeois?

— Oui, monsieur le comte, représenté par des commerçants.

— Bien ; l'élément militaire ?

— Le capitaine Sapertache.

— Oui, si l'on prouvait ça !... les anciens partis font cause commune avec la démagogie. C'est un point de départ qui nous permet de sévir partout... en même temps que ça fait taire les braillards, puisque nous frappons sans distinction de parti, ne voyant que notre but : l'ordre.

— C'est absolument logique.

— Eh bien, Coquelet, il faut vous occuper de cela ; vous avez du monde pour vous aider, agissez, ayez des preuves écrites ; ne vous compromettez pas trop... cependant, allez, vous serez soutenu.

— Vous me permettez d'agir ?

— Absolument...

— Les moyens vous importent peu... Je vous garantis le succès ; dès demain vous aurez les noms. Je connais quelqu'un qui écrit dans les journaux ; il rédigera une petite note aussitôt, et vous verrez l'importance que cela prendra.

— Bien ; faites, et laissez-nous...

— M. le comte sera content de moi...

Et le sieur Coquelet sortit à reculons, en saluant...

A peine eut-il franchi la porte, qu'il redressa sa haute taille, campa fièrement son chapeau sur l'oreille, et, le regard insolent, il sortit de l'Hôtel de Ville en faisant siffler sa canne.

Pendant que, dans le cabinet, celui qu'il appelait M. le comte disait :

— Un gaillard adroit, qui n'a pas de scrupules... avec ces gens-là on ferait ce qu'on voudrait... revenons à notre affaire...

L'agent Coquelet, se pavanant, descendit la rue de l'Hôtel de Ville et gagna la rue Saint-Dominique ; là, il s'arrêta devant une porte sur l'angle de laquelle était un petit écriteau portant cette inscription :

« On demande des ouvrières et des apprenties pour la frange au cadre et autres ; s'adresser au second étage. »

Coquelet arrêta un gamin qui passait et lui demanda :

— Dis donc, le gône, veux-tu gagner deux sous ?

— Oui, monsieur.

— Tu vas monter là, au deuxième étage, la porte à droite, et tu demanderas Mlle Adèle, tu lui diras que c'est une dame qui l'attend.

Le gamin s'acquitta de la commission pendant que Coquelet se cachait sous la voûte qui conduisait aux Célestins. Mlle Adèle parut quelques minutes après. En voyant Coquelet elle sourit, puis regarda longuement autour d'elle, et, certaine de ne pas être épiée, elle se dirigea vers lui.

— C'est ça qui n'est pas prudent, fit-elle, de venir me chercher dans le jour, c'est l'heure où il quitte son bureau et il pourrait passer par ici.

— Ne t'inquiète donc pas de ça, le jour où il sera trop gênant, tu le quitteras, voilà tout.

— Oui, tu en parles à ton aise. Qu'est-ce que tu veux?

— Je viens te chercher pour t'offrir une matelotte chez la mère Guy.

La figure de la jeune ouvrière s'épanouit.

— Monte prévenir à ton atelier, et nous partirons.

— Non, je ne remonte pas, dit vivement Mlle Adèle, on ne me laisserait plus redescendre, je vais renvoyer le petit gône là-haut, il demandera Marie, l'apprentie, celle-ci lui donnera mon chapeau et mon pardessus sans que madame en sache rien...

Quelques minutes après, le gamin apportait, dans une brasserie où ils attendaient, les objets demandés; Mlle Adèle se coiffa et, prenant le bras de Coquelet, elle dit :

— Tu sais, nous allons prendre une voiture fermée, je ne veux pas me promener dans Lyon avec toi le jour, je pourrais le rencontrer ou être vue par ses amis.

— Oui, c'est entendu.

Coquelet, cavalier galant obéissant à sa maîtresse, fit avancer une voiture et se fit conduire chez la mère Guy.

Là, sur la terrasse qui domine le quai, sous une tonnelle, ils se mirent à table et bientôt, avec quelques verres d'un petit vin du Beaujolais, la langue de Mlle Adèle se fit entendre.

Le lecteur pense peut-être que l'amour était de la partie, qu'il en juge.

— Tu me fais toujours des scènes de jalousie, disait le museau de Mlle Adèle.

— Voyons, ma chérie, crois-tu qu'il m'est agréable de te voir sans cesse aux ordres de ce monsieur?... De deux choses l'une : tu l'aimes, ou tu ne l'aimes pas.

— Ah! en voilà des bêtises! parce qu'on fait des infidélités à quel-qu'un, on ne l'aime pas.

— Je sais bien que tu es la preuve du contraire.

— Si vous me dites ça pour me faire regretter la faute que j'ai commise...

— Mais non... ne te fâche pas... c'est parce que je t'aime.

— Si je le trompe, c'est sa faute; s'il était plus souvent près de moi, s'il s'occupait moins de politique, s'il passait ses soirées avec moi au lieu de les passer à ses réunions...

— Mais tu n'as pas besoin de te justifier, je le sais bien, et c'est pour cela que je te reproche d'être si peu avec moi. A-t-il jamais un mot agréable pour toi?

— Lui, jamais; il me raconte ce qu'il vient de faire, il se figure qu'il est quelque chose, et puis voilà tout.

— Ça, c'est trop bête.

— Oh! oui, c'est bête.

— Mais enfin, qu'est-ce qu'il te dit?...

— Eh! pardi, toujours la même chose : il faut faire attention, on veut refaire la royauté, mais ils sont là! Est-ce que je sais, des bêtises comme ça... qu'est-ce que ça me fait, à moi? Comme je lui dis : mène-moi donc plutôt au théâtre!...

— Moi, je crois qu'il te ment...

— Oh non!...

— Que si... c'est un prétexte... Connais-tu les gens avec lesquels il se trouve? Qui te dit que ce qu'ils nomment la politique, ce n'est pas des réunions avec des filles de brasserie? hein!

— Ah! mais non, je connais ses amis, ce sont des vieux, sérieux, ennuyeux.

— Ah! oui, il te dit cela!...

— Mais non, il ne me le dit pas seulement, je les vois. Il y a Boyer,

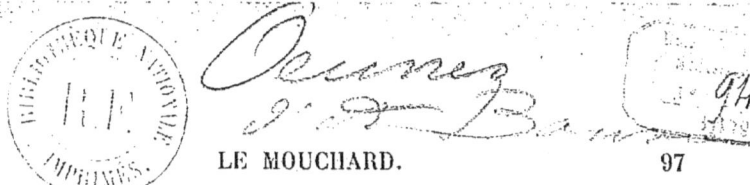

Il entra et vint s'asseoir à une table où quatre individus à mine d'argousins jouaient
aux cartes. (Page 101.)

qui est chef d'un groupe; il y a Devatine, il y a celui qui fait les rapports,
Clauzade... tu as bien entendu parler de tous ces gens-là...

— Oui, mais je ne crois pas qu'ils font de la politique... ils se
réunissent à la brasserie, voilà tout...

— Mais non! je sais bien le lieu de leur réunion... tu sais bien, je
te l'ai dit l'autre fois, en passant rue Dubois, je t'ai dit : Ne passons

13

pas là, c'est l'endroit de la réunion où va Adolphe... et il n'aurait qu'à sortir, ça ferait une jolie scène.

— Oui, oui, je me souviens... Effectivement, tu ne dois pas avoir beaucoup d'agrément.

— Il ne pense qu'à ça, ne parle que de ça! A peine est-il rentré à la maison, il fait sa correspondance... Avec ça qu'il voit des agents partout, il se croit poursuivi, se fait écrire chez moi...

— Comment, chez toi, à son nom?

— Pas positivement, il se fait écrire au nom de M. Adelin... Ainsi, pas plus tard qu'hier, il est rentré à près d'une heure du matin, il était tout sens dessus dessous, ils avaient manqué d'être pincés tous... il dit ça, tu sais, pour se rendre intéressant... on se moque bien d'eux... il m'a dit qu'ils allaient changer le lieu de leur réunion, et aujourd'hui il s'occupe de ça... il cherche un endroit... il m'a prévenue que je ne le verrai pas d'ici deux jours...

— Ah! voilà où je trouve qu'il a de l'esprit... Alors tu vas m'accorder l'hospitalité...

— Oh non! il n'aurait qu'à revenir...

— Eh bien, tu ne réponds pas; que tu viennes chez moi et qu'il ne trouve personne ou que tu ne répondes pas s'il venait frapper chez toi, c'est absolument la même chose.

— Ah! et puis, fit tout à coup Mlle Adèle, ça m'est égal... tu viendras si tu veux.

— Il faut que je voie si la mère Guy n'a pas un dessert agréable à nous donner, fit Coquelet, en se levant pendant qu'Adèle humectait son palais desséché par la conversation.

Coquelet se dirigea vers la cuisine; là, il tira son calepin et écrivit les noms de Boyer, Clauzade, Devatine, M. Adelin; puis, sur le revers d'une carte de visite, il écrivit : « Mon cher vieux, fais *filer* toute la journée et toute la nuit le petit plumet (tu sais ce que je veux dire); rapport ce soir et demain matin. — H. C. »

Il glissa la carte sous l'enveloppe et écrivit l'adresse :

« A M. Isidore Bassier, place des Terreaux, ou au petit débit de vin du coin de la rue d'Algérie. »

Il fit appeler un commissionnaire et, évitant d'être vu par sa compagne qui, s'impatientant, criait au garçon :

— Voyez donc où est Monsieur, est-ce qu'il m'a laissée là? elle ne serait pas drôle!

Coquelet rit, et dit au commissionnaire :

— Vous allez courir pour me porter ça ; si la personne n'est pas chez elle, vous irez au débit; s'il était parti, vous vous informeriez où il est allé et vous iriez le trouver; si, au contraire, il n'était pas venu, vous attendriez, vous comprenez bien, il faut absolument que cette lettre soit parvenue à Bassier avant deux heures.

— Bien, fit le commissionnaire qui, ayant reçu le prix de sa course, partit aussitôt.

Coquelet fit servir des fruits et du champagne, et retourna à la table.

— Ah! je te croyais filé, exclama Adèle.

— Oh! y penses-tu!

— Oh! ce n'est pas la première fois qu'on me la fait, celle-là.

— Eh! bien, ils étaient gentils tes galants... Voilà ce que j'étais allé commander, fit-il en montrant le garçon qui apportait gâteaux, fruits et champagne, et en approchant sa chaise de celle de Mlle Adèle, qui salua joyeusement le champagne en criant :

— A la bonne heure. Viens, mon petit Polyte, il faut que je t'embrasse, je t'aime bien aujourd'hui.

— Et moi, donc, fit Coquelet, lui prenant la taille et l'attirant à lui pour faire claquer sur ses lèvres un bruyant baiser.

— Vois-tu, mon petit chou, le vin rend bon, verse-moi un petit coup de champagne...

Coquelet avait fait sauter le bouchon, il versa à plein verre. Mlle Adèle aimait bien ça, paraît-il, elle ne le but pas, elle le précipita dans sa bouche fraîche et, tendant aussitôt son verre, elle dit en minaudant :

— Encore, mon coco... à ta santé, je t'aime!...

Coquelet s'étendit sur sa chaise et s'abandonna aux caresses de la gracieuse Adèle, que le champagne avait enflammée. Il alluma sa pipe, et, à travers les nuages de fumée qu'il lançait béatement dans l'air, il contemplait celle qui devait le servir...

Le soir même, Mlle Adèle rentrait chez elle, plus que grise; elle s'était endormie, et, dans sa chambre, Coquelet, assis devant la table à ouvrage, fouillait dans les papiers qu'Adolphe avait laissés aux bons soins de Mlle Adèle.

III

OU L'ON VOIT QUE L'HONNÊTE COQUELET FAISAIT AUSSI TOUT CE QUI CONCERNAIT SON ÉTAT.

Lorsque Coquelet eut bourré ses poches de papiers à sa convenance, il se dirigea vers Mlle Adèle endormie et la contempla, et c'était un gentil tableau que celui de Mlle Adèle endormie, la tête dans le flot de ses cheveux roux qui couvraient son bras rond et blanc reployé sur l'oreiller.

Elle avait de vingt à vingt-deux ans, elle était rousse, nous l'avons dit, mais de ce roux admirable qui tient un peu de l'acajou; elle avait le nez coquettement retroussé, la bouche épaisse, pleine de sensualité, surtout à cette heure, où les fumées du champagne et les grossières caresses de Coquelet l'avaient épuisée, l'ivresse y imprimait sa moue; le front était étroit, un peu comme les pensées de la jeune ouvrière; le sommeil en tenant sur ses yeux ses paupières lourdes, cachait la beauté de Mlle Adèle, ses yeux noirs qui, dans l'ombre de ses cils immenses, semblaient d'une douceur infinie.

Quand elle riait, deux admirables fossettes, nids de baisers, encadraient ses lèvres rouges et ses quenottes pointues, d'une blancheur nacrée. Ses joues duvetées avaient la teinte chaude et saine des méridionales. Bâtie comme les petites bacchantes de Clodion, elle était admirablement faite, joignant les charmes des contours à la construction plébéienne.

Coquelet admirait sa charmante maîtresse, il se pencha vers elle et l'embrassa en lui disant :

— Adèle, je pars, au revoir, tu recevras un mot de moi…

— Va-t-en !… Adieu ! fit Mlle Adèle, maussade d'être éveillée, laisse-moi dormir… oh ! que j'ai mal à la tête.

Coquelet partit en riant, pendant que la petite frangeuse maugréait :

— Que c'est bête de vous réveiller… Tout tourne… ça tourne… et j'ai mal à la tête.

Lorsque Coquelet fut dans la rue, il se dirigea vers un cabaret borgne d'un quai de la Saône. Il entra et vint s'asseoir à une table où quatre individus à mine d'argousins jouaient aux cartes. Celui près duquel il se plaça, paraissait âgé d'une cinquantaine d'années ; c'était un Parisien, un Parisien des faubourgs ; il comptait son jeu.

— Ma petite vieille, si tu as froid cet hiver, ça m'étonnera, je vais te coller une redingote à sous-pieds. Nous disons une quinte d'état-major, quatorze de boutons de guêtre, trois mecs, trois fées ! t'en as un gilet, tu peux te graisser.

Et il noya son gros nez dans le nuage de fumée qu'il aspirait d'une pipe abjecte.

Les argousins, autour de la table, se tordaient en voyant celui qui venait de perdre chercher dans son écart l'assurance qu'il n'était pas trompé. Douce confiance qui honorait les dignes gens !

— Tiens, Coquelet, fit celui qui venait de gagner. Assieds-toi, ma vieille branche.

Celui-ci obéit et dit à mi-voix :

— Isidore, nous avons à travailler aujourd'hui, il faut être sérieux.

— Bien, bien entendu, on mettra de l'orgeat dans son absinthe. Qu'est-ce que tu prends ?

— Rien, je n'ai pas dîné, et, pour ce que je t'ai dit, il n'y a pas de temps à perdre ; puis, se penchant à son oreille, il lui demanda :

— Et as-tu du nouveau pour le *petit* de ce matin ?

Les amis d'Isidore, en voyant les deux hommes parler bas, se retirèrent discrètement.

— Il est filé par Lupin et Collet depuis trois heures ; on l'a trouvé devant le théâtre… Ça été facile.

— Tu n'as pas encore de rapport ?

— Non ! c'est qu'il n'y a rien d'intéressant… Ils doivent venir

ici ; le premier qui viendra sera remplacé par Longeau, qui est là ;
aussitôt après l'autre revient, et c'est Cascara, avec qui je viens de jouer,
qui va le remplacer ; de cette façon il est impossible qu'ils soient
éventés.

— Très-bien ; attendons ici. Nous irons chez toi après ; nous avons
à écrire.

— Ah bien ! des lettres...

— Oui, j'ai faim, moi !

— Eh bien, mais c'est très-simple, nous allons dîner ensemble ; ils
vont se remettre à jouer là-bas...

—Tu as tort, Bassier, dit Coquelet, de façon à n'être entendu que
de lui, tu as tort d'être aussi familier avec eux ; tu diminues ton autorité...
et puis ça déplaît là-bas...

— Ils sont bons là-bas, faut bien que je rigole un peu, nous n'allons pas où nous voulons, nous... qu'ils m'invitent à la préfecture, afin
de faire un cent de piquet le soir, et je ne viendrai pas m'empoisonner
ici... Dans cette boutique, ce n'est pas à l'intelligence qu'ils jugent les
hommes, c'est à leur cravate. Ils sont là dedans un tas de gommeux
qui ne vivent que dans la pommade, la pipe fait tourner la tête à ces
messieurs, ça vit dans les boudoirs ou les sacristies ; si vous leur offrez
un rafraîchissement au choix, ça dit : un mêlé Enceus et Lubin... toute
la force est là sous les cheveux, tu veux chercher des muscles, de la
chair, tu trouves de la flanelle...

— En voilà une sortie !

— Oui, parce que je ne suis pas considéré pour ce que je vaux...
Est-ce décent, après le temps de service que j'ai, d'être fichu comme
ça ?

— Et c'est justement parce que tu ne te tiens pas assez...

— Allons, ne parlons plus de ça... C'est toi qui est en hausse, pro-
fites-en.. Quand j'en aurai assez, je sais bien ce que je ferai.

—Tu dis des bêtises. Mangeons... Mais je t'avoue que je n'ai pas
grande confiance dans la cuisine d'ici.

— Pardi, ça ne vaut pas celle du buffet de là-bas... mais nous pouvons nous faire faire des côtelettes à la sauce ; aimes-tu ça ?

— Oui.

— Je vais commander ; ne t'inquiètes pas.

Pendant que Bassier s'occupait de faire préparer le dîner, que les autres individus se tenaient à distance de leurs chefs, Coquelet s'était fait servir une absinthe, avait tiré une longue pipe, l'avait allumée, et, dans les nuages de fumée qu'il lançait, bâtissait son plan.

C'était un étrange cabaret que le bouge où se réunissaient les gens de la police inavouée. D'abord ça avait dû être un hangar ; on l'avait vitré pour en faire un magasin, puis la veuve d'un agent corse, ancienne vivandière de la garde, avait loué la boutique pour y établir un débit. La vivandière était de mœurs faciles, mais des recommandations particulières lui avaient fait obtenir l'autorisation, souvent difficile à avoir C'était une charmante et fraîche petite femme d'une trentaine d'années, toute rose, toute ronde, un corsage abondant de formes, des hanches solides, avec une fraîche voix douce qui surprenait en sortant de cette petite bouche grasse, sous laquelle s'étendait un triple menton. Sans cesse elle allait et venait autour des tables, bouillant de s'y asseoir et de bavarder un peu, avec les agents surtout — c'était sa grande curiosité — sur les affaires relatives aux mœurs.

Les murs du cabaret étaient recouverts d'un papier sur lequel ruisse-laient des couleurs étranges qui représentaient nos guerres de Crimée. Le comptoir se trouvait à gauche, à côté du trou béant qui s'ouvrait sur la cave. Le cabaret avait cinq tables de chêne que l'usage avait vernies. Dans la niche du comptoir, au milieu de rayons de bouteilles, était la glace. On peut croire que l'œil de l'ex-vivandière en abusait; il ne se passait pas de minute qu'elle n'allât lui demander le sourire qu'elle lui offrait.

En somme, le cabaret était gai. Ce qui était sombre, c'étaient ces habitués vêtus en bourgeois et conservant dans leurs vêtements sordides la raideur militaire.

C'était une orgie de chapeaux étrangement cambrés, de cols de crin ne laissant pas paraître le linge, de chaussures à larges bouts carrés..., et ces têtes constamment les mêmes, c'est-à-dire traversées par une épaisse moustache se terminant en aiguille, au-dessous de laquelle pendait l'impériale.

De ce groupe s'exhalait une nauséabonde odeur de pipe brûlée.

Mᵐᵉ Casaba, la maîtresse du cabaret, mettait le couvert des deux agents, se défendant en jouant par des minauderies, des galanteries grasses du beau Coquelet; lorsque celui-ci lui prenait la taille, elle s'arrangeait toujours à relever les coudes, feignant de se défendre en se livrant, et lorsque Coquelet, l'attirant vers lui, la fit s'asseoir sur ses genoux, elle éleva ses mains qui tenaient verres et assiettes, et tomba sur sa poitrine, sa joue sur ses lèvres, tout entière dans ses bras en disant de sa voix argentine :

— Ah ! M. Hippolyte, vous n'êtes pas gentil, vous êtes bien heureux que je sois embarrassée... Vous verriez. Je n'aime pas ces plaisanteries-là.

— Et ça, fit Coquelet, l'enlaçant, et faisant claquer sur ses joues grasses un baiser sonore...

— Voulez-vous vous taire... eh bien, qu'est-ce qu'on va dire?

Le chœur d'agents, placé dans le fond, éclatait de rire.

Comme Mᵐᵉ Casaba, qu'on appelait *la Casa*, s'était débarrassée, elle revint vers Coquelet, riante et feignant de vouloir le gifler en disant :

— Maintenant, M. Polyte, vous allez me payer ça.

M. Polyte l'attendit galamment, saisit adroitement ses deux petits poignets ronds dans ses mains larges et solides et l'attirant vers lui l'obligeant presque à s'agenouiller sur ses genoux, il dit :

— Ma belle Casa, vous me reprochez mon baiser, vous allez me le rendre...

— Oh ! jamais.

— Allons, vous êtes prisonnière, je vous tiens, je ne vous lâche pas...

— Non, ça n'est pas gentil...

— C'est plus gentil de vous voir là que de me voir tout seul.

Le chœur du fond éclata encore...

— Et si je vous embrasse, vous me lâcherez... disait la Casa se débattant, mais si maladroitement que son corps se roulait sur celui de l'agent comme pour le caresser...

— Je vous le jure.

— Eh bien, venez, monstre !

Coquelet tendit le groin, et la Casa avança le museau.

Pas d'observation, ou je t'étrangle avec lui. (Page 110.

Isidore Bassier rentrait; en voyant le groupe, il fronça le sourcil et grommela tout bas :

— Oh! mais oui, que j'en ai assez; puis, haut et de mauvaise humeur :

— Dites donc, la veuve, vous feriez mieux de mettre le couvert au lieu de vous rouler sur le monde comme ça!

14

— Le couvert est mis, fit d'un ton sec l'ex-cantinière...

Coquelet connaissait les relations de la veuve Casaba avec son ami, mais il avait pour ce genre d'amour le plus profond mépris ; il se contenta de hausser les épaules et il dit à Bassier qui venait s'asseoir devant lui :

— Tu vois bien que nous rions... Ce n'est pas tout cela : parlons sérieusement. Tu te souviens bien de ton métier?

— Quel métier? fit Bassier toujours le sourcil froncé.

— La gravure...

— La gravure, oui, pourquoi faire?

— Il me faut deux lettres.

— Comment, deux lettres. Ah ça! fit-il plus bas, tu crois que je n'ai pas assez de mes cinq ans, quoique je n'en aie fait que deux; tu crois que je vais refaire des faux?

— Je ne te parle pas de ça; ce ne sont pas des faux, ce sont des imitations.

— Ah! elle est bonne!

— Puisque c'est commandé par là-bas...

— Ah! très bien!.. et c'est payé cher?...

— Tu peux en être certain... c'est pour ça que j'irai chez toi ce soir, il faut deux lettres...

— Bon, nous ferons ça... mais qu'est-ce que j'aurai?

— Tais-toi, ne parlons pas ici... nous causerons de ça chez toi.

Ils achevèrent leur repas ; ils avaient terminé, lorsqu'un individu, vêtu en ouvrier, parut :

— Ah! c'est Lupin, fit Bassier... vite, Cascara, va le remplacer. Où sont-ils?

— Collet est posté au coin de la rue de Lyon et de la rue Ferrandière, le *petit* est dans la deuxième brasserie, rue Ferrandière.

— Bien, monte vite là-haut, fit Bassier, retire ton paletot, ta cravate, mets une serpillière et une casquette, et va te poster avec Collet.

Cascara obéit. Coquelet appela Lupin et lui demanda :

— Qu'y a-t-il?

— Est-ce la route que vous demandez?

— Non, ce qu'il y a d'important.

— Ils ont loué, rue d'Aguesseau, un petit logement; ils ont dit que c'était pour faire une école du soir pour l'écriture.

— Bien, fit Coquelet; tu as les noms?

— Oui.

— Donne!

L'agent obéit; aussitôt Coquelet dit à Bassier :

— Viens vite, nous en avons pour dix minutes.

Bassier se leva, il demeurait dans la maison à côté du cabaret, c'est la veuve Casaba qui lui louait une chambre, près de la sienne. Une fois dans la chambre et la porte fermée derrière eux, Bassier demanda :

— De quoi s'agit-il?

— De peu de chose — deux lettres à faire. Voici la première, dit Coquelet, en lui donnant un brouillon, et voici l'écriture qu'il faut contref..., qu'il faut imiter.

— Oh! ne te gêne donc pas, du moment que c'est pour *eux*.

— Pendant ce temps je vais faire la seconde lettre.

Bassier retira son paletot, se mit à son aise, retourna ses manches et se mit à sa table, il tailla une plume d'oie. Puis il prit la lettre que Coquelet lui avait donnée et, la plaçant devant lui, pendant vingt minutes environ, il la copia, s'appliquant à imiter l'écriture; quand il fut lui-même embarrassé pour reconnaître la vraie de la fausse lettre, il écrivit celle dont Coquelet lui avait donné le brouillon et la signa.

Voici ce qu'elle contenait :

« Cher monsieur,

« *Tout va bien*, en général nous n'avons pas à nous plaindre, *nous serons prêts* à l'heure, *engagez-vous* donc. *Nous avons de Paris de bonnes nouvelles, ils seront prêts à la même heure*. Mais *c'est d'ici que devra partir l'ordre* d'envoi. Aussitôt *cet ordre reçu*, soyez convaincu qu'il sera exécuté et les clients n'auront pas à se plaindre, *le mouvement* des affaires est favorable à nos articles, et leur bas prix *éclatera immédiatement* aux yeux de votre acheteur. *Nous* pensons que *nous réunirons nos envois du premier au quatre. Un* nouvel *avis vous parviendra* par la poste *au nom* de notre maison *et au bureau habituel*. »

« Agréez l'expression de ma parfaite considération,

« X. »

Lorsque Bassier eut terminé sa copie, il demanda :

— Ah! ça, qu'est-ce que tu comptes faire de ça? c'est une lettre d'affaires.

— Oh ! mon pauvre Bassier, comme tu baisses !

En disant ces mots, Coquelet tira de sa poche une petite bouteille, il y trempait une plume et la passait sur tous les mots que nous avons soulignés. La plume mouillait sans laisser de trace.

— Ah ! ça, dit Bassier, qu'est-ce que tu fais, tu laves la moitié de ce que j'ai écrit?

Coquelet haussa les épaules et lui dit :

— Ne t'occupes pas de ça, travaille; voici l'autre lettre, et Coquelet lui donna la lettre qu'il venait d'écrire lui-même. Fais-moi ça de la même écriture.

Bassier secoua la tête et se remit au travail, comme un homme convaincu qu'on lui fait faire une chose absolument inutile. Il apprêta soigneusement sa plume et écrivit :

« Mon ami,

« Tout est prêt, arrêté, entendu ; prévenez les groupes ; le mouvement commencera par les campagnes et s'étendra autour des villes, qui alors seulement se soulèveront.

« Vous recevrez à cette heure tous les renseignements nécessaires... Nous avons déjà organisé nos dépôts d'armes; un avis vous dira où vous trouverez tout ce qui sera nécessaire; que chacun, descendant de chez lui, semble se rendre à l'atelier et se rende au lieu désigné, où il devra trouver sa compagnie.

« Le mouvement de votre quartier, est dirigé par Marcel Caverlet... C'est à lui que vous devrez vous adresser pour savoir ce que vous devez faire.

« Nous avons une partie des troupes ; — c'est le capitaine Sapertache qui les a embauchées.

« Le mouvement pourrait bien commencer près de chez lui, car il doit se porter au plus tôt sur l'état-major, et il réside à côté.

« Tout le monde est prêt pour le lendemain de la rentrée des Chambres.

« Dès les premières dépêches, vous aurez des ordres.

« Aussitôt debout !

« R. F. »

— Ça y est ! fit Bassier.

— Donne !

Coquelet lut son étrange phraséologie, et, la glissant sous une double enveloppe, il la lui rendit en disant :

— Mets la suscription : M. Adelin, bureau restant, Lyon-Bellecour.

Et, pendant que l'autre écrivait, il pointait avec son encre blanche les lettres que nous avons soulignées en dehors des mots.

Lorsqu'ils eurent terminé ce travail, Coquelet, glissant les deux lettres dans son portefeuille, dit à son ami Bassier :

— Dors bien cette nuit, ma vieille, car nous allons avoir du travail demain. Veux-tu descendre prendre quelque chose ?

— Non ! non ! Va à tes affaires... tu es pressé... moi je vais me reposer.

Coquelet lui serra la main et descendit.

Bassier grommelait :

— Plus souvent que je le conduise en bas ; c'est déjà assez comme ça, mais patience !

Il descendit à son tour ; il était au bas de l'escalier, dans le couloir dont une porte donnait sur le cabaret, il s'arrêta, il venait d'entendre et de reconnaître les voix de la Casaba et de Coquelet... puis le bruit d'un gros baiser. Il devint pourpre, ses dents grincèrent, car il entendait :

— La Casa, laisse-moi donc tranquille avec cette vieille bête. Je te dis que tu es devenue jolie comme tout. Je viendrai ce soir, il est de service.

— Mon Polyte, c'est fini, bien fini ? ne revenons pas sur le passé, tu me ferais avoir des ennuis.

— La dernière, ma belle Casa... la nuit des funérailles...

— Tais-toi, monstre, ne viens pas avant onze heures.

Et un double baiser résonna, puis le bruit de la porte... puis la chute d'un corps.

Bassier, qui avait eu comme un coup de sang, avait voulu se pré-

cipiter sur eux, il était tombé ; il se releva les sourcils froncés, les dents
serrées, l'œil plein d'éclairs, il essuya deux fois son front moite de
sueur, puis il sacra, jura, et dit :

— Ça y est maintenant, le beau Coquelet, ce sont ces doigts-là qui
t'étrangleront, et puis, puis, c'est vous tous qui payerez ça.

Et, faisant un effort surhumain, se domptant, il força le sourire à
s'étendre sur sa face contractée, et il entra au cabaret.

— Madame Casa, dit-il, je vous mène au théâtre ce soir?

— Je ne peux pas, M. Zidore...

Il s'avança près d'elle et, d'une voix sourde, qui ne souffrait pas de
réplique, il dit bas :

— Je t'emmène au théâtre et je couche chez toi... et pas d'observations, ou je t'étrangle avec lui.

La Casa devint rouge, puis pâle, se refugia dans son comptoir,
devant l'entrée duquel, farouche et silencieux, Bassier vint s'asseoir et
fumer sa pipe.

IV

OU L'AUTEUR PRÉSENTE A SES LECTEURS LE CAPITAINE SAPERTACHE

Bellecour ! c'est dire Lyon ; quel Lyonnais n'est fier de cette place,
sans contredit une des plus belles de l'Europe. La place Bellecour ne
mesure pas moins de trois cent dix mètres de longeur, sur deux cents
mètres de largeur, et sur cette étendue, la café restaurant, un châlet-
laiterie, des jardins admirables, des jets d'eau, un kiosque pour la musique qui rappelle les concerts des Champs-Elysées de Paris, en ont fait
à Lyon la promenade à la mode.

Les dimanches et les jeudis de chaque semaine en été, la place Bellecour est le jardin le plus fleuri et le plus fréquenté de Lyon.

Des plantes de toutes espèces jettent dans l'air leurs senteurs em-
baumées, et aux accords d'une musique mélodieuse, sous l'ombre
épaisse des marronniers, tout un monde mêlé se promène. C'est pendant quatre heures autour de la maison Dorée le fourmillement perpé-
tuel de toutes les classes qui composent l'agglomération lyonnaise,

C'est surtout la bourgeoisie, le commerce et le travail qui, le dimanche, viennent le plus souvent, après la journée laborieusement employée, respirer au grand air et entendre la musique choisie des concerts.

Tout ce monde va, vient, revient, silencieux, attentif.

Lorsqu'on joue un morceau de maître..., il respire à pleins poumons l'air embaumé et écoute à pleines oreilles.

Il ne regarde plus la vieille place Louis-le-Grand, il connaît le chef-d'œuvre de Lemot; il est fatigué de voir toujours les grandes façades dessinées par Mansard. Il n'y a guère que les vieux que la musique agace, qui, blottis sous les lauriers-roses, entourent la statue de Louis, le grand despote, se montrent entre eux le vieux bronze et se racontent :

« La statue du grand roi avait été abattue par ces coquins de républicains en 92 et, en 1825, nous avons fait une souscription pour la faire réédifier. C'est un chef-d'œuvre. La statue a été fondue à Paris, et il a fallu treize jours et vingt chevaux pour nous l'apporter sur un fardier... Mais c'était bien plus joli que ça! Maintenant on n'a plus le respect des belles choses. Sur chaque côté du piédestal était une statue : d'un côté le Rhône, de l'autre la Saône. Eh bien! on a arraché ces deux chefs-d'œuvre et on les a transportés à l'Hôtel-de-Ville... Les deux statues étaient des frères Coustou... Maintenant, voilà ce qu'ils aiment, ces deux malles, qui leur servent de café d'un côté, de corps de garde de l'autre... Enfin, il faut subir ce qu'on ne peut empêcher. »

En somme, la place Bellecour est, dans les après-midi d'été, un des endroits les plus gais et les plus vivants de Lyon.

C'est au coin de la place Bellecour et de la rue Bourbon que demeurait le capitaine Sapertache. Régulièrement à quatre heures, heure de la musique militaire, il fumait sa pipe à la fenêtre. Lorsque les musiciens du concert civil arrivaient, il rentrait chez lui, en disant :

— Est-ce que c'est de la musique, ça!

Et sa fenêtre fermée, le capitaine bourrait silencieusement sa pipe; puis, s'étendant dans un fauteuil, les pieds sur les chenets, il fumait et pensait.

Quelle fumée! quelles pensées!

Le capitaine Sapertache était un brave engagé volontaire à dix-sept ans, à la suite d'un coup de pied paternel dans la chute du dos. Il avait gagné, par son application, l'estime de ses chefs, et ses grades par l'ancienneté.

Après avoir depuis l'âge de dix-sept ans, c'est-à-dire depuis mil huit cent vingt sept, combattu les ennemis de la France, il n'avait devant lui qu'un ennemi qu'il ne pouvait vaincre : la goutte. Lui aussi, le pauvre capitaine, il capitulait.

Il avait commencé par habiter le troisième étage sur la place Bellecour, et la goutte l'avait insensiblement fait descendre au premier.

Il fallait des chaleurs effroyables pour décider le capitaine à descendre sur la place. C'est seulement dans la chaleur tiède de son salon qu'il se trouvait à l'aise.

Le salon du capitaine était une curiosité; c'était une grande pièce carrée, meublée de quatre fauteuils, deux chaises et d'une ganache, siège favori du vieux militaire, une haute cheminée à colonnes de marbre Sainte-Anne, sur laquelle était une pendule de marbre noir, ornée d'un sujet de bronze, représentant Napoléon à califourchon sur une chaise, la veille de la bataille d'Austerlitz.

Quand le capitaine Sapertache était encore ingambe, il passait des heures devant sa pendule, essayant la pose du petit Caporal, et cherchant en même temps dans la glace à se donner l'air — le *regard d'aigle* — de celui qu'il appelait le grand Capitaine...

Il fallait voir rouler sous leurs paupières grasses les gros yeux ronds du capitaine; il fallait voir la résistance de ses cheveux à se plaquer sur le front pour imiter la mèche légendaire! — Dans la glace, ses cheveux lui faisaient les cornes...

En face de la cheminée se trouvait la porte qui donnait sur la salle à manger, à côté d'une autre porte donnant sur la chambre à dormir du capitaine, dont nous parlerons tout à l'heure. Près la cheminée, se trouvait la porte qui conduisait au logis de Mlle Ève Jolin, sa nièce, logis composé d'une chambre à coucher et d'un cabinet de toilette.

Les deux fenêtres du salon donnaient sur la place Bellecour; entre elles se trouvait un petit meuble sur lequel était, sous un globe, le masque de Napoléon, moulé sur le cadavre à Sainte-Hélène; sur le

Petit oncle, est-ce que tu as revu ce M. Coquelet? (Page 120.)

plâtre, était une vieille feuille qui ressemblait à du laurier-sauce, et un petit morceau de toile moisie grand comme une pièce de cinq francs. Ces deux saletés étaient des reliques ; un camarade, disait le capitaine, lui en avait fait cadeau en mourant ; c'était une feuille du saule de Sainte-Hélène et un morceau du mouchoir qui avait essuyé les lèvres de l'empereur ; le moisi c'était la salive.

15

— Du moisi, quelle preuve! Embrassez ça! disait le capitaine.

En face se trouvait la bibliothèque, elle était simple, faite de bois peint; on y voyait l'*Annuaire* rangé par année, depuis 1835, époque à laquelle le sergent Sapertache, engagé volontaire de mil huit cent vingt-sept, avait été nommé sergent-major... Il méprisait les d'Orléans, car il n'avait été nommé sous-lieutenant qu'en 1851, le 5 décembre, par le *neveu de l'autre*, comme il disait; l'annuaire de cette année-là était plus usé que les autres. A côté de l'annuaire deux gros volumes, l'*Histoire de Napoléon*, par Norvins; au-dessous deux volumes plus gros encore: le *Mémorial de Sainte-Hélène;* à côté la *Vie de César*, puis les *Chansons de Béranger*, la *Cuisinière bourgeoise* à l'usage des gens du monde; à côté l'*Extinction du paupérisme*, par le prince Louis-Napoléon Bonaparte; au-dessous, environ la moitié des ouvrages de Paul de Kock.

Le reste, des romans apportés par Mlle Ève. Un livre, dont la reliure était bien fatiguée, avait pour titre les *Grands Opéras*.

Le capitaine Sapertache avait acheté les brochures du *Prophète*, des *Huguenots*, de *Guillaume Tell*, de la *Favorite*, du *Trouvère*, de *Faust*... Deux fois, ayant été au Grand-Théâtre, pour entendre une fois *Robert le Diable*, une autre fois la *Juive*... il était rentré furieux le soir en sacrant :

— Je me f... pas mal de tous ces polichinelles-là... avec leur trou la la! Trou la la! Je n'ai pas compris un mot... et cependant ce sont des chefs-d'œuvre, je le sais; l'empereur a décoré les auteurs. — Zobie, avait-il crié pour appeler la bonne, vous irez au cabinet de lecture et vous m'achèterez tous les opéras qu'on joue au Grand-Théâtre cette année... Je les lirai, et comme ça, au moins, je pourrai en causer.

Le capitaine avait fait relier les brochures; lorsque la musique militaire jouait à Bellecour, nous l'avons dit, il se mettait à la fenêtre. Il envoyait demander le programme, et lorsqu'il lisait : « les *Huguenots*, Meyerbeer, » il roulait son fauteuil à la fenêtre, prenait son volume et, pendant qu'on jouait, s'acharnait à lire son livre. La sueur lui coulait sur le front tant il se dépêchait, sans avoir pu réussir à lire la pièce avant que l'air ne fût fini, aussi disait-il pour se consoler :

— Pardi, ces chanteurs, je ne m'étonne plus de leur trou la la! ils disent ça pour passer des mots. Ça ne fait rien, je ne comprends pas qu'il y ait des gens capables de voir dix fois le *Trouvère*. J'ai essayé de le lire deux fois, sacr... que c'est ennuyeux !

Au mur, d'un côté de la bibliothèque, pendait un grand tableau montrant l'empereur blessé à Ratisbonne, de l'autre côté le tableau représentait Napoléon se découvrant devant les blessés et disant :

« Honneur au courage malheureux! »

Au-dessous du petit cadre se trouvait le brevet de chevalier de la Légion d'honneur du sous-lieutenant Sapertache, avec cette mention :

« Action d'éclat, 3 décembre 1851. »

Au-dessus du masque de l'empereur se trouvait le portrait du capitaine, peint « à la couleur fine » comme il disait, grandeur demi-nature.

Il était debout, en grand uniforme, ganté, son sabre à la main, montrant de l'autre main une tour de forteresse dont les créneaux étaient enflammés; sous ses pieds était une pièce de canon démontée, à quelques pas un obus éclatait; lui droit, calme et souriant au danger, ses moustaches faisant l'accroche-cœur; il portait les cheveux en brosse, mais le peintre les avait frisés. Sous le cadre on lisait : Malakoff.

Entre les portes de la salle à manger et de la chambre à coucher était une panoplie composée de toutes les armes que la fabrication moderne a renvoyées dans nos musées.

Mais le capitaine Sapertache était un fidèle au culte du passé. Lui parler de chassepot, de fusils tirant à 1,200 mètres, c'était le mettre dans un état de colère voisin de la folie, et son raisonnement personnel avait une certaine logique.

— Qu'est-ce que vous me f... de vos fusils qui tirent à 1,000 mètres, avec un fusil qui ne va pas à 100...; je n'ai mis qu'une fois dans la cible, et encore c'est parce que j'ai tiré trop vite... j'ai même été puni.

La panoplie du capitaine Sapertache se composait d'un sabre étrange, tout doré et damasquiné; de vingt-quatre modèles de fusils et mousquetons; c'était le modèle à piston qui avait succédé à la pierre. Jamais vous n'auriez pu faire consentir le capitaine à regarder un chassepot; il nommait ça une arme de chasseur. L'admiration du capitaine était tout entière consacrée au fusil des chasseurs de Vincennes ayant une hausse.

Nos lecteurs ont suffisamment vu le salon ; la chambre à coucher du capitaine était des plus simples, un lit de fer, un porte-cuvette en fer, un grand fauteuil percé ; dans l'alcôve du lit, sa croix encadrée, et sur la cheminée une pendule représentant Bonaparte à Toulon, le pied sur un tambour dont la peau était remplacée par le cadran. Sur la table de nuit, deux pipes, un pot à tabac, un briquet et le *Moniteur de l'armée.*

Le capitaine Sapertache était né en 1810, il avait donc soixante-trois ans ; c'était un beau vieillard, plein de santé, et si ce n'était la goutte qui le tenait les deux tiers de l'année dans ses appartements, il aurait été le plus heureux des hommes.

Il avait une bonne intelligence d'obus, c'était bien épais, bien fort, on pouvait espérer qu'un jour ça éclaterait. Ce jour n'arrivait pas.

Le capitaine Sapertache était de taille moyenne, il avait appris ce qu'il savait à l'école communale ; à dix ans, on l'avait mis en apprentissage dans la pâtisserie, après trois années de travail constant, il savait déjà faire... les courses.

Son père l'avait alors mis dans la charcuterie ; sa mauvaise volonté l'avait fait renvoyer de la maison ; alors, nous l'avons déjà dit, un coup de pied paternel lui avait donné sa lancée, il s'était engagé.

La carrière militaire, c'était le rêve de César-Marius Sapertache ; Bonaparte, l'ogre de Corse, était mort à Sainte-Hélène, et le faux martyrologe du tyran commençait à créer la légende napoléonienne.

César-Marius Sapertache avait, à la mort de Napoléon, onze ans ; c'est alors que dans les ateliers, dans les chaumières, commencèrent à se vendre les portraits du *martyr;* c'est alors que quelques cabarets prirent l'enseigne : « Au grand vainqueur ; » on faisait des petits Napoléons en sucre ; on en faisait en bronze, en plâtre, en pipe.

Les soldats de la grande épopée impériale, rentrés dans leurs foyers, racontaient leur glorieux voyage à travers l'Europe.

Les enfants, bouche ouverte, écoutaient ces récits étonnants, dans lesquels on voyait des fils d'aubergistes, devenus généraux, rois ; ils

construisaient l'avenir : eux aussi, ils s'engageaient et revenaient généraux.

C'est de ces récits que César-Marius Sapertache rêvait sans cesse.

D'abord, il avait dans sa chambre, pendu au-dessus de son lit, le
sabre dont nous avons parlé plus haut, « un sabre étrange, tout doré et
damasquiné. »

C'était le sabre d'honneur donné par le premier consul au brigadier
Joseph-Mathurin Sapertache.

Il se nommait, dans la maison, le sabre de Wagram.

Enfin, César-Marius Sapertache voulait être soldat.

Nous n'osons pas dire qu'il avait beaucoup d'aptitude, mais il avait
de la bonne volonté et de la constance, surtout, car voici ses états de
service :

Engagé volontaire en 1827, il est nommé caporal en 1830, à la prise
d'Alger ; en 1835, à Constantine, sergent ; sergent-major en 1840... Là,
il pensa à quitter le service ; mais, en 1851, à Satory, il était nommé
sous-lieutenant, s'étant fait remarquer par la force de ses poumons
lorsqu'il criait : Vive l'empereur ! En 1852, il était lieutenant, et, enfin,
lors de la guerre de Crimée, il fut nommé capitaine...

Il voulut encore faire la campagne d'Italie ; mais la maladie le prit
en route ; il resta à Milan, à l'ambulance.

Néanmoins, comme il avait été malade, confondu avec les *blessés
gravement*, il reçut sa croix d'officier, et, quatre jours après Solférino,
toujours à l'hôpital, sa retraite. Aussi disait-il :

— Quel gouvernement ! quel homme ! soyez malade, soyez au
combat, soyez n'importe où, il ne vous oublie jamais... Ah ! quel
homme !

Lorsque arriva notre défaite, que le capitaine attribua absolument
à nos armes à longue portée :

— Je le disais bien ! je le disais bien, ça tire loin, mais ça ne touche
personne...

Puis, la chute de l'Empire, le capitaine fut crâne ; il dit :

— Il est vaincu ; la France perdue... Il n'est pas digne du nom qu'il
porte... C'est fini... Je suis Français d'abord.

Il écrivit au gouvernement de la Défense nationale, en disant qu'il était un vieux soldat, habitué au travail, et que, laissant là les généraux de salon dont on se servait, on lui confiât, à lui, un corps d'armée, avec les vieilles armes, les vieux uniformes, et qu'il demandait quinze jours pour reconduire les Prussiens chez eux.

Sa nièce voulut écrire la lettre sous sa dictée, il lui refusa. C'est que Mlle Eve savait que son oncle avait une orthographe particulière, qui pourrait sembler un peu fantaisiste à ceux qui liraient sa lettre. Déjà plusieurs fois elle en avait fait délicatement l'observation à son oncle, lui offrant de lui servir de secrétaire, mais celui-ci avait toujours décliné l'offre, en disant que l'orthographe était une chose absolument inutile, de laquelle ne s'occupaient que les gens qui avaient du temps à perdre. Sur un mouvement de Mlle Ève, le capitaine Sapertache avait même dit, avec emportement :

— Oui, oui, vos officiers d'aujourd'hui, qui sortent de Saint-Cyr ou de l'Ecole polytechnique, qui ne savent pas seulement frotter une giberne, qui achètent leur cirage tout fait... Oui, oui, ça sait l'orthographe, mais ça ne sait pas faire la guerre? Est-ce que l'empereur Napoléon savait l'orthographe?

— Mais oui, petit oncle, répondit Mlle Ève.

— Comment, oui? Il savait... Alors mon journal ment, l'histoire ment, puisqu'on dit que souvent il ne mettait pas l'orthographe!

— Non, c'est vrai. Entraîné par sa pensée, quelquefois il ne mettait pas l'orthographe.

Le capitaine était un peu embarrassé, mais reprenant aussitôt son assurance, il disait :

— Eh bien, justement... Il savait et ne s'en servait pas, c'est justement la preuve que c'est absolument inutile.

Il envoya sa lettre, laquelle resta sans réponse. De ce jour, sans revenir absolument sur ce qu'il avait dit du dernier empire, il avait en haine les républicains, qui n'avaient pas voulu accepter ses services. Mlle Ève lui disait que c'était bien heureux, puisque pendant les six mois de la guerre la goutte l'avait tenu au lit.

Mais cette logique ne faisait pas céder le capitaine; comme Trochu il avait son plan, et, si on avait accepté ses offres, son plan réussissait;

non seulement nous étions vainqueurs ; mais encore nous reprenions
nos fontières du Rhin.

C'était toute une affaire que l'explication du plan, et, infailliblement,
ça se terminait par une chanson qu'il chantait d'une voix aussi fausse
que ses idées, mais avec un air décidé, c'était l'admirable réponse
d'Alfred de Musset :

> Nous l'avons eu votre Rhin allemand,
> Il a tenu dans notre verre.

Revenons au capitaine. — Il était de taille moyenne ; envahi par
l'obésité, il ne marchait guère, il se traînait ; il avait une grosse face
ronde, toute pleine de fossettes et de méplats. Les cheveux coupés à la
Titus venaient former l'étoile sur le front ; au-dessus de ses gros yeux
ronds, il avait deux touffes de poils roux qui remontaient en l'air comme
deux flammes de grenade ; l'œil était bleu-clair, le regard était éteint
et deux paupières épaisses pesaient en lui donnant un air somnolent.
Le nez était lourd, épaté et monté en couleur ; la bouche était invisible sous une épaisse moustache que la teinture conservait d'un noir
de jais, noir dont le ton criait avec l'âge du visage ; le menton rond
n'avait qu'une petite touffe étroite et toujours teinte.

Ce brun était singulier sur la peau mate par la barbe blanche
rasée.

Le menton avait trois plis gras qui rejoignaient le cou et avaient
avant la toilette du capitaine la dureté de la couenne.

La figure s'encadrait de deux longues et larges oreilles, plates, sans
ourlets et au bas desquelles pendaient — ou plutôt se trouvaient
incrustés deux petits anneaux d'or.

La crainte de l'apoplexie avait obligé le capitaine à supprimer le col
de crin, il ne portait jamais de cravate. Vêtu d'un immense gilet, qui
lui tombait jusque sur les cuisses, et qu'il boutonnait avec des petites
boules de fer, serrées comme les boutons d'une soutane, il ne portait
par-dessus qu'une espèce de vareuse qu'il appelait un dolman et à la
boutonnière de laquelle était appliquée une large rosette d'officier de
la Légion d'honneur. Il portait des longs pantalons à la housarde, qui
faisaient la vis sur le pied, deux pieds immenses, sur lesquels la goutte

étendait sans cesse ses enflures et que le capitaine cachait dans d'immenses chaussons de feutre.

Le jour où nous entrons dans le salon, notre héros, assis dans sa ganache, les pieds sur des coussins, était à sa fenêtre, accoudé sur l'appui; tenant d'une main une longue pipe, il fumait et s'appliquait à faire tournoyer dans l'air les spirales blondes de sa fumée. La musique militaire jouait et le capitaine était dans le ravissement.

Près de lui, dans un fauteuil, Mlle Ève était assise, brodant silencieusement, levant les regards en dessous afin d'étudier la physionomie de son oncle, attendant visisiblement que le concert soit fini pour entamer la conversation.

A un moment, reprenant son ouvrage, elle dit :

— Décidément, il est de bonne humeur. Je vais lui parler.

Grosse caisse, tambours, cymbales et cuivres tonnèrent ensemble. C'était la finale.

— Quelle musique! exclama avec admiration le capitaine Sapertache en se laissant retomber dans son fauteuil.

Mlle Ève attendit quelques instants, puis dit :

— Petit oncle, est-ce que tu as revu ce M. Coquelet?

— Coquelet! fit en bondissant le capitaine. Tonnerre de D..., non! et j'espère bien qu'il en sera toujours ainsi.

— Tu ne voulais pas me croire lorsque je t'assurais que cet homme était un misérable; tu vois que je ne me trompais pas.

— Mon enfant, moi, je suis un honnête homme, un militaire qui ne trompe personne, qui va droit à son but comme un boulet de canon... Jamais je ne pourrai croire que des coquins comme celui-là se cachent sous la peau d'un honnête homme.

— Tu as vu, tu reconnais que lorsque je le traitais d'imposteur, j'avais raison.

— Ma petite Ève, je le reconnais, tu as les mêmes qualités que ma pauvre sœur défunte, ta mère; du premier coup d'œil tu juges les gens...

— Tu reconnais qu'il ne disait ici que des mensonges.

— Je le reconnais.

— Que tout ce qu'il a dit est faux...

On vint le prendre une nuit, l'arracher à ma mère (Page 124.)

— A peu près...

— Or, tu dois revenir sur les idées que tu t'étais faites d'après ses calomnies...

— Quelles idées... quelles calomnies? demanda naïvement le capitaine Sapertache.

Mlle Ève hésita quelques secondes, puis elle répondit :

16

— Tu ne comprends pas ce que je veux dire, petit oncle.

— Pas du tout...

— Tu te souviens bien de M. Marcel?...

A ce nom, le capitaine retira sa pipe de ses lèvres, regarda fixement sa nièce, et dit :

— Tu vas encore me parler de ce communard?

— Mais, mon oncle, c'est ce M. Coquelet qui t'a dit tout le mal que tu crois sur M. Marcel, et tu reconnais que cet homme n'était qu'un menteur, un fourbe, un imposteur...

— Je reconnais tout ce que vous dites-là, mademoiselle Jolin, dit le capitaine d'un ton sévère en plaçant sa pipe sur le guéridon; mais ce n'est pas une raison, parce que j'ai chassé de chez moi un homme que j'ai reconnu indigne d'y être reçu, pour en recevoir maintenant un qui ne vaut guère mieux... J'ai dit, mademoiselle ma nièce, que je ne voulais pas entendre prononcer ce nom chez nous; j'ai dit que j'étais assez malheureux d'avoir eu dans ma famille un misérable, un bandit, un...

Ève se leva, et, calme, d'un ton simple qui arrêta sur la bouche du capitaine les injures qui en allaient sortir, elle dit :

— Vous oubliez, mon oncle, que vous parlez de mon père.

Le capitaine Sapertache était si peu habitué aux observations sur ce sujet, qu'il resta tout coi.

Il avait débité sa fulgurante tirade du ton dont on commande une compagnie, et il restait sans parole au milieu de son commandement...

Ève restait debout, calme, attendant; le capitaine, tout embarrassé, cherchait vainement une phrase; au bout d'une longue minute, il dit, d'un ton plus doux :

— C'est vrai... je m'emporte... mais je ne puis oublier que cet homme a ruiné ma sœur, a été cause de sa mort... et c'est pour lui que tu te trouves aujourd'hui sans ressources.

— A votre charge, enfin! dit Ève d'un ton singulier qui fit lever la tête au capitaine, et lui fit dire d'un air embarrassé...

— Je ne te le reproche pas, mon enfant !

Il y eut sur les lèvres de Mlle Ève un sourire méprisant, elle regarda le capitaine avec compassion ; celui-ci, d'abord embarrassé sous le regard, ne sachant que dire, gêné par le silence, allait se mettre en colère, jurer, sacrer ; la colère est la ressource de ceux qui n'ont pas de raisons à donner.

Mais Mlle Ève dit d'un ton qui imposait le silence :

— Écoutez-moi, mon oncle !

Le capitaine, Sapertache, inquiet, s'enfonça dans son fauteuil, roulant ses gros yeux pour soutenir le regard calme, mais plein de volonté, de sa nièce.

— Mon oncle, je ne suis plus une petite fille !... Tu m'as fait élever, et, convaincue que c'était à toi que je devais les sacrifices faits pour mon éducation, je me taisais ; fille malhonnête et injuste, je laissais insulter ici, devant moi, les deux êtres sacrés auxquels je dois la vie.

Au premier mot le capitaine était devenu pâle ; en entendant la seconde phrase, il devint rouge, il voulut parler et ne trouva pas un mot.

Ève continua :

— Voici ce que l'on disait ici, devant moi : Mon père pauvre avait séduit ma mère ; puis sa conduite avait été telle qu'il avait fini ses jours en prison. Ma mère en était devenue folle de honte et de douleur... Elle était morte. — Les malheureux étaient perdus de dettes, et vous, mon oncle, vous m'aviez alors recueillie, vous vous étiez occupé de moi, vous aviez sacrifié vos économies pour payer les dettes de votre beau-frère et de votre sœur, et vous vous étiez privé pour élever leur enfant dont vous étiez le tuteur.

— Mais c'est... enfin... il y a de la vérité...

— Mon oncle, vous êtes un vieux soldat, vous ne devez pas mentir... ceux qui vous entouraient m'ont pu tromper, ne trempez pas dans leur mensonge... je veux croire que vous n'aimiez pas mon père parce qu'il était républicain... c'était un ennemi politique... mais vous savez bien que ce n'est pas là la vérité.

La jeune fille attendit une observation du capitaine, celui-ci se tut... Elle reprit alors :

La vérité, la voici. Mon père n'était pas pauvre, il avait une des grandes maisons de Saint-Étienne. D'abord associé avec son beau-frère

Rosay, il avait fondé sa maison à lui, tout en gardant des intérêts dans la maison Rosay et Cie.

Arrêté chez lui après les événements de décembre, il parvint à s'échapper. Il était caché dans une petite campagne aux environs de Lyon, on vint l'y reprendre une nuit, l'arracher à ma mère, qui devint folle quand elle apprit que mon père avait été fusillé cette même nuit.

Alors vous avez recueilli ma mère ; mais chaque fois qu'elle voyait votre uniforme qui lui rappelait la mort de mon père, des crises terribles la prenaient... Vous la plaçâtes de ce jour dans une maison de santé où elle mourut deux ans après.

Nommé mon tuteur, vous me fîtes élever, puis placer dans un orphelinat...

Mon oncle, ce n'est pas toute la vérité, cela ; la vérité est qu'aujourd'hui la maison Rosay, de Saint-Étienne, vous a remis l'argent nécessaire à mon éducation, et que la maison de mon père, vendue quelque temps après sa mort, a produit vingt-deux mille francs que vous avez touchés... Est-ce la vérité, mon oncle?

Le capitaine Sapertache, tant qu'il n'avait été question que de son beau-frère, n'avait pas bougé, mais lorsque la question d'argent avait été abordée, il s'était levé, domptant ses douleurs, et droit, crâne, lorsque sa nièce eut prononcé le dernier mot, il dit :

— Ève, ma nièce, est-ce qu'une seule fois je vous ai dit que je vous marierais sans dot, est-ce qu'une seule fois j'ai dit que je n'avais pas d'argent à vous?...

Et le visage du vieux soldat était lamentable à voir... on voyait perler deux grosses larmes au coin de ses yeux quand il continua.

— Est-ce que toi, Ève, tu as cru que ton oncle était un malhonnête homme qui voulait te voler?... Non! Jamais je ne t'ai parlé d'eux, parce que je haïssais ton père... Mais j'ai là mes comptes de tutelle, j'ai les titres de l'argent qui t'appartient... Comment, moi! moi! dit-il fondant en larmes et se laissant choir sur un fauteuil... moi! ma nièce, la fille de ma sœur, presque ma fille... me traite comme un voleur...

Ève fut une minute émue, mais, se remettant aussitôt et poursuivant le but qu'elle voulait atteindre, elle répondit froidement :

— Voilà dix ans, mon oncle, que je vous l'entends dire de mon père.

Le capitaine Sapertache baissa la tête.

C'était vrai; obéissant, non à la haine, il ne haïssait pas son beau-frère, mais aux sentiments des gens dans le milieu desquels il avait vécu, il insultait tout ce qui était républicain.

En politique, le capitaine n'avait jamais raisonné; il aimait Napoléon, parce que, tout jeune, on l'avait bercé avec la légende du *fils du peuple*, devenu empereur par son *génie!*... Et il déplorait son orgueil!

Pourquoi? Sapertache était incapable d'appuyer sa pensée par un raisonnement; il vous disait sérieusement et comme on prononce une sentence, en terminant le long panégyrique de son idole, le vieux mot d'Henry Monnier.

« Enfin! il avait du génie!... l'orgueil l'a perdu, voilà tout!... Mais si l'empereur était resté simple capitaine d'artillerie, il serait encore sur le trône de France. »

Le capitaine n'était pas un politique; il avait une maladie, une maladie d'enfance; des gens ont le sang vicié, lui, il était atteint de bonapartisme; sans raison, il avait attrapé ça; au fond, il était bon homme, et, si on le savait prendre, on lui faisait dire tout le mal possible de l'Empire. Parlant en général, on lui montrait le serment violé, la Constitution méconnue, la force étouffant le droit, l'autorité écrasant la légalité.

Il disait alors : L'homme qui a fait cela est le plus grand coquin de la terre.

Mais dès qu'il s'apercevait que c'était de son idole qu'il était question, il s'écriait :

— L'empereur... l'empereur! ah! ce n'est pas la même chose, c'est le sauveur de la société.

Pour les républicains, c'était autre chose; sans avoir jamais lu Beaumarchais, il était de l'école de Basile :

« Calomniez, il en restera toujours quelque chose. » Tout ce qui était républicain était voleur, bandit!

Il avait été très content de lire un jour dans une feuille parisienne une grosse bêtise bien malhonnête, qu'il répétait sans cesse, en se tassant dans sa ganache :

« Je ne dis pas que tous les républicains sont des voleurs, mais tous les voleurs sont des républicains. »

Et il fallait voir de quels éclats de rire il faisait suivre sa stupide phrase.

En somme, c'était convenu, entendu chez le capitaine, on disait républicain comme on dit malhonnête homme ; et c'était la première fois que cette infamie se trouvait enfin catégoriquement relevée, mais de telle façon que, noyé dans sa graisse, le capitaine ne trouvait plus mot à dire.

Il y avait vingt ans qu'il laissait crier par tout le monde, que son beau-frère était un coquin, un bandit, qui avait ruiné sa sœur, qui l'avait tuée même, qu'il était mort insolvable et que c'était le capitaine Sapertache qui avait sauvé le nom de l'enfant en acquittant tout.

Il est vrai que cette légende, c'était l'histoire de la boule de neige ; à force de rouler, elle s'était grossie ; le capitaine avait simplement dit lorsqu'il avait placé sa sœur dans une maison de santé et sa nièce dans un pensionnat :

— Voilà où ça l'a conduit de vouloir épouser cette canaille... un républicain, ils étaient heureux... et par sa faute à lui, voilà où elles en sont... et c'est moi qui vais être forcé de m'occuper de tout cela.

Sur cette phrase, suivant le cours que nous avons indiqué plus haut, l'entourage du capitaine, les forts au bezigue, avait bâti le reste :

— C'est le républicain qui a conduit là la sœur du capitaine ; il est républicain, c'est un voleur ; il est en prison, c'est la preuve, on n'arrête pas pour rien ; à preuve nous qui faisons de la politique et n'avons jamais été arrêtés.

« C'est plus grave, n'en parlons pas au capitaine, il est assez malheureux ! il est si bon ! Et c'est lui, lui qui n'est pas riche, qui va se charger d'eux. »

La légende s'était faite, le capitaine ne semblait pas s'en apercevoir. Il disait chaque fois qu'il était question de sa sœur :

— Ne parlons pas de ça.

On obéissait, et c'était la première fois depuis vingt ans qu'on en parlait catégoriquement, lui posant ce dilemme, qu'il n'avait jamais vu, lui :

— De deux choses l'une, ou ce que l'on dit est vrai et c'est pour cela que vous permettez qu'on le dise, ou vous ne permettez qu'on le dise que pour vous attribuer la petite fortune de votre nièce... puisque vous savez que tout cela est faux ; que Jolin est mort pour son drapeau, comme vous l'auriez fait vous, soldat, pour le vôtre et qu'il a laissé aux siens leur existence assurée après lui.

Le capitaine avait baissé la tête ; toujours habitué à être obéi, cette fois c'était lui qui capitulait devant sa nièce. Celle-ci continua :

— Et vous savez bien, mon oncle, que mon père était un honnête homme ; vous savez que celui qui abandonne son drapeau est un misérable lâche.

Je vous ai souvent entendu dire :

« Je ne pense pas comme eux : mais quels hommes ! Ils se sont battus jusqu'au dernier... Quel malheur de n'avoir pas des gens comme ça avec soi !... »

Ce n'est pas de mon père que vous disiez ça, au contraire.

Un soir, à une soirée, celui qui la donnait vous parlait de mon père, et il se flattait, étant ingénieur, d'avoir armé les cantonniers et les hommes qui devaient lui obéir, et, alors que l'insurrection était vaincue, d'avoir commencé la chasse à l'homme dans la Nièvre. C'est cet homme qui se flattait devant vous d'avoir fait arrêter mon père... Ces limiers allaient chercher les victimes pour les conseils de guerre. Cet homme, qui se crie si haut défenseur de la famille.... vous savez comment s'est faite la sienne... Mon oncle, mon père a fait œuvre d'honnête homme... Quelle que soit la cause à laquelle on se dévoue, un brave homme meurt pour elle. La cause est au-dessus ou au-dessous de celui qui la défend... C'est la conduite de l'homme seulement que l'on doit juger.

C'est une phrase que je vous ai entendu dire, mon oncle. Eh bien ! mon père a fait ce que doit faire un honnête homme : il est mort en défendant ce qu'il aimait... Il pouvait sacrifier sa vie, puisque, contrairement à ce que vous dites, il avait laborieusement travaillé pour assurer notre avenir ; il ne nous avait pas ruinées, puisqu'il avait épousé ma mère, ouvrière pauvre, et l'avait faite, sinon riche, au moins heureuse et à l'abri du besoin... Il nous a laissé un nom digne, puisque aujourd'hui encore, lorsque je passe dans certaines rues de Lyon, des gens se découvrent en se montrant à d'autres, disant :

— C'est la fille de Jolin, une des victimes de Décembre... Un homme, celui-là !... Et ici, lorsque vos amis sont à cette table, je n'ose laisser traîner un mouchoir, de crainte qu'un des gens que vous recevez, en voyant mes initiales, ne prononce mon nom de famille... et vous dise :

— Par les temps où nous vivons, mon cher capitaine, en auriez-vous des ennuis, si cette canaille...

Le capitaine levait la tête pour protester, mais la jeune fille voyant le mouvement dit aussitôt :

— Ne dites pas non, mon oncle; on l'a dit ici, il y a trois jours, et comme je me levai, on a ajouté : pauvre petite !

Le capitaine fit un effort pour dire :

— On dit tout cela! Mais, moi, je ne l'ai jamais dit!

— Vous ne l'avez même pas démenti.

— Je n'aime pas les cancans! un homme est au-dessus de ça!

— Vous vous trompez, mon oncle, les morts ne peuvent se défendre.

— Nous n'étions pas amis avec ton père! au contraire, et je ne défends pas mes ennemis.

— Mon père n'avait pas besoin d'être défendu... il n'avait pour vous ni affection ni haine.

— Il se moquait de moi!

— Je le sais... on me la conté... mais on m'a raconté aussi que si quelqu'un avait dit devant lui :

« Le capitaine Sapertache est un lâche, » mon père l'aurait soufleté celui-là.

Le capitaine s'était levé au mot : lâche; il était devenu pâle, ses narines frémissaient, ses yeux lançaient des éclairs, le soldat revivait... lâche! lâche... Ce mot l'étouffait, il dit :

— Il aurait bien fait! car personne ne peut dire cela, entends-tu!...

— Qui donc peut dire, aussi, que mon père est un malhonnête

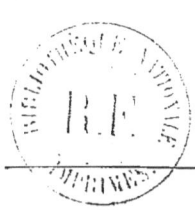

L'homme penché sur le mur observait ce qui se passait. (Page 135.)

homme, et pourquoi votre main ne soufflette-t-elle pas celui qui le dit... chez vous! et devant sa fille?

En disant ces derniers mots, la force nerveuse qui avait soutenu la jeune fille l'abandonna; vainement, elle voulut lutter; mais ses yeux s'emplirent de larmes, et, chancelante, elle se laissa choir dans un fauteuil, répétant en sanglotant :

17

— Non! mon père était un honnête homme, je veux qu'on le sache... Je veux qu'on sache aussi que je ne vis de la charité de personne.

Le capitaine savait bien qu'en toute cette affaire il avait absolument tort; mais, tant qu'on l'attaquait de front, il était prêt à se défendre, et par tous les moyens; ce qu'il ne pouvait voir, c'étaient les larmes; au fond, et malgré tout, il aimait sa nièce comme sa fille. Jusqu'alors, elle n'avait jamais lutté contre lui. Il croyait toujours avoir près de lui la petite gamine qu'il faisait sauter sur ses genoux, et qui tremblait quand il faisait les gros yeux. Il n'avait jamais pensé que le jour où l'amour entrerait dans ce cerveau, la *petite fille* deviendrait tout à coup femme.

Et, sans qu'il l'eût prévu, redouté, subitement Ève transformée se dressait devant lui et l'écrasait de cette force, contre laquelle rien ne peut s'opposer : la vérité.

En voyant sa nièce, défaillante, pleurer, il alla vers elle, et lui dit affectueusement :

— Voyons, Nénève, est-ce que tu vas te trouver mal?... Tu sais bien que je fais tout ce que tu veux... Nous ne parlerons plus de ton père...

Ève sanglottait.

Le capitaine se reprit :

— Eh bien, si, ma mignonne, si, nous en parlerons... Au fond, je ne m'occupe plus de politique maintenant... J'obligerai les gens à dire de lui tout le bien que tu voudras, et le premier qui se permet une observation... Voyons, ma Nénève, c'est moi qui en parlerai de ma pauvre sœur, ta sainte mère... Un soldat, tu comprends, ça ne choisit pas; on dit : En avant!... il va en avant. Allons, voyons, fillette, essuie donc ces yeux... tu vois bien, moi aussi, ça me fait pleurer. Tiens, demain, tous les deux, nous prenons une voiture, et nous allons au cimetière. C'est moi qui porterai une couronne à ton... à mon beau-frère...

A ce mot, Ève releva la tête; c'était la première fois que le capitaine l'employait pour parler de son père. Et, effectivement, il ne mentait pas cette fois; elle le vit bien : le capitaine Sapertache pleurait. Ah! c'est qu'aussi Ève avait été sévère, et puis c'était la première fois, depuis vingt ans, qu'on rétablissait la vérité dans les mensonges du capitaine. Sapertache avait une nature de vieux soldat, il avait besoin d'être dominé, aussi bien pour penser que pour marcher. Sa nièce, en ne lui cédant pas, l'avait dompté ; de ce jour tout changeait, c'est lui qui était prêt à obéir.

Il prit sa nièce dans ses bras et riant dans ses larmes, en l'embrassant, il lui dit :

— Voyons, méchante... tu ne m'en veux plus... pauvre Joséphine, il m'a semblé tout à l'heure, quand tu m'a dis mes.., vérités, que c'était ta mère qui me parlait... Allons, ma nièce, on fera ce que tu voudras... embrasse ton oncle... ton second père...

Ève, heureuse, embrassa le vieux soldat, qui continuait ému :

— C'est vrai, ce que tu as dit... et c'est ça qui m'a bouleversé... Quand on défend une cause, bonne ou mauvaise... un honnête homme n'a qu'un devoir... se faire tuer pour elle... Et il l'a fait, lui, le mari... mon beau-frère.

Cette fois, en entendant le capitaine se reprendre, la jeune fille lui sauta au cou et l'embrassa.

— Dis donc, mon enfant, tu n'as jamais cru ce que tu m'as dit... que je voulais garder ton argent...

— Oh ! mon oncle... non ! J'ai voulu dire que votre politique vous égarait assez pour me laisser croire qu'un homme qui ne pensait pas comme vous pouvait être un honnête homme, un père pensant à sa famille.

— Eh bien ! c'est vrai... ce que tu dis là... et je t'en demande pardon... Et ce soir au bézigue, si Louchard dit un mot des républicains, je lui flanque les cartes à la figure.

— Non, je vous demande autre chose que ça.

— Quoi, parle, commande. Je veux réparer le mal que je t'ai fait...

— Eh bien ! invitez à venir le soir M. Marcel Caverlet.

— Hein ! fit le capitaine en sursautant... un républicain... un...

— Vous m'avez dit, tout à l'heure...

— C'est vrai..., c'est vrai..., interrompit le capitaine... Eh bien, écoute : Je veux bien, mais nous ne parlerons jamais politique.

— Au contraire, vous défendrez à Louchard d'en parler.

— Oui, c'est convenu... Tu l'aimes donc bien?...

— Voulez-vous que je vous parle bien franchement?

— Oui.

— Eh bien! si ce soir vous m'aviez refusé de recevoir M. Marcel et d'obliger les gens qui viennent chez vous à parler de mon père comme il le mérite...

— Eh bien...

— Eh bien! ce soir je priais M. Marcel de m'emmener avec lui.

Le capitaine devint blême, il dit :

— Tu partais, tu me quittais... tu me laissais tout seul, tout seul... eh!... et je serais mort comme un chien, là...

— Vous auriez eu le commandant Louchard... le capitaine de Cassinol.

— Ah! mon Dieu! bien vite, écris à M. Marcel que je compte sur lui ce soir.

— Ah! mon oncle! exclama la jeune fille en sautant au cou du capitaine, qui disait tout ému : « Me quitter! Ah! si je consens à ce qu'il soit ton mari, c'est à la condition que vous resterez avec moi; c'est que je veux que ce soit toi qui me fermes les yeux, et pour ça, tu verras. A compter de ce soir, je ferai semblant d'être républicain. »

Une heure après cette scène, le capitaine Sapertache dormait en ronflant comme un sonneur, pendant que M¹¹ᵉ Ève envoyait sa lettre à Marcel.

V

DE LA SINGULIÈRE FAÇON DONT MARCEL PASSAIT SES SOIRÉES

Lorsque Marcel reçut la lettre que lui adressait M¹¹ᵉ Ève Jolin, il sortait tout soucieux de chez lui.

Quelques minutes auparavant, un homme l'avait fait demander et lui avait remis une lettre de convocation pour le soir même. Cette convocation appuyait sur l'urgence; il devait se trouver exactement à l'heure, rue d'Aguesseau.

Marcel, fort perplexe, ne pouvait se dispenser de se rendre à la
société, dont le but lui avait été révélé le lendemain de son initiation
rapide de la rue Dubois; et cependant il ne voulait pas manquer de se
rendre à l'invitation de celle qu'il adorait, d'Ève Jolin.

Après avoir longuement réfléchi, il se dirigea vers la rue d'Aguesseau, décidé à demander à ses frères l'autorisation de partir avant la
fin de la réunion.

Il se trouva bientôt rue d'Aguesseau devant la maison où était fixé
le rendez-vous.

C'était une maison de construction moderne qui se terminait par
une cour; cette cour n'était séparée que par un mur très bas du jardin
d'une maison particulière située rue de Béarn. Il faisait nuit; ainsi que
le lui indiquait la lettre de convocation, il devait entrer, en poussant la
porte de la rue entr'ouverte, là il serait dirigé dans l'ombre; il se
préparait à obéir, il regarda autour de lui pour voir s'il n'était pas
suivi.

Il lui sembla que dans chaque encoignure de porte un homme était
caché, et il vit distinctement deux hommes aux deux bouts de la rue.

Il était trop tard pour reculer, il entra; à peine fut-il dans l'allée
qu'il sentit qu'on lui saisissait la main et il entendit:

— Marchez droit devant vous et obéissez au frère qui va vous recevoir.

Il marcha, se guidant en tâtant de la main le mur suant de la longue
allée; arrivé dans la cour, un frère vint au-devant de lui et dit à voix
basse:

— Nous sommes trahis...

— Ah! vous le savez... je voulais prévenir l'assemblée...

— La réunion est remise, tout le monde est venu, et parti... il n'en
reste qu'un que nous attendons... Suivez-moi, vous allez traverser un
jardin, vous longerez l'allée, au bout un homme vous conduira, vous
sortirez par la rue de Béarn; retournez à vos affaires... mais ne rentrez
pas chez vous et rendez-moi la lettre de convocation...

Marcel, tout étourdi de ce qu'il voyait, obéit et s'abandonna à son
conducteur; celui-ci le mena au fond de la cour; près du hangar une
petite échelle était appuyée, il grimpa, enjamba le mur et, retrouvant

une autre échelle, il descendit, suivit l'allée du jardin, et cherchait à
se diriger lorsque la silhouette d'un homme se plaça devant lui et dit :

— Venez !

Il suivit ; après moins d'une minute, on l'arrêta, et on lui dit :

— Voici l'ordre, ne rentrez pas chez vous, ni cette nuit ni demain...,
et ne repassez pas par la rue d'Aguesseau.

Une porte s'ouvrit, il sortit... Il reconnut aussitôt l'endroit où il était
et remonta la rue de Béarn pour gagner le cours de Brosses... Là, il
entra dans une brasserie pour se remettre un instant des émotions
rapides de la soirée. Il regarda l'heure et, se souvenant de la lettre de
Mlle Ève, il sortit et se dirigea vers la place Bellecour en se disant :

— Là, c'est une autre affaire !... Il paraît qu'aujourd'hui c'est la
soirée aux émotions.

Tranquille, il descendit le cours de Brosses, passa le pont de la
Guillotière, suivit la rue de la Barre et traversa la place Bellecour pour
gagner le coin de la rue Bourbon.

Marcel, tout occupé de la réception qui lui serait faite par le capitaine, tout entier à ses projets d'avenir, avait déjà oublié la singulière
aventure qui venait de lui arriver, mais certain, en raison des précau-
tions prises, d'être tout à fait à l'abri, il marchait sans regarder derrière lui.

Depuis son entrée dans la rue de Béarn, il était suivi, à trente
mètres de distance, lorsqu'il frappa à la porte de la maison où demeurait le capitaine Sapertache. Celui qui le suivait était caché derrière un
arbre de la promenade Bellecour et l'observait ; il le vit entrer, il attendit quelques minutes, et ne le voyant pas sortir, assuré qu'il allait rester
là quelque temps encore, il se mit à courir en reprenant le même
chemin suivi par lui un quart d'heure avant.

Il frappa à la porte de la rue de Béarn par laquelle Marcel était sorti ;
on vint aussitôt lui ouvrir.

— Eh bien ? demanda-t-il.

— Ils sont tous partis...

— Et elle ?...

— Pas encore, venez l'attendre...

Celui qui venait de suivre Marcel, obéit à l'inconnu.

Ils entrèrent dans la loge du concierge, se dirigeant à tâtons, car tout était éteint. Celui qui dirigeait l'autre lui donna une chaise; ils s'assirent tous les deux et restèrent silencieux pendant une grande demi-heure; au bout de ce temps on entendit siffler doucement le fragment d'un air.

— Entendez-vous? demanda le gardien.

— Oui, oui, allons vite...

Ils sortirent aussitôt de la loge et se dirigèrent en étouffant leurs pas vers le bout du jardin où nous avons vu Marcel escalader le mur.

Un homme était à califourchon accroupi sur le mur; en voyant les deux autres il se pencha et demanda d'une voix sourde :

— C'est toi, Ripal?

— Oui...

— Prends l'échelle et aide-moi à descendre, ils entrent...

En disant ces mots, il tira l'échelle et la fit basculer sur la crête du mur, les deux hommes la prirent et la posèrent sans bruit à terre, puis l'homme allait descendre, lorsque se ravisant, il dit :

— Ripal, applique-toi le long du mur, je vais glisser sur tes épaules et j'observerai ainsi facilement ce qu'ils vont faire.

Ripal, — docile, — s'appuya sur le mur en disant :

— Allez, et lorsqu'il sentit les pieds, il les tint solidement.

L'homme, penché sur le mur, observait ce qui se passait.

Une douzaine d'agents envahissaient la maison. Celui que nous connaissons sous le nom de Coquelet semblait les diriger; il frappa à la porte de la concierge, qui grognait d'être éveillée si tard, et qui trembla de tous ses membres en entendant les mots sacramentels :

« Au nom de la loi, ouvrez! »

— Ah! mon Dieu! mon Dieu! qu'est-ce qu'il y a?

— C'est ici qu'on a loué, il y a deux jours, un appartement pour y établir un cours d'adultes...?

— Oui, monsieur; c'est aujourd'hui que le cours a commencé...; mais vous pouvez monter...

— Vous n'avez vu personne descendre?

— Non, monsieur, j'ai même bien dormi, personne ne m'a demandé la porte.

— C'est bien, hâtez-vous de vous vêtir et vous allez nous diriger.

— Bien, messieurs, fit la vieille femme tremblante.

Le temps qu'elle passait ses jupes, Coquelet demanda :

— Est-ce que cette cour a une sortie?

— Non, monsieur, elle est séparée par un mur très haut du jardin d'un petit hôtel particulier.

— Bien, que quatre hommes se placent ici avec une lanterne; fermez la porte de la rue, et que quatre hommes se mettent devant, deux hommes au pied de l'escalier, — et nous quatre nous allons monter; s'il y avait risque, vous savez le signal.

Les hommes s'inclinèrent. La vieille concierge était prête, elle se plaça devant eux, épouvantée, sa bougie à la main, et dit :

— Montez, messieurs. Ce sont donc des malhonnêtes gens, que ces...

— Taisez-vous, dit Coquelet d'un ton sec, marchez.

— Ils montèrent alors silencieux... c'était une triste maison... escalier sombre aux marches grasses, aux murs suants, et, à cette heure, la lumière de la bougie vacillante jetait comme une clarté lugubre.

Lorsqu'on fut arrivé au deuxième étage, la concierge dit :

— C'est là, si vous...

— Silence... fit encore Coquelet en mettant sa main sur sa bouche; puis, sans dire un mot, il souffla la bougie de la vieille, qui faillit s'évanouir en se trouvant dans l'obscurité.

— Armez-vous, dit tout bas Coquelet; puis, voyez... ils sont là.

Et il montrait le rayon lumineux qui glissait sous la porte. De la crosse de son revolver, il heurta deux fois, rien ne répondit. Frappant alors du poing, il dit d'une voix forte :

— Au nom de la loi, ouvrez !

La voix se perdit dans l'escalier noir, et l'écho seul répondit. Coquelet se pencha sur la porte pour écouter si l'on bougeait dans l'appartement, mais tout paraissait silencieux.

On entendit seulement du bruit au-dessus et au-dessous de l'étage; les portes s'ouvraient, des têtes effarées paraissaient, demandant :

— Qu'est-ce qu'il y a?

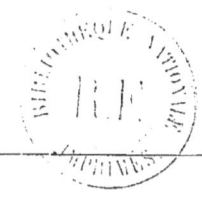

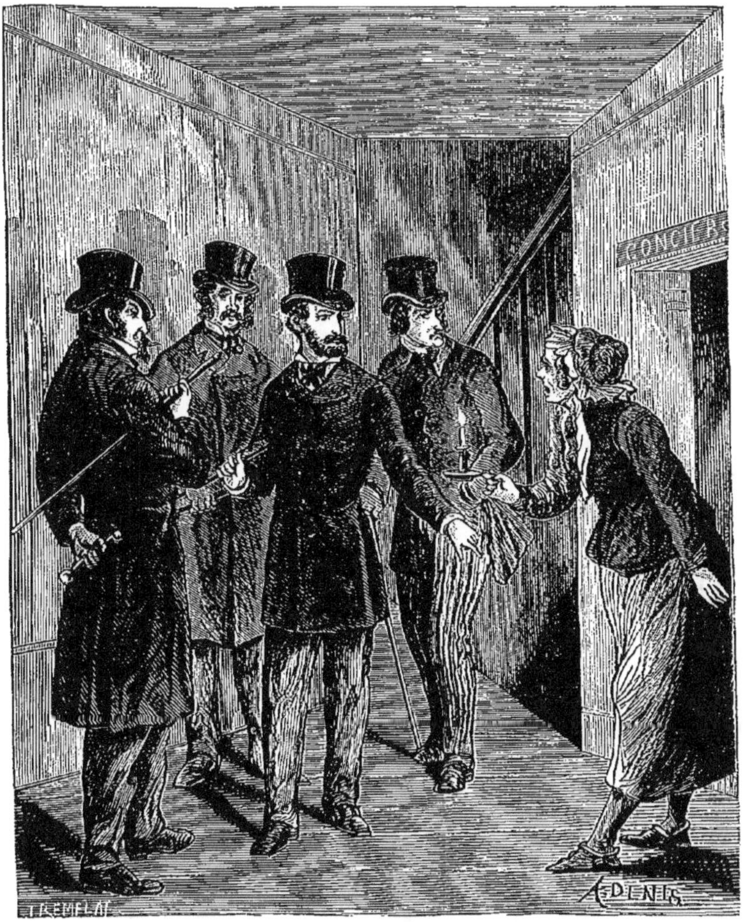

— Vous direz que vous ne savez absolument rien... (Page 139.)

— Restez chez vous, fermez votre porte, ne vous occupez pas de cela, disait brutalement un agent.

Et chacun craintif rentrait chez lui, tant sous l'ordre moral l'apparition des agents rassurait peu ceux qui les voyaient.

— Il faut entrer, dit Coquelet... Nous allons enfoncer la porte.

Il s'appuyait sur la porte, et de son épaule allait peser, lorsque son

18

pied glissa sur un objet qui rendit un son métallique. Il se baissa aussitôt et ramassa une clef qu'il essaya d'introduire dans la serrure... C'était bien la clef.

— Que signifie cela! fit-il, c'est bien singulier! Garde à vous, messieurs, nous allons entrer... Je vais ouvrir la porte, Lupin et Collet vous allez vous précipiter, ajouta Coquelet en se mettant sur le côté.

Il ouvrit; la lumière envahit l'escalier; les agents rentrèrent aussitôt, Lupin et Collet dans une pièce à gauche dans laquelle il n'y avait qu'une table couverte d'un tapis, Coquelet se précipita dans la chambre de droite, le revolver au poing.

La chambre était vide; sur la cheminée une lampe était allumée, et se réflétait dans une haute glace à cadre doré.

Coquelet restait stupéfait; tout à coup, levant les yeux, il vit une longue inscription, il s'approcha pour lire, devint blême .. regarda autour de lui, prêt à défaillir, il se soutint à l'angle de la cheminée; entendant les agents qui venaient le rejoindre, il se précipita vers la porte pour les empêcher d'entrer, en disant:

— Vite, vite, cherchez dans l'escalier, dans la cour... laissez-moi seul, je vais faire une perquisition... descendez vite.

— Mais qu'avez-vous donc? dit un des agents, stupéfait en regardant Coquelet. Vous êtes tout bouleversé...

— Moi, je n'ai rien...

— Vous êtes blême, la sueur vous coule sur le front et vos dents claquent...

— Eh! sacré tonnerre! laissez-moi la paix et regardez ailleurs... Croyez-vous que cette ridicule affaire me soit agréable?... Tous les journaux vont se ficher de nous demain, et je vais être bien reçu.

Et, tenant toujours la porte pour empêcher d'entrer, il ajouta:

— Faites ce que je vous dis. Hâtez-vous et tâchez d'en trouver un, au moins. J'en suis certain, j'ai vu le petit au paletot de velours et le Caverlet; il faut trouver ceux-là... Allez.

Les agents obéirent, aussitôt Coquelet retira la clef et s'enferma, il tira son mouchoir de sa poche et essuya son front inondé de sueur. Puis il alla vers la glace et, hochant la tête, il relut l'inscription qui l'avait tant terrifié ; elle était courte, mais terrible; on avait écrit sur la glace :

« C'est ici que demeurait celui qui assassina et jeta au Rhône Gaston Rosay, dans la nuit du 20 décembre 1861. »

Coquelet se hâta d'essuyer avec son mouchoir la phrase terrible, qui paraissait avoir été écrite avec du suif et qui ainsi courait sur la glace avec un sillon d'éclair, lumineux comme le *Mane, Thecel, Pharès* du festin de Balthazar.

Quand Coquelet eut effacé l'inscription, il sortit et descendit sous l'escalier dans lequel montaient et descendaient les agents. Arrivé en face de la loge de la portière, il dit à celle-ci :

— Si vous voulez n'être pas inquiétée, vous vous bornerez à dire à ceux qui vous interrogeraient, que vous ne savez absolument rien.

— Vous pouvez compter sur moi, monsieur. Vous pouvez y compter, dit la vieille femme toute tremblante.

Les agents redescendaient bredouille.

— C'est bon, en route... fit-il !

— Nous n'avons pas cherché dans la cour !..:

— C'est inutile, partons, dit Coquelet, pressé de sortir de la maison.

Les agents se préparaient au départ, lorsque du fond de la cour, on entendit une voix crier longuement, comme un hurlement plaintif.

— Clément !...

Les agents se retournèrent aussitôt, prêts à se précipiter du côté où venait la voix...

D'un ton plus lugubre, lente comme la plainte du vent, triste comme un cri d'orfraie, la voix répéta :

— Clément !...

Coquelet fut pris d'un tremblement nerveux.

— Lupin !... commanda-t-il.

— Monsieur Coquelet, ils sont là, nous allons les prendre...

— Non! non! hoqueta l'agent, les poussant d'une main fébrile vers la porte... Non! venez! venez vite...

Et les agents sortirent, étonnés, stupéfaits, regardant leur chef et se demandant ce que cela voulait dire.

Livide, le regard fixe, muet, Coquelet marchait au milieu d'eux ; les agents suivaient la rue pour gagner le pont de la Guillotière, coupant au plus court pour atteindre la Permanence. Arrivés au coin de la rue Cavenne, Coquelet les arrêta et les fit se diriger par cette rue, refusant de passer par les quais, et les obligeant ainsi à remonter le cours de Brosses, jusqu'au cours Bourbon, pour prendre le pont Lafayette...

Coquelet ne voulait pas passer, cette nuit et à cette heure, sur le pont de la Guillotière. En passant sur le pont Lafayette il prit le bras d'un agent et se laissa conduire les yeux fermés pour ne pas voir l'eau noire, disant :

— Donne-moi ton bras, Collet, je suis malade, je ne tiens plus debout, je ne sais pas ce que j'ai ce soir.

Les agents contaient tout bas entre eux :

— Il est furieux du fiasco de ce soir... avec ça, que ça a fait du tapage dans la rue...

Coquelet, lorsqu'il eut passé le pont, se trouva plus à son aise ; il s'arrêta et, réfléchissant aux conséquences de sa ridicule expédition, il chercha un moyen d'en pallier l'effet... Il dit alors à Lupin et à Collet :

— Lupin et Collet, vous êtes des hommes sûrs, vous... Il faut ce soir retourner d'où nous venons et, dans l'une des rues, nous arrêter des filles soumises en contravention... Il y en a toujours à cette heure ; ainsi nous aurons une excuse pour ces journaux qui vont clabauder demain.

— Compris, dirent en riant les agents.

— C'est fini pour vous autres, ce soir ; messieurs, séparons-nous.

Les agents se dispersèrent. Les deux premiers partirent pour aller exécuter les ordres donnés.

Coquelet, resté seul, se dirigea tout sombre vers la place de Lyon. A cette heure, il regrettait que les règlements de police obligeassent les cafés à fermer si tôt... car la nuit l'épouvantait, et il disait tout bas :

— J'ai toujours le son de cette voix lamentable dans les oreilles !... Cependant les morts ne reviennent pas de leurs tombeaux.

Et, en disant ces mots, il essuyait son front où perlait une sueur froide.

— Oh! ce soir, je ne pourrais pas dormir seul... Je vais aller chez Adèle. Et il se dirigea vers la demeure de la petite frangeuse.

VI

OU L'ON VOIT LE DÉSORDRE QU'AMENAIENT CEUX QUI ÉTAIENT CHARGÉS DE RÉTABLIR L'ORDRE.

Nous devons retourner rue de Béarn, où nous avons laissé en observation l'homme qui venait d'escalader le mur séparant la cour de la maison de la rue d'Aguesseau du jardin du petit hôtel de la rue de Béarn. Il descendit au moment où les agents sortirent entraînés par Coquelet, il prit amicalement le bras de Ripal pour regagner la porte, suivi par celui qui avait reçu ce dernier.

Arrivé près de la loge, et ne craignant pas d'être entendu, il dit :

— Mais comment cela se fait-il?

— Cela se fait que nous sommes trahis par quelqu'un.

— Nous nous connaissons tous...

— Eh! les trahisons ne sont pas toutes voulues, il y a les insconscients, les bavards, dit l'homme; il y a enfin les femmes! J'en sais quelque chose, puisque c'est le moyen que j'emploie pour savoir ce qui se trame contre eux. Allons, Éloi, éclaire-nous, n'éveille personne.

Celui à qui il s'adressait, rentra dans la petite loge, alluma une bougie et vint éclairer les deux autres en les dirigeant vers l'intérieur de la maison.

C'était un petit hôtel des plus simples, et dont l'habitation n'était guère plus grande qu'un appartement.

Celui qui commandait aux deux autres et qui paraissait être, sinon le maître, le locataire du lieu, était ce jeune et gentil garçon, qui, un soir, à la sortie de la réunion, avait reconduit Marcel Caverlet et lui avait raconté dans quelles griffes se débattait sa fiancée.

Lorsqu'il fut seul avec Ripal, il lui dit :

— Mon vieux Ripal, il faut s'apprêter à la lutte, ce soir vient de se passer la première scène du drame, et demain, cette nuit peut-être,

tous nos amis risqueraient d'être pris ; des papiers absolument compro-
mettants sont entre leurs mains, ils ont des listes ; une vaste toile d'arai-
gnée a été tissée, dans laquelle sont pris nombre de nos amis, qui,
bien tranquilles, n'ont jamais été militants. Ce soir, j'ai envoyé à Saint-
Étienne pour qu'il soit prévenu... Et l'as-tu suivi ?

— Oui, comme tu l'avais dit, je m'en suis donné une course ; je me
prenais parfois pour un mouchard ; il est allé directement à Bellecour,
chez le capitaine. Je ne suis parti que lorsque je l'ai vu entrer dans la
maison.

— S'est-il aperçu qu'il était suivi ?

— Pour ça non ; j'en suis certain.

— Bien ! S'il est allé chez le capitaine, il n'y a pas de danger pour
ce soir. Cependant il pourrait être filé et reconnu ; et puis il est nécessaire qu'Ève soit prévenue ce soir et qu'elle décide le capitaine... à
fuir, quoique cependant cette fable est si ridicule...

— Comment cela, le capitaine ?

— Oui, le capitaine est sur la liste de ceux qui devaient être arrêtés
cette nuit.

— Le capitaine Sapertache !... Mais, alors, c'est un complot impé-
rialiste que l'on poursuit ?

— Non ! on ne poursuit pas de complot, et tu sais bien mieux que
tout autre qu'il n'y a pas de complot ; il y a organisation défensive ; si
un jour, au contraire, on voulait renverser le gouvernement, c'est nous
qui voulons l'ordre. Mais le complot est arrêté pour servir un projet
dans lequel je vois déjà trois personnes qui nous révèlent l'auteur de la
machination qui a intérêt à se débarrasser de Marcel, lequel s'est toujours tenu à l'écart de la politique. Assurément, il est trop jeune pour
avoir un ennemi ; il ne peut avoir qu'un rival. Tu sais qu'il s'est trouvé
face à face avec ce rival, — Coquelet, — l'ami damné de ces gens ; tu
sais qu'il l'a obligé à renoncer à cette indigne arrestation. Voilà d'où
vient le coup. Qui peut avoir intérêt à faire momentanément disparaître
le capitaine Sapertache? Celui-ci n'est pas terrible, et, bien au contraire, il servirait plutôt les plans de ceux qui menacent aujourd'hui sa
liberté : Coquelet! Et quel est le but ? De laisser Mlle Ève seule, isolée,
sans protection, sans son oncle, sans son fiancé ; avoir ainsi, en la

menaçant, ou la vengeance ou le résultat. C'est de là que vient le mal. L'heure est donc venue de commencer ; il faut en finir avec ces gens qui placent leurs vices au-dessus de tout. L'heure est sonnée, Ripal. Demain, il viendra ; mais, nous, nous allons commencer ce soir.

— Et qu'allons-nous faire, ce soir?

— Mais tu n'as donc pas compris que cette nuit, ou, au plus tard, demain matin, des arrestations seront faites? Il faut prévenir Marcel et mettre Ève en sûreté.

— On n'arrêtera pas le capitaine?

— J'espère bien que si, et les quelques jours qu'il passera en prévention, voyant que les gens qu'il croyait être l'ordre se méprennent ainsi et se jouent avec une telle facilité de la liberté des citoyens... il est capable de devenir républicain... Allons, allons, Ripal, en route.

Le jeune homme jeta sur ses épaules un pardessus ; Ripal fit de même, et ils sortirent se dirigeant vers la place Bellecour.

C'était un gracieux cavalier que celui qui voulait protéger les amours de Mlle Ève, et son langage, son calme, semblaient bien singuliers pour son âge ; nous l'avons dit, il ne paraissait guère plus de dix-huit ans ; vif, élégant, souple, il portait son costume avec une grâce infinie et était d'une beauté étonnante chez un homme.

Arrivé sur la place Bellecour, il regarda tout autour de lui, puis il envoya Ripal fouiller les arbres et voir si des agents n'étaient pas postés déjà autour de la maison du capitaine. Ripal revint bientôt le rassurer sur ce point.

— Ils ne vont pas tarder à sortir, dit-il, nous allons attendre Marcel.

— Bien, fit tranquillement Ripal, dont la volonté tout entière semblait dépendre de son jeune ami, ou peut-être de son jeune maître.

Ils se promenaient sous les arbres de la place lorsqu'ils croisèrent un individu que le jeune homme crut reconnaître ; il envoya Ripal sur ses pas ; celui-ci se voyant suivi se retourna.

— Ah! c'est vous, Ripal?

— Oui, nous vous avons vu passer.

— Vous êtes avec le Lyonnais?

— Oui.

— Ah! je suis content de le voir, il me dira ce qui s'est passé ce soir à la réunion, et pourquoi on ne nous a pas laissé monter.

— Venez.

Ripal le mena vers le jeune homme que nous appellerons, ainsi qu'on vient de le désigner, le Lyonnais ; les deux hommes se serrèrent la main. Le Lyonnais dit à Ripal :

— Veille à la porte du capitaine, et dès qu'il sortira, amène-le moi, nous nous promenons avec Adolphe.

Ripal obéit, et le Lyonnais dit à Adolphe :

— Comment, après la recommandation qui vous a été faite rue d'Aguesseau, vous trouvez-vous à cette heure par ici? C'est de la dernière imprudence.

— Il m'arrive une si désagréable aventure, vous m'en voyez tout marri, et en disant ces mots, le jeune homme — il avait à peine vingt ou vingt-cinq ans — prit un air piteux et désolé.

— Que vous est-il arrivé? demanda le Lyonnais.

— Je peux bien vous dire ça à vous, vous êtes presque de mon âge, et ça vous expliquera pourquoi je suis dans la rue.

Ils se promenèrent bras dessus, bras dessous, sous les arbres de la grande place déserte à cette heure. Celui qu'on avait appelé Adolphe était un grand garçon de vingt à vingt-cinq ans, employé dans une maison de commerce de Lyon où il était assez libre ; il écrivait parfois dans les petits journaux ; nature d'élite, bon et brave, il avait été pris par la grande, par la vraie question du siècle, la question sociale et humaine.

Ce soir la grande question était pour lui tout entière dans l'aventure qu'il racontait ainsi :

— Figurez-vous qu'en sortant de la rue de Béarn, ce soir, lorsque le veilleur m'eut dit : « Garde à vous, ne rentrez pas chez vous, je me décidai à aller passer la nuit chez ma maîtresse, une petite ouvrière frangeuse pour qui j'avais la plus grande affection, et chez laquelle, au reste, je suis comme chez moi; c'est là, sitôt qu'il y a quelques menaces, que je vais chercher un abri. Je m'y rendis ce soir, et...

— La place était prise, achève en riant le Lyonnais.

— Je le crains fort... dit Adolphe d'un air piteux....

— Tu ne t'éveilles donc pas, que tu dors comme une toupie. (Page 151.)

— Vous n'en êtes pas certain ?

— Ne riez pas, Lyonnais, vous ne vous figurez pas la peine que j'éprouve... Écoutez, je suis le plus malheureux des hommes, j'avais toute confiance en elle, ça me tombe comme un coup de foudre.

— Mais vous disiez que vous craigniez, et n'êtes rien moins que

19

certain, dit d'un ton léger le Lyonnais, et vous savez, en pareil cas, il faut être comme saint Thomas.

— Voici la chose : je suis allé chez elle ce soir, j'ai frappé, on n'a pas répondu.

— Peut-être n'est-elle pas rentrée?

— A cette heure?

— Elle est peut-être au théâtre... Vous pouvez exiger sa fidélité, mais non sa claustration.

— Certainement! mais j'ai pensé à cela comme vous, j'ai attendu... las d'attendre, je suis remonté, j'ai frappé encore, on n'a pas répondu ; enfin, je me résignais et je voulais m'asseoir sur le carré à attendre encore. Je roulai une cigarette et l'allumai; à la lueur de mon allumette, je vis sous la porte un cigare à moitié éteint. Elle est seule sur le carré, c'est le dernier étage, et je ne fume que la cigarette!

Le Lyonnais éclata de rire.

— Ah! vous n'êtes pas généreux, dit Adolphe.

— C'est drôle !... Et qu'avez-vous fait!

— Que vouliez-vous que je fisse?... Ça n'est pas ce soir que je pouvais faire du scandale, puisque, au contraire, nous devons éviter les agents.

— C'est vrai. Et qu'allez-vous faire?

— Cette nuit? Je ne sais pas.

— Non... De votre petite frangeuse?

— Vous pensez bien... que je ne la reverrai de la vie... Ah! si vous saviez quelle confiance j'avais en elle, c'était plus qu'une maîtresse... c'était une sœur...

Tout à coup, le Lyonnais leva la tête et, le sourcil froncé, inquiet, il demanda :

— Vous lui racontiez vos affaires;

— A peu près... pas toutes cependant, oh! c'est absolument comme si j'avais pensé; seulement... ce qui m'ennuie le plus, c'est que c'est chez elle que je mettais mes papiers afin qu'ils soient en sûreté, en cas de perquisition chez moi...

— Eh pardi !... C'est de là que ça vient! exclama le Lyonnais, pendant qu'Adolphe le regardait avec stupéfaction.

Le Lyonnais lui dit alors sévèrement :

— Vous avez été d'une légèreté inconcevable... que d'autres appelleraient trahison...

— Que me dites-vous là ?

— Je dis que depuis quinze jours, tous nos agissements sont connus de la police à l'heure même où nous les connaissons nous-mêmes... Eh ! malheureux que vous êtes, c'est votre maîtresse qui nous vendait.

— Oh ! mais non, ce que vous dites là est impossible.

— Ce soir, on avait décidé de procéder à une enquête pour savoir lequel de nous était indigne...

— Je vous jure qu'elle est incapable d'une infamie.

— Et qui vous parle de cela ! Voyez ce que vous avez fait ! vous, un homme, et pourquoi voulez-vous qu'une femme soit moins légère que vous, pourquoi vous, qui bavardez avec elle de vos affaires, croyez-vous qu'elle n'en fasse pas autant avec l'autre, le préféré assurément, aujourd'hui.

— Vous m'effrayez...

— Ce n'est pas tout cela, il faut savoir quel est l'homme qui est chez elle.

— C'est bien difficile sans faire de tapage.

— Gardez-vous en bien ; où demeure-t-elle ?

— Rue Tupin.

— Bien, vous allez vous y rendre et vous poster en face de chez elle ; si l'homme sortait, dissimulez-vous et suivez-le, il faut le connaître ; il est une heure du matin, dans deux heures je vous rejoins ; avant une demi-heure Ripal ira vous tenir compagnie... A cette heure, Adolphe, il faut que le jaloux s'efface, il faut que le frère agisse, c'est au nom des frères que je commande.

— Oh ! soyez tranquille... Si ce que vous supposez est vrai, que va-t-il se passer ?

— Allons, ne larmoyons pas, agissons... Justement voici Marcel et Ripal qui viennent, partez et que ceci vous serve de leçon, soyez muet..

Adolphe partit en courant. Ripal amenait Marcel.

— Tiens, c'est vous !

Et les deux hommes se serrèrent la main.

— Nous allons nous promener ensemble... Je vous demande la permission de dire deux mots à mon ami.

— Faites, faites donc.

Le jeune homme envoya Ripal retrouver Adolphe, rue Tupin, après lui avoir recommandé la plus grande attention.

Ripal partit, il prit le bras de Marcel, et, l'entraînant vers la place de la Charité, il lui dit :

— Eh bien ! vous avais-je menti ?

— Non, et je vous remercie bien.

— Et ce soir c'est tout à fait remis ?

— Oui.

— Vous êtes officiellement reçu comme le futur époux de Mlle Ève ; vous avez été présenté aux nobles débris qui cultivent le bezigue le soir, et ils n'ont pas peu été stupéfaits de votre présentation, et le capitaine a dit que votre père était un illustre Lyonnais et on a dit que le père de Mlle Jolin était une malheureuse et honnête victime de nos discordes civiles... et les vieux ont failli s'évanouir, ils ont cru un moment qu'on criait : sauve qui peut, l'ennemi, nous sommes trahis ! le lugubre cri des vaincus. Et le capitaine vous a raconté que c'était lui, à Malakof, qui avait ramassé le képi de Mac-Mahon ; il finit toujours par ces mots : Je m'en souviens encore comme si c'était aujourd'hui ; c'était un képi ancien modèle...

— Ah çà ! dit Marcel souriant et regardant le Lyonnais, vous êtes donc de la police, vous ?

— Un peu, et avouez que ça ne vous est pas inutile ; ainsi, ce soir, on vous a dit : ne rentrez pas chez vous et je viens ajouter, vous allez partir.

Les deux hommes tournaient l'angle de la rue de la Charité et des quais.

— Où donc, demanda Marcel.

— Vous voyez, je vous conduis à la gare par le bord de l'eau.

— Au chemin de fer ?

— Justement.

— Où diable voulez-vous que j'aille ?

— Où vous voudrez ; il faut que vous ayez quitté Lyon cette nuit, pour un jour ou deux...

— C'est impossible, je dois voir demain Ève à sept heures, sur la place Bellecour.

— Je m'engage à la faire prévenir...

— Mais enfin, pourquoi voulez-vous que je parte...

— Vous m'avez dit tout à l'heure que j'étais de la police... Vous allez en être convaincu. Maintenant, dit le Lyonnais en riant, il y a un un mandat d'amener dirigé contre vous.

— Contre moi... et pourquoi, bon Dieu?

— A l'époque où nous vivons on ne demande pas ça... pour rien, et ça suffit.

— Je n'ai rien à craindre n'ayant rien fait !

— Vous avez à craindre la haine de M. Coquelet...

— Mais enfin, il n'est pas assez puissant pour me faire condamner, n'ayant rien fait !

— Il est assez puissant pour vous dénoncer, vous faire arrêter, et pendant l'information, l'instruction, qui peut varier de trois à dix mois, vous faire faire de la prévention, c'est-à-dire à l'heure où la main de celle que vous aimez vous est tendue, vous éloigner d'elle.

— Ah! l'indigne coquin.

— C'est le cri du cœur. Allons, il faut partir.

— Mais il n'y a pas de train, la nuit.

— Vous prendrez celui du matin ; on n'ira pas vous chercher là.

— Et où irai-je?

— Où vous voudrez, à quatre ou cinq lieues de Lyon, à dix, si vous voulez; dès votre arrivée, vous me télégraphiez : « A monsieur de Brenne, brasserie Pupat, rue de l'Hôtel-de-Ville. » Immédiatement, vous recevrez des nouvelles de Mlle Eve et des instructions de moi.

— Vous me le promettez?

— Absolument.

— Vous vous doutez que vous m'intriguez énormément ; et, cependant, je ne sais, j'ai pour vous une sympathie sans bornes. Je ne vous connais pas, ou peu, et il me semble que nous sommes de vieux amis.

— Peut-être est-ce vrai! dit-il en riant. Au fait, avez-vous de l'argent sur vous, au moins?

— Oui, oui!... Et tenez, si vous voulez, au lieu de m'ennuyer jusqu'au matin dans ces salles d'attente, nous allons prendre deux voitures et nous faire conduire aux *Deux-Mondes*, où nous souperons pour attendre le jour.

— Merci; je ne soupe jamais... Et puis, ce serait vouloir absolument vous faire prendre... Nous voici à la gare. Au revoir. Un télégramme, et vous aurez des nouvelles...

— Au revoir!

Les deux jeunes gens se serrèrent la main et le Lyonnais s'éloigna, pendant que Marcel se disait :

— Si tout cela, au lieu de me servir... était fait, au contraire, pour m'éloigner d'Ève?... Non! ce garçon étrange a un regard qui ne peut pas tromper.

Et il monta à la gare attendre l'heure du train.

VII

DU DANGER DE L'AMOUR ET DE L'AMOUR DU DANGER.

Le Lyonnais, en quittant Marcel, se rendit au rendez-vous qu'il avait donné au jeune Adolphe. Dès qu'il parut, Ripal vint au-devant de lui et lui montra dans l'angle d'une porte, juste en face de la maison qu'habitait Mlle Adèle, Adolphe accroupi et dormant du sommeil des justes.

— Vois un peu comme il est aux aguets, dit Ripal.

Le Lyonnais haussa les épaules et demanda à son confident :

— Tu as veillé, toi?

— C'est-à-dire que je n'ai pas fermé l'œil.

— Et personne n'est sorti de la maison?

— Absolument personne, j'en réponds. Lorsque je suis arrivé, le petit m'a raconté ses peines, tu vois d'ici la chose... C'est à moi qu'il parle de femme infidèle, moi, moi qui ai eu une femme qui m'adorait et qui me trompait tout de même.

— Voyons, Ripal, ne parlons pas des vieilles histoires, il faut à tout prix connaître l'homme qui est reçu par la maîtresse d'Adolphe.

— Si tu veux, je vas faire une chose, je monte, je fais une vie de polichinelle, je te casse tout, m'ami ! si on n'ouvre pas... à la fin on finit par ouvrir, je te fais des excuses au gône et je le vois.

— Mais lorsque tu l'auras vu, tu ne pourras pas me dire qui il est.

Ripal se gratta le crâne : c'était vrai, il pouvait voir l'homme, et, se trouvant devant une personne qu'il n'avait jamais vue, il était dans l'impossibilité de donner aucun renseignement.

Le Lyonnais réfléchit longuement ; puis, ayant pris le bras de Ripal et se promenant devant la porte, il pensa tout haut :

— En voyant le sommeil d'Adolphe, je comprends combien peu il attache d'importance au danger qui nous menace, et en quelle maigre estime il tient sa petite frangeuse. La jalousie ne l'étouffe pas. Nous n'avons donc qu'à compter sur nous, il faut trouver un moyen de connaître l'homme qui est là, car assurément c'est par lui que nous sommes vendus.

— Qué que tu veux faire? demanda Ripal.

Le jeune homme regarda l'heure à sa montre ; déjà l'aube blanchissait les toits et jetait sa lueur grise dans la rue de Lyon, les gens de campagne amenaient au marché leurs légumes. Lyon allait s'éveiller. Le Lyonnais dit à Ripal :

— Éveille-le.

Celui-ci, obéissant, prit le jeune Adolphe par le bras et, le secouant avec vigueur, lui dit :

— Et, ma mie ! tu ne t'éveilles donc pas, tu dors comme une toupie ; il fait jour, viens voir un peu causer à ce petit.

On juge du soubresaut que fit le jeune homme ; il s'éveilla épouvanté, se croyant appréhendé, et disant :

— Laissez-moi, laissez-moi... vous vous trompez...

Puis, regardant hébété celui qui l'éveillait et qui éclatait de rire en le voyant se débattre, il dit tout confus :

— Je rêvais, excusez-moi... Je me suis endormi, je dois avouer que j'étais absolument éreinté, j'ai voulu lutter contre le sommeil, ça m'a été impossible, j'aurais dû marcher. Il se leva et se secoua, puis demanda :

— Que me disiez-vous?

— Tu n'as pas entendu, t'as donc d'coton dans les oreilles ? Vois un peu, là, au coin de la rue, on t'attend.

— Ah ! le Lyonnais est là, allons vite.

Ils se dirigèrent vers le jeune homme. Adolphe allait s'excuser, mais celui-ci lui dit avant qu'il n'eût le temps de parler :

— L'heure est venue ; il faut au plus tôt que nous soyons renseignés... Il n'y a qu'un moyen... Ne cherchez pas, vous n'avez rien à faire qu'à me répondre. Votre maîtresse a-t-elle une amie intime ?

— Oui, dit Adolphe stupéfait.

— Connaissez-vous assez cette amie pour l'aller chercher à cette heure matinale et qu'elle consente à nous servir ?

— Absolument...

— Vous en êtes sûr ?

— Pardi ! Mais, cependant, nous servir... si ça est pour une chose honnête .. C'est à cause d'elle que je l'ai connue. C'est ma sœur ; le soir en allant la chercher à son atelier, j'ai connu Adèle qui travaillait avec elle.

— Très bien ; c'est ce qu'il nous faut.

— Pardon, Lyonnais, je vous l'ai dit... c'est ma sœur, et c'est une brave et honnête fille... On ne peut pas choisir ses compagnes d'atelier. Adèle peut être une indigne créature, mais Claire est une honnête fille...

— Je ne doute pas de cela, mon ami... Il faut qu'elle nous serve.

— Je vous le répète, que voulez-vous lui faire faire ? Je ne veux pas compromettre ma sœur ; je veux savoir si ce que vous voulez d'elle est honnête.

Le Lyonnais, impatienté haussa les épaules et dit :

— Jugez-en : je veux lui faire sauver son frère et ceux que, par sa légèreté, il a perdus.

Adolphe se mordit les lèvres, devint rouge et dit :

— Je vais la chercher.

— Je ne me souviens pas d'avoir vu Monsieur. (Page 153.)

— A la bonne heure, hâtez-vous.

Le jeune garçon, tout penaud, se mit à courir, et Ripal dit au Lyonnais :

— Ah ça, qu'est-ce que tu vas faire de cette femme-là ?

— Laisse faire, j'ai mon idée, c'est du reste absolument simple.

20

— Vous en parlez à votre aise, vous trouvez simple d'amener une femme encore pour embrouiller les affaires.

— Non, mon vieux Ripal, tu ne saisis pas et tout à l'heure tu verras que rien n'est plus facile.

— Moi, j'ai toujours peur des femmes, plus on en prend et plus il y a danger.

— Tu sais bien qu'il y en a de bonnes.

— Pardié ! mais c'est qu'elles cherchent à imiter les hommes, celles-là !

Le Lyonnais ne repondit pas, il pensait ; Ripal l'observait, et le voyant tout entier en lui-même, il se tut et attendit. Le Lyonnais dit brusquement :

— Veille, Ripal, je me promène un peu pour bâtir la chose.

Et il se promena de long en large, la tête basse, combinant son plan, arrêtant la marche à suivre.

Au bout d'une grande demi-heure, Adolphe revint en amenant sa sœur ; il faisait tout à fait jour. Il la présenta au Lyonnais en lui disant :

— Écoute bien ce que va te dire monsieur, tu entends, je t'ai expliqué qu'il dépend peut-être de toi de conserver ma liberté, donc, fais ce que l'on va te dire.

En voyant le Lyonnais, la jeune fille eut un engageant sourire ; certainement son frère, en lui parlant des graves intérêts qu'il devait défendre, et de l'ami qu'elle devait écouter, avait cru que celui devant lequel elle allait se trouver, était un des hommes sérieux avec lesquels souvent elle rencontrait son frère.

En voyant le jeune homme beau, élégant, gracieux que nous avons présenté au lecteur, elle lui fit l'honneur que méritait sa jeunesse, et ne lui dissimula pas sa surprise...

Le Lyonnais avait tout vu, tout compris, il sourit malicieusement et, offrant son bras à la jeune Claire, il lui dit :

— Mademoiselle, voulez-vous accepter mon bras, je vais en deux mots vous expliquer le service que nous réclamons de vous... C'est bien peu de chose, et voyez combien les événements les plus graves se trouvent quelquefois dans rien... il y va peut-être de l'avenir de votre frère, et, conséquemment, de l'existence de votre mère.

La jeune fille, toute confuse, avait accepté le bras que le jeune homme lui offrait; elle se laissait conduire, écoutant, toute interdite, ce qu'il lui disait, tremblante; en entendant le motif qui le faisait agir, elle dit :

— Monsieur, mon frère m'a dit de vous obéir, je suis prête.

— Voici, mademoiselle, ce que vous avez à faire.

— J'écoute.

— Mlle Adèle est votre intime amie?

— Oh, absolument! elle me conte à peu près tout ce qu'elle fait.

Le Lyonnais s'arrêta aussitôt et se plaçant devant la jeune fille, il demanda :

— Elle vous confie tout?

— A peu près, elle est très-bavarde, ajouta-t-elle en riant.

— Mais déjà, vous pouvez me renseigner.

— Vous m'avez dit qu'il y allait de la liberté de mon frère, c'est-à-dire de l'existence de ma mère; puisque c'est lui qui nous fait vivre, parlez, monsieur, je vous dirai tout ce que vous voudrez.

— Mon Dieu, mademoiselle, il faut, en raison du but, excuser la liberté de mes questions.

La jeune fille dit avec une brutale franchise :

— Ne craignez rien, monsieur, parlez; puis, rougissant : mon frère ne m'entend pas, et vous êtes trop galant homme, je pense, pour lui dire ce que je veux qu'il ignore! Le but, vous me l'avez dit, m'oblige à marcher sur certains sentiments, monsieur, parlez-moi comme à une femme.

— Vous connaissez la vie intime de votre amie.

— Oui, monsieur.

— Mlle Adèle est-elle fidèle à votre frère?

— Oh non!... exclama en riant Mlle Claire.

— Connaissez-vous celui avec lequel elle le trompe?

Mlle Claire était, paraît-il, une fille gaie qui n'avait pas menti en disant qu'on pouvait la traiter en femme, car elle éclata de rire au nez de son interlocuteur, et s'écria :

— C'est au pluriel qu'il faut me demander ça!...

Le Lyonnais resta stupéfait. La jeune fille reprit :

— Vous me demandez si mon pauvre grand bêta de frère est trompé. Hélas! que de fois je lui dis... Mais vous savez ce que c'est qu'un homme amoureux; jamais il ne croira ces choses-là... Il n'est pas de jour où le niais ne soit trompé... Adèle, mais c'est moins que rien... c'est le scandale de l'atelier, un jour celui-ci, un jour celui-là. Elle se dit ouvrière, mais elle ne travaille jamais.

— Mais, enfin, demanda le jeune homme en riant pour la mettre à l'aise, en connaissez-vous plusieurs?

— Il y a entre autres un grand gaillard qui vient souvent la déranger à l'atelier.

— Ah! un grand gaillard de trente à trente-cinq ans?...

— Oui!

— Qui porte toute la barbe?

— Justement, la barbe n'est pas blonde, pas brune, pas rousse... une barbe châtain-roux...

— Très-bien, des yeux bleus?...

— Oui, le regard faux, embarrassant pour une femme...

— Savez-vous ce qu'il fait?

— Non, je ne le sais pas, elle non plus... mais, à vous parler franchement, nous nous doutons bien de quelque chose... une fois elle a dit que cet homme-là devait être de la police.

— Très-bien, c'est lui! exclama le Lyonnais.

— Vous le connaissez?

— Je le crois, savez-vous son nom?

— Je sais le prénom, il se nomme Polyte.

— Très-bien! je ne me trompais pas... Vous connaissez cet homme?

— Je le connais, non! je ne lui ai jamais parlé, mais lorsqu'il venait chercher Adèle à l'atelier, je le voyais par la fenêtre.

— C'est tout ce qu'il faut.

— Comment, demanda en riant Mlle Claire, c'est là le service que vous me demandiez?

— Point tout à fait, mais enfin vous venez de nous édifier; maintenant ce que vous avez à faire est des plus simples.

Puis, pensant, il dit tout bas :

— Si c'est lui, rien qu'en entendant son nom, il fera ouvrir. Il reprit plus haut :

— Mademoiselle Claire, il faut que vous montiez chez Mlle Adèle. Vous frapperez, on ne répondra pas, on refusera d'ouvrir; d'un ton suppliant, par la serrure, vous direz : « Adèle, je t'en supplie, c'est pour mon frère, ouvre-moi. »

— Bien!... c'est tout?

— Oui, montez vite et voici le point principal, il faut que vous sachiez quel est celui qui est chez Mlle Adèle.

— Je ferai tout ce que vous voudrez, mais il se peut que je ne connaisse pas celui qui est là.

— Certainement, et si cela arrivait, nous serions parfaitement renseignés, car ce que nous craignons, c'est justement que ce soit celui que vous connaissez qui se trouve là-haut... Vous m'avez compris... ce n'est pas bien difficile.

— Non, mais encore que faut-il que je fasse?

— C'est simple; faites le plus naturellement du monde ce que vous feriez si vous vouliez absolument voir ce matin votre amie.

— Bien, j'y vais.

Et toute légère Mlle Claire traversa la rue Tupin; la porte de la maison n'était point fermée, Adolphe l'avait laissée ainsi, ne désespérant pas d'être obligé de rentrer. Claire grimpa jusqu'à l'extrémité de l'escalier, et frappa. Rien ne répondit, mais, penchée sur la porte, elle écoutait et entendit distinctement la voix de son amie qui disait sourdement :

— C'est lui qui revient, tu vois, tu aurais dû partir...

— Tais-toi! répondit-on de la même voix.

Claire frappa encore, et appuyant sa bouche sur le trou de la serrure elle dit :

— Adèle, Adèle, c'est moi, Claire... ouvre-moi, si tu savais ce qui se passe?

Retirant ses lèvres, elle appuya l'oreille sur le trou de la serrure et entendit distinctement :

— Quelle est cette voix?... que dit-elle?

— C'est Claire !

— Qu'est-ce que Claire ?

— La sœur d'Adolphe…, je ne sais ce que je dois faire.

— Dame ! elle sera prête à raconter tout à son frère…

— Ah ! bien oui, il n'y a pas de danger ; elle sait bien ce que je fais, et elle t'a déjà vu avec moi. Ça m'inquiète, qu'elle vienne à cette heure.

— Ah ! c'est différent ; fais-la entrer, alors.

Claire riait et se mordait les lèvres ; elle frappa de nouveau, disant d'une voix suppliante :

— Adèle ! Adèle ! tu ne m'entends donc pas ?

Adèle se leva aussitôt, et criant :

— C'est toi, Claire ? Attends un peu… tu m'as fait peur en frappant ainsi… Attends, je vais ouvrir.

Coquelet s'était levé, et, rapidement, il s'était habillé, pendant que M{mc} Adèle revêtissait un jupon. Lorsque cette dernière ouvrit la porte, M{llc} Claire entra vivement, puis, se reculant aussitôt comme surprise de voir un homme dans la chambre, elle dit :

— Oh ! je te demande pardon, je te croyais seule.

— Ça ne fait rien, entre donc, tu connais bien monsieur.

— Monsieur, fit Claire en saluant et en secouant la tête ; mais non, je ne me souviens pas de l'avoir vu.

— Tu te souviens bien, lorsqu'on vient me chercher à l'atelier.

— Ah ! oui ! je me souviens.

— Ce n'est pas ton frère qui t'envoie ?

—– Non ! et tu sais bien que je n'irai pas lui dire.

— Je sais bien.

— Mais si ce n'est pas lui, c'est pour lui que je viens, nous ne savons où il est, il n'est pas rentré, et ma mère craint qu'il ne soit arrêté.

Coquelet, qui mettait sa cravate, se retourna et regarda la jeune fille ; celle-ci souriante, soutint le regard, et, effrontément, elle dit, poursuivant son but :

— C'est curieux, je ne me souviens pas du tout… mais du tout, d'avoir vu monsieur… Est-ce que vous vous rappelez de moi, monsieur ?

— Mademoiselle, je me souviens de vous avoir remarquée à cause de votre grâce et de votre gentillesse.

— Est-ce que vous êtes des amis de mon frère, dit Claire de l'air le plus naïf du monde... C'est peut-être avec lui que vous m'avez vue ?

— Non, mademoiselle, fit en riant Coquelet.

— Mais, reprit Mlle Adèle, tu te souviens bien, c'est M. Hippolyte Coquelet.

— Ah ! si, si, je sais ; tu m'as souvent parlé de monsieur.

— Je regrette, mademoiselle, d'être si peu connu de vous ; puis, effrontément cynique, il ajouta : et je compte bien désormais réparer cela. Mais, je vous ai interrompue lorsque Adèle vous demandait des nouvelles de votre frère.

— Comprenez-vous cela, nous ne savons pas où il est ; comme maman était inquiète, avec les bruits d'arrestations qui courent en ville, j'ai dit : Peut-être est-il au journal, et je suis accourue chez toi !... Il n'y est pas, je me sauve bien vite... pour courir au journal et rentrer chez nous.

Coquelet lui dit :

— Mais vous m'effrayez, mademoiselle ; que dites-vous là ; il court des bruits d'arrestations ?

— Mais oui, monsieur.

— Et on a arrêté du monde ?

— On le dit.

— Qui ?

— Ah ! je ne sais pas, moi... Ce sont les cancans de la ville... Adieu, monsieur ; au revoir Adèle.

Et, sans écouter son amie qui voulait la retenir, elle se sauva.

Elle descendit rapidement l'escalier. Les trois hommes l'attendaient en bas, dans l'allée même. Elle dit aussitôt au Lyonnais :

— C'est bien celui que vous croyez... Il se nomme Hippolyte Coquelet. Mais partez vite ; il va descendre.

— La misérable ! dit piteusement Adolphe.

— Tais-toi donc, imbécile, dit sa sœur ; tu le mérites bien...

— Venez vite, dit le Lyonnais en les entraînant de l'autre côté de la rue.

La jeune fille prit le bras de son frère et se dirigea vers la rue

Quatre-Chapeaux, tandis que Ripal et le Lyonnais étaient postés sous une porte. Lorsque Coquelet parut, Ripal dit à son jeune compagnon :

— Il n'y a personne encore dans la rue, veux-tu que nous l'enlevions, petit, je te demande deux minutes pour te l'amener ficelé comme un saucisson.

— Tais-toi, fit le Lyonnais à voix basse, car Coquelet, sans les voir, passait devant eux. Il se hâtait; ayant bientôt atteint la Saône, il traversa le pont, il allait chercher des ordres.

Pendant ce temps, le Lyonnais, rejoignait Adolphe et sa sœur et il disait au premier :

— Voyez ce que vous avez fait par votre légèreté.

— Oh ! mais, fit Adolphe, je vais remonter parler à Adèle.

— Il ne manquerait que ça...

— Que faire?

— Fuir, sans dire un mot, votre sœur va rentrer chez vous, elle préviendra votre mère, allez.

— Mais où voulez-vous que j'aille?

— Au diable, si vous voulez. Mais quittons-nous, car dans une demi-heure, la razzia va commencer dans Lyon. Adieu.

Il pressa la main d'Adolphe, qui partit entraîné par sa sœur, tandis que le Lyonnais se dirigeait vers Bellecour. Là, il fit signe à un cocher et monta en voiture avec Ripal, puis il dit au cocher d'aller se poster devant la maison du capitaine Sapertache, de l'autre côté de la chaussée.

Au bout d'une demi-heure environ, Mlle Eve paraissait; aussitôt le Lyonnais sauta de voiture, se dirigea vers elle et lui dit, en la voyant se reculer craintive :

— Mademoiselle Eve, je suis envoyé vers vous par M. Marcel. Lisez, et il tendit à la jeune fille une carte de visite au nom de Marcel Caverlet, et sur le dos de laquelle était écrit ces deux lignes :

« Ève, un grand danger nous menace, écoutez ce que vous dira celui que je vous envoie et obéissez-lui.

» MARCEL. »

— Un grand danger, et pourquoi n'est-il pas venu?

Le jeune homme se leva vivement, le sourcil froncé. (Page 166.)

— Je viens vous chercher pour vous conduire vers lui.

— Mon Dieu, vous m'effrayez, hâtons-nous.

Au grand étonnement de Mlle Ève, le Lyonnais fit descendre Ripal de voiture, et la fit monter à sa place, puis il lui dit :

— Veille, et sitôt qu'il se passera du nouveau, viens nous le dire.

— C'est entendu.

21

Il monta à son tour en voiture, et le cocher qui connaissait sa route, sans rien demander, se dirigea vers la Guillotière. Dix minutes après, la voiture entrait dans le petit hôtel de la rue de Béarn.

Ève n'avait dit qu'un mot pendant le court trajet :

— Mon Dieu, monsieur, que j'ai peur !

— Rassurez-vous, mademoiselle ; vous n'avez rien à craindre.

Le Lyonnais fit monter la jeune fille dans un petit salon au premier.

Ève demanda encore :

— Où sommes-nous ici et où est Marcel ?

— Ici, mademoiselle Jolin, vous êtes en sûreté. Écoutez-moi, je vais vous dire où est Marcel.

Et, ayant prié la jeune fille de s'asseoir, il lui raconta les événements de la nuit, le départ de Marcel.

La jeune fille, apprenant que Marcel n'était pas dans la maison, se leva aussitôt, et voulut partir.

Le Lyonnais la retint doucement en lui disant :

— Écoutez, on vient justement.

Ève le regarda avec inquiétude, on venait d'entendre la porte de la rue se refermer et on entendait monter précipitamment l'escalier ; là porte s'ouvrit et Ripal parut ; essoufflé, il dit :

— C'est fait, ils viennent de l'arrêter, et le Coquelet en avait une tête.

Ève les regardait sans comprendre, mais tremblant pour Marcel lorsqu'on avait dit : il est arrêté.

— Vous le voyez, mademoiselle Ève, il n'était que temps... derrière vous ils sont venus.

— Derrière moi ?... qui ?... qu'a-t-on fait ?

— Le capitaine Sapertache vient d'être arrêté...

— Que dites-vous là ?... ce n'est pas possible !

— Si possible que ça est.

— Oh ! mon Dieu, fit Ève en pleurant, mais pourquoi ? Qu'a-t-il fait ?

— Rien... Il a chassé de chez lui Coquelet, et vous avez repoussé et traité comme il le méritait ce misérable ; donc, il se venge.

— Mais c'est indigne... De quoi accuse-t-on mon oncle ?

— De société secrète.

— C'est de la folie...

— A tort ou à raison, il est d'abord arrêté avec les autres, et, pendant ce temps, Coquelet comptait vous tenir sous sa dépendance.

On juge de la stupéfaction et de l'effroi de la jeune fille.

Le Lyonnais lui raconta bien au long le plan du misérable, et ce qu'il avait dû faire pour l'empêcher de réussir.

— Alors, dit la jeune fille, je ne puis plus retourner place Bellecour?

— Non, certainement...

— Mais, où vais-je aller?

— N'êtes-vous pas bien ici?

La jeune fille, toute confuse, reprit :

— Je ne puis, monsieur, habiter ici, chez vous, à moins que vous ne vous retiriez.

— Mademoiselle Ève, dit le jeune homme, avec un singulier sourire, qui augmentait encore sa beauté, vous êtes ici sous la sauvegarde d'un honnête homme... Vous n'avez à attendre de moi qu'aide et protection... au reste, je me retire; vous n'aurez qu'à commander, on vous obéira. Moi, je vais aux nouvelles.

— Mon pauvre oncle doit être dans un affreux état, et à cause de moi.

— Votre oncle sera prévenu avant une heure que vous êtes en sûreté.

— Vous me le promettez.

— Je vous le jure, et, dans quelques heures, vous aurez des nouvelles de Marcel.

— Mais qui êtes-vous donc?

— Votre ange gardien... dit le jeune homme en lui souriant et en se retirant avec Ripal, laissant Ève confuse et embarrassée par son étrange regard.

— Quelle bizarre aventure!... quel singulier homme... pensait Ève. Si tout cela n'était que mensonge, et si, au contraire, j'étais tombée dans un piège grossier tendu par ce Coquelet... oh non! elle courut vers la fenêtre.

Elle était au premier étage et donnant sur la rue, elle fut rassurée, d'un cri on viendrait à son secours.

Et puis, il était impossible que le charmant jeune homme qui l'avait conduite fût un infâme.

Son regard singulier était franc, loyal; il était trop respectueux, trop dévoué pour cacher une semblable perfidie.

En pensant au pauvre capitaine, la jeune fille eut un sourire; elle se figurait la triste figure que devait faire son oncle, pris tout à coup pour un conspirateur et arrêté par ceux qu'il défendait sans cesse.

De quels jurons, de quels blasphèmes il devait faire retentir la prison...

Au fond, elle sentait qu'il était impossible qu'on gardât le capitaine; il suffisait de son nom lu par ses amis pour qu'aussitôt on l'allât réclamer, décevant ainsi le plans de M. Coquelet, et Ève se disait qu'après semblable scandale, sûrement le capitaine reviendrait tout à fait changé d'opinion.

Puis, pensant à Marcel, elle trembla; si l'on découvrait sa retraite, s'il était arrêté, il serait difficile de lui faire rendre la liberté.

Impatiente, elle attendit.

Vers midi, elle reçut des nouvelles. Son oncle avait été conduit à Saint-Joseph; ce qui menaçait d'aggraver son affaire, c'est qu'il avait failli étrangler un agent qui s'était montré grossier avec lui.

En même temps, elle recevait une dépêche de Marcel, lui annonçant une lettre pour le lendemain; rassurée, elle demanda à déjeuner. Le vieux serviteur la fit passer dans la salle à manger, voisine du salon, où un couvert était dressé.

Elle se mit à table et demanda :

— Est-ce que ce monsieur ne reviendra pas aujourd'hui?

— Si, mademoiselle, ce soir; il doit demander à mademoiselle la permission de dîner avec elle.

— Ah! fit Ève... ennuyée de cette réponse. Pourquoi ne point venir le jour plutôt et la laisser seule le soir...

La journée lui parut longue.

Vainement, pour passer le temps, elle essaya de lire, mais lorsqu'on lui avait dit que le Lyonnais dînerait avec elle, elle avait été ennuyée, et plus la journée avançait, attristée par cette solitude, plus elle désirait que l'heure du dîner sonnât.

Enfin, vers sept heures, elle entendit se refermer la porte de la rue, puis on monta l'escalier, on frappa ; elle dit vivement :

— Entrez.

Le Lyonnais parut, il était souriant, il lui dit :

— D'abord, je dois vous rassurer, les démarches sont faites pour faire sortir le capitaine et l'on pense qu'elles réussiront... puis M. Marcel vous écrira demain.

— Je vous remercie...

— Et avez-vous bien passé la journée?

— Tristement, car je pensais que vous seriez revenu plus tôt me donner ces nouvelles.

— Je vous les ai fait parvenir... mais, si vous saviez à combien d'autres j'ai dû porter l'avis de partir au plus vite...

— On arrête donc encore...

— Mais depuis ce matin, il règne, à cause de cela, une grande panique en ville.

— Mon Dieu! mon Dieu! dans quel singulier temps vivons-nous...

— Ne parlons plus de cela... Mademoiselle Ève, voulez-vous m'accepter à votre table?

— Mon Dieu! monsieur, je ne puis vous refuser une chose qui vous appartient...

— Point du tout, mademoiselle, vous êtes ici... chez vous, jusqu'au jour où vous pourrez sortir sans danger.

— Alors, monsieur, je vous invite, avec le plus grand plaisir, fit-elle en riant.

Le jeune homme sonna, le vieux serviteur parut aussitôt, et il lui dit :

— Servez-nous! Puis, offrant son bras à la jeune fille, il la conduisit dans la salle à manger où deux couverts étaient dressés et ils se mirent à table.

Ils n'avaient pas encore commencé le repas que Ripal apparut à la porte et dit :

— Nous sommes pris; ils sont en bas, la maison est entourée. Vous avez été filé.

Le jeune homme se leva vivement, le sourcil froncé. Ève, au contraire, restait sans force, effrayée, assise sur sa chaise, joignant les mains en suppliant.

Le Lyonnais retrouvant vite son sang-froid, dit :

— Mademoiselle Ève, ne craignez rien ; venez avec moi. Toi Ripal, remets les serviettes, bien pliées, sur les assiettes ; que la table paraisse attendre les convives. Entrez là, mademoiselle, dit le Lyonnais en ouvrant une porte dissimulée dans un panneau. Je vous demande à peine dix minutes de silence.

Ève, tremblante, obéit ; elle s'assit, ou plutôt se pelotonna dans un fauteuil et attendit.

Ripal avait obéit ; la table semblait attendre les convives.

Le Lyonnais dit à Ripal :

— C'était prévu : je t'ai dit ce que nous avions à faire. Descends vite et agis. Moi, je serai avant une minute sur le mur.

— Eh! m'ami, té vas faire des imprudences ; cache-toi, plutôt.

— Pour qu'ils restent toute la nuit ici... Allons, va, et prends la lumière.

Ripal, hochant la tête, descendit.

Aussitôt le Lyonnais disparut par une autre porte.

Ripal arriva en bas lorsque Coquelet, entouré d'une dizaine d'agents, disait :

— Il est entré ici il y a vingt minutes.

— Monsieur, répondait le vieux gardien, il n'est entré ici que M. Ripal, qui est loin d'avoir le signalement que vous avez dépeint.

— Enfin, qui loge ici?

— La propriétaire de la maison, Mme veuve de Brennes, et son oncle, M. Ripal ; madame n'est pas encore rentrée, et monsieur l'attend pour dîner...

— C'est possible ; mais nous allons visiter la maison.

— Bien, monsieur, fit le vieillard tout pâle ; puis voyant descendre Ripal qui affectait la plus grande surprise, il ajouta en le désignant :

— Monsieur Ripal, l'oncle de madame, qui vous dirigera...

Le regard prompt de l'agent se fixa sur le nouveau venu, mais la figure placide de Ripal garda son air surpris et il dit :

— Qu'y a-t-il donc? mon Dieu!

Coquelet, un peu embarrassé, répondit :

— Monsieur, voici la chose, nous poursuivons un jeune homme depuis ce matin; nous avons contre lui un mandat d'amener et on l'a vu entrer dans cette maison.

— Un jeune homme!... Vous avez ouvert, Simon?

— Non, monsieur, je ne sais ce qu'on veut dire...

— Monsieur, je suis certain de ce que je dis, ce n'est pas un, c'est quatre de mes hommes qui l'ont vu entrer ici.

— Voyez-vous, Simon, votre négligence; si madame était de retour, elle serait mécontente, vous avez encore laissé la porte ouverte...

Coquelet ne quittait du regard les deux hommes que pour fouiller dans l'ombre qui envahissait; il doutait, mais Ripal le mit à l'aise en ajoutant :

— Vous ne pouvez vous tromper, monsieur, et je vous prie de placer vos hommes partout. On va fermer la porte et je vais vous guider dans la perquisition... Si Mme de Brennes savait que quelqu'un a pu s'introduire chez elle, elle ne dormirait pas de la nuit.

— Je vous suis, monsieur Lupin, venez avec moi; Bassier, place les hommes en bas, et attention; il est ici, nous devons le prendre... Veuillez nous diriger, monsieur.

Et, conduits par Ripal qui tenait une bougie à la main, ils montèrent au premier étage, cherchant vainement dans l'appartement vide.

Ils redescendaient furieux, lorsque par la fenêtre du petit salon qui était ouverte Ripal regarda et dit épouvanté :

— Il y a un homme dans le jardin!

Et effectivement dans la clarté de la lune naissante on pouvait voir le Lyonnais se glissant le long des massifs.

— Vite! vite! fit Coquelet en descendant précipitamment, nous le tenons, il est dans le jardin.

Les agents se précipitèrent, Coquelet devant eux, Ripal et le vieux Simon effrayé courant derrière. Le Lyonnais, c'était bien lui, courait vers le mur treillagé par lequel la veille nous l'avons vu descendre. Coquelet le poursuivait, il allait l'atteindre, car le mur, forcément, devait l'obliger à terminer la poursuite; mais, arrivé là, lorsque l'agent étendait la main pour le prendre, le jeune homme saisit le treillage ; en deux bonds il se trouva sur le mur. Coquelet, fiévreux, allait grimper, mais le Lyonnais, perdu dans les feuilles, se pencha et lui dit de la même voix qui avait tant épouvanté l'agent la veille :

— Clément, Clément, je vais au Rhône. Tu me trouveras sur les chaînes de la plate.

Comme s'il était atteint d'une congestion, Coquelet étendit ses bras dans le vide pour chercher un soutien et râla :

— A moi! à moi! au secours!

Le jeune homme venait de disparaître ; les agents entraînèrent leur chef, croyant qu'il était blessé.

— Qu'est-ce que tu as? demanda Bassier, tu es blessé?...

— Non! non! répondit Coquelet, je ne sais ce qui m'a pris, j'étouffe... Monsieur, vous seriez bien aimable de me faire donner à boire...

On s'empressa autour de l'agent pendant que Bassier maugréait :

— Toujours des expéditions manquées... oh! j'en ai assez, je vais quitter ça...

Lorsque Coquelet fut tout à fait remis... Ripal lui dit :

— Monsieur, voulez-vous visiter quelques coins...

— Non! non!... c'est inutile... il est parti, je l'ai reconnu...

— On pourrait toujours fouiller la rue et la maison voisine, il doit être là...

— Non! nous allons rentrer..., dit Coquelet d'un ton bref et qui ne souffrait pas de réplique.

Bassier grommela tout bas.

— En route, dit Coquelet. Excusez-nous, messieurs; mais, vous voyez, nous ne nous étions pas trompés; et si nous ne l'avons pu prendre, nous vous avons débarrassés d'un hôte dangereux.

— Je vous en remercie bien, monsieur, dit Ripal.

On sonna à la porte ; le vieux gardien courut ouvrir en disant :

— C'est madame!

— Ah! c'est désagréable, fit Coquelet; nous allons être obligés de lui raconter...

Le vieillard regarda longuement le buste. (Page 175.)

— Non, non! dit Ripal, vous l'effrayeriez... je vais lui conter ça à ma façon.

Ils rencontrèrent sous la porte une jeune femme de tournure élégante et en grand deuil, la figure couverte du voile des veuves. Elle s'arrêta stupéfaite, et Ripal lui dit :

22

— Ne t'inquiète pas, je vais te conter ça... ce n'est rien... Adieu, monsieur.

Coquelet s'inclina profondément en s'excusant, les agents saluèrent et ils sortirent.

Dix minutes après, le Lyonnais ouvrait la porte de la cachette d'Ève et la conduisait à la table ; il lui dit en souriant :

— Maintenant, c'est fini, nous pouvons dîner tranquillement.

Tout à fait rassurée, Ève dîna de bon appétit ; après avoir écouté le récit que lui fit le Lyonnais de la façon dont il avait échappé aux agents, récit que le jeune homme modifia, car il dit à la jeune fille qu'après être resté caché dans la cour voisine il était rentré par le même chemin, dès que les agents s'étaient retirés. Or, nos lecteurs ont vu que le jeune homme était bien parti en escaladant le mur, mais qu'il avait dû rentrer par une autre issue, puisqu'il s'était trouvé dans la maison même lorsque les agents étaient encore dans la rue, et qu'il n'était rentré que la propriétaire de l'hôtel. Ève lui demanda :

— Mais comment avez-vous été renseigné sur ce qui devait se passer, pour pouvoir nous protéger ?

— Ceci, mademoiselle Ève, c'est mon secret, permettez-moi et excusez-moi de le garder encore ; vous le saurez bientôt, ajouta-t-il en souriant, qu'il vous suffise de savoir que Marcel me dit sans cesse : Avouez-le, vous êtes de la police.

— Oh ! le vilain métier ! fit Ève.

— Rassurez-vous, je suis de la bonne, de celle qui protége véritablement.

— Mais, dit Ève, comment allez-vous partir ce soir, les agents ne sont peut être pas éloignés ?

— Comment partir... ce soir ?

— Oui.

— Mais ce n'est pas mon intention.

— Hein ! fit Ève, regardant bien en face celui qui lui parlait ; mais, monsieur, vous m'avez dit, et je n'ai vu ici qu'un appartement composé d'une seule chambre.

— Eh bien ! demanda en riant le jeune homme.

— Vous ne comptez pas que je consentirai à me reposer, vous sachant ..

— Comment, mademoiselle Ève, fit toujours en riant le Lyonnais, après ce que vous m'avez vu faire pour vous aujourd'hui, après la recommandation de Marcel... et avec l'assurance de ma parole d'honneur, vous n'avez pas confiance en moi !

— Mais non, monsieur, bien au contraire, répondit simplement la jeune fille.

— Bien au contraire, demanda le jeune homme sur le même ton, et pourquoi?

— Mais parce qu'il y a en vous quelque chose d'étrange, de singulier, qui ne m'effraye pas, mais, enfin, qui ne me donne pas confiance...

— Eh bien ! fit le Lyonnais, vous avez raison, mademoiselle Eve.

— Que me dites-vous là? exclama la jeune fille en se levant inquiète.

Et cependant, du sourire qui restait toujours sur les lèvres du jeune homme et du ton gai avec lequel il parlait, il continua :

— Non, mademoiselle Eve, je ne quitterai pas la maison ce soir, car, ainsi que vous le pensiez fort justement, tout homme sortant d'ici serait probablement arrêté.

— Et qu'allez-vous faire?

— Mais ce que vous redoutez... il n'y a qu'une chambre à dormir, et nous devrons la partager.

— Monsieur, fit Eve vivement, c'est une plaisanterie, je pense; elle est de trop mauvais goût pour que je la puisse entendre

— Mais, mademoiselle Eve, s'il est un autre moyen, je suis prêt à l'accepter...

— Oui, monsieur, je suis venue ici sur l'ordre de Marcel, m'avez-vous dit, et je ne voudrais pas que l'ombre d'un soupçon planât sur moi; je dois, ainsi que vous me l'avez dit, rester seule ici, ou sinon... c'est moi qui me retirerai.

— A vos ordres, mademoiselle, fit le Lyonnais en rentrant dans la chambre et en laissant Eve seule dans la petite salle à manger.

La jeune fille, d'abord étourdie de ce qui venait de se passer, croyant voir dans tout ce qui arrivait une comédie dont le dénouement combiné était sa perte, rappela à elle toute son énergie. Il y avait trois hommes dans la maison, le misérable dont elle venait de voir l'audacieuse entreprise et ses deux serviteurs. Et elle était seule; elle alla à la porte, la porte était fermée. Elle sentit alors un frisson lui courir les veines, elle se blottit dans l'angle de la pièce et, songeant à ce qui était la cause de sa présence en ces lieux, elle se dit qu'elle avait été bien légère en s'abandonnant ainsi au premier homme qui était venu lui dire :

« Je viens de la part de Marcel, suivez-moi. »

La carte qu'on lui avait présentée était-elle bien de l'écriture de Marcel?...

Non; l'ordre était faux; on avait imité l'écriture de son bien-aimé; et cet homme étrange l'avait trompée tout d'abord, puisque, pour la décider, il lui avait assuré qu'elle allait retrouver Marcel..., et elle s'était fait prendre.

Tout cela n'était que mensonge; la perquisition faite pour arrêter le jeune homme était une comédie imaginée pour lui frapper l'esprit et lui faire peur; tous ces gens étaient assurément dans la maison, prêts à servir leur maître, et à lui livrer de force celle qu'il avait attirée dans ce guet-apens.

C'était épouvantable! Cet homme si jeune, si beau, était capable d'une semblable infamie, et Ève était entre ses mains, dans la petite maison où sans doute le jeune libertin amenait ses nouvelles conquêtes.

Tout était fermée autour d'elle, pas d'issue que la chambre; elle n'en pouvait plus douter : c'était un piège qu'on lui avait tendu, sa poitrine haletait, elle se sentait perdue, le silence l'effrayait.

Elle rappela à elle toutes ses forces, en entendant marcher; elle était décidée à mourir plutôt qu'à appartenir à l'indigne bandit qui la méprisait assez pour avoir cru qu'elle céderait à ses monstrueux desseins.

Mais son émotion était telle, qu'elle chercha vainement à se dresser... alors une idée terrible traversa son cerveau, elle vit sur la table son verre vide, et celui du jeune homme encore tout plein; elle pensa qu'on avait mêlé au vin un breuvage qui, anéantissant ses forces, allait la livrer au misérable.

Elle se souvint que le matin même en arrivant dans la maison, elle avait vu que les fenêtres donnaient sur la rue ; avant d'être anéantie, il fallait ouvrir cette fenêtre et crier au secours.

Ève rappela à elle toute son énergie, la force revint et, se précipitant vers la fenêtre, elle l'ouvrit ; elle allait crier lorsqu'elle se sentit prise tout à coup et qu'une main, se posant sur sa bouche, éteignit le cri dans sa gorge. C'était Ripal, qui porta la jeune fille au milieu de la salle et l'assit défaillante devant celui qu'on appelait le Lyonnais.

Ève était stupéfaite, mais elle se sentait rassurée.

Le Lyonnais n'était plus ce blond jeune homme aux allures féminines, c'était une gracieuse femme paraissant de vingt-cinq à vingt-six ans, grande, robuste, souple et très-élégante ; le long peignoir qu'elle portait à cette heure, un peu ouvert, à dessein, sans doute, pour assurer la jeune fille de son sexe, laissait voir la naissance d'une gorge admirable et dessinait un corsage opulent ; les cheveux relevés sur la tête encadraient admirablement le beau visage de celle que nos lecteurs ont reconnue sans doute... quand, revenue à elle, Ève demanda à la jeune femme :

— Mais qui êtes-vous donc ?

— Votre amie d'abord !... On me nomme dans un certain monde Nini-la-Police. Vous vous souvenez de ce que je vous disais tout à l'heure.

Puis, prenant les mains d'Ève et l'obligeant à se lever, elle passa son bras sous le sien et l'entraîna dans la chambre à coucher ; là elle ouvrit une porte et comme Ripal les éclairait, elles entrèrent dans une petite chambre où se trouvait simplement un lit dans lequel dormait un enfant d'une dizaine d'années.

— Ici je me nomme madame de Brennes, et je vous présente mon fils ; vous le voyez, ma chère Ève, vous êtes ici dans la maison sainte de l'amitié, et c'est une amie qui vous offre l'hospitalité.

— Oh ! j'ai eu si peur tout à l'heure... si peur... tenez, je suis bien tranquille, bien heureuse maintenant, et je pleure.., Ah ! laissez-moi vous embrasser.

Et la jeune fille se jeta dans les bras de la jeune femme...

— Enfant, soyez heureuse, on vous aime... bientôt vous reverrez Marcel !

TROISIÈME PARTIE

I

LA BELLE CABARETIÈRE DES BORDS DE LA SAÔNE.

L'instruction sur le terrible complot contre la sûreté de l'État ne fut pas longue, et elle aboutit à une mise en accusation pour société secrète et réunions illicites, au bout de laquelle toute la mise en scène, si patiemment échafaudée par l'administration, s'effondra dans le ridicule : les lettres furent reconnues fausses. De tout cela, il ne resta, en fin de compte, que le mépris public pour tous les agissements de certains agents.

Mais tout cela ne s'était pas passé sans porter ses fruits.

Le capitaine Sapertache, relâché après deux grands mois de prévention, était devenu absolument sans-culotte. D'abord, les émotions terribles par lesquelles il avait passé l'avaient fait beaucoup maigrir; puis la nourriture sobre de la prison avait presque vaincu sa goutte... Il pouvait marcher, il faisait avec sa nièce de longues promenades dans Lyon, tout fier lorsque, reconnu, on le désignait comme une des victimes de la soi-disant conspiration.

Le capitaine commençait à croire qu'il avait vraiment conspiré « contre ceux qui voulaient ramener la France à l'ancien régime, qui voulaient faire un goupillon du spectre de la liberté, ou nous jeter dans les bras d'un nouveau tyran, en effaçant les immortels principes que la révolution avait portés chez tous les peuples, sur le drapeau de ses armées victorieuses », c'était sa phrase. Il se regardait comme un martyr de la liberté, et déjà, le soir, il avait, sur des grandes feuilles de papier, aligné des lettres immenses, hautes comme des soldats de plomb, il écrivait : *Mes heures de prison...*

Des vieux amis du capitaine, deux étaient morts pendant « sa captivité ; » il n'en restait qu'un, que le gâtisme avait atteint ; il était sourd, et ne s'était pas aperçu du changement d'opinion de son vieux compagnon d'armes.

Une chose, cependant, l'avait surprise : la vieille pendule du salon ne marchait plus depuis longtemps ; celle qui représentait Napoléon la veille d'Austerlitz, le capitaine l'avait vendue et l'avait remplacée par le buste de la République.

Lorsque le vieillard vint le soir faire son bésigue, de ses petits yeux chassieux il regarda longuement le buste, et, tout souriant, il regagna sa place en disant :

— C'est l'impératrice... elle est jolie !

Le soir où nous entrons dans le salon du capitaine, celui-ci était en face du dernier camarade et jouait au bésigue.

Marcel, devenu l'ami de la maison, était assis près de Mlle Ève, et causait avec elle.

Leur mariage était décidé, et l'on attendait le temps légal des publications.

Ève demandait :

— Et vous n'avez pas de nouvelles d'elle ?

— Aucune.

— C'est bien singulier !...

— J'ai été trois fois déjà savoir de ses nouvelles, et toujours j'ai trouvé l'impassible gardien qui me répondait la même phrase : Madame saura que vous avez pris la peine de venir.

— Et, tout le temps que vous êtes restée chez elle, vous n'avez pu savoir qui elle était ?

— Rien, jamais un mot sur ce sujet ; elle se fait appeler Mme de Brennes ; ce n'est pas son nom. Nous causions de toute chose, de vous surtout, mais sitôt qu'elle voyait ma curiosité indiscrète, elle me ramenait adroitement à parler de vous.

— Étrange femme ! et notez que jamais je n'aurais cru n'avoir pas connu un jeune homme.

— Oui, elle porte admirablement un costume d'homme ; mais ce n'est pas seulement son costume ; souvent elle se déguisait en femme du peuple...

— Vous passiez vos journées ensemble ?

— Oh, non ! et, à part la seule journée où Ripal — encore un qui n'est pas bavard — me mena à Saint-Germain-des-Fossés où vous étiez caché, quelles longues heures d'ennui j'ai dû passer !

— Elle ne restait jamais avec vous ?

— Presque jamais ; elle rentrait seulement à l'heure du dîner, toujours en homme, mais rarement habillée de la même façon... Ainsi, le costume que vous connaissiez, le veston de velours, la cravate à la Collin, du jour de la perquisition, elle ne l'a jamais reporté et ses beaux cheveux blonds que j'admirai tant furent, de ce jour, couverts d'une perruque plus foncée... Lorsque je lui demandai pourquoi elle se travestissait ainsi, elle fut longtemps à me répondre, puis enfin, elle me dit :

— En femme je peux être reconnue, et, alors, les plus grands malheurs arriveraient.

— Mais les femmes ont un certain don divinateur, et vous devez, devant ce mystère, avoir cherché à le pénétrer, vous devez avoir vu quelque chose? demanda Marcel.

— Non ! jamais. Cependant un jour je crus voir un homme dans la maison ; elle était enfermée avec lui, et cet homme ne partit qu'au milieu de la nuit... Je vous ai conté que le surlendemain de mon arrivée chez elle on avait organisé une seconde chambre, qu'elle avait prise, m'abandonnant la sienne malgré mes protestations... Lorsque l'homme partit, il me sembla entendre qu'il se tutoyaient... et le bruit d'un baiser, dit Ève en rougissant.

— Et qu'avez-vous pensé de cela?

— Je vais vous dire ce que je pense, c'est que cette femme a quitté son mari, et se trouve obligée, pour ne pas être reconnue, si elle se trouvait en sa présence, de se travestir sans cesse, c'est celui pour lequel elle a abandonné son ménage qui l'a installée dans le petit hôtel de la rue de Béarn et qui vient la voir de temps à autre. Maintenant, je crois que ce n'est pas par sa faute.

— Avez-vous peur que je vous enlève? (Page 182.)

— Diable! et qui vous le fait supposer? fit Marcel, car cela me paraît aller loin.

— C'est que celui qui est avec elle, l'homme de confiance, Ripal, était un vieil ami de la maison et qu'il a préféré se consacrer à servir la femme.

— C'est assez juste.

23

— Puis, elle a emmené son enfant, et la femme qui fait une faute, pense à son amant et oublie ses enfants.

— Tout cela est absolument logique; l'enfant n'est pas resté?

— Non, je ne l'ai vu qu'un jour, le lendemain de mon arrivée — le soir même Ripal le reconduisait à sa pension... Mais ce n'est pas tout — car, dans les longues journées que j'ai passées solitaire dans le petit jardin, je cherchais sans cesse à découvrir ce qu'était ma charmante protectrice et je me disais qu'il se pouvait aussi qu'elle fût simplement la femme d'un des chefs de cette société dont vous faisiez partie avec mon oncle...

Le capitaine n'avait pas voulu dire à sa nièce qu'il avait été arrêté pour rien, il lui avait dit être un peu de la société de Marcel, d'un autre groupe, et Marcel ne le démentait pas, son petit mensonge ne compromettait personne.

Ève continua :

— Et ce chef, constamment poursuivi par la police, avait placé sa femme et son enfant à l'abri de tout; les agents pouvant reconnaître la femme de celui qu'il cherchait, celle-ci se travestit chaque fois qu'elle sort, et peut aller ainsi passer ses journées près de lui...

— Cela est encore possible, mais vous oubliez une raison qui en vaut bien une autre...

— Laquelle?

— C'est que le costume d'homme lui va à ravir, et que les femmes sont assez coquettes...

— Pour ne plus être femme... ce ne serait pas adroit... Moi, je l'adore, cette femme, nous avons la même haine...

— La même haine?

— Oui, ce Coquelet...

— Oh! le misérable... je le sais, car c'est lui... c'est elle, du moins, qui m'a la première bien renseigné sur lui... On le voit à peine maintenant, depuis sa confusion dans notre affaire.

— Et j'aimerais mieux qu'il en fût autrement, il faut être assuré qu'il est bien parti, ou toujours savoir où il est pour le veiller... Ces gens-là ne sont jamais vaincus, ils se reposent et préparent autre chose... Et je suis si heureuse, maintenant, Marcel, que j'ai peur de tout...

— Ne craignez rien, ma chère Ève, on le veille, et désormais nous n'avons plus rien à craindre ; bientôt je pourrai, en vous consacrant toute ma vie, vous prouver ce que je vous dis sans cesse : Je t'aime !

— Voulez-vous vous taire, si mon oncle entendait, dit Ève en minaudant, c'est vilain de me tutoyer déjà...

— Il me tutoie bien, le capitaine, maintenant.

— Ce n'est pas la même chose... et puis c'est une preuve d'affection...

— Et moi c'est une preuve d'amour...

— Chut !

Le capitaine, joyeux, jetait ses brisques devant le dernier ami qui lui était resté en disant :

— Eh bien, voilà ton cinquième mille, vieux pot... c'est obstiné, ça reste croupi dans les vieilles idées, ça t'a abruti, ton empereur... tu ne sais plus même jouer... Voilà comme ça les rend, le despotisme, vois-tu, Marcel ?

— Vous avez gagné ?

— C'est le cinquième mille... que je lui flanque sur son casque... C'est l'heure du couvre-feu... Tu vas aller te coucher, Marcel, en reconduisant Fontalard... Ève, mon enfant, tu as mis sur ma table de nuit la *Révolution française*, de Louis Blanc, et les *Papiers secrets du second Empire* ?

— Oui, mon oncle.

— S'il savait encore lire, je lui prêterais ça... et il verrait où il nous a fourrés, son empereur...

Les hommes se serrèrent la main, Marcel embrassa Mlle Ève, et l'on se quitta ; le capitaine gagna sa chambre en fredonnant la *Marseillaise*.

Marcel reconduisit le vieux soldat jusqu'à sa demeure, et il se dirigea vers les quais de la Saône. Entendant sonner dix heures, il dit :

— Je serai à l'heure.

Arrivé près du pont Tilsitt, il se promena sur le quai des Célestins. Il attendait depuis quelques instants, lorsqu'une femme se dirigea vers lui, c'était une femme d'une trentaine d'années, petite, rondelette, portant un corsage opulent sur des hanches robustes, la figure était aimable, .l'air avenant, elle était vêtue comme une cabaretière, nu-tête, un nœud de ruban sur le chignon formait toute sa coiffure ; elle avait un grand tablier bleu dont un coin était remonté dans la ceinture, une grande chaîne pendait à son côté et attachait un trousseau de clefs, un foret et un couteau fermé.

En la voyant, Marcel alla au-devant d'elle.

— C'est vous, madame, qui m'avez écrit ?

— Oui, monsieur, répondit-elle d'une voix douce comme une voix d'enfant, excusez-moi de la liberté que j'ai prise.

— Vous m'avez dit que vous aviez à me renseigner dans mon intérêt et celui de mes amis, sur des choses graves.

— Oui, monsieur.

— Veuillez.parler, madame, je vous écoute.

L'œil plein de flamme de la femme ne quittait pas le visage de Marcel, elle semblait l'admirer.

— Monsieur, fit-elle, je dois vous dire que je tiens un cabaret, par ici, et souvent des agents viennent dîner chez moi !...

— Ah !...

— La dernière affaire qui s'est passée, les arrestations, tout cela s'est monté chez nous.

— C'est joli...

— Je n'en suis pas responsable...

— Vous avez raison; pas plus que le gouvernement que les agents trompent.

— Or, je voulais vous dire que si vous voulez être édifié sur ce qui s'est fait, vous n'avez qu'à écrire à un nommé Bassier, et, pour le prix que vous voudrez, vous saurez tout...

Marcel réfléchit quelques minutes... la cabaretière, embarrassée, lui demanda :

— Est-ce que vous doutez de ce que je vous dis...

— Non, chère madame, fit Marcel rencontrant le regard provoquant de son interlocutrice et y répondant en souriant, non, mais, comme toute chose a un but, je vous demande le motif qui vous a fait agir... et pourquoi, dans cette affaire, où mon nom seulement a paru, vous vous adressez plutôt à moi qu'à un autre ?

— Mon Dieu ! monsieur, fit la jeune femme sans embarras, je me suis adressée à vous parce qu'on a conté, un soir, chez moi, une tentative d'arrestation sur la place d'Albon, où vous avez bien reçu Coquelet... et j'ai pensé que vous aviez particulièrement le désir de lui faire payer ça...

— C'est vrai !

— Et puis, je ne le regrette pas, dit effrontément la cabaretière, car vous êtes vraiment un gentil garçon.

Marcel n'était point Joseph, et les façons à la Putiphar de son interlocutrice le firent rougir. Il lui demanda, toutefois :

— Mais quel est le motif qui vous fait me dénoncer cet homme ?...

— Oh ! moi, monsieur, je suis franche comme l'or, le voici en deux mots : vous êtes un homme, je n'ai pas à rougir de ça... d'abord, je suis veuve, libre, je n'ai besoin de personne, je fais ce que je veux...

Le préambule fit sourire Marcel... la Casa (nos lecteurs l'ont reconnue) continua :

— Depuis longtemps je suis poursuivie, ennuyée, par Bassier que je connais intimement et qui est jaloux comme un tigre. Impossible de m'en débarrasser, et je l'ai en horreur ; d'un autre côté, j'ai eu un caprice pour ce Coquelet dont nous parlions aujourd'hui ; je ne peux même plus le voir en peinture... Eh bien, monsieur, tous les jours ce sont des scènes abominables à la maison ; autrefois il ne disait rien parce que Coquelet était en faveur. Aujourd'hui, qu'il est tombé, ça n'arrête plus ; et qui est-ce qui en souffre ? c'est moi. Je dois tout supporter pour éviter un scandale, car un scandale, c'est la fermeture de ma maison... J'ai beau avoir un protecteur là-bas qui est tout puissant... je le vois toutes les semaines et il me dit parfaitement : « Si jamais il y a du scandale chez toi... tant pis. »

— Mais, demanda Marcel tout confus de ce qu'il venait d'entendre, que voulez-vous que je fasse à cela ?... Vous avez un protecteur.

— Oh ! non ; il ne peut rien sur les agents, celui-là. Ah ! si c'était celui que j'avais avant, je ne dis pas. Voilà ce que je veux : je vous fais connaître les auteurs des fausses lettres sur lesquelles était bâtie l'accusation, tout le plan fait par eux, ici ; vous en faites ce que vous voulez et vous les publiez, naturellement ; ça les oblige à changer les agents; on les envoie dans un autre pays... et j'en suis débarrassée.

— Tiens, tiens! Mais vous êtes adroite. vous !

— Oh! moi, vous savez, voilà comme je suis; quand j'aime, j'aime bien, mais quand je n'aime plus, il ne faut pas qu'on m'ennuie.

La proposition qu'on faisait à Marcel lui seyait; enfin il allait avoir de quoi châtier ceux qui, depuis trois ans, le poursuivaient avec tant d'acharnement.

— Eh bien! madame, j'accepte; quand me ferez-vous parvenir ces papiers et ces renseignements?

— Mais, tout de suite; vous allez les prendre; ma boutique est fermée; montez avec moi, dans ma chambre.

Marcel eut un tel mouvement, que la jeune femme lui dit de sa petite voix d'enfant :

— Avez-vous peur que je vous enlève?

Marcel, galamment, crut devoir dire :

— Je le désirerais, au contraire.

La jeune Casa fixa ses yeux sur lui en souriant et son regard, plein d'éclairs, fit monter la rougeur au front de Marcel.

— Venez, vous allez voir ça.

Et, prenant gaillardement le bras de Marcel, elle l'entraîna à une dizaine de maisons plus loin.

Le jeune homme était tout étourdi de l'aventure, sans force pour y résister, et cependant il avait deviné dans le regard de la Casa le prix qu'elle exigerait de ses révélations.

Il la suivit.

Le lendemain, au petit jour, Marcel sortait de chez la cabaretière.

Que celui qui n'a pas péché lui jette la première pierre.

II

LE PÈRE MARTEAU

En entrant au cimetière de Loyasse, vous longez la grande avenue qui fait face à la chapelle, vous tournez à droite, vous passez devant la

tombe du général Mouton-Duvernet, fusillé en 1816. Vous appuyez
encore à droite, laissant à votre gauche le fort, puis vous remontez un
peu et, au pied de la colline des morts, vous verrez là souvent un homme
disant à une tombe :

— Voilà ta part, mon vieux... bois... chaque dimanche je serai là...
et nous causerons encore ensemble... ce n'est pas la mort qui peut
mettre l'oubli entre deux amis tels que nous. Si tu as du chagrin
là-haut, tu me le diras... Je ne te vois pas, mais je t'entends tout de
même...

Pendant une heure, l'homme parle ainsi, s'isolant, se croyant seul
au milieu du monde, avec celui qu'il a perdu.

Et depuis dix ans, chaque dimanche, par tous les temps, il rend
visite à son ami mort...

Un matin, il avait apporté une bouteille et il avait déposé sur la
tombe un immense bouquet; il venait d'emplir son verre, de vider le
reste de la bouteille sur le petit jardin funèbre, et il disait :

— A la tienne, mon vieux !... à ta fête.

Lorsqu'il sentit qu'on lui frappait sur l'épaule; il se retourna aussitôt et, stupéfait, regarda celui qui le dérangeait dans son culte.

— Que me voulez-vous? exclama-t-il.

Le jeune homme (c'était Marcel) lui dit aussitôt :

— Excusez-moi, monsieur Marteau, je croyais qu'ayant dit un adieu
à votre ami vous vous disposiez à regagner Lyon.

— Mais, monsieur, qui êtes-vous? vous avez dit mon nom et je ne
vous connais pas.

— Monsieur, je suis un ami de celui qui repose là.

— Ah! fit Marteau avec un sourire d'incrédulité, vous êtes bien
jeune.

— Aussi n'est-ce pas absolument de moi que je veux parler; souvent je l'ai vu chez mon père où il a travaillé jusqu'à sa mort, et mon
père était son patron et son ami.

— Vous êtes le fils Caverlet?

— Oui, monsieur.

— Ah ! je vous prie de m'excuser, monsieur, de la défiance que je ma-
nifestais; c'est qu'ici, voyez-vous, j'ai sans cesse autour de moi un tas

d'imbéciles qui plaisantent ou rient du souvenir profond que j'ai gardé
de mon seul ami...

— Je ne suis point de ceux-là.

— Oh! je le sais, votre nom me suffit; votre père fut une des
grandes affections de mon ami; il avait pour lui la plus sincère amitié
et le plus grand respect pour son caractère! Est-ce que vous me connaissiez, et me rencontrez ou...

— Ou suis-je venu vous voir?

Marteau fit un signe d'assentiment, et jeta sa bouteille vide par-
dessus le mur du cimetière; ainsi qu'il faisait chaque dimanche. Marcel
continua :

— Je suis venu vous voir, je vous cherchais depuis quelques jours ;
n'ayant pu avoir votre adresse j'ai appris que chaque dimanche vous
veniez ici, ayant encore, après dix ans, la religion du souvenir.

— Je viendrai ici jusqu'au jour où l'on me placera là, dans le terrain que vous voyez à côté.

— Vous redescendez, maintenant?

— Oui, monsieur Caverlet.

— Voulez-vous me donner le bras... nous allons partir ensemble?

— Je veux bien.

Et en disant ces mots le vieillard prit le bras du jeune homme. Ils
gagnèrent la grande allée et descendirent vers la ville. Marteau resta
silencieux pendant tout le trajet du cimetière ; à la porte seulement, et
comme s'il se dégageait de la tristesse dont il était envahi, il demanda :

— Et, monsieur Caverlet, qui vous faisait rechercher ma vieille
personne?

— Je vais vous le dire franchement, monsieur Marteau, je voudrais
causer avec vous longuement de votre ami et de mon père; c'est le but!
Maintenant, voici pourquoi et comment on m'a beaucoup parlé de vous.
Ainsi que vous le disiez, quelques-uns riaient, d'autres étaient émus de
cette amitié d'outre-tombe, je fus de ceux-là lorsqu'on me conta votre
histoire.

Et je me suis dit : le père Marteau est un bon ouvrier, qui passera
un jour de bon temps si un bon gône, dont il a connu le père, vient
lui dire : Je suis un gamin près de vous, trinquons ensemble, déliez-

— Eh bien, mon petit, dis à la mère Guy de trousser ses manches... (Page 180.)

vous la langue, mouillez-la bien, pour me parler d'eux, de votre vieil ami et de mon père; en parlant, vous revivrez de votre passé et je crois que vous serez content, mais en vous écoutant, moi, je serai bien heureux.

Le père Marteau s'arrêta une minute, se plaça en face du jeune homme et, tout gai, lui dit :

24

— C'est gentil, ça, monsieur Caverlet... mais, vous aussi, vous l'avez, la religion du souvenir... C'est une bonne idée ; je suis votre homme.

— Eh bien, monsieur Marteau...

— Dites donc comme les autres, j'aime mieux ça : père Marteau.

— Eh bien ! père Marteau, je vous prends pour la journée ; je vais vous faire passer un dimanche de jeune homme, je vous mène aux Étroits.

— Chez la mère Guy?

— Oui.

— Ah ! attention à vous ; ça coutera cher. Pour parler, moi, il faut que je sois un peu mouillé (la jeunesse d'aujourd'hui a un autre français ; elle dit : Je vais me durcir la prune... ajouta-t-il en riant) ; mais, une fois en train, ah ! tant pis, je n'arrête pas ; c'est toujours à moi la parole... Mais, dites, si la langue est bonne, les jambes ne vont plus ; nous allons prendre les Mouches.

— Je me mets absolument à vos ordres, père Marteau.

Et, bras dessus, bras dessous, les deux hommes gagnèrent les Mouches. A l'extrémité du trajet, Marcel demanda à son compagnon s'il pouvait aller jusqu'au restaurant à pied. Mais celui-ci, alerte, gai, dit :

— Ah ! çà, vous me prenez donc pour un vieux, mais je suis plus jeune que les hommes de trente ans de votre époque... Jamais une douleur, jamais une maladie..., et puis je ne sais pas pourquoi, mais aujourd'hui je suis plus gaillard... C'est peut-être parce que nous allons chez la mère Guy, parce que, vous savez, j'en ai souvent entendu parler, mais j'y ai peu été... Ça n'est pas pour nos bourses... Autrefois, monsieur, quand on avait dans sa poche quatre belles grosses pièces de cent sous, on était riche ; si on avait des relations avec une jeunesse on l'emmenait le dimanche..., et vingt francs dans le gousset, mais il aurait fallu faire des orgies pour les dépenser. Que de fois nous sommes rentrés, avec mon vieil ami, et nos connaissances... dans un état... mais dans un état... à faire honte à un Polonais. Eh bien, tout compte fait, monsieur, déjeuner, dîner, bu..., bu surtout..., et à quatre, car les femmes ne faisaient pas la petite bouche, c'étaient des femmes dans la maison, mais des hommes à la table...

Ça travaillait la semaine, et ça se serait plutôt laissé mourir de faim que de demander un sou à sa connaissance... les entretenues d'alors étaient des filles !

Eh bien, monsieur Caverlet, pour en revenir à ce que je vous disais, nous en avions avec mon ami chacun pour nos cinq livres, cinq livres dix sous. Quelle noce ! quand on avait dépensé deux écus...

Aujourd'hui, ce ne sont pas des roues de derrière, comme ils disent à l'atelier, qu'il faut pour passer un dimanche, lorsqu'on veut aller un peu de la haute, ce sont des jaunets... Eh ! dame, voyez-vous, j'ai pas à rougir de ça, j'ai travaillé toute ma vie sans jamais rien demander à personne... Aujourd'hui, les yeux et les doigts n'y sont plus.

Autrefois, j'avais six francs... on m'a donné cent sous, puis quatre francs dix sous, et, depuis que je suis aux ragréures, je n'ai que quatre francs... et j'en suis bien content, car, franchement, je crois que je ne les vaux pas, le rifloir tremble dans ma main, ça ne mord pas, je trace de travers et le mat n'est plus ferme dans mes doigts... Voyez-vous, on n'a pas le droit de vieillir lorsqu'on est ouvrier... C'est là où s'exécute le mot terrible de la jeunesse : Place aux jeunes !... Si encore il y avait les invalides civils pour les vieux !... Enfin, j'irai jusqu'au bout, faisant le sourd quand on dit : Vieille bête, il coûte plus qu'il ne rapporte...

Trois fois déjà Marcel avait essayé d'interrompre, mais sans réussir, cette fois il insista et dit :

— Mais, père Marteau, vous êtes lugubre, ce n'est pas le jour, vous m'avez dit que vous vous sentiez tout jeune, tout gai, tout gaillard... on ne s'en douterait guère.

— C'est vrai ! vous avez raison... Vous me dites d'une façon plus aimable que je suis un vieux raseur.

— Mais, je vous jure...

— Ne vous inquiétez donc pas... je suis taquin, c'est exprès, ça m'amuse... Ah ! nous voici arrivés... Ah ! cristi, que c'est changé !... de mon temps, vous savez, c'était plus rustique, et puis, sous ces berceaux-là, il y avait des petits minois frais et roses, pas comme ceux que nous voyons... Elles avaient moins de chignon, mais plus de cheveux ; quand on baisait ces joues-là, c'était frais sous la lèvre, et ça ne vous laissait pas sur la moustache cette poudre de riz au gras...

— Ah! vous les arrangez bien, nos petites Lyonnaises! dit Marcel
en riant.

— Ça, des petites Lyonnaises... Ah! monsieur Caverlet, n'insultez
pas les filles de mon pays... Ça, mais ça vient de tous les coins du
monde, ce sont les voyageurs en vices, c'est partout où il y a des imbéciles à tromper, ça ment en tout, par le langage et par le visage, par le
vêtement et par le corps qu'il couvre... aussi, soyons justes, ce sont les
dignes femmes de ceux qui les aiment... et que je rêve mieux à ma
jeunesse lorsque, le soir, penché sur le parapet des quais du Rhône, je
vois se promener sur le bas-port, une belle fille charnue, gauche de
mouvement, mal ficelée, mais sous les contours de laquelle on sent
courir la santé et dans la gaucherie timide de laquelle on sent le désir
que retient le respect d'elle... Mais celles-là! dit-il en montrant des
femmes sous le berceau! Ah! monsieur, vous leur tendez la main, elles
vous offrent la taille; vous leur offrez une chaise, elles s'assoient sur
vos genoux...

Ils étaient entrés et prenaient place, lorsque tout à coup, reconnaissant les deux hommes qui étaient avec les femmes, le père Marteau se
releva et dit sèchement :

— Plaçons-nous d'un autre côté... mais pas en face de ces deux
canailles.

Marcel se retourna et regarda : il vit sur la terrasse Coquelet qui
causait avec deux femmes; il ne reconnut pas l'autre individu... Comme
il était absolument de l'avis du vieux cisceleur, il ne dit mot, et, se levant,
il alla avec le père Marteau se placer un peu loin des cocottes et de
leurs cavaliers. En s'asseyant il dit :

— Ah! vous connaissez Coquelet...

— Coquelet! Non!... Lequel appelez-vous Coquelet?

— Le grand!

— Non! c'est l'autre que je connais, et s'ils se valent, je désire ne
pas plus voir l'un que l'autre.

— Qu'est-ce que cet homme? demanda Marcel, pour s'assurer que
le père Marteau ne se trompait pas.

— Écoutez, si le proverbe est vrai : Qui se ressemble s'assemble, ne parlons pas politique... ou parlons-en tout bas, c'est de la mouche... et pas de la propre.

— Vous ne vous trompez pas... dit Marcel.

— Me tromper! moi, monsieur Caverlet, sur mon Lyon; moi, je connais tous les gens ici, je...

Le garçon vint interrompre le prolixe vieillard en demandant ce qu'il fallait servir.

— Père Marteau, dit Marcel, puisque vous me permettez de vous inviter, voulez-vous me faire la grâce de commander.

— C'est délicat, ça, fit Marteau en souriant malicieusement.

— Permettez, je vous supplie de ne pas agir avec économie, vous me feriez faire un mauvais déjeuner, et je n'aime que les vins vieux.

— Très bien, vous êtes gentil... vous tenez de votre père... c'est dit d'un mot... ça met à l'aise, ça ne blesse pas et c'est compris... Eh bien, mon petit, dit le père Marteau, en s'adressant au garçon, dis à la mère Guy de trousser ses manches et de se mettre elle-même à notre matelote. Voici le déjeuner : une matelote, un perdreau, des haricots verts et des écrevisses... un beau morceau de fromage, du bordeaux d'abord, — Saint-Émilion, — et du vieux Fleury, tout le temps après... Ça vous va-t-il, ça?...

— Parfaitement.

— Eh bien, voulez-vous que je vous dise de qui il est ce menu-là?

— Oui.

— C'est de votre papa... Mon pauvre ami m'a tant de fois raconté qu'un jour votre père lui avait payé ce dîner-là... que je me disais toujours : cristi! quand donc que je goûterai ça! l'occasion se présente aujourd'hui... je la saisis...

— Mais votre ami n'a pas tout dit, car mon père avait une passion qu'il appelait son vice, il mangeait toujours le poisson avec du champagne frappé.

— C'est vrai! s'écria le père Marteau, mais je n'osais pas le dire, à cause que ça va vous entraîner dans des dépenses insensées...

— Vous plaisantez, monsieur Marteau... Garçon, vous avez entendu, servez.

— Eh bien, parole d'honneur, ça m'amuse de faire un bon dîner, dit le vieillard en s'étendant sur sa chaise, c'est drôle comme ça rend gourmand.

On servit, et l'on juge facilement que le père Marteau fit honneur au déjeuner.

Lorsque l'appétit commença à s'éteindre, la soif du vieux ciseleur s'alluma ; c'est alors que, l'œil demi-clos, il commença à faire glisser sur sa langue et sur son palais le bon vin du Beaujolais, s'écriant :

— Ah ! tous vos champagnes ne vaudront jamais ça... Il me semble, en buvant, que je fais rentrer la jeunesse dans mon corps vieilli.

Et, en disant ces mots, le père Marteau, après avoir rempli les verres de son vin aimé, le Fleury, prit son verre et le tint entre ses mains pendant quelques minutes, afin de l'attiédir; puis, prenant délicatement la coupe par sa tige, il la souleva en clignant de l'œil et se mira dans son rubis transparent; lentement, il le descendit jusqu'à son nez, dont les narines se dilatèrent bruyamment aux aspirations du vin aimé. Il descendit la coupe jusqu'à ses lèvres, puis, religieusement, long et béat comme le prêtre buvant le vin de la messe, il absorba doucement, soulevant de sa langue le liquide savoureux, pour le rouler sur le palais, puis, tendant le cou, il but, et, la tête penchée en arrière, les yeux demi-clos, le père Marteau fit claquer deux fois sa langue en disant :

— Que c'est bon, le bon vin !

Et il recommença, sans s'occuper du sourire de Marcel... si bien, que moins d'une demi-heure après, ce n'était plus le même homme, et que Marcel, dont le but probable menaçait d'être dépassé, éloigna prudemment la bouteille... en disant :

— Votre ami se nommait Bombard...

— Oui, Pierre Bombard, il était teneur de livres, quel homme ! monsieur Caverlet. Quel homme ! c'est à lui que je dois le peu que je sais, car...

Comme si son ami vivait encore — ou transporté par l'ivresse à un autre temps — le père Marteau regarda autour de lui, prudemment, et continua à voix basse :

— Car il s'occupait de politique, c'est lui qui m'a fait ouvrir l'œil sur toutes nos affaires...

— Vous ne vous connaissiez que de 1834?

— Oui, de l'affaire de Lagrange, aux Cordeliers... je peux bien vous dire ça, à vous, lorsqu'il est venu, qu'il est tombé blessé, il ne se trouvait pas là comme moi arrêté par les barricades en se rendant à son ouvrage...

Le père Marteau dit plus bas :

— Lorsque j'ai été le ramasser, il avait un pistolet dans sa poche, et portait dans une toilette verte des cartouches qu'il apportait à l'église. Vous pensez bien que j'ai pris le paquet et je l'ai jeté dans le puits de la maison du coin de la rue Tupin... Sans ça, quoique blessé, une heure après, quand ils ont pris l'église, il était fusillé... car il en était...

— C'est étonnant, l'action n'était pas de ce côté, elle était sur la place, je suis renseigné, vous le savez...

— Pardi ! votre père en était, c'était un ami de Lagrange, et un vrai; oh ! Pierre m'en a assez parlé.

— Oui, et mon père a souvent dit qu'il était étonnant que les munitions attendues ne soient pas arrivées...

— Pardié !... ils étaient vendus.

— Vous le croyez comme lui...

— Si je le crois ! exclama le père Marteau, se levant pour prendre la bouteille et se verser un verre... Si je le crois ! Mais cent fois, il me l'a conté mon pauvre ami, cent fois il y avait un homme qui lui en voulait et c'est celui-là, un mouchard, qui l'a désigné et qui a fait tirer sur lui...

— Vous savez que je suis un ami, que vous pouvez avoir confiance en moi... père Marteau !

— Je suis à vous tout entier, dit le vieillard en prenant et en serrant affectueusement la main du jeune homme.

— Contez-moi donc bien en détail cette affaire-là.

— Oui, monsieur Caverlet, je vais vous la conter ; vous êtes jeune, et comme votre brave homme de père, vous pourriez être trompé par des coquins, il faut démasquer ceux-là, n'est-il pas vrai !... eh bien ! c'est ce que je vais faire... Vous avez vu ces gens à table, là-bas... avec des filles... eh bien, je vais vous dire ce qu'est celui que je connais... l'ami de votre ami.

— Comment, de mon ami! exclama Marcel.

— Non, je veux dire, l'ami de celui que vous connaissez.

— Ah! très bien... c'est que celui que vous sembliez prendre pour mon ami, est simplement le dernier des coquins.

— Eh bien! ils sont bien tous les deux alors, dit Marteau, ils font la paire... Versez donc à boire... Vous savez, moi je suis comme les orateurs, il me faut mon verre d'eau... non, mon verre de vin, se reprit-il en riant... et il est si bon! parole d'honneur, ça rend fier d'être de ce pays-là.

Marcel versa, et comme sans y prendre garde, garda la bouteille et s'appuya dessus...

— Il faut vous dire que le coquin que vous voyez là-bas se nomme Bassier. A vingt ans, c'est-à-dire en 1832 ou 1833, il était avec mon ami Pierre Bombard dans une des premières maisons de Lyon ; — que je suis bête, — c'était chez votre papa. Un jour, il y eut des tripotages dans la caisse, je ne peux pas vous expliquer ça, je n'y connais rien... Je sais qu'il y avait du faux sur les livres, dans les valeurs... Je n'y comprends rien, vous savez... C'est Pierre qui me disait ça... enfin, ce n'était pas propre... Dame, votre père avait confiance dans ceux qu'il employait; à preuve que ceux qui avaient les premiers emplois dans la maison faisaient partie d'une société... de laquelle il était un de ses chefs. Ces employés étaient Rosay, je ne sais pas ce qu'il est devenu ; Bombard, mon vieil ami, et Bassier... celui qui est là... Le coquin voulut faire passer ça sur le dos de Bombard, dont il était jaloux... Mais ça ne prit pas. Et comme votre père, qui était la bonté même. avait dit : Un jour ou l'autre, on saura! Que celui qui a fauté travaille pour racheter sa faute, cela lui vaudra peut-être le pardon lorsqu'on le découvrira...

Bombard était froissé... il découvrit le pot aux roses... c'était Bassier; il le lui dit, l'assurant que si sa conduite était sans reproche à l'avenir, il ne révélerait rien, et si l'affaire était découverte il le sauverait. Ah! que j'ai soif, s'interrompit Marteau, en tendant son verre. Marcel versa sobrement et dit lorsqu'il eut bu :

— Et alors?

— Alors... vous savez bien ce qu'est la reconnaissance des co-

Vieux coquin... tu oses lever la main sur moi. (Page 190.)

quins... Ils ne pensent plus qu'à une chose : se défaire de celui qui, un
jour ou l'autre, découvrirait le coupable... et de celui qui le connaissait, c'est le coquin qui est là-bas qui dénonça l'affaire...

— Ah! fit Marcel, se souvenant d'une phrase lue un soir dans les
papiers de son père... il s'était battu aussi...

— Mais, je crois bien, il était avec eux à la barricade devant

25

l'église, celle que commandait Gaillard... Et, au moment où on a dû se
réfugier dans les Cordeliers, il s'est sauvé par les maisons; et c'est lui
qui a donné les renseignements pour les arrestations.

— C'est bien ça, dit Marcel.

— Comment, c'est bien ça? demanda Marteau.

— Oui; dans des notes que j'ai chez moi, écrites par mon père le
jour même, j'ai lu :

Et Marcel, plaçant la main sur son front, dit, comme s'il lisait :

« La parole est au citoyen H... pour révéler le nom d'un traître.

« H... s'avança, et, le bras droit étendu, d'une voix solennelle il dit :

— « Je jure que, chef de la barricade qui commandait l'église,
j'ai été abandonné par mon second. »

— Chef de la barricade... H... c'est Gaillard, pardi ! qui nous dit
la chose, interrompit le père Marteau, l'œil allumé et semblant être
encore à l'époque dont il parlait.

— Vous en étiez donc? dit Marcel.

— Pardi! fit le vieux ciseleur; mais achevez donc.

Marcel continua :

« — Son nom, demandèrent les affiliés. H... continua :

« — Je jure que, poursuivi, il m'a dénoncé et a dirigé lui-même,
dans la maison où j'étais réfugié, les soldats qu'il avait été chercher;
J'en atteste un témoin ici présent. »

— Le témoin était votre père, Jacques Caverlet... Ah! je m'en souviens comme d'aujourd'hui.

— Et alors vous savez son nom?...

— Non; mon père l'avait effacé, et j'ai vainement cherché à lire...

— Eh bien, monsieur Caverlet, c'est le coquin que vous voyez là,
Isidore Bassier, c'est lui... duquel la société a dit ce même jour-là :
« Bassier est déclaré infâme et traître; il doit être considéré comme
notre ennemi, et être sans cesse poursuivi par chacun des frères... Bassier doit mourir. » Et il vit encore, eh bien!... mais ce n'est pas tout...
écoutez.

Marcel versa un demi-verre de vin au vieux ciseleur; celui-ci se
penchant sur la table, accoudé, la tête dans ses mains, dit d'une voix
sourde :

— A la suite de ça, vous concevez bien que le coquin fut chassé de
la maison, et répudié par ses amis ; il a un vice le brigand, les cocottes ;
à ce moment là on disait les grisettes : tout le temps il lui fallait une
nouvelle femme, et, vous savez, les femmes coûtent cher... C'est comme
les huîtres quand elles sont fraîches, il n'y a pas à marchander.

La comparaison réaliste du vieux ciseleur n'était pas du goût de
Marcel ; il fit la moue ; mais le vieil ouvrier avait cet esprit de répartie
qui court les ateliers, et il ajouta aussitôt :

— D'autant qu'on espère toujours y trouver une perle !...

Et, content de lui, le père Marteau vida son verre. Marcel dit :

— Son vice, enfin, c'était la femme.

— Justement, et il fallait de l'argent pour le satisfaire. Ayant été
chassé de chez votre père, il chercha une place, elle ne fut pas longue
à trouver, d'autant que M. Caverlet ne voulut pas donner sur lui les renseignements qu'il méritait.

Il entra dans une maison de Saint-Étienne, mais moins d'un an
après, il était non pas chassé, mais livré à la justice, jugé et condamné
à dix ans de travaux forcés pour faux et vol.

— Diable ! fit Marcel. Celui qui est là? demanda-t-il en désignant
Bassier.

— Oui, oui ; celui qui est là, Isidore Bassier, et si vous voulez, je
vais le lui dire.

— Chut... Continuez, père Marteau.

— Plus nous avançons et plus c'est sale... Deux ans après sa con-
damnation, il sortait du bagne et rentrait dans la police. Il exerça à
Paris ; puis, sous l'Empire, il fut envoyé à Lyon où ses anciennes relations le mettaient à même de servir dans les arrestations pour le coup
d'État. Il ne manqua pas de faire arrêter votre père... la reconnaissance
était trop lourde... Il a un talent calligraphique étonnant... Il paraît
qu'il faisait le désespoir de ce pauvre Pierre, en imitant son écriture et
sa signature. Depuis ce temps-là, il est de la rousse. Je l'ai rencontré
partout et sous vingt costumes ; un jour c'est un ouvrier dans une réunion populaire, c'est un jockey le jour des courses, c'est un des invités,
décoré de tous les ordres possibles, au bal de la préfecture, c'est un
électeur en quête de nouvelles dans les rédactions de journaux, les

jours d'élections... c'est un démocrate radical socialiste les jours d'é-
meute, c'est un libre-penseur les jours d'enterrements civils, et c'est un
bedeau les jours de pèlerinage ; une fois même à Fourvières je l'ai vu
en curé, il était très bien...

— Ah ! vous le connaissez à fond...

— Bien plus que vous ne croyez encore... Je le connais par les
haines que j'ai pour lui...

— Que vous a-t-il fait en dehors de ce que vous me contez, car cela
suffirait?

— Tenez, je ne sais pas ; mais avec vous, je suis prêt à tout dire.

— Buvez donc, père Marteau.

— A la vôtre... ça me monte... et tout à l'heure, je vais sauter
dessus... Il y a si longtemps que j'en ai envie.

Depuis quelques minutes Marcel avait deviné, dans le ton et dans le
regard du ciseleur, le but qu'il venait d'avouer, et ce qu'il avait l'intention de faire, justifiant le dicton : « On fait ivre ce qu'on n'ose faire à
jeun. » Pour empêcher ce scandale qui risquait de compromettre le
plan de Marcel, il prit le moyen extrême : griser complètement le vieil
ouvrier de façon à le rendre muet et sourd pendant qu'il achèverait ce
qu'il avait prémédité. C'était la chose la plus facile du monde, la bouche
de Marteau était toujours tendue. Comme Marcel savait tout ce qu'il
voulait savoir, il commanda au garçon une vieille bouteille de Pomard.
Marteau, les yeux écarquillés, la bouche lippue, exclama :

— Décidément, c'est le bon Dieu qui m'a invité.

— Je sais que vous l'aimez, et nous ne nous voyons pas assez souvent pour que vous ne me permettiez pas de vous offrir une vraie bouteille de vin...

— De vous, monsieur Caverlet, tout ce que vous voudrez ; et puis,
voyez-vous, je ne suis pas gêné pour parler, il me semble que je cause
avec mon Pierre.

— Achevez donc, père Marteau, la cause de votre haine...

— Oh ! oui... Eh bien, ce brigand-là, j'avais pour maîtresse une
petite ouvrière, une lisseuse. Ah ! il y a longtemps !... Un soir, elle revenait de son travail, seule, rue de la Barre. Il la suivait ; depuis longtemps il la tourmentait. La petite va à un monsieur et lui demande

l'heure; aussitôt le coquin saute dessus, l'empoigne, malgré les prò-
testations de l'individu, disant toujours : « Oui, oui, on la connaît;
mais je l'ai prise en flagrant délit. » La pauvre petite Caroline sup-
pliait, criait; il l'entraîna. Quand ils furent seuls sur le quai, il lui dit :
« Maintenant, Carolo, si tu veux être gentille avec papa, tu rentreras ce
soir chez toi, et tu ne seras pas inquiétée... »

Dame, la pauvre petite malheureuse, vous concevez la peur qu'elle
avait, quel scandale pour le père et la mère, pas de justification possible, on croit les agents, on ne croit pas les femmes, et puis, il faut
bien que je l'avoue, ça n'était pas Lucrèce. Êh bien!... elle céda en
pleurant... et m'avoua tout quelques jours après... J'étais jeune et aussitôt j'allai le trouver ; je le rencontrai place de la Charité, je sautai
dessus, j'en aurais fait de la charpie si on ne me l'avait pas retiré... Je
fus arrêté, condamné à deux mois pour insulte et coups à un agent...
le ministère public me traita de souteneur, Caroline fut insultée quand
elle voulut me défendre... c'est cela qui fait qu'elle est devenue ce dont
on l'accusait... et moi, il y a à l'atelier des jeunes gens qui vous
diront :

« Le père Marteau, c'est un vieux chaud ; dans sa jeunesse il vivait
par les femmes... » Et grâce à qui, à ce coquin-là... finissons la bouteille, et vous allez voir, monsieur Caverlet, tout vieux que je suis, je
vais le ficher à la Saône.

— C'est une jolie canaille... dit Marcel, se gardant bien de contre-
dire son invité et lui versant à plein verre.

Le père Marteau buvait, buvait ; il avait des mouvements menaçants,
des hochements de tête, son regard furieux fixé sur la terrasse où
étaient les agents, indiquait la seule pensée qui emplissait son cerveau.
Déjà deux fois son poing s'était dirigé vers eux.

— Faut que j'en finisse une bonne fois, dit-il, et du même coup, je
venge Pierre et Caroline, je...

— Vidons ça d'abord, fit Marcel en lui tendant le verre.

Le père Marteau prit le verre et le but d'un coup... puis, il dit :

— Vous allez voir ça...

Alors il voulut se lever, il se leva même, heureusement Marcel était
là; le vieux ciseleur allait tomber, il le soutint et le replaça sur sa

chaise. Le père Marteau n'était pas obstiné; se sentant vaincu, il s'abandonna, et, ne voulant pas avoir l'air de céder, il dit :

— Vous avez raison, il vaut mieux l'attendre... je vais le guetter...

Alors, pour bien guetter, il mit ses deux bras sur la table et y appuya sa tête... Moins de cinq minutes après, un ronflement sonore assurait à Marcel que le vieil ouvrier ne pensait plus à celui qu'il venait, lui, véritablement guetter.

Si, sous le bosquet, le père Marteau en était vite arrivé à ce que, dans son langage pittoresque, il appelait : « se piquer la prune, » on n'avait pas été plus réservé sur la terrasse. Les femmes babillaient, et, par-dessus, la voix joyeuse de Coquelet se faisait entendre; au contraire, Bassier avait le vin triste et était le sujet des plaisanteries de ses compagnes et de son compagnon.

Marcel, dès que le père Marteau fut endormi, prit une chaise et y posant un genou, les coudes sur le dossier, appuyé à la treille, invisible, regarda et étudia ce qui se passait sur la terrasse.

Une discussion venait de naître; Coquelet avait dit, exaspéré, à Bassier :

— Tu n'es qu'une brute; tu as la rage de me suivre partout, si je me trouve avec des femmes, il faut que tu viennes, quand on a ton âge, on reste chez soi, près de son feu et on tâche d'oublier ce qu'on a été... tu conçois que tu n'es pas gai pour des jeunes filles... i n'est pas avec tes gros yeux et ton crâne poli comme une boule de rampe que tu espères que l'on se prendra à tes beaux regards... va donc à l'Antiquaille et laisse la jeunesse s'amuser; je vous demande un peu! c'est laid, c'est vieux, c'est bête, c'est triste et c'est crasseux.

Bassier, atterré, ne disait pas un mot, les femmes riaient en se tordant autour de Coquelet; mais le vieux misérable rageait. Il se dressa tout à coup, et, pâle, les yeux ardents, la bouche contractée, il s'avança vers Coquelet qui fronçait les sourcils, et saisissant une bouteille par le goulot, il la brandit, menaçant, en disant :

— Et, pour payer tout ça, si je te cassais la tête, coquin!

Les femmes, épouvantées, reculèrent jusqu'au parapet de la terrasse; Coquelet, rapide, d'un coup de poing, fit tomber la bouteille, et, saisissant Bassier par le col, il le poussa au mur, prêt à l'étrangler.

Coquelet était vigoureux et fort, il avait à peine trente-cinq ans, tandis que le vieil agent frisait la soixantaine ; dans un moment de rage et de colère, il avait trouvé une minute de force, mais la moindre résistance l'avait éteinte ; il appartenait là tout entier au misérable qui le tenait sur le mur, l'écrasant de son poing robuste.

— Comment, exclamait Coquelet, tu oses me menacer, toi !... vieux coquin... tu oses lever la main sur moi, mais tu veux donc qu'un à un je t'arrache les poils de ta grosse moustache?

Et en disant ces mots, il tirait la moustache de Bassier, livide de honte, de rage et de peur. Il acheva :

— Je te pardonne aujourd'hui, parce que tu es soûl, vieil ivrogne. Mais souviens-toi de ce que je te dis :

Il y en a un de trop de nous deux à Lyon... si tu veux t'éviter quelque chose, penses-y... Ce vieux soûlot, lever la main sur moi...

— Ingrat ! gémit Bassier sans se défendre... c'est moi qui l'ait fait ce qu'il est.

— Aussi suis-je assez bête de m'embarrasser de ce vieux raseur...

Et, en disant ces mots, il lâcha le vieil agent qui s'écroula le long du mur ; l'émotion, la douleur, la peur, avaient achevé l'œuvre du vin.

— Tâche que je ne te revoie plus, dit Coquelet méprisant, en le poussant du pied.

Puis, allant vers les femmes, il leur dit d'un ton léger :

— N'ayez pas peur, les biches, nous allons le lâcher là, et nous pouvons partir... ça n'est pas lui qui sera cause que l'on s'ennuiera... Louchette, tu n'auras pas de cavalier... Mais je suis bon Turc ; les femmes ne m'effrayent pas. Vous n'êtes pas jalouses, n'est-ce pas?

Les deux femmes étaient bien les dignes compagnes du joli monsieur, car elles dirent joyeusement :

— Au contraire, on s'amusera mieux !

— Il nous embêtait, ce vieux-là !

Coquelet régla l'addition, et, ayant demandé une voiture, il fit descendre les deux femmes, et dit au garçon en lui montrant Bassier accroupi à terre :

— En balayant les ordures, tu donneras un coup de balai à ça !

Les deux femmes éclatèrent de rire.

Marcel était sorti du bosquet et s'était placé sur leur passage ; elles descendaient, troussant leurs innombrables jupons, ramassant la traîne de leur longue robe de soie, montrant haut les mollets robustes, ronds, indécents, dans des bas de soie rayés, le pied à peine chaussé dans des escarpins qui, les gênant pour marcher, leur donnaient un balancement canaille... La mise était excentrique, la coiffure étrange et à moitié défaite. Elles étaient toutes deux très-belles ;... mais on sentait en elles le métier infâme qui les faisait vivre.

En voyant Marcel, leurs regards effrontés se dirigèrent sur lui, et elles eurent aussitôt, pour marcher devant lui, une allure tout autre, des mouvements de reins, d'épaule, de tête, et un sourire plein de séduction... il les entendit dire haut, et de façon à ce que la voix arrivât jusqu'à lui :

— Crédié, voilà un beau garçon... je voudrais qu'il vienne prendre la place du vieux.

Coquelet passa ; à son tour il rencontra le regard ferme de Marcel, il baissa les yeux et fit un écart pour passer un peu loin de lui. Marcel, comme se parlant à lui-même, dit haut :

— Toujours aussi lâche... les femmes ou les vieillards et les ivrognes...

Coquelet devint livide. Il pressa le pas et bouscula les femmes pour les faire entrer dans la voiture, il s'y jeta à son tour. Quand les chevaux furent en marche, il regarda s'il était suivi ; il vit Marcel appuyé sur le parapet. Il eut un méchant rire alors, et dit :

— Notre compte n'est pas fini, et bientôt nous réglerons ça, mon petit.

Il croyait ne pas avoir été entendu ; il devint blême en entendant Marcel répondre :

— Je l'espère, grand lâche !

Et la voiture partit rapidement. Marcel rentra aussitôt, et dit au garçon qui avait servi les deux agents et qui débarrassait leur table :

— Mon ami, vous allez préparer cette table, vous servirez une marquise.

Le garçon ouvrait des yeux immenses, il n'avait pas compris, Marcel lui dit alors :

Messieurs, ce doit être un scélérat de la pire espèce. (Page 207.)

— C'est la chose la plus simple du monde, vous avez du Moët ici, vous en monterez deux bouteilles, vous prendrez un saladier dans lequel vous ferez fondre du sucre avec un demi-siphon d'eau de seltz ; pendant ce temps, dans un bol, vous écraserez avec des violettes deux citrons. Vous verserez le jus sur le sucre fondu, puis vous verserez vos deux bouteilles de champagne.

26

Le garçon allait partir... Marcel le retint...

— Vous avez ici des chambres?

— Oui, monsieur!

— Bien! vous y ferez transporter le vieillard avec lequel je viens de déjeuner, qu'on le couche.

— Bien, monsieur, et puis je vais faire flanquer celui-là sur le quai. Et, en disant ces mots, le garçon désignait Bassier qui, abruti, envoyait des coups de poing dans le vide, et jetait à un ennemi invisible tout ce qu'il savait d'injures... Disons que le vieil agent en possédait une jolie collection. Marcel dit encore au garçon tout à fait étourdi :

— Laissez cet homme, faites d'abord ce que je vous ai dit... Avez-vous de l'alcali?

— Oui, monsieur.

— Apportez-m'en tout de suite, avant tout.

Le garçon, obéissant, alla chercher la bouteille d'alcali et revint aussitôt. Marcel lui dit :

— Maintenant, faites promptement ce que je vous ai dit.

Le garçon s'occupa immédiatement de faire coucher le vieux ciseleur, ce qui ne fut pas long, car lorsque le père Marteau entendit parler de lit, il dit aussitôt :

— Ça, ça me va, je fais toujours un petit somme après le repas...

Marcel avait pris un verre sur la table, il l'avait empli d'eau et y avait versé quelques gouttes d'alcali. Il s'agenouilla près de Bassier et lui offrit le verre, le vieil agent le repoussa :

— Non, disait-il! laissez-moi, je l'étriperai .. C'est une canaille... mais, tout n'est pas fini.

— Bassier, buvez cela... allons, buvez donc...

— Puisque j'ai pas soif... je ne veux pas boire de l'eau... Qu'est-ce que vous me voulez, vous?

— Moi, je suis envoyé près de toi, par la Casa...

— Hein!

— Allons, bois donc, et tu seras bien.

Bassier regarda de ses gros yeux abêtis par l'ivresse le jeune homme, et, comme dominé par lui, il prit le verre et but son contenu sans que son regard quittât celui de Marcel.

Au bout de quelques minutes, l'effet se produisit; quand le jeune homme lui dit : Cela va-t-il mieux? il releva la tête et dit :

— Oui, je n'ai plus rien... un peu de migraine... Voulez-vous me donner la main?

Marcel l'aida à se lever, et, lui montrant la marquise, il lui dit :

— Venez vous asseoir, et voilà qui va vous rétablir tout à fait.

Le vieil agent défiant s'assit, mais ses yeux ne quittaient plus Marcel. Celui-ci, calme, remplit les verres, en offrit un à Bassier, prit le sien, et l'avançant pour trinquer, dit :

— Vous cherchez à me reconnaître, c'est inutile : vous ne m'avez jamais vu. Vous vous demandez pourquoi, ne vous connaissant pas, je vous offre de trinquer avec moi... Un mot va vous suffire : je hais Coquelet, et je veux me venger de lui !

— Ah ! c'est ça!... A la vôtre, alors, fit l'agent en choquant son verre contre celui de Marcel.

— J'ai vu ce qui s'est passé ici, je sais ce qui se passe chez la belle Casa, et je me suis dit : voilà mon homme !

— Si vous dites vrai, oui je suis votre homme, et je ne vous demande rien pour ça; entendez-vous, je suis vieux, vous êtes jeune, vous avez la force ; moi, j'ai... j'ai ma mémoire.

— Justement... C'est de cela que j'ai besoin.

— Ah ! fit Bassier étonné, qui êtes-vous donc?

— Ceci, je vous le dirai plus tard.

— Mais si je ne sais pas à qui j'ai affaire, que voulez-vous que je dise ?

— M. Bassier... vous voyez, je connais votre nom... qu'il vous suffise de savoir que je vous connais depuis le jour où vous livriez ceux que vous connaissiez à la police, en 1835... à l'affaire des Cordeliers... du jour de vos tripotages chez Jacques Caverlet.

Bassier baissa la tête.

— Je sais, continua Marcel à voix basse, que vous avez quitté Lyon pour échapper aux ennemis que vous vous étiez fait alors, car la Société des Soldats du désespoir, de laquelle vous faisiez partie, vous avait déclaré traître... Je sais que vous vous rendîtes alors à Saint-Étienne; et qu'après avoir trouvé une place dans une grande maison, vous y fûtes arrêté quelques mois après, coupable de faux. Je sais que, condamné, vous avez obtenu une réduction de peine pour entrer dans la police sans nom, la police désavouée de l'administration...

Bassier releva la tête, tout honteux, et dit :

— Vous savez donc tout, vous? Mais qui êtes-vous enfin ?

— Je suis le fils de Jacques Caverlet.

— Oh! fit aussitôt Bassier en se reculant craintif.

— Ne craignez rien ; mon père a pardonné... Mais j'ai besoin de vous. Je vous ai dit le motif qui me fait agir. Voulez-vous vous abandonner à moi ? Vous aurez votre salaire.

— Ma foi fit Bassier, je veux être franc avec vous : Depuis l'affaire que vous savez, nous ne sommes guère considérés là-bas ; nous allons être révoqués un jour ou l'autre, je n'ai donc aucune considération à garder... Le grand point est celui-ci : il faut me venger de cette canaille de Coquelet... C'est cela que vous venez m'offrir et en même temps de l'argent à gagner ; commandez, je suis votre homme.

— Nous ne pouvons parler ici à notre aise. Je veux être édifié sur les lettres qui ont servi de base à l'accusation et qui ont été reconnues fausses ; je veux savoir de qui elles étaient.

— Ça, c'est simple comme tout, fit Bassier en riant, je vous les ferai lire... si vous voulez venir avec moi !...

— Non, donnez-moi plutôt un rendez-vous.

— Un rendez-vous ?... soit, voulez-vous venir chez moi ?... nous serons mieux, parce que là j'ai les papiers, les renseignements.

— C'est ce que je voulais vous demander...

— Je vais vous donner l'adresse...

— Je la connais...

— Comment... vous la connaissez? fit Bassier en levant la tête.

— Pardi ! reprit Marcel, vous ne croyez pas que je vous rencontre ici par hasard... Je sais où vous résidez, parce que j'ai vu souvent Coquelet se rendre sur le quai, chez la veuve Casalba.

— Oh ! oui, le bandit, il y va, exclama Bassier avec rage... Ah ! mais, je me vengerai...

— Voyons, convenons d'une heure.

— Puisque vous ne pouvez pas venir tout de suite, fixez votre heure vous-même.

— Je désire que vous rentriez chez vous immédiatement; vous n'êtes pas à votre aise.

— Ma foi, je vous avoue que la drogue que vous m'avez fait prendre pour me remettre m'a donné une migraine atroce.

— Justement, vous allez vous rendre chez vous tout de suite, vous vous jetterez sur votre lit et tâcherez de faire un somme; moi, j'aime mieux n'être vu par personne.

— Vous avez raison. — Quoique Coquelet va passer la soirée avec ces... demoiselles!

— N'importe, j'aime mieux ne me rendre chez vous qu'à la nuit.

— Eh bien, c'est ça, je vous attendrai...

— Il est bien entendu que corps et âme vous m'appartenez, vous serez muet...

— Absolument... vous m'employez...

— Voici des arrhes, et, en disant ces mots, il donna à l'agent un billet de cent francs.

Celui-ci regarda le billet, puis Marcel, et semblait demander :

— Vous voulez de la monnaie?

Marcel reprit :

— Allez, et que le passé vous serve de leçon, soyez fidèle... Sinon, en châtiant l'un, vous devez le savoir, je pourrais châtier l'autre.

— Compris, fit joyeusement Bassier. A ce soir — je vous attends.

Et le vieil agent salua avec respect et se retira. Marcel fit aussitôt demander une voiture et y fit porter le vieux ciseleur toujours endormi, donna l'adresse de son domicile au cocher, auquel il recommanda de prendre bien soin de lui en glissant un large pourboire.

Après les scènes successives qui s'étaient passées dans le cabaret des Étroits, Marcel avait besoin de remettre un peu d'ordre dans ses pensées; c'est ce qu'il fit en suivant lentement à pied les bords de la Saône, pour regagner Lyon.

III

COMMENT LE RETOUR D'ADOLPHE CANARDET PRÈS DE LA BELLE ADÈLE FUT SIGNALÉ PAR UN INCIDENT.

Lorsque le complot inventé par les étranges agents que nous connaissons eut sombré dans le ridicule, Canardet, qui s'était prudemment retiré à Genève, rentra à Lyon.

Pendant sa courte absence, il avait échangé avec sa belle infidèle nombre de lettres, et celle-ci, dans chacune des siennes, l'assurait de son profond repentir, de ses remords, et surtout de sa fidélité tardive...

C'est donc plein de confiance, d'amour et de pardon qu'Adolphe revenait près de sa bien-aimée.

Dès qu'il reçut de sa mère l'avis qu'il pouvait rentrer sans crainte à Lyon, il n'attendit pas le train du lendemain; il partit le soir même, oubliant repas et repos; il voyagea de nuit, tout brûlé de désirs amoureux et, cinq heures après son départ, il arrivait vers deux heures du matin, à la porte de sa demeure.

Il avait la clef, il ne dérangea personne; sur la pointe du pied, il se dirigea vers la chambre à coucher de son Adèle, riant, dans sa barbe naissante, de la surprise qu'il allait lui faire. Il se donnait des airs de prince charmant, il entra.

Une veilleuse jetait ses lueurs incertaines sur les rideaux de l'alcôve; il s'approcha. Ses lèvres faisaient les répétitions générales d'un baiser bien sonore.

A peine s'était-il baissé qu'il se releva comme s'il avait vu l'enfer.

Il poussa un cri de rage. Sur l'oreiller, il y avait deux têtes!

A ce cri, les dormeurs s'éveillèrent. La femme, terrifiée, plongea sa tête sous les couvertures, l'homme s'élança hors du lit, saisit un revolver à son chevet, l'appliqua sur le front du bouillant Adolphe, en s'écriant :

— Malheureux! que viens-tu faire?

Et de l'autre main, il avait saisi Adolphe Canardet à la gorge, le serrant au point de rendre impossible toute réponse à sa demande.

Canardet avait l'œil d'un homme qui reçoit un coup de massue. Sa raison devenait vacillante, ses idées prenaient des teintes de crépuscule. Ainsi, il rentrait chez lui, trouvait son Adèle repentie en flagrant délit d'adultère. Il était presque le mari, c'est-à-dire Othello. Il était le châtiment, et c'était l'outrage qui le terrassait. Il se sentait tigre et il était proie. Et elle, cet être adoré, qui l'aimait — il l'eût juré un quart d'heure avant — son Adèle, le trompait; et, par un raffinement de dépravation, elle souillait sa couche à lui, chez lui; sacrilège, elle profanait l'autel. Il n'avait pas la force de se dégager de l'étreinte de ce misérable.

Cependant l'homme au revolver ne lâchait pas prise.

Entraînant le malheureux Adolphe vers la fenêtre, il brisa une vitre, dont les morceaux firent fracas au dehors, et, passant la tête par l'ouverture, il appela :

— Au secours!

Quelque invraisemblable que cela puisse paraître, deux urbains qui se promenaient aux environs accoururent.

Se faire ouvrir, enjamber l'escalier, fut pour eux l'affaire d'un instant.

L'agresseur, tenant toujours son captif, était allé au-devant des agents, qui se mettaient en devoir d'enfoncer la porte.

Ces braves gens mirent sur le champ la main sur Adolphe Canardet, qui ne put s'empêcher de s'écrier :

— C'est infâme! mais c'est bien joué.

Donc, voilà la comédie dont le pauvre garçon était victime.

Un infâme envahissait son logis, et, profitant de la vraisemblance — on n'a pas oublié que l'inconnu était en chemise — se faisait passer pour le maître, et le livrait lui, comme un banal voleur.

Mais qu'espérait-il donc, cet homme? Gagner du temps, sans doute, pour s'enfuir avec sa complice. Et la vengeance, cette consolatrice, lui échappait aussi et le pauvre malheureux serait demain la fable du journal où il écrivait.

— Messieurs, dit enfin l'homme en chemise, ce doit être un scélérat de la pire espèce ?

—- Ah ! c'en est trop, monsieur, dit Canardet aux agents qui l'entraînaient : arrêtez, messieurs !

— C'est ce que nous faisons, dit l'un d'eux, qui avait l'accent goguenard.

— Je ne suis pas ce que vous croyez. Cet homme a menti, cet homme est un lâche. Je suis le maître de céans. Adèle ! cria-t-il, espérant être soutenu par l'infidèle.

— Elle est bien bonne ! se dirent les agents ; il voudrait se faire passer... pour... Elle est bien bonne !

— Monsieur, si vous voulez vous vêtir, dit l'un d'eux à l'inconnu, vous viendrez faire votre déclaration.

— Est-ce bien utile ? fit l'autre.

— Essentiellement ! dit vivement Adolphe, qui se raccrochait à sa vengeance.

Mais un grand bruit se faisait dans l'escalier. Deux voix se donnaient la réplique ; une voix de femme jeune, une voix d'homme vieux.

— C'est indigne, disait la jeune femme ; demain j'écris au propriétaire ; vous serez chassé !

— Par grâce, mademoiselle, faisait l'autre, j'ai deux petits enfants ! C'était l'appât de quelques malheureux louis... On a tant de mal à gagner sa pauvre vie !

— Adèle ! exclama Canardet.

— Monsieur Adolphe, fit le vieillard.

— Mon Adolphe ! fit la dame, qui était arrivée à sa porte. Que vois-je, entre deux agents !... Que se passe-t-il ?

— Ah çà ! Adèle, comment se fait-il... demanda le jeune homme, dont la tête commençait à ne plus rien y comprendre.

— Messieurs, lâchez mon jeune ami..... Je vais t'expliquer, mon ami. C'était Élisa, tu sais, Élisa qui était mariée au docteur X.,.. ; elle est à Vichy ; elle m'engageait toujours à y aller. Oh ! j'en avais une envie, je n'osais pas te le dire, puisque j'ai profité de ton départ, pensant être de retour avant toi. Je reviens, et qu'est-ce que j'apprends ? Expliquez-vous, monsieur, votre conduite est indigne ! fit-elle en s'adressant au vieillard qui était le concierge.

— Monsieur Adolphe, dit celui-ci, vous êtes miséricordieux ; c'est

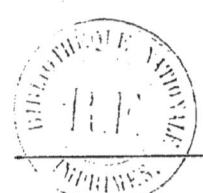

Et Bassier raconta les agissements de Coquelet. (Page 214.)

l'appât du gain qui m'a perdu, voyez-vous, il y a beaucoup d'étrangers
en ce moment à Lyon, et puis c'est Zéphyrin, le garçon d'hôtel d'à côté,
qui m'en a donné l'idée.

— Ah çà! est-ce bientôt fini, toutes ces histoires? firent les agents;
si nous vous menions tous au poste ?

— Au poste, reprit le concierge, au poste, moi seul et c'est assez!

27

Qu'est-ce que je disais? Ah ? ma tête se perd... L'hôtel était plein, on refusait du monde ; deux étrangers se présentent, on allait les laisser partir. Zéphyrin vient me trouver : Il y a cinq cents francs à gagner, me dit-il. — Jamais, répondis-je. — On n'en saura rien, siffla le serpent. Je louai votre logis pour quatre jours, ils devaient partir demain..... Grâce ! grâce !

Adolphe Canardet, qui, dans tout ceci, avait surtout compris que son Adèle était innocente, partit d'un éclat de rire homérique.

Pendant l'explication, le noble étranger et sa femme — puisque nous savons maintenant à qui nous avons affaire — s'étaient habillés ; ils ne purent s'empêcher de partager la gaieté du jeune homme.

Seuls, les agents ne riaient pas.

— Est-ce vrai ? firent-ils aux deux inconnus.

L'homme fit un signe de tête.

— Diable ! alors il n'y a personne à emmener, ajouta l'un des urbains.

— Prenez ma tête, fit le concierge.

— Peuch ! fit l'autre.

Ils s'en allèrent.

— Madame, monsieur, fit l'étranger à Adolphe et à Mlle Adèle, nous avons été les auteurs involontaires de ce conflit; nous étions vos locataires, soyez les nôtres.

— Parfaitement! j'ai ma chambre là, dit Adolphe. Mais, chère mignonne, dit-il à Adèle, pourquoi ne m'avoir pas informé de ton voyage !

Adèle rougit et dit deux mots à l'oreille de son amant.

— Ah, bah ! dit Adolphe, le docteur te l'a assuré... C'était une envie, madame, monsieur, ajouta-t-il en s'adressant à ses hôtes, vous serez parrain et marraine de notre premier-né !... Quel chic article je vais faire pour ma rentrée au journal!

Et, tout content de la comique aventure à la suite de laquelle il venait d'apprendre l'intéressante situation de son Adèle, Adolphe conduisit les deux étrangers dans une chambre du même carré qu'habitait une amie de Mlle Adèle, amie qui n'y venait que le jour.

Quand il fut seul avec son aimée, il se fit raconter le voyage à

Vichy ; il va sans dire que Mlle Adèle oublia de lui dire qu'elle n'y était pas allée seule...

Mais la passion aveugle, et certaines natures — celle d'Adolphe — sentent redoubler leur amour à mesure qu'il est trompé ; les douloureuses émotions de la trahison n'étaient pas sans charmes pour le jeune Canardet.

Sur tout ce qu'il y a de plus saint, de plus sacré au monde, Mlle Adèle jura que, repentante de la nuit criminelle où elle avait été la cause de l'exil de son amant, elle était devenue d'une fidélité à toute épreuve. Le voyage de Vichy avait même été fait dans l'intention de rassurer Adolphe auquel un séjour si long, seule à Lyon, aurait pu donner des inquiétudes.

Et, en disant cela, le frais petit museau de Mlle Adèle avait l'air si naïf, l'œil semblait si candide, et, quand Adolphe, tout heureux et confiant, lui dit :

— Bien vrai ? bien vrai ? jamais ?

Presque confuse, rougissante, Adèle répondit :

— Adolphe, voyons !... j'ai été trop punie... Pour qui me prends-tu ?

Les lèvres de l'amoureux s'appliquaient sur les lèvres épaisses de la jeune fille, et firent retentir un baiser sonore. Et Adolphe, avec émotion, reprit :

— C'est que maintenant, Adèle, ce serait bien mal, si tu me trompais, tu n'es plus seulement une maîtresse, ta situation légitime notre union... et ce serait indigne si tu l'oubliais ; tu as désormais un caractère sacré qui doit te transformer... oublie le passé, que je t'ai déjà pardonné... mais, de ce jour, nous ne sommes plus des enfants... notre vie a un but, nous avons une mission à laquelle nous ne devons pas faillir.

D'abord, au commencement du discours, Adèle releva la tête... A mesure qu'Adolphe parlait, sa bouche s'ouvrait. Quand elle vit qu'il allait continuer sur ce ton, elle se pencha sur lui, l'interrompit par un baiser et lui dit en zézayant :

— Mon petit homme, je tombe de sommeil ; viens dormir... nous causerons demain.

Désappointé, Adolphe se résigna. Tous deux étaient fatigués, et ils ne tardèrent pas à s'endormir.

Le matin, sept heures n'étaient pas sonnées, lorsqu'on frappa à la porte. Ils s'éveillèrent.

Mlle Adèle, toute rouge, dit bas à Adolphe :

— Ne réponds pas...

— Et pourquoi donc? fit celui-ci, qui se sentait des droits absolus...

Mlle Adèle répondit :

— Peut-être sont-ce des agents?

A son tour Adolphe devint rouge, puis pâle... et il gémit :

— Comment, encore... mais ils m'ont écrit que je pouvais revenir sans crainte...

— Chut!

On frappait une seconde fois, et une voix dit :

— Adolphe, êtes-vous là, c'est Marcel...

Mlle Adèle, qui avait entendu parler, se rassura tout à coup et dit :

— Ils sont bien indiscrets, tes amis.

Adolphe, joyeux en entendant le nom du jeune homme, s'écria :

— Je suis à vous, monsieur Marcel, accordez-moi une minute.

Il se vêtit hâtivement, ferma pudiquement les rideaux du lit, après avoir embrassé sans bruit celle qu'il n'appelait plus que sa maîtresse légitime, et alla ouvrir.

Marcel entra.

— Excusez-moi de vous déranger si matin, monsieur Adolphe.

— Pas du tout, c'est moi qui vous prie de m'excuser de vous avoir fait attendre, mais je suis arrivé cette nuit, et j'étais encore endormi quand vous avez frappé. — Est-ce qu'il y a du nouveau?

— Non, non, nous sommes tranquilles, mais j'ai besoin de votre concours... Pouvez-vous sortir avec moi?

— A votre disposition...

Quelques instants après, les deux jeunes partaient bras dessus bras dessous.

Mais nous devons, pour l'intelligence de ce qui va suivre, retourner à la soirée de la veille que Marcel avait passée chez Bassier.

IV

OU MARCEL RECONNAIT QUE COQUELET ÉTAIT PRÉFÉRABLE A BASSIER.

Lorsque Marcel était arrivé chez Bassier, le soir même, exact au rendez-vous donné, le vieil agent dormait. C'est du moins ce que lui assura la Casa, qui le reçut en souriant et lui dit :

— C'est bientôt que tu vas m'en débarrasser.

— Avant huit jours, j'espère.

— Tu es le plus mignon et le plus gentil des hommes. Quel malheur que tu te maries !

Marcel éclata de rire et lui dit :

— Casa, soyez assez aimable pour aller l'éveiller et lui dire que je désire le voir.

— Mais tu seras mal là haut, je vais lui dire de descendre ; tiens, viens voir, vous serez comme chez vous, là pour causer.

Et elle conduisit Marcel dans une petite arrière-boutique disposée en salle à manger. Il y faisait noir, et la Casa en profita pour embrasser Marcel sur les lèvres en lui disant :

— Monstre ! qui ne m'a pas seulement dit bonsoir.

— Tu n'aurais pas voulu que je t'embrassasse devant tout le monde.

— C'est vrai !

Marcel avait allumé une allumette et mettait le feu au gaz pour se débarrasser des caresses de la cabaretière.

Celle-ci dit en sortant :

— Je monte l'éveiller ; je le fais descendre ; je vous sers ce que vous voudrez et puis je ferme la porte, et vous êtes là comme chez vous.

— C'est ça.

Et la Casa grimpa aussitôt l'escalier, criant à des clients qui entraient :

— Attendez un peu, les enfants, dans une seconde je suis à vous.

Quelques minutes après, Bassier, frais et dispos, respectueux surtout, se trouvait à table devant Marcel, qui lui disait :

— Voici la copie exacte des pièces sur lesquelles l'accusation a été bâtie, et à cause desquelles les mandats d'amener ont été lancés...

— Oui, dit Bassier, après avoir lu...

— Ces lettres sont de vous.

— Ah ! vous savez cela !... Oui, c'est vrai !

— Mais sur quoi avez-vous imité l'écriture...

— Écoutez, avec vous, je n'ai pas à aller par quatre chemins. J'ai envoyé ma démission là-bas, je n'ai rien à cacher, vous me payez et de plus il s'agit de perdre le gueux de Polyte ; voici ce qui s'est passé :

Et Bassier raconta les agissements de Coquelet, qui avait été dénoncer à l'administration un complot imaginaire ; il n'avait pour but que son avancement et une vengeance à exercer contre deux ou trois personnes que Marcel devait connaître.

Il lui raconta qu'on lui avait demandé des preuves. Alors, par une jeune femme nommée Adèle, qui était la maîtresse d'un petit journaliste, il avait appris que des groupes étaient formés à Lyon pour les élections, que, en cas de coup d'État, ces groupes se réuniraient pour défendre le gouvernement légal... tout cela était inattaquable, il fallait donc trouver autre chose. Il voulut prouver alors une société secrète armée et prête à entrer en lutte contre les décisions de la Chambre.

A cet effet, il avait grisé la petite maîtresse du journaliste, et, pendant son sommeil, il avait pris chez elle des lettres du jeune Adolphe Canardet ; ces lettres étaient compromettantes peut-être, mais non délictueuses. Alors, il avait apporté une lettre à lui, Bassier ; il en avait étudié l'écriture, puis, lorsque l'imitation avait été parfaite, Coquelet avait dicté les lettres dont Marcel avait la copie.

L'indigne coquin ! exclama Marcel.

Bassier ne dit rien, car il sentait avoir droit à une part de l'injure. Marcel reprit :

— Voici la lettre, je n'y vois rien de bien grave ; cependant, c'est elle qui a motivé l'instruction, paraît-il.

Et il lut :

« Cher ami,

« Tout va bien en général, nous n'avons pas à nous plaindre, nous serons prêts à l'heure, engagez-vous donc. Nous avons de Paris de bonnes nouvelles, ils seront prêts à la même heure, mais c'est d'ici que devra partir l'ordre d'envoi. Aussitôt cet ordre reçu, soyez convaincu qu'il sera exécuté, et les clients n'auront pas à se plaindre; le mouvement des affaires est favorable à nos articles et le bas prix éclatera immédiatement aux yeux de votre acheteur. Nous pensons que nous réunirons nos envois du 1er au 4. Un nouvel avis vous arrivera par la poste, bureau restant, au nom dont nous nous servons d'habitude.

« Agréez l'assurance de ma parfaite considération. »

— Eh bien ! je ne vois là, dit Marcel, qu'une lettre d'affaires.

Bassier sourit et dit :

— Passez-moi la lettre.

Marcel la lui donna.

Il la regarda attentivement et, relevant la tête, il demanda :

— Où avez-vous eu ça? Ça n'est pas une copie, c'est le brouillon de la main de Coquelet... et avec le pointage.

Marcel se serait bien gardé de dire à Bassier qu'il avait trouvé ça chez la Casa.

Il se contenta de répondre :

— Vous voyez que notre police à nous n'est pas mal faite, et elle a des pièces authentiques; mais qu'entendez-vous par ces mots : avec le pointage?

— Je vais vous le dire. Cette lettre fut portée à l'administration, afin d'y avoir l'autorisation de saisir les autres. Coquelet prétendit l'avoir achetée — et elle lui fut remboursée un bon prix — à la maîtresse d'un journaliste radical d'ici, Adolphe Canardet, un brave garçon, honnête, mais léger, et niais comme les amoureux; et il est amoureux de cette Adèle, la plus écervelée qu'on puisse voir, une ancienne fille de brasserie, jolie, aimable, mais facile... à ce point qu'elle dit des fois à ses amis : « Comment donc se nommait le grand brun avec lequel je suis restée quelque temps? » On l'appelle dans Lyon Mlle l'Indicateur, tant elle a connu de monde.

— Revenons à cette lettre...

— Oui, eh bien, elle fut portée à l'administration; la lecture fit éclater de rire le patron; il dit à Coquelet : « Qu'est-ce que vous voulez poursuivre avec ça ? » Coquelet prit la lettre, et dit : « Vous n'y voyez rien, eh bien! regardez. » Et il approcha le feuillet du feu; alors, sous certaines lettres parut un point... les lettres pointées de ce brouillon...

— Voyons, fit Marcel, et il regarda la lettre et écrivit sur un papier les lettres pointées pendant que Bassier continuait.

Puis, il ajouta :

— Dans cette lettre il n'y a que la dernière phrase d'utile.

Marcel copiait : « Cher ami, tout va bien, en général nous n'avons pas à nous plaindre, nous serons prêts à l'heure, engagez-vous donc. Nous avons de Paris de bonnes nouvelles, ils seront prêts à la même heure. Mais c'est d'ici que devra partir l'ordre d'envoi. Aussitôt cet ordre reçu soyez convaincu, etc., etc...

« Un nouvel avis vous arrivera par la poste, bureau restant, etc... »

Marcel relevait toutes les lettres pointées et il composa la phrase suivante :

« Monsieur Adelin, poste, bureau restant. »

— Eh bien ! demanda Marcel, que fit-on avec cette adresse ?

— Coquelet demanda qu'on fit aisir la lettre ; on refusa, ou plutôt on fit semblant de refuser, lui disant d'agir. Il comprit et alla à la poste réclamer la lettre sur laquelle tout était basé.

— Cette lettre, vous l'avez ?...

— Je vous ai dit que je ne vous refuserais rien ; la voici, écrite tout entière de la main d'Hippolyte.

Marcel la prit et demanda :

— Cette lettre a été écrite en imitant l'écriture de Canardet, par vous.

— Par moi absolument ; puis j'ai été à la gare, où nous avons trouvé quelqu'un de confiance auquel on l'a remise, en lui disant de la jeter à la poste de Paris, ce qui fut fait... parce que le petit Canardet avait été envoyé à Paris par son journal pour préparer les dépêches de la Chambre dont allait bientôt commencer la session.

Marcel, atterré, lut la lettre :

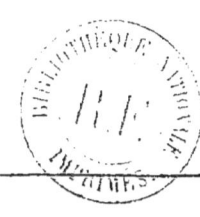

Voilà mon moyen : Je prends un bifteck cru... (Page 224.)

« Mon ami,

« Tout est prêt, arrêté, entendu ; prévenez les groupes ; le mouvement qui commence par les campagnes s'étendra autour des villes, alors seulement elles se soulèveront. Vous recevrez à cette heure tous les renseignements nécessaires. Nous avons déjà organisé nos dépôts d'armes ; un avis vous dira où vous trouverez tout ce qu'il faudra. Que

28

chacun descendant de chez lui semble se diriger vers l'atelier et se rende au lieu désigné où il devra trouver sa compagnie.

« Le mouvement de votre quartier est dirigé par Marcel Caverlet. C'est à lui que vous devrez vous adresser pour savoir ce que vous devez faire.

« Nous avons une partie des troupes avec nous ; c'est le capitaine Sapertache qui les a embauchées. Le mouvement pourrait commencer près de chez lui, car il doit se porter au premier signal sur l'état-major. (Vous savez qu'il réside à côté.)

« Tout le monde sera prêt pour le lendemain de la rentrée des Chambres.

« Dès les premières dépêches vous aurez des ordres.

« Debout !   R. F. »

— Mais c'est simplement épouvantable, s'écria Marcel.

Bassier n'était pas de son avis ; il hochait la tête et dit :

— C'est bien plus bête, et la preuve c'est que vous êtes là... C'est que, enfin, vous allez justement vous servir de ça pour le perdre à tout jamais, quand c'est vous et les vôtres qui deviez être perdus.

Marcel, muet, regardait la lettre qui lui expliquait tout.

Bassier continua :

— Vous avez de la chance. Si le grand niais, le dindon majestueux avait bien voulu m'employer, non comme un agent, mais comme un associé, vous seriez tous à Nouméa.

Marcel releva la tête.

— Oui ! oui ! A Nouméa... Mais des imbéciles comma ça, est-ce que ça connaît le travail ! c'est moi qui l'ai fait ce garçon-là, il avait du zèle, du chien, mais pas d'idées, il bâtissait gros, bête... Vous le voyez, ça ne tient pas tout ça... Ah ! sous l'Empire, j'en ai fait de jolies choses, moi, sous la direction de M. Laferme...

Quand nous faisions un complot, ça y était... J'ai fait les bombes avec lui au moment du plébiscite... Huit jours avant, nous avions fait faire nos articles pour les journaux ; nous avions le dessin de nos bombes. C'était du bel ouvrage. Tout le monde y était pris. Moi, à l'*administras*, on m'aurait chargé de ça ; j'embauchais mes hommes, j'en faisais arrêter cinq avec des armes et des munitions dans leurs poches, je lançais mes lettres après; je faisais tuer un bourgeois... avec ça, c'était dans le sac... un bourgeois tué... le jury vous fichait à chacun dix ans.

— Avouez, monsieur Bassier, dit Marcel en riant, qu'il est bien regrettable que cela ne soit pas arrivé!

— Je dis ça parce que j'aime mon métier.

— Enfin, vous avez envoyé votre démission?

— Oui.

— Et vous ne craignez rien de ce côté. On peut se servir de tout ça?

— Monsieur Caverlet je vous dis tout ça, afin que vous racontiez tout, et de la façon la plus scandaleuse qu'il sera possible, que le ridicule retombe sur cet imbécile, qu'il soit honteusement chassé.

— Chassé, cette vengeance vous suffit?

— Oh! non, fit le vieil agent, en frappant sur la table. Chassé d'abord... après, c'est une affaire entre nous, d'homme à homme!

Et Bassier, le regard haineux, secouait la tête, en se mordant les lèvres. Marcel s'assurait en lui un utile soutien, il continua.

— Est-ce de sa façon d'agir avec vous, que vous lui en voulez ainsi?... Est-ce parce qu'il a pris à l'administration la place que vous deviez avoir?...

Bassier secoua négativement la tête, il dit avec amertume :

— Non, ce n'est point cela... La cause de ma haine ne se pardonne pas.

— Ah!

— Mon Dieu, je peux bien dire ça... Je suis vieux et je suis amoureux comme un jeune homme, amoureux fou... Et c'est terrible l'amour à mon âge. Il y a plus d'angoisses et de haine dans ces amours-là que de passion... J'aime celle que vous voyez là, fit-il en étendant le bras vers la boutique, où l'on entendait rire la Casa... et lui en est amoureux comme il est amoureux de toutes les femmes. Quand il veut, il faut! qu'importent les moyens... Au nom des mœurs, on fait tout ce qu'on veut, on est toujours protégé là-bas... Il veut m'enlever la Casa, il rôde autour d'elle... et si je ne veillais pas... la Casa n'est pas difficile à prendre... Lui! m'enlever celle-là... Oh! je le tuerai avant.

Marcel releva la tête. Le vieil agent ne savait rien; il croyait la

Casa encore fidèle. Alors, il avait maintenant un mobile pour conduire aveuglément Bassier sur Coquelet. Il reprit :

— Je connais votre amour, je sais qu'il est partagé... mais croyez-vous que Coquelet n'est pas déjà bien avancé dans la cour qu'il fait à Mᵐᵉ Casalba?

— Pourquoi me dites-vous cela ? dit Bassier inquiet.

— Parce que... il m'a semblé qu'il venait souvent ici.

— Vous y venez donc vous-même?

— Moi, fit Marcel en défaut, non ; mais je vous ai dit que nous avions une contre-police, laquelle surveille sans cesse ceux qui nous poursuivent.

— Vous avez une contre-police, vous ?

— Oui.

— Allons donc !

— Vous n'y croyez pas?

— Pas du tout !

— Alors je vais vous faire lire quelque chose qui va bien vous surprendre !

— Quoi donc ? fit Bassier inquiet.

— Un petit chapitre de roman... que nous traduirons après.

— De moi?

— Je ne sais pas de qui... Mais je l'ai trouvé dans une maison où vous allez.

— Bassier regarda fixement Marcel :

— Ah !

Marcel fouilla dans son portefeuille et donna deux pages d'écriture au vieil agent.

Celui-ci regarda, abruti, et lut sans comprendre.

— Qu'est-ce que c'est que ça?

— Lisez, je vous l'expliquerai après.

Bassier lut : après, il retourna les feuillets de tous les côtés, puis il regarda Marcel, semblant dire :

— Ah çà ! pourquoi m'obligez-vous à lire ça?

Il dit tout haut :

— Eh bien ! qu'est-ce que c'est que cette affaire-là?

— Vous ne connaissez pas ça? demanda Marcel.

— Pas du tout.

— Cependant, c'est votre écriture?

— Non, c'est l'écriture que j'ai imitée,.. mais d'où tenez-vous ce papier?

— Ce papier vient du portefeuille de Coquelet et faisait partie des pièces qui ont servi à établir l'accusation de complot.

— Ah! c'était dans les papiers de Coquelet?

— Oui, et remarquez qu'il est annoté à l'encre bleue; des phrases et des noms sont soulignés.

— Non; je ne vois rien là que je puisse expliquer.

— Vous connaissez l'écriture?

— Oh! oui, c'est celle du petit journaliste, Adolphe Canardet...

— Tiens, c'est vrai!... c'est lui qu'il faudrait voir.

— C'est facile; son retour nous est signalé depuis ce matin; non à moi puisque j'ai donné ma démission, mais les autres en parlaient tantôt.

Marcel réfléchit quelques instants, puis il dit à Bassier :

— Vous m'avez promis la vérité sur tout. Vous n'avez rien à ajouter?

— Non; mais quand vous aurez besoin de renseignemeuts, vous me trouverez.

— C'est entendu.

Marcel se levait; Bassier lui dit :

— Vous n'avez pas achevé tout à l'heure ce que vous me disiez.

— Que vous disais-je?

— Que vous veniez ici; que vous aviez une police; que vous saviez bien des choses...

— Vous avez raison, dit tout à coup Marcel. Je ne voulais pas vous le dire pour ne point vous faire de la peine. Mais je connais la veuve Casalba.

— Que me dites-vous là?

— En tout bien tout honneur, c'est-à-dire que souvent j'ai pu lui être utile. C'est elle qui m'a adressé à vous... Je sais que vous l'aimez pour elle.

Bassier, heureux, écoutait la bouche entr'ouverte, semblant boire les paroles de Marcel.

— Ah! elle vous a parlé de moi?

— Oui, elle est maintenant gênée, contrainte avec vous.

— C'est vrai... elle vous l'a dit!

— Oui!... elle souffre, la pauvre femme.

— Qu'a-t-elle?... pourquoi!

— C'est que Coquelet l'a poursuivie, que Coquelet, fort et brutal, en a fait sa victime.

— Que me dites-vous là?... fit Bassier atterré!

— N'en parlez pas à la pauvre femme, elle en souffre assez... mais, faites ce que je veux faire, vengez-la.

— Est-ce possible! disait Bassier étrillant son crâne presque chauve de ses doigts fiévreux...

— Oui, un jour il l'a poursuivie dans cette cave...

— Dans cette cave!... il y mourra.

— Pas un mot à elle, au moins...

— A elle!... ah! non, la pauvre belle!... il aura ma peau ou j'aurai la sienne!...

— Taisez-vous!... faites coucher la veuve et, ce soir, si vous voulez voir Coquelet, attendez-le... Il viendra à onze heures et demie. Il vient ainsi rôder tous les soirs.

— Il n'y viendra plus demain, dit Bassier d'un ton farouche.

— A demain, dit Marcel, un mot de moi vous dira l'heure à laquelle je viendrai.

Bassier ne répondit pas; sa tête dans ses mains, accoudé sur la table, le regard fixe, il rageait.

Marcel sortit et dit tout bas à la Casa:

— Ce soir couchez-vous tôt.... laissez Bassier ici... et, quoi qu'il advienne ne descendez pas... demain vous serez libre.

La Casa pressa la main de Marcel, qui allait passer la soirée chez le capitaine Sapertache.

V

OU LE CAPITAINE SAPERTACHE S'OCCUPE DE LA RÉORGANISATION DE L'ARMÉE

Lorsque Marcel quitta l'agent, il se trouvait préoccupé, n'ayant pu s'expliquer le long papier qu'il venait de lire, et n'ayant pu en trouver l'explication par Bassier. Que signifiait ce long chapitre, trouvé dans les papiers de Coquelet et soigneusement annoté par lui. Il pensa à se rendre chez Canardet, puis, se décidant à n'y aller que le lendemain matin, il résolut de finir la soirée chez le capitaine Sapertache, où il devait revoir celle qu'il aimait et à laquelle il avait promis de ne jamais laisser passer un jour sans venir, ne fût-ce que quelques minutes.

Il se dirigea donc vers la demeure du capitaine en songeant à ce qu'il avait fait le soir.

D'abord, il jetait Coquelet dans les griffes de Bassier; il sentait que le premier n'en sortirait pas aussi facilement que du restaurant des Étroits. Bassier savait maintenant que Coquelet avait été l'amoureux de la Casa, par la violence, et Marcel était convaincu que cette révélation avait changé l'homme; c'est un tigre altéré de vengeance que Coquelet allait trouver devant lui.

Le misérable devait venir le soir même, les deux hommes allaient se heurter; le moins qui pouvait résulter du conflit, c'était le scandale, et, avec celui que la publication des pièces fausses allait faire naître, les deux agents devaient être honteusement chassés; la vengeance était complète.

Lorsqu'il arriva chez le capitaine, celui-ci lui dit aussitôt :

— Avez-vous lu les Chambres ?

— Non.

— Ça y est, l'ordre moral est enfoncé, dégringolade complète... enfin, nous allons respirer... tous ces sacrés bougres-là vont la sauter... j'ai écrit à un journal de Paris où j'ai un ami qui fait les *Halles* et *Marchés*, pour voir s'il n'y aurait pas une place pour mon livre... *Mes heures de prison.* Ça va secouer le gouvernement; ça, on en parlera...

Le capitaine alluma sa pipe, et reprit :

— J'expliquai à Balandard les réformes qu'il y a à faire dans l'armée; il faut supprimer l'intendance ; chaque homme fera lui-même ses affaires, plus de fabrication en dehors du camp ou de la caserne...

— Comment les hommes feraient leur pain; tueraient leurs bestiaux?

— Et pourquoi pas... voilà bien la jeunesse... élevée à se faire servir... moi, monsieur mon futur neveu, aussi vrai que vous me voyez là, j'ai toujours fait mon cirage moi-même... oui, monsieur, aussi, à chaque revue, l'état-major s'arrêtait devant moi, et je faisais envie à tous vos officiers d'école... Ah! ah! mais c'est que je me levais matin pour ça... qu'est-ce que vous me fichez avec un tas de pékins qui se lèvent tard et prennent leur cirage tout fait en boîte!... Je mets tout ça dans mon volume, dans mon chapitre : *Réflexions sur l'armée.* J'ai trouvé un moyen de conserver la viande, moi! et c'est bien simple et pas coûteux.

Marcel, abruti, cherchait à s'éloigner du capitaine pour aller près d'Ève, mais celui-ci était dans une heure d'épanchement; il se plaça carrément devant le jeune homme dont il tourmentait tout en causant, le bouton du paletot, peut-être pour que Marcel ne s'échappât pas; puis il continua :

— Voilà mon moyen : je prends un bifteck cru... un bifteck, quoi... je ne sais pas si je me fais bien comprendre... Un bifteck de viande crue... Vous me regardez avec des yeux comme des tampons de locomotive... un morceau de viande crue... quoi! c'est bien simple... Vous prenez un bâton, un morceau de bois, si vous aimez mieux; vous battez la viande pour chasser l'air qu'il y a dedans... Vous avez compris... vous mettez le morceau de viande au frais... puis vous allez chez un maçon... un maçon... Vous ne comprenez pas encore?

Marcel était abasourdi; on eût dit un homme recevant une douche d'eau glacée; il entendait, mais il n'osait comprendre, et son regard inquiet suivait la physionomie du capitaine, craignant d'y constater un commencement d'aliénation mentale.

Le capitaine, tout à son sujet, sacrant, jurant, gesticulant, continuait :

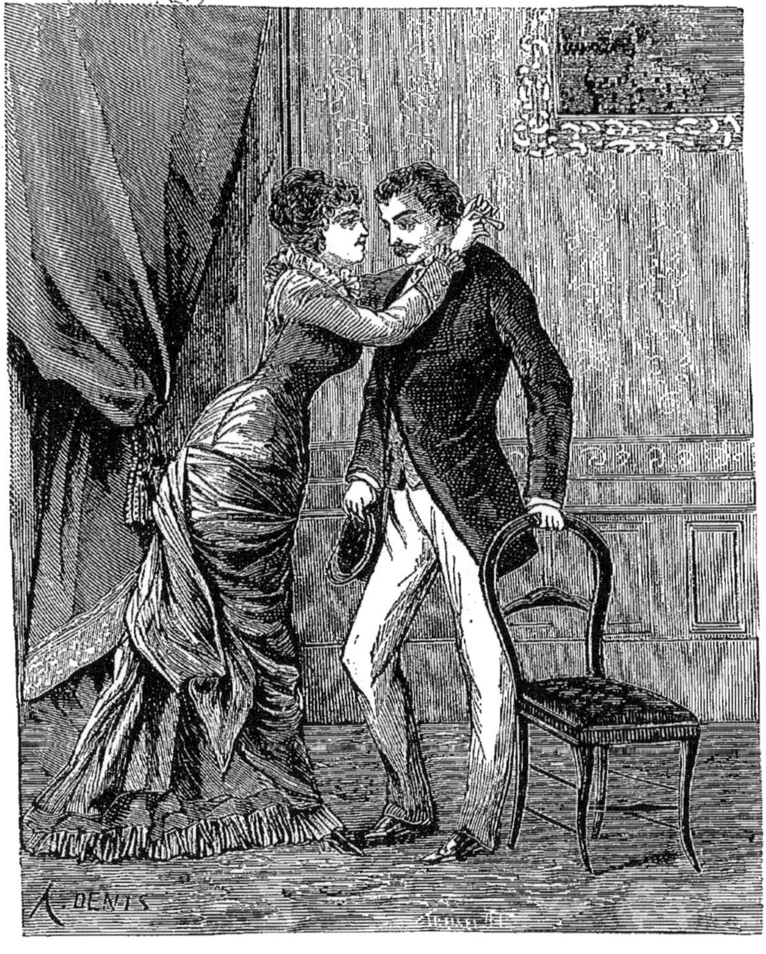

La jeune fille attacha à son cou cet ordre de l'amour sacré et pur. (Page 229.)

— Un maçon, je vous dis; un homme qui construit des maisons. Sacré tonnerre! je me fais bien comprendre, cependant.

— Oui, capitaine.

— Vous lui achetez du plâtre pour deux sous, trois sous, si vous voulez... du plâtre en poudre... on peut dire pulvérisé... Mais je veux parler clairement. Vous avez un vase de la contenance d'un képi ancien

29

modèle, vous mettez dedans une poignée de plâtre... en poudre... vous
versez dedans une chopine, un litre, si vous voulez, d'eau de puits ; si
vous n'en avez pas, vous prenez de la simple eau du ruisseau... vous
gâchez, puis vous trempez votre viande dedans. Une fois le plâtre pris,
vous pouvez laisser ça deux ans, quatre ans, dix ans, au soleil ou à la
pluie... ça ne fait rien!... Quand vous voulez manger, vous cassez avant
de mettre sur le feu, comme pour un œuf sur le plat. Voilà ma découverte. Je l'ai expérimentée ici, j'en ai mangé un morceau après dix
jours de conserve... ça ne ressemblait plus du tout à de la viande... ça
se reprochait beaucoup du gibier fait, mais c'était délicieux... J'en ai
donné des détails dans *Mes heures de prison*...C'est la vie de l'armée... plus de places prises par la famine... Eh bien! qu'en dites-
vous?

— C'est très-beau, capitaine! dit Marcel, heureux de pouvoir s'é-
chapper après cette phrase pour aller près d'Ève, pendant que le capitaine joyeux de son assentiment regagnait la table où le sourd Balandard l'attendait en tenant les cartes; il s'assit en disant à son vieux
compagnon :

— Tu vois bien, vieille brute, tu n'as rien compris à ce que je t'ai
dit, et Marcel a compris tout de suite... tu es encroûté jusqu'à ton
hausse-col, dans ton empire... crèves-y donc, tonnerre !

Le vieux Balandard sourit gracieusement en disant :

— Je t'assure que tu te trompes, nous n'avons pas tiré... tire, nous
saurons qui est le premier en carte.

Marcel, près d'Ève, lui disait :

— Il semble que plus j'avais hâte de me trouver près de vous et
plus le capitaine s'acharnait à me retenir.

— Pauvre oncle, il est si heureux depuis que vous êtes devenu son
ami; un mot d'approbation de vous, et il a toute une journée de joie.
Songez donc, avant, toujours seul avec ces vieillards. L'avenir pour eux,
c'est la mort! Les infirmités qui les frappaient chaque jour ne trouvaient
plus de résistance, ils étaient vaincus, ils se courbaient... et puis,
malgré la vigueur native de mon oncle, ces vieillards maladifs qui
l'entouraient en faisaient un malade, justifiant ces vers de Victor Hugo
que vous disiez l'autre jour :

Je crois que la vieillesse arrive par les yeux
Et qu'on vieillit plus vite à vivre avec des vieux.

Dès que vous avez mis le pied dans la maison, il est devenu plus gai, plus jeune, il vous en sait gré.

Vingt fois par jour il vous demande. Il est tout fier lorsque vous lui offrez votre bras pour aller faire un tour en ville, il en revient tout guilleret.

Marcel souriant, hochait la tête.

— Il y a des moments où sa joie me semble de la folie...

— C'est peut-être l'infirmité future du pauvre capitaine... mais ne parlons pas de cela, ma chère aimée... demain je commence notre vengeance.

— Notre vengeance?

— Oui, Coquelet, vous souvient-il? Il y a quelques jours, vous me disiez, lorsque je vous exprimais ma quiétude en ne revoyant plus le misérable : Marcel, il faut être assuré qu'il est bien parti, ou toujours savoir ce qu'il fait, afin de le surveiller. Ces gens-là ne sont jamais vaincus, ils se reposent et préparent autre chose...

Ève ne répondit pas.

Marcel lui demanda :

— L'avez-vous oublié? ne vous en souvenez-vous plus?

Ève releva la tête;

— Si, mon ami, je me souviens! ce que je disais alors, je me le dis chaque jour. Mes nuits sont souvent tourmentées par ce cauchemar...

Et, prenant les mains de son fiancé, la jeune fille continua :

— Cette idée me revient sans cesse, je ne sais ce que j'ai en moi, mais quand vous n'êtes pas là, comme à cette heure... j'ai peur... j'ai peur! il me semble qu'un grand danger me menace.

— Que me dites-vous là ?...

— Je vous avoue le trouble qui m'agite... mon tourment obstiné... et c'est pour cela que je vous ai supplié de ne jamais manquer de venir le soir, ne fût-ce que quelques minutes.

— Pauvre chère petite Ève... Soyez rassurée. Demain Coquelet n'existera plus... sinon ce soir. — Nous livrons à la publicité la ridicule parodie du complot, dans laquelle il nous a fait jouer, et le moins que l'autorité puisse faire après cette scandaleuse révélation, c'est son éloignement.

— Et si cela arrive, croyez-vous que justement de ce qu'il n'aura plus rien à craindre, rien à ménager, il n'osera pas quelque audacieuse tentative ?

— Quand ces misérables n'ont rien pour les soutenir qu'eux-mêmes, leur lâcheté les arrête devant la plus simple tentative.

— Je veux vous croire... au moins, cette fois, vous ne faites pas d'imprudence ?

— Ne craignez rien, je ne suis pas seul.

— Que je regrette à cette heure qu'elle ne soit pas là !

— Qui?

— Nini... vous l'oubliez; elle vous dirigerait, elle, et adroitement, car, vous le savez, c'est à elle que nous devons, vous et moi, d'avoir échappé à leurs machinations; vous, d'éviter les longs mois de préventions faits par mon pauvre oncle, moi, de tomber en la dépendance du misérable.

— Vous avez raison, et ce soir, à tout hasard, j'irai rue de Béarn, et je laisserai quelques mots qui l'avertiront de ce qui se passera demain.

— Vous avez raison... écrivez-lui un mot tout de suite, et portez le lui ce soir en rentrant... Qui sait? elle peut vous donner, avant demain, un conseil utile.

Marcel, obéissant, se mit au bureau et écrivit; Ève était penchée sur son épaule et, lorsqu'il tournait la tête pour lire dans son regard si sa phrase était bonne, ils se souriaient, et, parfois, une mèche de ses cheveux se glissait sur ses lèvres... Alors Marcel la baisait amoureusement.

On entendait la voix du capitaine beugler :

— Tu joues donc plus mal au piquet qu'au besigue? Apprends donc à tenir tes cartes... J'ai une quinte, tout l'état-major, quatorze de boutons de guêtres et trois tyrans... Balandard, ma vieille, va voter pour le plébiscite...

Et Ève disait tout bas à Marcel :

— Marcel, je vous aime bien... et j'ai peur de ce que vous allez entreprendre demain.

— Ma belle Ève aimée, ne craignez rien. Demain soir, je viendrai vous raconter tout.

— Oh! demain j'irai prier pour vous sur la tombe de ma mère, au cimetière de la Guillotière. Prenez ce médaillon, la seule relique que j'aie d'elle; il vous portera bonheur.

Le capitaine ne pensait guère — tout entier à la combinaison de son écart — à la présence de sa nièce, ou plutôt assuré qu'elle ne pouvait l'entendre, il fredonnait :

> Amis du pouvoir,
> Voulez-vous savoir
> Comment Badinguette,
> D'un coup de baguette,
> Devint par hasard
> Madame César.

Pendant ce temps, la jeune Ève dénouait de son cou blanc la petite ganse de soie noire qui attachait un médaillon d'or où était le portrait de sa mère. Marcel tendit la tête et la jeune fille attacha autour de son cou cet ordre de l'amour sacré et pur.

Pendant cette minute le front d'Ève était presque sur les lèvres de Marcel, le parfum de ses cheveux lui grisait le cerveau... ses lèvres touchèrent le front de sa bien-aimée... elle se recula vite. Alors Marcel lui prit la main, et la portant respectueusement à ses lèvres, il lui dit :

— Pardon ; et au revoir !

— Au revoir, dit Ève.

VI

OU CANARDET S'APERÇOIT QU'IL FAIT DES ROMANS QUI ONT PLUS DE LIGNES QU'IL N'EN A ÉCRITES.

Nous avons vu Marcel se rendre le lendemain chez Canardet et l'arracher, presque à l'aube, des bras de son Adèle. Nous avons raconté ce qui avait précédé, nous revenons donc à la phrase :

— Nous sommes tranquilles, mais j'ai besoin de votre concours... pouvez-vous sortir avec moi?

— A votre disposition.

Quelques minutes après les deux jeunes gens partaient bras dessus bras dessous. Ils entrèrent dans la première brasserie qu'ils rencontrèrent sur le chemin ; il était matin et ils se trouvèrent seuls, ce qui leur permettait de causer à leur aise.

Marcel dit à Adolphe :

— Mon cher Adolphe, vous savez que vous avez été, par votre légèreté, la cause de tout ce qui est arrivé.

— Certainement ; il y a de ma faute, mais, Marcel, je vous jure que les lettres sont fausses.

— Pardi, nous le savons bien, néanmoins on a pu s'introduire chez vous, et là, trouver des lettres sur lesquelles on a copié et contrefait votre écriture.

— C'est possible, dit naïvement Adolphe, et voyez-vous, c'est là une des grandes douleurs de ma vie... c'est une faute que la pauvre chère aimée regrette, mais enfin qu'elle a commise... Ne me la rappelez pas, Marcel, j'ai tant de peine à m'obliger à l'oubli :

Marcel sourit et reprit :

— Les lettres fausses, je les ai, j'ai même les lettres qui ont servi pour donner le type de votre écriture.

— Ah! vous allez me montrer tout ça... dit Canardet, avide cette fois de voir ce dont il était cause.

— Je vais tout vous montrer, mais d'abord êtes-vous certain de n'avoir pas laissé prendre chez vous une liste portant les noms ?

— Ça, j'en suis certain ! absolument, toutes mes lettres ne portaient pas de signature ; quand j'en recevais une, je déchirais le nom, et — — vous savez que c'est moi qui étais chargé de faire les lettres de convocation — sur la recommandation du bureau, et surtout sur l'insistance du Lyonnais, qui vint un jour jusque chez moi pour ça, je brûlai toutes les listes d'adresse que j'avais, après les avoir logées là.

Et en disant ces mots, Adolphe appuyait sa main sur son front.

— Vous êtes certain de cela... j'insiste, car, c'est le seul point resté obscur ; qui a pu donner les noms et les adresses de notre groupe ?

— Assurément, ce n'est pas dans mes papiers qu'on a pu les trouver.

— Maintenant voici autre chose, et en disant ces mots, Marcel, qui avait fouillé dans son portefeuille, montra le long chapitre que la veille au soir il avait fait lire à Bassier stupéfait.

— Ah! mon roman! exclama Adolphe, joyeux... mais comment avez-vous cela, vous?

— Ceci importe peu, la raison est que je l'ai, et que cela sort des papiers de Coquelet; de plus, c'est que c'est celui auquel il attachait le plus d'importance.

— Il m'a volé ça chez moi... Ah! la malheureuse, enfin j'ai pardonné, fit-il en soupirant; puis, changeant de ton : C'est le premier chapitre d'un grand roman que je destinais à mon journal, je l'ai joliment cherché depuis... Oh! si je l'avais eu, je l'aurais terminé à Genève.

— Ce n'est pas tout cela, vous n'aviez rien mis dans ces phrases qui ait une signification particulière ?

— Rien du tout; si vous voulez, je vais vous raconter le plan de mon roman,... Vous verrez que...

— Mais non! fit Marcel impatienté, je vous répète que ce papier est celui auquel Coquelet semblait attacher le plus d'importance, puisqu'il l'avait confié, en recommandant de le bien cacher, à la personne de laquelle je le tiens.

— Je vous jure que ce chapitre est tout entier de mon roman.

— Ces lignes soulignées...

— Je ne vois là que de l'encre bleue, c'est moi qui faisais ça pour indiquer par ce petit carré que le compositeur devait aller à la ligne, ça ne signifie pas autre chose.

— Mais, au-dessus, vous voyez bien des traits de plume?

— Ah! oui, comme si ça avait été effacé... Mais non, c'est de l'autre côté.

Et Canardet tourna le feuillet.

— Non, rien, reprit-il. On dirait qu'on a écrit avec un stylet...

— Ah! mais, j'y pense, exclama tout à coup Marcel... que je suis léger, je n'ai pas pensé à ça, et Bassier me l'a expliqué hier.

Puis, s'adressant au garçon, il cria :

— Garçon, du feu!

— Ah ça, qu'est-ce qui vous prend, fit Adolphe stupéfait! vous n'allez pas brûler ma prose!

Le garçon apporta un *brasero*, vase de cuivre plein de cendres en feu qui remplace les allumettes, depuis l'impôt, dans certaines brasseries.

Au grand ébahissement de Canardet, il promena au-dessus des cendres chaudes le papier sur lequel était écrit le chapitre tant regretté du jeune homme, qui dit en le voyant faire :

— Qu'est-ce que vous faites là? Vous n'allez pas, je pense, allumer votre pipe avec ma copie?

— Rassurez-vous, cher monsieur Adolphe, mais regardez le papier au verso.

Adolphe se pencha, et, voyant, à mesure que la chaleur faisait gondoler la feuille, des caractères paraître, il regarda stupéfait, puis dit étonné ;

— Ah ça! j'écrivais sur un papier à truc... on en arrivait à me vendre ça, sans que je m'en doutasse?

— Ce n'est pas le papier qui est cause de cela... je vous l'expliquerai, mais voyons d'abord ce qu'il y a d'écrit dessus, et les deux jeunes gens lurent :

« A filer jusqu'à l'heure où l'on nous remettra les mandats d'amener : Boyer, rue Juiverie, chez lui, de onze heures du soir à six heures du matin; Dévaline, rue des Tables-Claudiennes, chez lui, la nuit et le matin, jusqu'à dix heures; Clozade, rue Monsieur, chez lui toute la journée; Debrenne, dit le Lyonnais, rue de Béarn, la nuit seulement ; Saperlache, au coin de la rue de Bourbon, chez lui toute la journée et la nuit; Marcel Caverlet, rue de l'Hôtel-de-Ville, chez lui de minuit à dix heures du matin, etc., etc.

La liste tenait toute la page, et Canardet, qui ne pouvait s'expliquer comment les noms venaient de paraître tout à coup sur le papier de son roman, s'écria :

Vous ne savez... bientôt je serai père. (Page 236.)

— Mais ce sont tous les noms du groupe de la rue Dubois.

— Vous le voyez, Adolphe, dit Marcel, vous aviez assurément laissé chez vous une liste complète de tous nos amis, que Coquelet aura trouvée.

— Monsieur Marcel, je vous jure que non... mais comment ces noms paraissent-ils là ?

— C'est la chose la plus simple du monde; lorsque Coquelet était chez vous, il a copié ou s'est fait dicter les noms et les adresses que vous voyez là.

— Ah! exclama Canardet avec désespoir, je comprends tout. La bavarde, c'est elle, c'est Adèle. Ne m'en voulez pas, monsieur Marcel... C'est vrai, j'ai été léger... Allez donc vous douter de ça... La pauvre enfant!

— Comment, malheureux, voilà le seul mot que vous trouvez pour la blâmer. Elle a fait arrêter quinze ou vingt personnes; elle a failli nous faire envoyer tous au bagne, et c'est elle que vous plaignez.

Canardet resta une minute sans répondre à l'apostrophe de Marcel; puis, timidement, il dit :

— La pauvre fille ne l'a point fait pour nous nuire ; c'est cette canaille infâme qui est la cause de tout cela, ce misérable Coquelet.

— Il faisait son métier... et vous avez mal agi; la liberté des hommes est une chose grave et devant laquelle les amourettes doivent s'oublier...

Canardet resta muet.

Marcel reprit :

— Il faut vous dévouer de ce jour à la réparation du mal que vous avez fait...

— Oh! je suis prêt à faire tout ce qu'on voudra. Mais, je vous supplie en grâce, monsieur Marcel, pas un mot de ce que vous savez à nos amis; ils me mépriseraient, et je vous jure que ce n'est pas de ma faute.

Marcel raconta à Adolphe ce que Bassier lui avait expliqué, c'est-à-dire l'emploi de l'encre sympathique.

Puis il reprit :

— Arrivons maintenant au côté sérieux de ma visite matinale:

— Je vous écoute, fit Adolphe souple et prêtant toute son attention.

— Vous allez faire un article dans lequel il faudra raconter tout ce que je vous ai dit, sans nommer ni Coquelet ni Bassier, et vous le ferez suivre de toutes les lettres dont vous allez prendre copie. Il faut que cela puisse paraître demain.

— Je suis à vos ordres. Ça va faire scandale là-bas ; mais nous

avons les pièces, et il faudra bien qu'ils se taisent... et qu'ils nous dé-
barrassent de ces deux misérables :

— C'est le but que je poursuis.

— C'est déjà à moitié fait au reste.

— Comment cela? demanda Marcel.

— Oui, j'ai su en arrivant — j'ai voyagé avec un employé des bureaux — que Coquelet, trop compromis, n'était plus dans son emploi ;
il est maintenant aux mœurs.

— C'est joli pour la morale.

— Dame ! vous savez, ils font ce qu'ils peuvent ; ce n'est généralement pas dans la fine fleur de la noblesse que se recrutent les agents
secrets.

— Cela n'est pas suffisant ; il faut qu'il soit chassé, chassé honteusement. Revenons donc à ce que je vous disais. Vous ferez un article
qui sera suivi immédiatement de la publication des pièces.

— Vous allez me les confier alors et je vais en prendre copie.

— Mon cher Adolphe, ce que vous me demandez là n'est pas possible ; vous concevez que jusqu'à ce jour vous avez fait preuve d'une légèreté qui m'oblige dans votre intérêt et dans le nôtre, à ne point me
dessaisir des pièces.

— Ah ! monsieur Marcel, pouvez-vous penser...

— Ne confondons pas ; je ne pense rien de mal contre vous, je
suis certain que vous êtes le plus brave, le plus loyal et le plus sincère
garçon de la terre, mais vous êtes amoureux ; l'amour est bien plus fort
que vous, il nous a déjà perdu une fois, nous n'allons pas recommencer.

— Je vous obéis... Ah ! si la pauvre enfant vous entendait, quelle
leçon pour elle !...

Ils demandèrent du papier et de l'encre, et, sous la dictée de
Marcel, Adolphe écrivit son article et prit copie des lettres. Lorsqu'ils
eurent terminé, Canardet se rendit à son journal. On juge de l'empressement avec lequel l'article s'appuyant sur des pièces authentiques, fut accueilli. Tout en s'attaquant absolument aux agissements
indirects de l'administration, il défiait les rigueurs de cette admirable
institution conservatrice : l'état de siège.

Marcel ne quitta Adolphe que lorsqu'il fut convaincu que l'article paraîtrait le lendemain matin. Il pria Adolphe à déjeuner ; celui-ci lui dit :

— Mais, monsieur Marcel, vous savez je suis parti bien hâtivement ce matin, il faut que je coure la retrouver... car maintenant c'est presque ma femme, pauvre cher ange...

Marcel restait stupéfait, se demandant si c'était en raison de ses infidélités ou de sa trahison qu'Adèle avait pris une telle autorité sur le malheureux Canardet. Adolphe, qui comprit, se pencha à l'oreille de Marcel :

— Vous ne savez pas... bientôt... bientôt... je serai père.

— Ah ! mon Dieu ! exclama Marcel.

Adolphe prit cela pour une félicitation, il lui serra la main, et partit tout fier, tout heureux, en chantant ce couplet de la *Fille du Peuple* :

> La misère est sa vieille amie,
> Quand elle vient dans la maison,
> On la reçoit d'une chanson...
> Et ma foi, dès qu'elle est partie,
> Comme on est deux, qu'on s'aime bien,
> Que lorsqu'on était dans la gêne...
> On s'aimait... Ça ne coûtait rien !
> Les enfants viennent par douzaine...
> Ça, c'est un fruit de mon pays,
> Ça tient l'aiguille ou porte hotte,
> Ça vaut bien mieux qu'une cocotte...
> Ça vient du peuple... et moi j'en suis !

Marcel s'éloignait en riant et disant :

— Mon Dieu, mon Dieu, pourvu que Coquelet n'ait pas fait souche !... C'est de ce côté qu'il me faudrait maintenant avoir des nouvelles, acheva-t-il, et ce n'est guère prudent, d'aller le jour dans l'établissement de la belle Casalba. Que faire ?

Il réfléchit une seconde et dit en souriant :

— Au fait ! je lui dois bien cela, et puis je ne déjeunerai pas tout seul... Mais, diable ! je risque bien d'être vu avec elle, et alors, c'est plus grave... Le cabinet particulier... Bah ! c'est dans l'intérêt de tous, et ça ne compte pas.

Marcel se trouvait en face d'un café. Il y entra, se fit servir un madère, demanda de quoi écrire et envoya chercher un commissionnaire.

Il écrivit :

« Ma belle Casa,

« Voulez-vous me faire la grâce d'accepter à déjeuner ? Je voudrais causer avec vous, bien seuls.

« Je vous attends au café Berthoux. Demandez le cabinet rouge.

« Un bon baiser.

« MARCEL. »

Il mit sur la lettre l'adresse de la belle cabaretière, puis y envoya le commissionnaire et se rendit aussitôt au café indiqué , bien convaincu que la Casa ne refuserait pas son invitation.

Il choisit son cabinet et commanda le déjeuner.

Marcel, calme, s'étendit sur le canapé, humant les parfums qui montaient de la cuisine, s'abandonnant à la sensation douce que l'on éprouve, lorsque la cuisine embaume, lorsqu'un couvert bien dressé égaye l'œil, lorsque la porcelaine et les cristaux scintillent sur la nappe blanche, lorsque le soleil miroite dans les carafes de Meursault, lorsque l'estomac crie : J'ai faim.

Il se dressa seulement lorsque le garçon entra en disant :

— Une dame qui vous demande...

— Qu'elle entre ! fit aussitôt Marcel en allant au-devant d'elle..... Entrez, ma chère amie. — Servez, Baptiste, dit-il au garçon.

— Oh ! que c'est gentil d'avoir pensé à moi, dit la Casa, en lui sautant au cou, dès que le garçon fut sorti, et en l'embrassant à pleine bouche.

— C'est pour moi que c'est heureux, et je vous remercie bien d'avoir accepté mon invitation. Asseyez-vous, Casa... ajouta-t-il, après lui avoir pris son chapeau et son manteau.

— Près de vous, fit celle-ci, en riant et montrant le canapé.

Marcel rit et dit :

— J'ai dit de servir ; chacun de son côté de la table, et déjeunons...

Ils prirent place ; le garçon les servit. Nous profiterons de cette

minute pour parler de la charmante Casa, que Marcel regardait en dessous, étonné de sa transformation, car la veuve Casalba, à cette heure,
ne ressemblait plus du tout, mais plus du tout, à la cabaretière des
bords de la Saône.

Marcel dit tout à coup :

— Mais qui garde la boutique ?

— C'est Bassier, fit Casa en éclatant de rire ; je lui ai dit que j'allais chez mon notaire.

Ils commencèrent à déjeuner.

Nous disions que la Casa était transformée.

VII

ET COMME ILS CONTINUAIENT A L'INTERROGER, S'ÉTANT REDRESSÉ, IL LEUR
DIT : « QUE CELUI DE VOUS QUI EST SANS PÉCHÉ, LUI JETTE LA PIERRE.»

Marcel, en voyant la Casa, n'avait pas été maître d'un mouvement
d'étonnement. Il avait invité la gentille cabaretière et s'attendait à la
voir coquettement mise, mais non élégamment, et tout à coup apparais-
sait devant lui une toute autre femme.

Ce n'était plus la petite boulotte au tablier blanc troussé sur le côté,
la petite bourgeoise à la taille ronde, au col échancré indécemment,
portant dans ses cheveux éblouissants un petit nœud de ruban.

La Casa était bien faite, gracieuse et jolie, nous l'avons dit ; ce
matin, elle était très élégamment vêtue ; son corps souple jouait dans
une robe de soie qu'elle portait à ravir ; ses mains, un peu fortes, étaient
finement gantées ; ses pieds, étroitement chaussés, paraissaient d'une
petitesse toute parisienne. Allez donc penser que la maîtresse d'un
bouge, hanté par des argousins, ait le goût d'assembler sur elle la
soie, le tulle, le jais, les gros nœuds de rubans, les ceintures ! Qu'elle
sache faire heurter avec art les couleurs à la mode ; qu'elle place sur
ses bras superbes, mais qui paraissaient rouges auprès des brocs, des
bracelets étincelants de brillants ! une admirable toilette, enfin, qu'elle
n'avait pas mis une demi-heure à revêtir. Ce n'était certainement pas la

mise d'une femme distinguée, mais c'était la toilette très distinguée d'une riche cocotte.

Surpris, charmé... oui, charmé, Marcel parlant plus familièrement, dit :

— Mais, Casa, je ne t'ai jamais rêvée si belle!

— Vraiment, fit celle-ci en riant, peut-être pour montrer la nacre éclatante de ses dents. Je crois, monsieur Marcel, que nous nous sommes mal jugés tous les deux : vous, en me prenant pour une sotte; moi, en vous prenant pour un beau garçon... voilà tout.

— Hein !

— J'ai dit en vous prenant pour un joli garçon, voilà tout.

— J'avais bien entendu... c'est une façon douce de me dire que tu m'as pris pour un imbécile.

— C'est pour rire que je dis ça... je sais le contraire.

— Si tu ne le sais pas, je vais te le prouver... Nous sommes seuls, bien à notre aise, nous avons le temps de causer...

— Je tâcherai de m'élever à votre hauteur pour vous répondre.

— Ah ça, mais, ma belle Casa, tu te moques simplement de moi.

— C'est toujours pour de rire, fit la belle fille en se levant et, plaçant ses deux mains sur la table, elle avança la tête et tendit ses grosses lèvres fraîches en disant :

— Embrasse-moi.

Marcel obéit.

Casa reprit aussitôt :

— Voyons, j'ai hâte d'être traitée par vous, monsieur Marcel, comme je le mérite, c'est-à-dire comme une femme qu'on aime : nous avons à causer d'affaires... Faites-le bien vite... et après, tu me parleras.

Marcel rit et hocha la tête d'une façon qui signifiait :

— Décidément, Casa, tu es plus forte que je ne croyais.

Il dit tout haut :

— Tu as raison! D'abord que s'est-il passé hier?

— Absolument rien, Coquelet n'est pas venu. Je suis montée me coucher de bonne heure prétextant un malaise, ainsi que vous me l'aviez recommandé; je sais que Bassier s'est caché dans l'allée et a attendu jusqu'à deux heures du matin au moins, mais Coquelet n'est pas venu, et je l'ai entendu remonter chez lui; j'ai un moment espéré, monsieur, fit la Casa en minaudant, que vous viendriez la nuit même savoir des nouvelles, j'ai donc veillé en attendant.

Sur le même ton, Marcel répondit :

— Ma belle Casa, si je ne suis pas venu hier, vous voyez que je suis venu tôt ce matin pour réparer ma faute.

— Est-ce bien pour ça ?

— Tu es sévère! fit Marcel en riant; continuons, pour n'avoir plus, ainsi que tu le disais, à nous occuper d'affaires.

— Oui. Eh bien, ce matin, lorsque l'on finissait d'ouvrir la boutique, j'ai vu Coquelet.

— Ah!

— Oui. Je vous donne entre mille à deviner ce qu'il venait me demander.

— Dis vite, fit aussitôt Marcel inquiet.

— Vous savez que je loue en ville deux chambres meublées?

— Je ne le savais pas.

— J'ai un petit appartement qui me servait autrefois, montée des Carmes; aujourd'hui j'en ai fait deux chambres garnies; c'est une vieille femme qui fait le ménage. Eh bien, il est venu ce matin me demander si elles étaient libres; ce qui est. Il me les a louées pour une quinzaine, me disant que c'était pour des gens de sa famille qui venaient passer une dizaine de jours à Lyon... Vous concevez que cela m'est égal. J'ai feint de le croire, mais je suis certaine que c'est pour placer là quelque cocotte à laquelle il a monté le coup.

— Mais ce misérable ne s'occupe donc que de ça?

— A peu près.

— Et Bassier?

— Bassier! A! je voulais te dire... pardon, vous demander, monsieur Marcel...

— Allons, Casa, fit en souriant Marcel, ne fais donc pas la bête! Parlons donc comme dans ta chambre.

— Je ne demande que ça! fit avec cynisme la Casa, en mettant une intention dans sa phrase.

La Casa vint s'asseoir sur le canapé. (Page 243.)

— Continue, ma chère amie... Bassier?

— Je voulais te demander ce que tu avais dit à Bassier.

— Pourquoi ça?

— Parce que, depuis hier, il me regarde avec commisération, il a l'air de me plaindre, il n'ose me parler, mais il veille autour de la maison comme si un danger terrible me menaçait.

31

— Tu veux savoir ce que je lui ait dit?

— Oui.

— Eh bien! la vérité sur tes relations avec Coquelet.

— Oh! exclama la Casa, ça n'est pas bien, ça, Marcel, et il va s'en passer de belles chez nous... Pourquoi avoir dit ça? On dit que les femmes sont bavardes!

Marcel s'amusa une minute des terreurs de la jeune femme, puis il dit :

— Rassure-toi, Casa, je t'ai placée en victime de cet infâme scélérat !

— Qu'est-ce que tu dis?

— J'ai raconté que tu avais été une Lucrèce!

— Qu'est-ce que c'est que ça, que Lucrèce, une de tes anciennes cocottes?

— Mais non, fit Marcel en éclatant de rire; Lucrèce, un jour, ou plutôt une nuit, dut céder aux menaces du Sextus, fils de Tarquin; puis, prise de remords, folle de honte de l'attentat dont elle avait été victime, elle avoua tout à son époux Collatin et se plongea un poignard dans le cœur!

— En voilà une imbécile! exclama naïvement la Casa.

— Mais, reprit en riant Marcel, ce n'est pas un exemple que je te donne... J'ai raconté à Bassier que tu avais été la victime de Coquelet, qu'il t'avait fait violence... et qu'enfin la force seule l'avait rendu maître de toi... que depuis ce jour tu t'étiolais, dans la crainte que ce crime n'arrivât à l'oreille de Bassier...

— Et il a cru ça, cet idiot?

— Ça et tout ce que j'ai voulu lui dire sur ce sujet; si bien qu'il guette Coquelet. Tu n'as plus à t'occuper d'eux; laisse-les faire... Ils se détruiront eux-mêmes.

Le déjeuner était terminé.

Casa, après quelques secondes de silence, dit tout à coup à Marcel en le regardant bien fixement :

— Dis donc, avons-nous encore à causer affaires?

— Non, dit Marcel, que les airs provoquants de la Casa amusaient.

— Enfin, tu n'as plus rien à me demander?

— Rien qu'une chose.

— Dis-la bien vite.

— Nous sommes au dessert, je te demande de venir t'asseoir près de moi...

D'un bond, la Casa vint s'asseoir sur le canapé, elle prit Marcel au cou, l'embrassa et dit :

— Enfin !...

VIII

L'INCENDIE DE L'*Espérance*, EN MER.

Pendant que la scène que nous venons de raconter se passait dans un cabinet du café des Célestins, une scène palpitante se passait rue de Béarn. Celle que nous avons vue successivement vêtue en homme, sous le nom du Lyonnais ; puis, que nous avons revue sous le nom de Mme de Brennes, celle que l'on appelait Nini-la-Lyonnaise, Jenny, enfin, attendait, anxieuse, dans le petit salon de l'hôtel de la rue de Béarn.

C'est que celui auquel elle avait consacré son existence mystérieuse revenait ; c'est que Gaston, parti au delà de l'Atlantique depuis trois ans, revenait en France, et depuis dix jours déjà le navire devait être arrivé au Havre.

Ripal était parti aux nouvelles, c'est-à-dire qu'il avait envoyé une dépêche au Havre, et il attendait la réponse. Si on lui répondait que l'*Espérance* était entrée en rade réglementairement, on pouvait attendre Gaston Rosay. Mais, depuis dix grands jours, on avait peur.

Ripal parut ; en le voyant, Jenny jeta un cri. Le brave garçon était livide.

— Qu'y a-t-il, Ripal ? parle... qu'y a-t-il ?

— Lis ? fit Ripal, en lui tendant un journal.

La jeune femme lut pendant quelques minutes, jeta un cri terrible et tomba raide.

C'était le récit de l'incendie en mer du navire l'*Espérance*, perdu corps et biens.

C'était épouvantable ; et l'horrible, c'était que le nom de Gaston, qui se trouvait dans le rapport, assurait qu'il était à bord, tandis que la suite du rapport ne plaçait aucun nom sur les passagers morts ou survivants. Au reste, il paraissait que le malheureux était dans la barque où se trouvaient les femmes, le canot qui avait disparu dans la nuit du 24, trois jours après l'incendie.

Ripal se précipita vers la jeune femme, la releva et l'étendit sur le canapé.

Il lui prodigua tous les soins nécessaires pour lui faire reprendre connaissance.

Mais la malheureuse restait froide, inerte; la commotion avait été trop forte, la matière s'était écroulée sous le choc moral, et Ripal, inquiet, soulevant la tête de la jeune femme, se demandait si elle n'était pas morte.

Nous devons brièvement raconter ce qui s'était passé depuis le jour où Jenny, près le pont de la Guillotière, aidée par Ripal, sauvait Gaston Rosay d'une mort certaine.

Le crime épouvantable commis par Clément Herquin, le mari de Jenny, avait décidé celle-ci à fuir à tout jamais le père de son enfant ; elle se considérait comme veuve.

Lorsque la lettre trouvée sur le bord du Rhône avait assuré Jenny qu'elle était véritablement veuve, que le misérable s'était fait justice, la pauvre femme avait espéré. Au fond de son cœur, un vague sentiment la faisait penser à celui que, faible, elle avait reconduit jusqu'à la voiture sur la place Bellecour, le lendemain du crime.

Veuve et libre, elle pouvait s'avouer à elle-même ce qu'elle ressentait pour cette victime, qui n'avait eu pour son ennemi que des paroles de pardon.

Elle se rappelait que lorsqu'il allait se diriger vers le chemin de fer, subissant la flamme de son regard, elle était montée sur le marchepied de la voiture : puis, prenant une subite résolution, laissant couler ses larmes et d'une voix que l'émotion faisait hoqueter, elle avait dit :

— Il a voulu vous tuer... Il vous a volé... on n'a cherché qu'à vous faire du mal, vous avez souffert, vous souffrez encore, mais vous êtes sauvé. Et depuis votre retour à la vie, vous n'avez pensé qu'à une chose : faire le bien... Ah! monsieur, vous penserez de moi ce que vous voudrez : Je vous aime !

Et avant que Gaston fût revenu de sa stupéfaction, elle lui avait pris la tête dans les mains et avait appliqué sur ses lèvres un brûlant baiser. Puis, folle, égarée, elle s'était sauvée, et avait couru chez elle pour enlever son enfant. Nos lecteurs se souviennent de cette scène. De ce jour un lien mystérieux attachait ces deux êtres. Lorsque Jenny écrivit à Gaston, à Saint-Étienne, que son mari s'était suicidé, celui-ci vint aussitôt et s'occupa de trouver une situation à la jeune femme. Il dut rester quelques jours à Lyon, et l'amour qui avait germé dans les deux cœurs au lendemain de l'assassinat prit une sève nouvelle... Jenny devint la maîtresse de Gaston.

C'est alors qu'il l'établit dans l'hôtel de la rue de Béarn, sous la garde du fidèle Ripal... « L'amour, a dit A. Bougeart, est une fleur qui pousse en champ de haine. » Jamais, comme en cette circonstance, pensée ne fut plus vraie... Mais alors Jenny apprit du jeune homme une chose qui la bouleversa. Il n'était pas libre, Gaston était marié, mariage de convenance auquel sa famille l'avait obligé. Sa femme légitime, minée par une maladie inexorable, lui faisait une vie cruelle, et c'est cette raison qui l'avait fait chercher au dehors un ménage d'amour. Un jour, après la guerre, la maison Rosay dut se diviser; le comptoir de Buenos-Ayres, s'étendant chaque jour, avait besoin de la surveillance d'un des chefs de la maison. C'est Gaston qui dut partir; il emmena sa femme. Moins d'un an après, celle-ci mourait, et Gaston, ayant établi un représentant sérieux à la tête de ses affaires, revenait se fixer en France.

Il avait, dans ses dernières lettres, annoncé son retour à Jenny, et sa résolution de légitimer enfin leurs amours. Jenny, pendant son absence, avait appris que Clément vivait, et elle n'avait osé, dans sa réponse, lui apprendre cette triste nouvelle. Elle l'attendait anxieusement depuis deux grands mois, c'est-à-dire quelques jours après l'avortement du complot.

Nos lecteurs ont vu quelle catastrophe terrible avait répondu à son attente... Infailliblement, le malheureux Gaston était mort, toute la vie de la malheureuse femme était encore brisée et son ennemi, le misérable, l'assassin, vivait !

Nous reprenons notre récit où nous l'avions laissé, lorsque Ripal, penché sur elle, redoutait que la vie n'eût abandonné son corps.

Effrayé, le brave garçon faisait tous ses efforts pour faire revenir la jeune femme ; il avait été chercher dans un meuble un petit flacon dont il lui faisait respirer le contenu ; il frottait ses tempes d'eau glacée, et Jenny restait inanimée. Il versa quelques gouttes du petit flacon dans un demi-verre d'eau, et, ouvrant avec un couteau les dents convulsivement serrées, il l'obligea à boire. En quelques secondes l'écume vint aux lèvres, et un spasme nerveux agita le corps, puis les yeux s'ouvrirent hagards. Le regard chercha à reconnaître les lieux, le front se plissa sous l'effort du cerveau, qui cherchait à se souvenir de ce qui s'était passé.

— Eh bien, Nini ! voyons, dit la voix émue de Ripal, qui, les yeux mouillés, mais le sourire aux lèvres, en la voyant renaître, était penché sur elle.

— Qu'ai-je eu ? demanda Jenny d'une voix faible.

Ripal sanglota, baissa la tête et ne répondit pas.

Aussitôt le souvenir revint à la jeune femme, elle se redressa ; trop faible pour se tenir debout, elle resta assise sur le canapé, accablée, les deux mains entre ses genoux, hochant la tête, dont les cheveux échevelés ruisselaient sur ses épaules, inconsciente du désordre de sa mise, car pour la faire revenir, Ripal avait coupé cordons et agrafes... et ses beaux cheveux blonds couvraient ses épaules nues ; ses yeux étaient fixes, ses dents serrées ne laissaient passer que des blasphèmes entre ses lèvres... elle resta ainsi une grande demi-heure. Ripal était debout derrière elle, la veillant, craignant une nouvelle crise, et faisant vainement des efforts pour arrêter les sanglots qui hoquetaient dans sa gorge.

Jenny prit tout à coup son front dans ses mains, le serrant comme pour en faire jaillir un souvenir, car elle sentait sa raison l'abandonner et il lui semblait qu'elle la retenait en pressant son cerveau. Son regard erra autour d'elle, elle vit dans un coin de la chambre le journal apporté par Ripal : la force, une force de fièvre lui revint, elle se souleva et l'alla ramasser en disant :

— C'est impossible, oh non ! c'est un rêve...

Elle essaya de lire, mais ce fut en vain, elle ne vit que la phrase de la fin ; de cent cinquante personnes, trois s'étaient sauvées, et elle le sentait, un pressentiment le lui disait, Gaston, son amant, son époux moral, sa vie future... Gaston n'était pas parmi les vivants.

Là, Jenny écrasée, brisée, anéantie, se laissa choir sur le canapé en gémissant :

— Je suis maudite... oui ! je suis maudite.

Le front dans ses mains, les doigts crispés, arrachant ses cheveux, égratignant son crâne, l'œil hagard, le regard fixe, mais aveugle, la malheureuse voyait repasser devant elle toute sa vie de douleur, de lutte, de misère.

Quand Ripal, épouvanté du renversement de ses traits, lui dit :

— Allons, ma mie, il faut du courage !

Elle le regarda une grande minute, puis dit :

— Du courage !... pourquoi faire ?

— Pour vivre, ma Nini. Voyons, tu es habituée au malheur...

— Oh ! oui ! trop habituée... j'en suis lasse... Il faut une fin à tout.

— Eh ! bon Dieu ! qu'est ce que tu vas faire ?

— Mon devoir d'abord.

— Ton devoir ?

— Oui, m'occuper de mon enfant... le placer, assurer sa jeunesse !... que tu veilleras, toi...

— Comment, moi ! fit Ripal stupéfait. Eh bien ! et toi ?

— Moi... je vais mourir...

— Ah ! dis donc, Jenny, tu ne vas pas dire des bêtises, et puis tu ne vas pas en faire ! Ah ça ! et moi je ne compte plus, donc ?... Moi, je suis là pour subir tout, supporter tous les chagrins... Tu ne penses pas à moi, je dois tout souffrir. Depuis douze ans, je vis près de toi, me consacrant tout entier à ce que tu veux... je suis le bon chien fidèle, et puis un jour il te prend une idée, tu dis : « Je vais me faire mourir... » Le vieux, tu n'y penses pas, il souffrira, il sera malheureux ; la vie, puisqu'il sera sans force, lui sera pénible, cruelle; qu'importe! il devra soigner mon petit, et lui, qui a vécu, qui n'a plus d'espérance, il lui sera défendu de mourir... Ah ça, Jenny, c'est-il que tu perds la tête? Si je me suis sacrifié, moi, c'est bien le moins qu'on se sacrifie un peu pour moi. Ma famille, c'est vous, toi, ton fils et... lui... L'un n'est plus, et tous vont me quitter... Jenny, tu n'es qu'une sans-cœur, une ingrate! Moi, j'ai été presque ton père... tu es une mauvaise fille... Le petit! tu l'oublies... Jenny, tu es une mauvaise mère... Jenny, tu peux te tuer... ma mie... laisse-nous le douleur, la peine... c'est la juste récompense de ce que nous avons fait pour toi ..

Et en disant ces mots le vieux Ripal pleurait à chaudes larmes. Jenny avait d'abord relevé la tête pour l'écouter, puis, émue par les accents lamentables de son fidèle et dévoué compagnon, elle se leva, se jeta dans ses bras, et, sanglotant, elle s'écria :

— Ah! Ripal, si tu savais ce que je souffre... Ripal, pardonne-moi, mais je suis bien malheureuse. Gaston, c'était tout pour moi, c'était ma vie, c'était l'avenir; rien qu'en pensant à lui le passé s'effaçait, et maintenant l'avenir est en deuil, rien, rien...

Et la malheureuse sanglotait. Ripal, ne pouvant contenir ses larmes, reprenait :

— Pleure pas, ma mie, pleure pas!... Tu as le gône et moi. Du courage donc, pleure pas.

— Ah! je suis maudite, répéta la malheureuse accablée, s'arrachant des bras de Ripal pour se jeter sur le canapé, où, la tête sur le coussin, elle livra libre champ à sa douleur...

— Mon pauvre ami... si dévoué, si loyal, et je l'avais arraché à la mort... Aussi c'est la punition... j'avais souvent désiré la mort de cette femme qui devait le rendre libre... et je lui avais assuré la mort de l'autre... et je la cherchais, je la préparais même... j'ai été infâme, indigne! C'est le châtiment!... Je dois souffrir toujours; je n'ai pas le droit de mourir! je suis condamnée pour mon enfant à la vie fatale, sans issue, sans espoir... avec la misère à mes trousses... O mon Gaston, où es-tu! et pas même une sépulture!

— Et les sanglots hoquetant dans sa gorge, l'empêchant de parler, elle s'affaissa sur le canapé! Ripal effrayé s'arrêta près d'elle, ne trou-

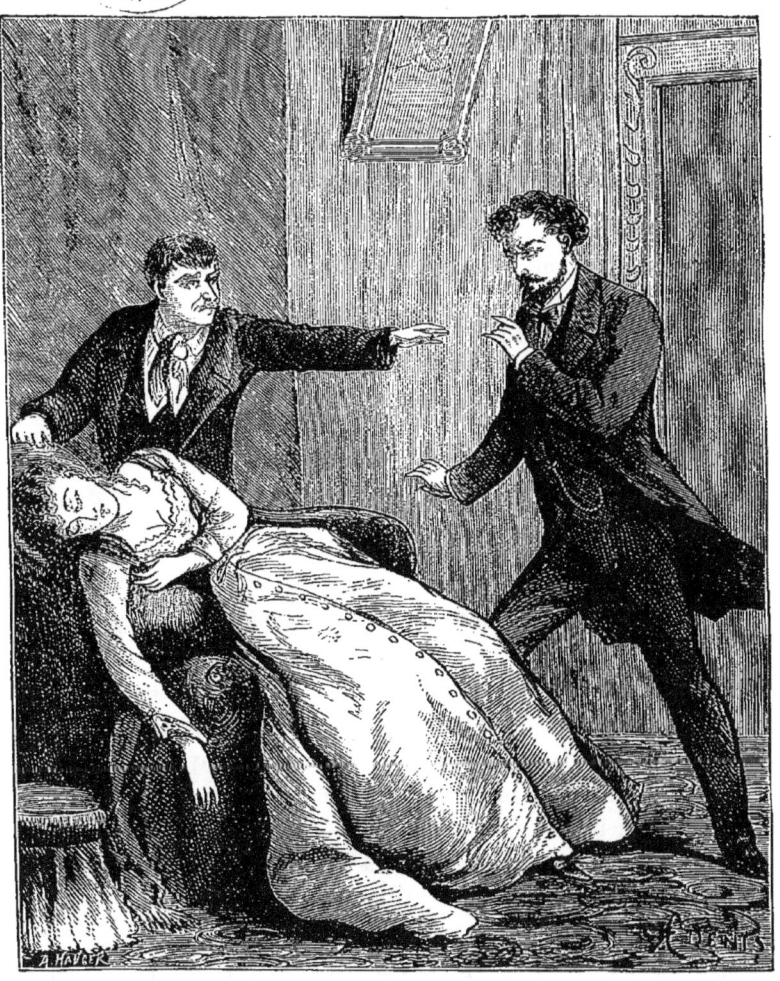

L'homme la voyant défaillante se précipi a vers elle. (Page 250)

vant pas un mot à dire, sachant bien qu'il est des douleurs que rien ne peut consoler et que les larmes seulement atténuent.

Tout à coup, comme prise d'une rage folle, Jenny se dressa, son poing vers le ciel et le blasphème aux lèvres, disant :

— Tout pour les méchants, malheur aux bons.

Aussitôt la porte s'ouvrit, un homme parut dans l'encadrement,

32

Jenny regarda et jeta un cri... l'homme, la voyant échevelée, défaillante, se précipita vers elle. Jenny, tombant dans ses bras, se retenait à son cou, en criant :

— Gaston! Gaston !

Ripal exclamait joyeux, étouffant de joie :

— Le gône, le patron vivant... Crédié ! il n'est pas noyé !

Gaston souriant, mais inquiet, bouleversé, cherchait à comprendre. Il le put, en entendant la phrase qui glissa sur les lèvres de Jenny, dans son baiser.

— Gaston vivant !... Merci !... Dieu... vivant...

Et elle perdit connaissance.

IX

MÉFIEZ-VOUS DE L'AGENT QUI DORT

Le lendemain de ce jour, l'animation régnait autour des kiosques de Lyon; on s'arrachait les journaux du matin où se trouvaient les pièces que nous connaissons. C'était à qui rirait le plus de la grossière bâtisse du ridicule complot ourdi par les agents.

Jamais plus plate invention n'avait montré que l'hydre de l'anarchie que combattait l'ordre moral avait une tête de Jocrisse. L'administration était muette, et l'on parlait du départ pour Paris du préfet à poigne, fort embarrassé de justifier ses sottises; c'était le glas funèbre de l'état de siége. Et déjà par la ville courait un air de liberté ; on aurait pu appeler ça la révolution du ridicule. L'agent Coquelet était depuis quelques jours devenu absolument invisible; on aurait pu croire qu'à son tour un mandat d'amener était dirigé contre lui.

Marcel courait les rues, heureux de constater le résultat de son plan.

Adolphe, tout fier, promenait dans quelques brasseries la future mère de... son enfant.

Marcel constatait avec joie l'éclipse de Coquelet; c'était le fruit de ce qu'il avait décidé.

Ce que lui avait raconté la Casa confirmait sa pensée.

Coquelet, révoqué, attendant de pouvoir partir tout à fait, s'exilait dans Lyon même en allant habiter pour une dizaine de jours les deux chambres que lui louait la Casa sur la montée des Carmes.

De son côté enfin le calme revenait quelques jours encore, et les deux coquins, dont il avait été si longtemps la victime, allaient disparaître de Lyon ; il n'avait qu'un regret, c'est que sa vengeance n'eût pas été plus complète.

Ce jour-là, le capitaine Sapertache, obéissant au désir de sa nièce, avait invité Marcel à venir prendre part au dîner du soir, et Ève avait fait promettre au jeune homme qu'il serait là de très bonne heure. A l'heure de la musique, sur la place Bellecour, Marcel se rendit à son invitation. Il trouva le capitaine seul, celui-ci lui dit :

— Ah ! vous faites bien de venir ; je croque le marmot tout seul depuis le déjeuner...

— Comment ! mademoiselle Ève n'est pas là?

— Non, elle est allée au cimetière, elle est partie aussitôt après le déjeuner ; depuis longtemps elle devrait être revenue. Mais vous savez, ces petites filles, ça s'amuse en route. Je lui disais d'emmener la bonne, mais, comme vous veniez dîner, elle a refusé afin qu'elle puisse soigner sa cuisine. Peut-être est-elle aux provisions, ou à chercher quelques friandises pour vous faire honneur.

Et, en disant ces mots, le capitaine passa gloutonnement sa langue sur ses lèvres, indiquant qu'il en prendrait largement sa part.

Cela était si naturel que Marcel, voyant les musiciens arriver sur la place, dit tranquillement au capitaine :

— Ouvrons la fenêtre et nous la verrons venir, tout en écoutant la musique.

— C'est une idée.

— J'ai du nouveau à vous raconter, capitaine.

— Ah bah! dites donc vite; depuis cinq heures que je suis là, seul, il me semble que je suis muet et sourd ; j'ai besoin de parler et d'entendre parler, tonnerre !...

Il avait ouvert la fenêtre, les deux hommes mirent les coudes sur l'appui, et Marcel lui raconta ce que les journaux avaient publié le matin même ; le capitaine se tordait de rire.

L'heure passait et Ève ne revenait pas. Mais Marcel savait le but du pèlerinage de sa fiancée au cimetière de la Guillotière ; il n'était pas étonnant que, tout entière absorbée dans le souvenir de ceux qu'elle aimait, la jeune fille fût restée longtemps agenouillée sur la tombe ; puis, à son retour, en raison du petit extra du soir, elle avait dû gagner la grande rue de Lyon pour aller faire quelques provisions dans les premières maisons.

C'était l'heure où paraissait le *Progrès*. En le voyant mettre en vente sur la place, Marcel envoya la bonne le chercher. Il voulait voir comment la feuille démocratique de Lyon racontait le scandale du matin.

Le capitaine, absorbé par la musique, quittait sa pipe de la bouche chaque fois qu'il voyait se lever le tampon de la grosse caisse, et l'accompagnait d'un « boum » solide.

Marcel prit le journal et lut aussitôt la chronique locale.

En tête se trouvaient, naturellement, les lettres qui avaient causé le scandale du matin, suivies des appréciations du journal. Après avoir lu l'article, Marcel lut machinalement les faits divers ; ses sourcils se froncèrent en lisant le fait suivant :

« A la dernière heure, nous apprenons que la rue de la Guillotière a été le théâtre d'un odieux spectacle. A l'angle de la rue de Tourville, les agents des mœurs ont arrêté, vers deux heures, une malheureuse vivant du honteux métier si répandu dans notre ville. Rien dans la tenue ni dans l'allure de la jeune femme n'aurait pu révéler la classe immonde à laquelle elle appartenait ; mais les agents la connaissaient, et, depuis quelques jours, la surveillaient. Élégamment vêtue, elle descendait la rue de la Guillotière ; les agents prétendaient l'avoir vue accoster un passant, l'un d'eux porta la main sur elle et l'arrêta.

« La malheureuse fille voulut leur résister, protestant de son innocence ; malgré ses cris, elle fut arrêtée. On dut la traîner, puis la porter dans le fiacre que les agents avaient pris.

« Ce fut une scène déchirante qui soulevait le cœur des assistants ; la façon inhumaine dont la pauvre fille était traitée obligea quelques citoyens à protester contre ces procédés ; les agents les menacèrent à leur tour.

« Le régime sous lequel nous vivons oblige à une grande réserve. On se tut, et la malheureuse, placée dans le fiacre, fut aussitôt conduite à la Permanence.

« C'est un vilain tableau ! N'est-il pas un moyen d'empêcher pareil scandale de se renouveler ?

« Si indigne que soit la femme, n'est-il pas une façon moins cruelle d'agir ? On nous dit que la malheureuse a été brutalement arrêtée, qu'elle a été frappée, que, pour étouffer ses cris, la main de l'agent *que chacun connaît*, s'est placée sur sa bouche... On nous dit, enfin, beaucoup de choses sur lesquelles nous devons être très réservé. »

En lisant ces dernières lignes, une sueur froide perla sur les tempes de Marcel ; une secrète intuition lui disait que la malheureuse dont il était question dans le journal était Ève. La chose était si épouvantable, si atroce, qu'il se refusait à y croire. Il relisait, et ces lignes le frappaient et éloignaient ses doutes :

« Rien, dans la tenue ni dans l'allure de la jeune femme, n'aurait pu révéler, etc. »

Puis :

« Élégamment vêtue, elle descendait la rue de la Guillotière. »

Et enfin :

« On nous dit que la malheureuse a été brutalement arrêtée, qu'elle a été frappée, que, pour étouffer ses cris, la main de l'agent que *chacun connaît*, s'est placée sur sa bouche... »

Pour Marcel, le doute n'était plus possible, c'était Coquelet, c'était le coup de pied de l'âne, la vengeance à l'abri du droit. Avant son départ, avant sa révocation, il salissait toute une vie honnête par une arrestation pour une cause honteuse. Certes, la jeune fille sortirait bientôt de la prison où il la jetait, mais le mal était fait ; pour une nature exaltée comme celle d'Ève, c'était assurément la maladie, c'était peut-être la mort, que cette honte infligée au milieu de la rue... Coquelet se vengeait ; c'était bien lui, car l'action était lâche ; Marcel l'attaquait, et il se vengeait sur la femme, sur Ève !

Marcel ne doutait plus ; plein de rage, de colère, presque fou, il dit au capitaine :

— Capitaine, Ève ne reviendra pas, le misérable l'a encore une fois attaquée...

— Que dites-vous ? fit le capitaine Sapertache se retournant aussitôt, ses gros sourcils froncés sur ses yeux ronds. Qu'est-ce que vous dites ? le misérable a attaqué qui ?...

— Capitaine, je lis dans ce journal une arrestation..... une infamie, j'en suis sûr, je le sens... c'est Ève... elle revenait du cimetière... Coquelet l'a arrêtée au coin de la rue Tourville et de la rue de la Guillotière...

— Vous devenez fou, Marcel ; il l'a arrêtée pour quoi ? On n'arrête pas pour rien !

— Il l'a arrêtée parce qu'elle était seule, cette fois... en la faisant passer pour une fille...

— Nom de... sacré !... si c'est vrai, je vais l'étrangler !

Et, en disant ces mots, le capitaine avait bondi ; sa main tremblante avait pris le journal.

En lisant, lui aussi, il eut l'idée de Marcel.

Il dit à Marcel d'une voix étranglée :

— Marcel, vite, venez avec moi... Nom de nom... s'il ne me la rend pas, et si on la f.... en prison, je fais sauter la ville.... Venez, venez...

Et le capitaine entraîna Marcel, pendant que la vieille bonne qui dressait le couvert s'écriait :

— Seigneur, bon Dieu ! qu'est-ce qu'il y a encore ? Monsieur devient fou !

Le capitaine, dès qu'il fut descendu, héla une voiture. Il y fit monter Marcel et y monta à son tour et dit au cocher de les conduire à la Permanence.

Le trajet n'était pas long ; ils y furent bientôt, et, sur leur demande, ils furent immédiatement conduits au chef du bureau des mœurs.

Le capitaine était dans un tel état d'exaspération qu'il ne sortait de ses lèvres que sacres et blasphèmes.

Marcel le pria de le laisser parler.

En deux mots, il raconta au chef de bureau ce qu'il venait de lire et le pria de lui dire si la personne arrêtée n'était pas celle qu'ils cherchaient eux-mêmes.

Le chef leur déclara que justement, quelques minutes auparavant, le journal lui avait été adressé par l'administration pour avoir des explications.

L'article était faux de tous points; aucune arrestation semblable n'avait eu lieu dans la journée; d'autre part, l'agent désigné, qui devait être un nommé Coquelet, était révoqué depuis six jours, et, le lendemain de sa révocation, il avait été invité à quitter Lyon, ce qu'il avait dû faire, car, depuis un jour, on ne l'avait pas revu dans la ville.

Le fait divers n'était qu'un canard.

Rassurés, les deux hommes s'excusèrent après avoir remercié le chef de bureau.

— Sacré tonnerre! vous pouvez vous flatter de m'en avoir donné une secousse, avec vos suppositions... faut-il qu'un vieux dur à cuire comme moi se prenne tout de suite à vos terreurs d'amoureux..... Je suis sûr qu'Ève est de retour chez nous et se demande quelle fantaisie a pu nous prendre de sortir juste à l'heure de son retour... Je ne vous en veux pas, mais c'est vous qui endosserez le galop, Marcel!... Cocher, place Bellecour!

Marcel était muet; envahi par un sinistre pressentiment, la quiétude du capitaine Sapertache ne pouvait le gagner; celui-ci, au contraire, s'écriait:

— Si la chose s'était passée comme vous le croyez, il aurait bien fallu qu'on me livrât l'agent, et, aussi vrai que je me nomme Sapertache, j'en faisais de la bouillie. Savez-vous ce qui s'est passé? C'est bien simple, la petite a été au cimetière... Vous savez, elle a bon cœur; une fois qu'elle pense aux parents, les larmes viennent, le temps s'écoule en rêvant d'eux sans qu'on en ait conscience; elle peut être restée deux grandes heures là-bas, dans le cimetière... Vous ne la connaissez pas, vous!... C'est que, au-dessus de tout... de vous-même, qu'elle aime bien, vous le savez... il y a l'amour de ceux qui sont là-bas... sa sainte mère, ma sœur! Mais, revenons au temps. Elle est restée

deux heures, n'est-ce pas? elle est revenue tout doucement, elle s'était
chargée de petites provisions... Vous savez que c'est Mlle Sainte-Diffi-
cile que ma nièce; elle n'achète pas tout chez le même marchand : là,
c'est le bon café, elle y va; là-bas, les bons fruits, elle y va; là, le bon
fromage, elle fera vingt marchands. Vous verrez ça plus tard, une
perle pour le ménage, ma petite Ève; enfin, comptons : nous disons
deux heures au cimetière, une heure de chemin, deux heures chez les
fournisseurs en ville; ça fait cinq heures. Elle est partie de la maison
entre midi et une heure; elle ne pouvait donc être chez nous que vers
six heures; eh bien! il est six heures dix. Vous voyez, pendant que
nous nous tourmentons, elle est rentrée et elle gronde après nous;
mais, vous savez, je n'ai rien dit, rien fait, je vous ai écouté; il va y
avoir un savon, et c'est pour vous.

Le capitaine éclata de rire en disant :

— Faut pas être triste et lugubre pour ça... elle ne vous dévorera
pas...

On était arrivé place Bellecour. Marcel sauta vivement de voiture et
alla demander des nouvelles... il revint aussitôt vers la voiture, il était
plus pâle.

— Eh bien? fit le capitaine.

— Eh bien! elle n'est pas de retour...

— Hein! ah! mais cela devient inquiétant, fit le capitaine en changeant de physionomie.

— Capitaine, si vous m'en croyez, nous allons nous faire conduire
au cimetière.

— Oui! oui!... il est arrivé quelque chose, au cimetière et bien
vite... montez, qu'il parte.

Marcel dit au cocher :

— Suivez la rue de la Guillotière et vous nous arrêterez au coin de
la rue Tourville.

Il monta aussitôt en voiture, et le cocher pressa l'allure de ses
chevaux...

Pendant qu'ils vont à la recherche, nous reviendrons à l'heure où
Ève quittait la place Bellecour pour se rendre au cimetière de la Guillotière.

Les deux argousins la saisirent. (Page 259.)

X

OU M. COQUELET TRAVAILLE POUR SON PROPRE COMPTE

Lorsque, après son déjeuner, le capitaine, largement étendu dans son fauteuil, avait allumé sa pipe, Mlle Ève lui avait donné le baiser du

33

revoir, et s'était rendue au cimetière. Tout entière à la pensée de ceux dont elle allait visiter la tombe, elle marchait tranquille, recueillie, indifférente à ce qui se passait autour d'elle. Elle ne vit pas que deux individus à mine suspecte la suivaient ; ils la suivirent ainsi jusqu'au cimetière de la Guillotière.

Lorsqu'elle eut franchi la porté, les deux individus causèrent un moment, puis, l'un s'assit sur la borne près de la porte, et l'autre courut, se dirigeant vers la rue de la Guillotière. Là, il entra dans une maison d'apparence modeste. Quelques minutes après, par la porte cochère voisine, il sortait, sur le siège d'un fiacre, transformé en cocher et conduisant. Il descendit au grand galop la rue, gagna le cours des Brosses, et, là, arrêta ses chevaux devant un petit cabaret dans lequel il entra. Il en ressortit aussitôt, accompagné par Coquelet. Ce dernier monta dans le fiacre, l'individu reprit sa place sur le siège, et la voiture reprit le même chemin qu'elle venait de suivre pour s'arrêter au coin de la place de la Croix. Là, Coquelet descendit et le cocher mena sa voiture au pas dans la rue de la Guillotière, semblant attendre un client.

Coquelet se cacha dans une allée, il attendait depuis un quart d'heure lorsqu'il vit Ève, toujours recueillie, le regard baissé, les yeux humides de larmes, descendre lentement la rue de la Guillotière ; quand Ève arriva devant la porte derrière laquelle Coquelet se tenait caché, celui-ci parut tout à coup et, se plaçant devant elle, le regard insolent, il lui dit :

— Enfin, nous allons donc, cette fois, nous trouver bien ensemble !

Ève, étourdie de l'apostrophe, leva les yeux ; en reconnaissant le misérable, elle jeta un cri et dit :

— Que me voulez-vous, monsieur ?

— Je veux que tu me suives, la belle !

— Laissez-moi, misérable, fit-elle aussitôt, en cherchant à se sauver ; mais celui qui la suivait depuis plus d'une heure, lui plaça la main sur l'épaule, en disant :

— Non, non, on ne nous la fait pas celle-là !

La malheureuse criait, le monde s'amassa aussitôt, et Coquelet dit :

— C'est une fille qui, depuis ce matin, assomme les passants de ses propositions ; avec ces filles, les femmes honnêtes ne peuvent plus sortir.

La honte, la douleur étreignaient la malheureuse jeune fille à la gorge, elle cherchait vainement à parler, la voix s'éteignait sur ses lèvres, elle étouffait, le sang affluait au visage, la couvrant du rouge de la honte. En voyant l'air de mépris avec lequel chacun la regardait, elle crut un instant qu'elle allait mourir, un froid mortel se glissait dans ses veines.

— Allons, allons, la fille, fit Coquelet en la prenant à son tour, tu nous montreras ta carte là-bas.

A cet attouchement, la jeune fille subit comme une commotion électrique, elle sentit la force lui revenir et, se dégageant, elle s'écria :

— Au secours... ce que dit cet homme est faux! cet homme ! défendez-moi, il ment...

— Allons, finissons-en !

Et les deux argousins la saisirent; Ève refusant de marcher, ils la traînèrent, cherchant à la faire taire, car elle criait toujours :

— Au secours ! à moi, grâce, il veut me tuer ; je vous en supplie, défendez-moi, je vais vous montrer qui je suis.

Sans qu'on l'ait appelé, le cocher était revenu et avait arrêté sa voiture devant le groupe, il descendit de son siège et vint aider les deux misérables, car Ève, se laissant tomber et se cramponnant à tout ce qu'elle rencontrait, refusait de marcher, le cocher disait en haussant les épaules :

— Quand on les pince, c'est toujours la même chanson.

C'était un odieux spectacle que cette malheureuse se débattant entre trois misérables, les vêtements déchirés, les cheveux tombant; la scène se prolongeait et les coquins, craignant d'être pris, voulaient se hâter. Ils frappèrent la malheureuse; celle-ci râlait.

— Tuez-moi! tuez-moi! mais ne m'enlevez pas.

Des gens allaient s'interposer, ils s'avançaient et disaient :

— Qu'elle soit ce qu'elle voudra, vous n'allez pas battre une femme?

— Mêlez-vous de vos affaires, vous! dit sèchement Coquelet, ou nous vous emmenons avec elle.

Ève, à bout d'efforts, était tombée sans connaissance, ils la relevèrent et la portèrent dans le fiacre.

— Dépêche-toi donc, criait Coquelet, voyant que la foule s'apprêtait à leur faire un mauvais parti. La voiture partit suivie des huées de ceux qui avaient assisté à l'affreuse scène.

Elle suivit la rue de la Guillotière au grand trot jusqu'à la place du Pont, là elle longea le cours Bourbon, suivit le quai des Brotteaux, passa le pont Morand pour gagner, par les Terreaux et la rue d'Algérie, le pont de la Feuillée; enfin on arriva à la montée des Carmes, la voiture s'arrêta au bas des marches.

Depuis la place de la Croix, Coquelet, qui était monté dans la voiture, avait baissé les stores; puis, craignant que la jeune fille, en reprenant connaissance, ne criât de façon à attirer les passants, il lui mit prudemment un bâillon sur la bouche.

Peine inutile! En arrivant à la montée des Carmes, Ève était dans le même état, c'est-à-dire inerte. Les deux coquins rabattirent son voile sur son visage, enveloppèrent son cou dans un épais foulard, lui donnant ainsi les apparences d'une vieille femme; ils descendirent et la portèrent en bas. Là, chacun d'eux la prit sous les bras, et, aidés par le cocher, ils la firent entrer dans une maison qui semblait inhabitée. Une fois là, Coquelet la prit dans ses bras, la monta au second étage, y entra, et porta la malheureuse sur le lit.

Il redescendit alors, et dit aux deux individus :

— Reconduisez vite la voiture, et courez au chemin de fer prendre le train. Ne soyez plus à Lyon dans une heure. Voici votre affaire.

Et disant ces derniers mots, il leur donna une certaine somme.

Les deux individus ne se firent pas prier ; ils remontèrent tous les deux sur le siège et partirent au grand trot. Coquelet remonta aussitôt et ferma la porte derrière lui ; il entra dans la chambre, et, contemplant sa victime, il dit avec un affreux sourire :

— Enfin, ma belle Ève, vous êtes donc vaincue ? Je me venge bien, moi !...

Il la contemplait, lorsque, entendant du bruit, il écouta ; c'était une laveuse qui chantait.

Il écouta ; la voix s'éteignit ; il haussa les épaules et revint près d'Ève, toujours étendue sur le lit ; il détacha le mouchoir avec lequel il l'avait bâillonnée ; pour cela, il dut soulever la tête, et, quand il retira sa main, la tête retomba inerte sur l'oreiller ; l'œil était fermé, la bouche crispée, et le corps immobile... En constatant la pâleur livide du visage, il eut peur et s'écria en reculant :

— Ah ! mon Dieu ! est-ce que je n'aurais amené ici qu'un cadavre ?...

Il mit la main sur le cœur et ne sentit aucun battement ; alors il devint blême à son tour, et une sueur froide mouilla son front ; il fouilla ses poches, en tira un couteau et coupa les agrafes du corsage et les lacets des jupes... il n'osait ouvrir les fenêtres ; il mouilla le linge qui avait servi de bâillon et le passa sur les tempes et sur le front de la jeune fille.

Les yeux restèrent fermés et la bouche muette ; le corps garda son immobilité ; alors, tout à fait épouvanté, pressant son front entre ses mains, il exclama :

— Ah ! tonnerre ! qu'ai-je fait là ?... Morte !... elle est morte !... Que vais-je faire ?... Mais ce n'est pas possible !...

Et le misérable, allant au lit, souleva la tête de la jeune fille, et, l'appuyant près de son visage, lui dit, d'une voix tremblante de crainte et d'émotion :

— Ève ! Ève ! ne craignez rien, n'ayez pas peur... je vais vous reconduire chez vous. Ève, mon enfant, répondez-moi.

Rien ! la réponse fut une petite mousse sanglante qui glissa entre les lèvres. Cette fois, le misérable rejeta le corps sur le lit...

— Allons ! elle est morte !... et, sans conscience, comme fou, il se promenait dans la chambre...

— Je n'ai que le temps de quitter Lyon... ce soir... ou je suis perdu...

Revenant alors vers le lit et la regardant, il dit avec un ignoble sourire...

— Oui, je suis à jamais perdu !... je dois me sauver... et désormais me cacher toujours... mais, ma belle Ève... morte ou vivante je me vengerai !...

Le misérable alla fermer avec soin la porte de la chambre, il retira son paletot et le jeta sur un fauteuil en pensant tout haut...

— Qui sait que je suis ici ! personne. La Casa seule pourrait parler, et elle se taira ; car, ce soir, je l'emmènerai avec moi, demain ou dans dix jours on trouvera le corps, j'aurai, d'ici là, le temps, avec des lettres, de faire tourner tout sur Marcel... Il se joue des lettres, il est juste qu'il en souffre. Moi, demain, à l'aube, je serai à Genève, et le lendemain en Allemagne, là je peux être utile et si on me découvrait, on ne me livrerait pas... Allons, ma belle Ève, ce sont les deux grandes lois humaines qui vont nous réunir, la mort et l'amour...

Le bandit éclata de rire de son paradoxe... il s'avança vers le lit, contemplant sa victime, son œil avait cet éclat jaune du regard du chat ; il brillait sous l'humidité qui le noyait, les lèvres comme celles du faune s'avançaient lippues, et des tressaillements de concupiscence coururent sur sa face.

Rien ne l'arrêtait plus ; la mort, dans sa rigide froideur, semblait, au contraire, augmenter ses désirs ; tous les instincts de la bête, de la brute, naissaient avec la possession, et ce n'était plus l'amour qui entraînait le misérable, c'était l'infamie, le sacrilège.

Il s'assit sur le lit et prit le corps inanimé de la jeune fille dans ses bras ; les chairs avaient toujours la tiédeur de la vie ; il souleva la tête et la couvrit de ses odieux baisers.

Coquelet était fort, il attira le corps dans ses bras et le dressa ; la tête inerte retomba sur son épaule et il frotta sa joue sur celle de la jeune fille, mêlant ses cheveux aux siens.

Nous avons dit qu'en voyant la jeune fille inanimée, en la croyant seulement sans connaissance, pour aider à son rétablissement, Coquelet avait tiré son couteau et avait coupé les agrafes de l'étoffe du corsage, puis les lacets des jupes, si bien qu'à cet instant, lorsqu'il dressa le corps devant lui, les vêtements tombèrent, et la jeune fille chaste et pure, la sainte enfant se trouva presque nue dans les bras du monstre.

Lui, ébloui, devant cette beauté, ravi, fou, pressa dans ses bras ce corps splendide : ses lèvres, comme une limace, se promenaient sur ces épaules de marbre.

Coquelet à cette heure n'était plus un homme, il était fou, il était ivre, il sentait en lui s'allumer une passion inconnue faite de vice, d'amour, de sacrilège et de crime...

Il souleva le corps, que la souplesse des membres rendait plus gracieux, il l'étendit sur le lit ; à cette heure, il la croyait vivante ; l'amour criminel qu'il ressentait faisait tomber de sa bouche toutes les obscènes poésies du délire.

Tout à coup, il lui sembla entendre ouvrir la porte de la chambre voisine de celle dans laquelle il était ; il se redressa et allait se diriger de ce côté, mais, avant qu'il eût fait un pas, la porte de communication des deux chambres s'était ouverte, et Marcel, bondissant, l'avait terrassé et, l'étranglant, lui disait :

— Où est-elle, bandit, où est-elle ? Dis-le ou je te tue !

Le capitaine, qui suivait Marcel, s'écriait :

— Cré tonnerre ! Vous le tenez, tuez-le, qu'on en finisse !

— Où est-elle, misérable ! continuait Marcel.

Coquelet se débattait sous l'étreinte robuste du jeune homme ; mais celui-ci avait saisi la cravate et en tournait les bouts. Le misérable suffoquait ; ne pouvant plus rendre l'air à ses poumons, il chercha à se redresser ; alors Marcel dut employer la force pour le vaincre, il serra. Coquelet ouvrait vainement la bouche pour respirer, la face devint violette.

Le capitaine criait :

— Ah! la voilà, la pauvre enfant! Et, voyant sa nièce presque morte : le gueux, étrangle-le!... Ah! la malheureuse !

C'était fait, le corps de l'agent s'était roidi, et restait inerte sur le plancher, pendant que Marcel, fou de douleur, se précipitait vers le lit, sur lequel la jeune fille était étendue.

En la voyant pâle, inanimée, presque nue, un doute affreux traversa le cerveau de Marcel ; il était arrivé trop tard, et la malheureuse enfant, qu'il aimait tant, était devenue la proie du misérable bandit. Épouvanté, il voulut prendre la tête de la jeune fille, son bras se glissa sous son cou, et la tête retomba inerte sur l'oreiller. Des deux poitrines du capitaine et de Marcel un cri terrible s'échappa, la même crainte les avait pris tous les deux, Ève était morte !

Le vieux soldat changea tout à coup de physionomie, de ses yeux en flammes des larmes coulaient, ses joues rouges par le sang que la colère y avait amené devinrent livides, sa bouche se contracta et aux blasphèmes succédèrent les lamentations.

— Ah, mon Dieu ! mais c'est impossible, elle n'est pas morte !... non !

Et — à cet instant tout sentiment pudique s'oubliait — il écarta la chemise qui couvrait la gorge blanche de la jeune fille et plaça sa main sous son sein virginal. Marcel anxieux le regardait, essayant de retenir les larmes qui venaient à ses yeux.

— Elle vit ! elle vit ! s'écria le capitaine.

Et, se hâtant, les deux hommes placèrent la jeune fille dans le lit, la couvrant, puis Marcel souleva la tête, et l'appuya sur son épaule pendant que le vieux capitaine versait dans un verre quelques gouttes d'un cordial qui lui était ordonné pour ses syncopes et dont il portait toujours le flacon sur lui.

Marcel soutenait le torse d'Ève ; le capitaine, avec le manche d'une cuiller, écarta les dents serrées et versa dans la bouche les gouttes de son spécifique. Marcel se lamentait ; les lèvres près de l'oreille nacrée de la belle enfant, il lui disait :

— Ève, ma vie, mon amie, Ève, ma femme, c'est nous ! ne craignez rien, Ève !

La jeune fille avait à peine bu le cordial, qu'un spasme agita son corps...

— Elle vit... elle revient, exclama le capitaine riant sous ses larmes, Ève, mon enfant, ma fille, car c'est absolument mon enfant, vois-tu ; je savais bien qu'elle ne pouvait pas mourir.

Ève ouvrait les yeux, son œil hagard et sur lequel ses sourcils froncés jetaient l'ombre, avait un regard épouvanté qui se promena tout autour d'elle, comme si dans son rêve s'était continué l'atroce attentat au milieu duquel elle avait perdu connaissance ; vainement elle cherchait à se rendre compte de l'endroit où elle se trouvait, elle ne re-

— Voilà qui est parler, approuva Bassier. (Page 270.)

connaissait rien... où était-elle? la peur la fit deux fois tres-
saillir.

Alors Marcel et le capitaine, qui l'observaient, heureux du changement qui s'opérait en son état, et, n'osant parler, de peur d'amener
une crise nouvelle, se montrèrent; elle les regarda fixement d'abord,
puis un sourire vint sur ses lèvres, le front devint calme, et, laissant

34

tomber la tête sur l'épaule de Marcel, et donnant la main à son oncle, elle dit :

— Ah ! vous êtes là ; je suis heureuse maintenant ; que j'ai eu peur !...

Le capitaine Sapertache avait une joie d'enfant ; il embrassa sa nièce avec passion et, riant, pleurant, dit :

— Nom d'un tonnerre ! c'est-y bête, ça, de pleurer tout le temps... Regarde-moi donc..., ça ne peut pas s'arrêter... c'est comme des robinets... T'es vivante ! Ah ! que j'ai eu peur !

Et à son tour le capitaine, défaillant, dit à Marcel :

— Marcel, vite, vite, une chaise... C'est mon tour... Je ne tiens plus debout.

Marcel soutint le capitaine et l'assit sur un fauteuil.

Il était temps.

Le vieux soldat se laissa choir, et, s'abandonnant à son émotion, fondant en larmes, il gémit :

— Ah ! non, je n'aurais pas pu vivre... non ! mon Ève morte, c'était pas possible !

Pendant ce temps, Coquelet était revenu à lui.

Nous devons dire que son état d'anéantissement était beaucoup plus factice que réel. Se sentant trop faible et surtout trop lâche pour lutter, il avait « fait le mort, » pour employer l'expression populaire.

Dès qu'il avait vu ses deux ennemis l'abandonner pour s'occuper absolument de sa victime, il n'avait plus pensé qu'au moyen de fuir, sachant bien que, s'il restait, c'était le châtiment promis par Marcel qui l'attendait.

Coquelet n'avait qu'une pensée : fuir, et il devait avant son départ passer chez la cabaretière du quai de la Saône ; il avait fait promettre à celle-ci de l'aider à sa fuite.

Nous verrons plus loin à quoi cela avait servi.

Étendu raide sur le tapis, sur le dos, les yeux mi-clos afin d'observer ce qui se passait autour de lui, il se traîna sur les mains jusqu'à la porte de communication des deux chambres que les deux hommes, en entrant, avaient laissée ouverte ; là, il allait sortir lorsque tout à coup Marcel se retourna.

Coquelet ferma les yeux.

Mais Marcel ne pensait plus au misérable; tout entier à celle qu'il aimait, il cherchait un siège pour le donner au capitaine défaillant.

Coquelet se hâta. Moins d'une minute après, il s'était traîné dans la première chambre; sans bruit, il s'était dressé, et, nu-tête, le col déchiré, il avait non descendu, mais dégringolé les deux étages; la voiture du capitaine était en bas des marches de la montée des Carmes, il sauta dedans.

Il faisait nuit, le cocher dormait; sentant s'ébranler sa voiture, il s'éveilla, et croyant que c'étaient ses voyageurs qui remontaient, il se pencha pour savoir le but où il devait aller...

Coquelet lui donna l'adresse du cabaret de la Casa. La voiture partit.

Alors Coquelet respira bruyamment, et, éclatant de rire, il dit :

— Eh bien! mes agneaux, ce n'est pas encore aujourd'hui que vous me tenez.

XI

LA JOLIE SOCIÉTÉ

A l'heure où la voiture dans laquelle se sauvait Coquelet arriva devant la demeure de la Casa, il se faisait un bruit d'enfer dans le cabaret.

D'abord surpris, Coquelet descendit, paya le cocher qui lui réclama deux heures, et vint regarder à travers les vitres ce qui se passait à l'intérieur.

Il vit Bassier, qui lui semblait présider la fraternelle agape de ses anciens condisciples, on versait, on levait haut les verres, on trinquait et on criait. C'était soir de fête enfin! et Coquelet resta stupéfait.

Et, en effet, nous devons le dire, le cabaret formait à cette heure un curieux tableau. Autour des trois tables assemblées pour n'en former qu'une était réuni ce monde étrange de la police inavouée, agents non reconnus, raccolés à certaines heures, et employés à raison de leur passé épouvantable, utile pour découvrir les coupables dans le milieu où ils ont autrefois vécu.

Pas un de ces gens n'aurait pu tirer de sa poche sa carte d'agent et tous se savaient employés à remuer « la grande casserole. » C'est le terme d'argot dont ils servent entre eux pour dire qu'ils sont de la police. Nous devons bien au lecteur la peinture de quelques-uns de ces odieux personnages, ne fût-ce que pour les aider à les éviter.

Celui qui se trouvait assis près de Bassier était vêtu d'une redingote olive, usée jusqu'à la corde, son chapeau de soie était si gras qu'il paraissait verni. Sous ce chapeau trop grand, enfoncé jusqu'aux oreilles, riait une laide figure, remplie de fausseté, de ruse, de bassesse, surmontant un corps difforme, bossu ; le front, étroit et haut, était entouré de cheveux plats, raides et jaunes, qui donnaient à l'œil la fauve couleur de l'œil du chat ; sous des sourcils épais et roux, dardait l'œil avec ses lueurs étranges.

Chercher à lire dans ce regard était temps perdu ; le nez était grand et épais, le nez du fils d'Israël, dont la pointe venait retomber sur la bouche énorme, et dont la mâchoire avançait comme celle du nègre, avec cette différence que les lèvres plates, et minces, s'appliquaient sur des dents immenses... on l'appelait Boule-en-Dos. Il levait son verre et criait, lorsque Coquelet appuya son oreille au trou des boulons des volets pour entendre. Il entendit :

— Je bois à notre santé d'abord, et au départ, à la dégringolade de cette rosse. Je bois surtout à l'espoir de la prime que nous avons si l'un de nous peut le pincer pour le livrer là-bas.

Coquelet devint pâle. Si court que fût le portrait, il s'était reconnu ; on savait le crime commis le jour même et déjà un mandat était dirigé contre lui ; déjà les inavoués de la police avaient des ordres... Assurément les gares devaient être surveillées.

Il voulut avoir des renseignements plus complets sans courir le risque d'être remarqué. Il entra dans l'allée et alla se placer contre la porte qui donnait sur l'entrée de la cave. Il se baissa et regarda par le trou de la serrure.

Tous les amis avaient bu; celui qui se trouvait en face de Boule-en-Dos, était un grand vieillard à l'air triste; il était vêtu comme un jésuite de robe courte, c'est-à-dire une longue redingote sans col, boutonnée comme une soutane, un pantalon tombant aux chevilles, étroit, et ayant sur le côté un échancrure; il était chaussé de souliers à boucles d'acier, et portait des bas noirs; sous son chapeau bas, à larges bords, si vous l'aviez rencontré en tout autre lieu, vous l'auriez pris pour un séminariste ou un pasteur de l'Église réformée, front superbe, calme, plein de pensées, entouré de cheveux blancs et soyeux, l'œil rempli de douceur; le nez d'un dessin très pur, la bouche épaisse, pleine de volupté, les dents blanches, le menton, avec deux gros plis de graisse qui venaient se perdre dans le col blanc à peine visible; la peau fraîche, rosée, avait ce rose bleu des comédiens. On le nommait l'Onctueux; d'une voix de basse il répondit à Boule-en-Dos:

— Je bois à ce bon débarras... et, si l'on veut m'écouter, ce soir nous mettrons la main sur notre homme. Vous connaissez ses habitudes, il suffit donc d'aller flâner dans certaines maisons... Les cocottes, c'était sa vie... Avec quelle joie je livrerai là-bas l'atroce canaille!

Dans ce milieu même, Coquelet était haï et méprisé; la sueur lui en vint au front.

Un grand gaillard maigre, et qu'on nommait l'Arête, monta sur sa chaise pour parler; il était long comme un Mai; sa tête semblait enfoncée dans son corps, comme une grosse épingle, et, atteint de calvitie, sa mine allongée lui donnait une tête d'oiseau; ses yeux noirs et petits, enfoncés sous l'arcade sourcilière, semblaient des yeux d'orfraie; le nez était plat et petit, les oreilles longues et pointues; la bouche mince et aux lèvres plates et pâles ne cachait pas des dents rongées.

L'Arête dit:

— Moi, j'ai tout un passé à venger, et, si je le pince, ce n'est pas vivant que je le ramène; j'en fais mon affaire... j'ai un revolver à essayer... A l'époque où nous vivons, on ne sait jamais si celui qui est en bas aujourd'hui ne sera pas en haut demain; il vaut mieux en finir une bonne fois quand on tient une de ces fripouilles-là.

— Voilà qui est parler, approuva Bassier, et pour cette bonne parole je vais vous faire rigoler.

— Bravo ! crièrent tous les assistants.

Bassier prit un broc sur le comptoir pour aller chercher du vin.

Coquelet ne vit pas ce mouvement, mais il remarqua Bassier qui se dirigeait vers la porte derrière laquelle il était caché.

Et comme, après l'approbation de Bassier, il avait dit, plein de haine et de rage : « Vieille canaille, un jour ou l'autre nous nous retrouverons, » il crut que le vieil agent avait entendu parler et venait s'assurer si personne n'écoutait derrière la porte.

Il fit aussitôt deux pas en arrière, et, comme il connaissait les êtres, il souleva la trappe de la cave et descendit quelques marches, en laissant retomber vivement la trappe, car il vit de la lumière.

C'était la Casa, qui, en costume de voyage, descendait de sa chambre tenant d'une main sa valise, de l'autre une bougie. Elle vit alors — sans être vue — Bassier, un broc d'une main et le martinet de l'autre. On appelle martinet les chandeliers de fer à poignée qu'emploient les tonneliers dans les caves. Il souleva la trappe à son tour et entra. Presque aussitôt, on entendit un cri ; la Casa descendit vivement, et en mettant la barre qui fermait la cave le soir, elle y plaça le cadenas, qu'elle ferma à clef.

— Décidément, fit-elle, la chance est pour moi... qu'ils s'arrangent ensemble... je suis libre, ce sont les huissiers qui les délivreront demain... que les autres s'amusent.

Et elle sortit joyeuse, héla une voiture et dit au cocher :

— A Perrache !

Quelques minutes après, la belle cabaretière arrivait à la gare ; elle y rencontra un monsieur qui prit deux billets pour Paris.

En montant en wagon, le monsieur lui disait :

— C'est fini ici, tu conçois, on va lever l'état de siège.

— Ah ! mais ton bureau...

— Mon bureau ! j'ai donné ma démission, sans ça j'étais révoqué... Tu conçois que je ne tiens plus à rester ici...

— C'est moi qui suis contente, disait la Casa ; enfin, je vais voir Paris.

— Tiens-toi bien , sois réservée... Tu n'es pas connue là-bas... c'est une vie nouvelle qui commence pour toi... Je te lancerai.

C'était l'heure du départ, la Casa se blottit dans un coin et, heureuse de ses pensées, l'œil mi-clos, elle sourit à l'avenir. Le train était en route.

XII

LE DUEL AUX BOUTEILLES.

Les argousins en goguette, ne voyant pas revenir Bassier, faisaient un tapage étourdissant ; l'un d'eux étant sorti pour voir s'il était perdu dans les caves, revint dire que Bassier, s'étant moqué d'eux, était parti, car la cave était fermée au cadenas en dehors. Le tapage reprit de plus belle, et cela ne tarda pas à amener la présence des urbains, devant lesquels les nombreux coquins qui emplissaient la salle se turent aussitôt.

Les urbains réclamèrent la maîtresse de la maison, on leur dit qu'elle était absente depuis le commencement de la soirée ; ils firent alors évacuer l'établissement, ce qui se fit silencieusement, et ayant dressé procès-verbal, ils éteignirent les lumières et fermèrent les portes, en emportant les clefs au bureau de police, après avoir prévenu les voisins que lorsque la cabaretière se présenterait c'était là quelle devrait les aller chercher.

Une scène épouvantable se passait dans la cave.

Lorsque, la trappe retombée sur lui, Bassier eut descendu quelques marches, à la lumière de son martinet, il vit un homme devant lui ; stupéfait, le broc lui échappa des mains ; il recula d'abord, mais, reconnaissant tout à coup Coquelet, il jeta un cri de haine, et, levant son martinet de fer, il en frappa son rival, en disant :

— Ah ! coquin, cette fois je te tiens, tu ne sortiras pas d'ici vivant.

Et il se jeta sur Coquelet, qui, ayant évité le coup, se tenait sur la défensive et le reçut à bras le corps. La lutte était dangereuse dans cet escalier aux marches humides... Ils se trouvaient sur le tournant qui formait comme un petit palier, trop étroit pour s'y maintenir à deux. On n'entendait que le souffle haletant des deux hommes qui s'étreignaient à faire éclater leurs os. On sait ce qu'est la lutte bestiale des coquins ; le bruit sourd du coup de poing frappant sur la chair, était accompagné de cris rauques de rage, les bouches vomissaient des injures, des blasphèmes et des obscénités. Assurément Coquelet était plus fort, mais, quoique beaucoup plus vieux, Bassier était plus adroit ; il s'était glissé hors des bras de son adversaire, l'avait saisi au col et l'étranglait de sa main vigoureuse.

— Vieux coquin, tu veux m'étrangler, hurla dans un cri de douleur Coquelet, dont le cou était encore tout meurtri des doigts de Marcel.

Il se secoua, et, ne connaissant pas les êtres, il essaya de reculer, il glissa, et entraînant Bassier, ils roulèrent jusqu'au bas de l'escalier.

La chute avait fait lâcher prise au vieil agent, mais aussitôt en bas, connaissant la cave et pouvant se diriger sûrement dans l'obscurité, il rampa vers un angle. Là, plus fin que son adversaire, il se blottit, muet, écoutant pour savoir où l'autre se trouvait ; Coquelet furieux et tout contusionné se relevait en sacrant :

— Ah ! vieux coquin, va ! tu peux chanter ton *De Profundis*, tu ne sortiras pas d'ici entier... Où est-il, la vieille potence !

Et, en disant ces mots, Coquelet étendait les bras, cherchant dans l'ombre à saisir son ennemi... il continua :

— Ah ! vieille canaille ! avec toute la fripouille de là-haut tu jurais de me livrer... vieille bête ! tu crois que l'on me prend comme ça... C'est moi qui tout à l'heure, et pour leur dessert, leur montrerai ta carcasse quand je l'aurai refroidie !... mais, vieux coquin, avance donc, puisque tu fais le brave, viens donc un peu... vermine !

Et, toujours les bras étendus, Coquelet, plein de colère, avançait à tâtons. Tout à coup, il se butta contre des tonneaux. Au même moment il sentit un choc terrible à la tête, puis le bruit d'une bouteille qui se cassait en le couvrant d'éclats qui lui coupèrent la figure.

— Ah ! le vieux bandit ! cria le coquin, fou de douleur, de rage et

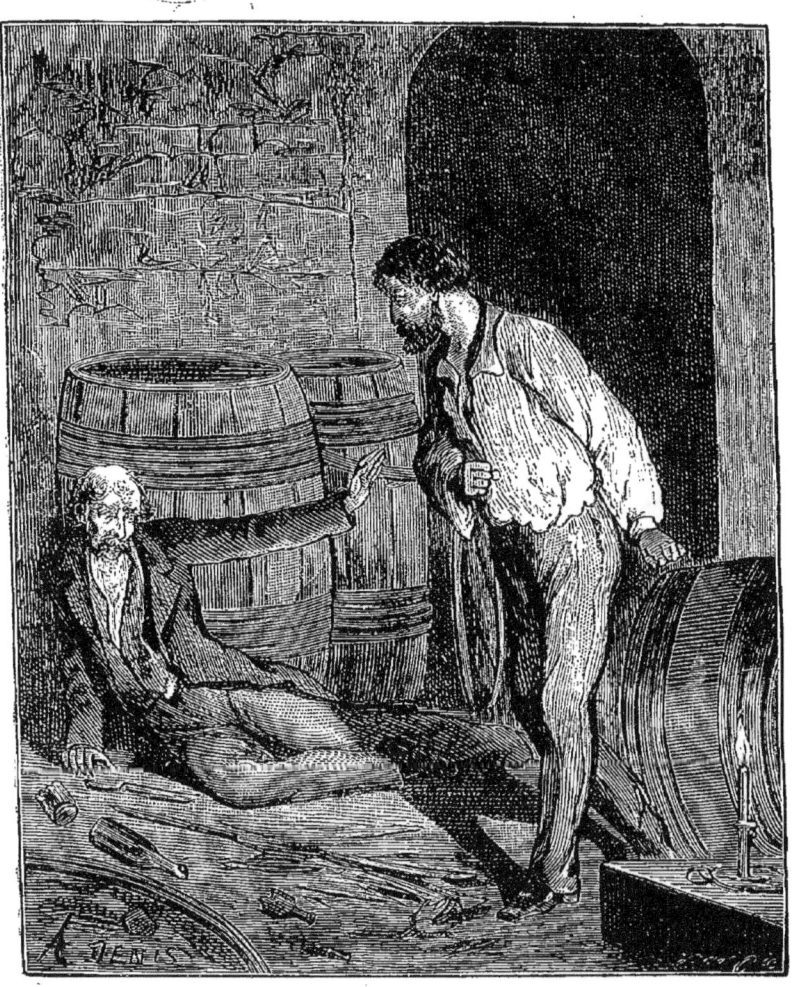

— Coquelet, aide-moi à me soulever, je vais ouvrir. (Page 277.)

d'impuissance; je te casserai la tête sur le mur quand je te vais prendre.

Bassier, plus faible, mais plus adroit, nous l'avons dit, connaissait la cave dans tous ses coins et recoins. Habitué à y descendre sans lumière, il s'y dirigeait comme en plein jour. Il s'était blotti dans un angle, près d'une pile de bouteilles. Là, le cou tendu, retenant sa res-

35

piration pour ne pas révéler à son adversaire le côté où il se trouvait, il écoutait, attentif, la direction que celui-ci prenait. Il tenait une bouteille à la main. Lorsqu'il entendit Coquelet se cogner aux futailles vides qui se trouvaient juste du côté opposé à celui où il se trouvait, il lança la bouteille dans cette direction. La bouteille frappa la tête de son adversaire. Il en lança aussitôt une autre. Celle-là se brisa sur le mur en frappant de ses éclats Coquelet en plein visage.

La lapidation continua rapide. Coquelet, frappé sans voir d'où venaient les coups, se reculait en criant :

— A l'assassin ! A moi ! Au secours !

Autant de cris inutiles : car, tout à fait au fond de la cave, ils ne pouvaient être entendus... Le misérable marchait, cherchant une issue ou un abri ; il allait à droite, à gauche, et toujours les bouteilles venaient se briser près de lui. Une crainte traversa son cerveau :

— Vous êtes tous descendus de là-haut ! cria-t-il ; vous me massacrez à vingt, lâches !

Le misérable se heurtait à chaque minute, et c'était atroce. Il ne pouvait parer aucun coup, et, ne sachant s'orienter, chaque fois qu'il changeait de place, toujours poursuivi par la lapidation de Bassier, il se crut un instant entouré de nombreux ennemis.

Il était meurtri, tout contusionné, et les éclats du verre lui zébraient le visage et les mains de nombreuses coupures, desquelles le sang ruisselait.

En se glissant le long des murs, il sentit sous ses mains une pile de bouteilles ; alors il les prit, et, à son tour, les lança avec une telle violence, que les éclats s'étendaient partout dans la cave.

Bassier s'arrêta aussitôt et s'accroupit derrière une futaille, couvrant sa tête de ses mains.

Ne recevant plus rien, Coquelet s'arrêta épuisé, essuyant sur son visage le sang qui se mêlait à la sueur.

Il y eut un grand silence. Coquelet écoutait ; Bassier, ne sachant plus de quel côté était l'ennemi, se tenant sur ses gardes, tendait l'oreille. Coquelet se livra encore une fois en disant :

— Ah ! coquin ! est-ce que je t'aurais bien touché, où es-tu ?

La phrase ne s'acheva pas ; une bouteille lui avait frappé le front, et, avec une telle violence, qu'il était tombé sur le coup, il cria alors :

— Ah! vieux bandit! si je te prends c'est avec les dents que je t'arracherai les entrailles.

Cette fois, les bouteilles volèrent encore au-dessus de lui. Mais Coquelet venait de trouver le moyen d'éviter la lapidation; il resta couché, sans souci des éclats de verre qui lui déchiraient les mains ; il tira de sa poche un long couteau qu'il ouvrit et dont il ferma la virole pour en faire un poignard qu'il prit dans ses dents ; il enveloppa sa main gauche de son mouchoir et rampa lentement, évitant de faire le moindre bruit, étendant la main droite pour se diriger; il arriva ainsi jusqu'à la rangée de futailles où il s'était heurté quelques minutes auparavant.

Bassier, inquiet, écoutait attentivement; il entendait bien remuer, mais il ne pouvait se rendre exactement compte de l'endroit où le bruit se produisait; connaissant les êtres et pouvant se diriger dans l'obscurité, il résolut de gagner l'escalier... Il s'avançait doucement sans bruit, lorsque tout à coup il fit un saut en arrière; il lui semblait qu'il avait marché sur un crapaud; un cri de douleur, puis de joie et de rage, lui montra l'imprudence commise; il avait marché sur la main de Coquelet; celui-ci lui avait aussitôt saisi la jambe et l'avait jeté à terre.

Alors ce fut un épouvantable combat que celui de ces deux hommes se roulant sur le sol jonché de verres brisés, qui, comme autant de lames, s'enfonçaient dans les chairs.

— Tu me tueras, disait Bassier à moitié étouffé, mais tu ne sortiras pas vivant.

— Je te tue d'abord, vieille vermine, répondit Coquelet en enfonçant son couteau tout entier dans la poitrine du vieil agent.

Celui-ci jeta un cri; ses bras se desserrèrent, et il râla... Coquelet se releva alors; il se tâta; il était meurtri par le choc des bouteilles, il était tout déchiré, tout sanglant, mais il n'avait aucune blessure grave, et c'en était fini de l'ennemi, il allait mourir... Dans son râle, il l'entendait :

— Casa... Casa... je ne veux pas que tu la revoies...

— La vieille bête, disait Coquelet, c'est jaloux à cet âge... Vois où ça t'a conduit, vieux crétin !

Puis, pensant à sa sûreté personnelle, il dit :

— Il s'agit maintenant de sortir d'ici.

Il fouilla ses poches et tira un de ces briquets dont se servent les fumeurs ; il alluma son amadou, et, à la lueur, il s'orienta jusqu'à l'escalier ; là il trouva le martinet et la chandelle avec laquelle Bassier s'éclairait pour descendre ; des allumettes, placées sur le martinet, étaient tombées sur les marches ; après avoir mis le feu à une, il alluma la chandelle.

Bassier était cruellement blessé, mais il n'était pas mort. Pendant que Coquelet cherchait de la lumière, il avait arraché le couteau laissé dans la plaie ; avec une force de volonté incroyable, domptant la souffrance, il avait glissé son mouchoir sur la plaie pour la tamponner ; ne se faisant pas illusion sur son sort, certain que la blessure était mortelle, il acceptait la mort avec calme, mais avec la volonté de ne pas mourir seul. Il tenait le couteau caché sous lui et, se doutant bien que Coquelet viendrait s'assurer de la mort de sa victime, il feignait d'être tué raide. Il craignit un instant que son ennemi ne lui échappât ; Coquelet montait l'escalier, non pour partir aussitôt, mais pour savoir si tous ceux qui avaient juré sa perte étaient encore là.

Un silence profond régnait en haut, il voulut ouvrir la trappe, elle était fermée en dehors, et les efforts qu'il fit pour la soulever lui prouvèrent qu'il y perdrait son temps. Comment sortir ? Bassier seul pouvait le tirer de là... Il râlait encore, il fallait l'obliger à dire comment s'ouvrait la cave, car c'était lui qui l'avait fermée en y entrant.

Il redescendit aussitôt vers Bassier en lui disant :

— Bassier, tu le vois, tu as eu tort de vouloir lutter avec moi... tu es vaincu, c'est un duel fini, l'honneur est satisfait... si tu veux me servir maintenant, je te sauverai...

Bassier ne bougeait pas, mais il écoutait et il se disait :

— Il revient doucement à moi, il me demande de le servir, est-ce que je n'ai pas la vengeance de ce côté-là ?.. écoutons, et il restait muet.

Coquelet, en voyant le corps dégoûtant de sang du malheureux, n'osait approcher. La face n'avait plus rien d'humain, déchirée et meurtrie par les verres brisés, elle ne formait qu'une immense plaie.

Coquelet, au reste, était en tout point semblable, mais il ne pouvait se voir... il dit :

— Bassier... mon vieux Bassier !

Bassier râla et prononça quelques mots pour décider son ennemi à parler :

— Ah ! je meurs ! laisse-moi mourir, je te pardonne, que veux-tu?

— Mon vieux Bassier, la porte de la cave est fermée, dis-moi comment on l'ouvre et je vais chercher du secours.

Les yeux de Bassier s'ouvrirent aussitôt, et, sans que Coquelet y fît autrement attention que de s'en réjouir, il dit clairement :

— C'est fermé en dehors?

— Absolument ! une barre semble traverser la trappe.

Bassier se demandait qui avait pu faire cela ! il crut à une plaisanterie de ses amis et ne s'en plaignit pas, car elle allait aider sa vengeance.

Il eut un mauvais sourire et dit aussitôt à Coquelet :

— Oui, c'est moi qui ai fermé la cave ; si c'est vrai que tout est fini entre nous, je t'ouvrirai.

— Je te le jure, dit Coquelet, qu'un serment de plus ou de moins n'embarrassait pas. Je te jure, Bassier, qu'en sortant d'ici, je quitte Lyon, je te laisse la Casa. Je te jure qu'aussitôt dehors, je te monte chez toi, et cours chercher un médecin qui te sauvera.

— Tu crois, fit Bassier, d'un accent singulier, car il sentait bien que la volonté seule le soutenait, il sentait bien que la mort allait l'enlever à la première crise, et c'est pour cela qu'ayant fait le sacrifice de sa vie, il était résolu à ne pas mourir seul. Il cacha le couteau inutile sous le chantier qui portait les tonneaux et dit :

— Coquelet, aide-moi à me soulever... je vais ouvrir.

Coquelet se précipita aussitôt, et dressa le vieil agent ; celui-ci s'appuyant sur lui se traîna jusqu'au bout de la rangée de futailles, frappant de son doigt courbé, sur chacune, cherchant celle qui était pleine, c'était la dernière ; épuisé il s'arrêta.

— Coquelet, dit-il d'une voix hoquetante, baisse-toi, ramasse là, dans le coin, une mailloche.

— Que veux-tu faire? demanda Coquelet, obéissant.

— Il me faut cela pour faire ce que tu demandes...

Coquelet, docile, lui rapporta aussitôt un lourd marteau de fer.

— Maintenant, ma vieille, mets là, sur ce tonneau, ton martinet, et va chercher dans le coin là-bas la clef que j'ai dû laisser tomber.

On juge facilement de l'empressement que mettait Coquelet à obéir à sa victime qu'il voyait s'éteindre doucement; il posa la lumière sur le tonneau et se baissa pour chercher la clef.

Alors Bassier fit sauter d'un coup de maillet la douve du tonneau plein, puis, d'un autre coup, il l'éventra; et aussitôt le liquide envahit la cave : c'était de l'eau-de-vie.

Bassier se baissa avec la lumière, et s'accroupit dans l'angle, il ne respirait presque plus, il sentait le sang l'étouffer, et faisait des efforts inouïs pour achever son œuvre.

En entendant l'eau-de-vie couler à flots dans la cave, en sentant s'évaporer l'alcool, Coquelet se leva vivement et dit :

— Ah çà, qu'est-ce que tu fais, Bassier?

Bassier avait retiré la chandelle du martinet et il allumait l'alcool répandu sur le sol; il se soutenait à peine, cependant il eut la force de répondre :

— Je me venge, Coquelet, je meurs, mais tu ne reverras pas plus que moi la Casa. Nous allons mourir ensemble... mais moi je ne souffrirai... plus... Il est plus... malin que toi, la vieille bête... il te fume comme un cochon... il sait se venger... la vieille...

Et il tomba; le sang étouffait ses dernières paroles. Coquelet jeta un cri terrible : l'eau-de-vie venait de prendre feu, la flamme bleue s'étendait tout autour de lui. Effrayé, épouvanté, presque asphyxié, il hurlait :

— Au secours ! au secours. A moi !

Et il fuyait et la flamme le suivait toujours ; et, nous devons le dire, c'était effrayant de voir cet homme courant, déchiré, sanglant, au milieu des crépitements de ce punch immense. Il était monté sur les chantiers pour éviter les morsures du feu. Mais une autre tonne chauffée par la flamme éclata près de lui comme une bombe et alimenta le brasier.

Il sauta alors dans le feu. La souffrance fut épouvantable. Non seulement il se brûlait, mais il déchirait ses pieds sur les verres brisés. Jamais criminel n'avait pensé à semblable supplice.

Et toute sa vie infâme lui passa comme un éclair devant les yeux, et le misérable, sentant bien que c'était le châtiment, criait et bondissait, cherchant encore à fuir.

Rassemblant tout ce qu'il avait d'énergie et de courage, il sauta sur le corps de Bassier, lui prit le maillet et d'un bond se précipita dans l'escalier. Là il suffoquait, et puis ses pieds ne pouvaient plus le porter.

Mais Coquelet ne voulait pas mourir. Il se traîna sur ses deux mains et sur ses genoux et grimpa l'escalier. Il n'avait que des secondes à compter, car l'asphyxie l'envahissait. Il assembla toutes ses forces, et, de la mailloche, il fit sauter la barre qui fermait l'entrée de la cave. Il sortit aussitôt et rabaissa la trappe.

Enfin, il était à l'air libre. Il souffrait toutes les douleurs de l'enfer, mais il était sauvé.

QUATRIÈME PARTIE

I.

CE QU'IL ADVINT APRÈS LA TENTATIVE DE LA MONTÉE DES CARMES.

Lorsque, grâce aux soins du capitaine Sapertache, Ève, tout à fait remise et rassurée de se trouver avec les deux seuls êtres qu'elle aimait, put raconter l'attentat dont elle avait été victime, lorsque les deux pauvres et braves cœurs furent bien certains que la noble fille était restée la chaste enfant qu'ils aimaient, il y eut quelques minutes de bonheur dans la petite chambre de la montée des Carmes. Ève, en voulant se dresser, rougit, tira vivement les couvertures jusqu'au menton, pendant que le capitaine, éclatant d'un gros rire, dit, avec sa brusque franchise...

— Sacré tonnerre de... ça n'est pas encore le jour de la revue!

Et il tira les rideaux de l'alcôve pour permettre à la jeune fille de réparer le désordre de sa toilette. Marcel, qui s'était discrètement écarté, cherchait autour de lui le corps du misérable. Stupéfait de ne point le trouver, il s'écria :

— Où est-il?... c'est étrange!... où est-il parti?

Le capitaine Sapertache pensa aussitôt au coquin qui était la cause de tout, et, constatant sa disparition, l'on juge facilement de quels sacres et de quels jurons il déborda.

— Sacré tonnerre!... il est envolé! Mais nous sommes dans une chambre à truc... Vingt noms de... Vous auriez dû l'étrangler, je vous le disais.

Marcel chercha dans les deux chambres, et revint bientôt pour dire au capitaine :

— Hâtons-nous! Ève est sauvée, mais ce n'est pas tout... Tant que cet homme vivra, nous avons tout à craindre.

— Ah! Monsieur Rosay, laissez-moi vous embrasser. (Page 281.)

— Eh sacré Jean bon que vous êtes, il fallait me le donner; moi, j'en finissais d'un coup.

— Il est trop tard pour récriminer, capitaine; Ève est prête. Hâtons-nous de la mettre à l'abri.

Ève, en effet, sortait de l'alcôve, pâle, mais belle toujours, heureuse

36

de se trouver, après le danger terrible qu'elle avait couru, près de ses deux chers amis, vivante et pure.

Obéissant à Marcel, comme la jeune fille était faible, le capitaine la prit à bras le corps et descendit avec elle en la soutenant. Marcel les suivait.

Arrivé en bas des marches de la montée des Carmes, le capitaine cracha tous ses jurons en ne trouvant pas la voiture. Marcel courut aussitôt en chercher une, et, quelques minutes après, toute la famille était rentrée à la place Bellecour, aux cris de joie de la vieille servante.

Vainement, le capitaine et Mˡˡᵉ Ève insistèrent pour obliger Marcel à rester plus tard ; celui-ci, sachant celle qu'il aimait à l'abri, avait hâte d'aller à la recherche du misérable, ce qu'il se gardait bien de dire, au reste.

— Eh bien ! à demain, dit enfin le capitaine, les affaires avant tout !... Tu manques un bon dîner, car j'ai une faim.. une faim... adieu !... et vite qu'on serve.

Pendant que le capitaine se mettait à table, Marcel se dirigea vers la rue de Béarn ; en route, il pensait à la tournure nouvelle des choses.

Ce n'était plus lui et ses amis qui étaient traqués, c'était le faux agent Coquelet qui était devenu l'ennemi commun, et qu'à tout prix il voulait retrouver... Cet homme lui faisait peur, cette volonté l'effrayait, cette audace l'épouvantait ; de quelles choses l'homme qui avait commis l'arrestation et tenté la possession de la jeune fille n'était-il pas capable !...

Il était absolument nécessaire d'être le maître de Coquelet ; car à cette heure, altéré de vengeance, ayant tout osé, n'ayant plus rien à sacrifier, il était évident qu'il allait risquer tout.

Et c'est ce dernier coup qu'il fallait empêcher. En somme, Marcel se disait :

« Un grand danger maintenant nous menace ; il faut aller au devant, sinon nous en serons les victimes ! Que faire ? Celui, ou plutôt celle qui m'a éclairé sur cet homme, c'est Mᵐᵉ de Brennes. C'est elle encore qui aujourd'hui pourra me diriger ; si je ne la trouve pas, ce qui est probable, Ripal la préviendra en raison de l'importance du fait, et, assurément, demain je la verrai... elle seule peut me conseiller. »

Marcel arriva bientôt rue de Béarn ; le vieux domestique vint lui ouvrir.

Au lieu de l'aspect triste qu'avait ordinairement la maison, il vit au contraire la vie active d'une maison habitée par beaucoup de monde. Cependant, le vieux concierge répondit à sa demande que Mme de Brennes n'était pas visible, mais qu'elle serait informée de sa visite. Sur son insistance à vouloir lui parler le soir même, puisqu'elle se trouvait chez elle, le vieux serviteur le pria d'attendre et monta au premier étage ; il redescendit aussitôt, précédé par Ripal qui, tendant affectueusement la main au jeune homme, lui dit :

— Qu'est-ce qui vous amène si tard, m'ami ?

— Ah ! cher Ripal, de graves choses... Coquelet vient de commettre une nouvelle infamie.

— Coquelet, interrompit aussitôt le vieux Lyonnais, vous avez du nouveau sur lui ?

— Des choses épouvantables...

— Attends un peu, m'ami... je reviens.

Et Ripal laissa Marcel, assez étonné, et remonta l'escalier qu'il venait de descendre.

Marcel, assez intrigué de ce qu'il voyait, se demandait ce qui était survenu dans le petit hôtel, jadis triste comme une tombe. Quoiqu'il fût presque onze heures du soir, les cuisines étaient encore allumées et quelques femmes travaillaient près des fourneaux. Au fond, près la loge de la concierge, un palefrenier, la lanterne à la main, faisait la visite de l'écurie, dans laquelle quatre chevaux étaient attachés.

On sentait dans l'hôtel aller, venir, un monde de valets... tandis qu'autrefois le vieux concierge et Ripal composaient tout le personnel.

Quel était ce mystère ? Vainement le jeune homme cherchait à se l'expliquer.

Ripal parut et lui cria du haut de l'escalier :

— Montez donc, et vite, un peu m'ami, on vient de me secouer de vous avoir laissé en bas... On vous attend...

Marcel grimpa vivement et se trouva devant Nini, qui vint au-devant de lui et qui, tendant la main, lui dit :

— Excusez-moi, monsieur Marcel, la consigne qui défend ma porte n'était pas pour vous... je suis, au contraire, bien heureuse de vous voir... et de vous présenter à un de vos vieux amis...

— Madame, c'est moi qui vous prie d'excuser mon insistance...

— Entrez donc d'abord... dit familièrement Ripal. Puis à part : Il fait des manières comme s'il n'était pas de la maison, le gône.

Marcel, embarrassé, entra dans le salon où Nini le précédait.

Celui que nous avons vu revenir et se précipiter dans les bras de Jenny, alors qu'elle le croyait à jamais perdu dans les flots de l'Atlantique, celui que Ripal avait joyeusement appelé « le patron, » et que Jenny appelait Gaston, était debout dans le salon, et, souriant, s'avançait en tendant la main à Marcel. La jeune femme dit :

— Monsieur Marcel, je vous présente monsieur Gaston Rosay...

— Rosay ? répéta Marcel, en prenant la main qu'on lui tendait et en regardant le jeune homme, qui dit aussitôt :

— Monsieur Caverlet, je suis enchanté de vous voir; vous vous demandez en entendant mon nom, si c'est celui de la famille qui était liée à la vôtre... Oui, monsieur Caverlet, nos pères étaient deux vieux amis.

— Vous êtes le fils de Rozay le proscrit, celui qui fut déporté?

— Oui, monsieur, celui qui aida votre père à la fuite... hélas!... à la mort, puisque, repris, il fut fusillé.

— Ah! monsieur Rozay, laissez-moi vous embrasser, il me semble que nous sommes frères; c'est votre père qui passa la dernière nuit près du mien, c'est lui qui fut chargé de ses dernières volontés.

Les deux hommes se jetèrent dans les bras l'un de l'autre, et restèrent silencieux quelques minutes, essuyant les larmes que des souvenirs cruels amenaient à leurs yeux.

Ripal, sur un signe de Jenny, avait avancé des siéges sur lesquels ils prirent place, et la jeune femme, pour atténuer l'émotion des deux hommes, dit aussitôt :

— Monsieur Marcel, vous êtes maintenant un vieil ami de la maison, un parent.

Marcel, souriant sous ses larmes, lui prit la main qu'il pressa affectueusement.

Jenny continua :

— Il est temps de vous expliquer les travestissements singuliers
que je prenais. M. Rozay, en partant pour l'Amérique, m'avait chargée
de veiller sur une jeune fille que vous connaissez beaucoup, mademoiselle Ève.

— Que me dites-vous là?

— La vérité; M. Jolin fut, comme votre père, une victime du coup
d'État, et M. Jolin était l'associé et le beau-frère de M. Rozay.

— C'est vrai! fit Marcel, étourdi de n'avoir pas pensé plus tôt à ce
rapprochement.

— Lorsque M. Jolin fut fusillé, lorsque Mme Jolin fut morte, Ève
était une enfant; M. Rozay voulait la garder, mais le frère de Mme Jolin,
le capitaine Sapertache, la réclama, disant même que les Rozay, canailles de républicains, voulaient garder l'enfant pour accaparer l'argent qui lui revenait de son père. M. Rozay fut arrêté, l'enfant rendue
au capitaine, qui la plaça dans un orphelinat, et, à la suite d'un procès,
l'argent fut donné au capitaine. Le procès avait brouillé à jamais, vous
le pensez, la famille Rozay avec Sapertache, cause involontaire, — il
est vrai — de l'arrestation du chef de famille. Mais M. Rozay père
aimait comme sa propre fille l'enfant de son malheureux ami Jolin;
tant qu'il vécut, il ne cessa de s'en occuper, et, en mourant, il laissa ce
soin à son fils, M. Gaston Rozay. Lorsque M. Rozay dut partir pour
l'Amérique, il me donna la même mission... C'est pour la protéger
d'un ennemi que vous connaissez et que je surveillais, avec mon vieux
Ripal et toute une contre-police à ma solde, c'est ainsi que je servais
doublement la jeune Ève et les vieux patriotes au milieu desquels vous
m'avez vu habillée en homme, et que je déjouais tous les plans du
coquin. Vous vous souvenez, c'est de ce jour que date notre connaissance, c'est de ce jour que je vous édifiais sur votre véritable ennemi.
M. Gaston sait tout, car chaque jour je lui écrivais ce qui s'était passé,
et je recevais de lui des notes pour me diriger.

— C'est grâce à cette chère enfant qui s'est fait appeler Nini la

Police, que vous devez de nous retrouver, mon cher monsieur Marcel, dit Gaston.

— Aussi, c'est encore un motif de reconnaissance de plus que j'ai à madame Jenny, après tant d'autres déjà.

— Le plus grand service que je vous ai rendu, dit en riant Jenny, c'est de vous avoir à jamais débarrassé de Coquelet.

— Que me dites-vous là... Coquelet?

— Eh bien? interrogèrent à la fois Gaston, Ripal et Jenny.

— Mais je viens, ce soir, à cause de lui; je viens près de vous chercher un appui, un conseil...

— Qu'y a-t-il donc? demanda Gaston, pendant que Jenny, inquiète, fronçait les sourcils.

— Écoutez-moi, je vais vous raconter ce qui s'est passé.

Marcel raconta alors ce qui s'était passé depuis l'effondrement du faux complot.

Il raconta que, calme, il croyait à la destitution prochaine de celui qui les avait sans cesse poursuivis; que, cet espoir étant déçu et voyant toujours Coquelet à Lyon, il avait livré à la publicité des pièces qui compromettaient tellement l'agent, qu'il devenait impossible de le garder.

Effectivement, le lendemain on avait appris la révocation du misérable; non seulement il était chassé de sa place, mais encore de la ville.

Sur cette assurance, Marcel vivait tranquille, lorsqu'arriva la catastrophe finale. On juge de la terreur et de la stupéfaction de Jenny ainsi que de Gaston, en apprenant l'odieuse tentative dont leur protégée, sans le savoir, avait été victime.

Quand Marcel eut raconté que, pendant qu'il soignait la pauvre Eve Jolin, le misérable avait pu fuir, Gaston ne put retenir sa colère.

— Il s'est sauvé! exclama-t-il... Allons, Jenny, il n'y a plus à hésiter : quel que soit le scandale qui en puisse résulter, il faut en finir... Cet homme appartient au bourreau; il faut le lui livrer.

— Que voulez-vous dire? demanda Marcel.

— Je ne puis m'expliquer aujourd'hui; l'heure venue vous saurez tout... Tant que cet homme vivra, qu'il vous suffise de savoir qu'aucun de nous ne peut compter sur un lendemain; il faut donc en finir. Est-ce ton avis, Jenny?

— Absolument, fit résolument la jeune femme; il ne redoute plus rien; il est d'autant plus à craindre... et enfin, si cruel que soit l'aveu, il y aurait lâcheté à reculer; l'heure du châtiment est sonnée.

— Voilà dix ans que je vous dis cela, fit Ripal, et vous restez toujours tranquilles, un jour pour ménager le petit, une autre fois pour ménager celui-ci, puis pour celui-là... et le coquin ne ménage personne, lui... Laisse-moi faire, petit; donne-le moi un quart d'heure, et quand je te le rendrai, il ne fera plus de mal à personne, m'ami.

Marcel les regardait tous, cherchant vainement à s'expliquer le mystère menaçant de leurs paroles... Mais Gaston dit avec calme :

— Finissons en deux mots. Tout le monde à l'œuvre. Monsieur Marcel, faites agir tous ceux que vous connaissez qui peuvent nous mettre sur les traces de Coquelet; de mon côté, dès ce soir, je me mets à l'œuvre... Jenny...

— Moi, fit celle-ci, je redeviens Nini la Police. Prépare-toi, Ripal, cette nuit nous allons fouiller Lyon.

— Vous entendez, monsieur, ou plutôt mon cher Marcel... Faites comme nous. Il faut à tout prix que demain matin Coquelet soit retrouvé.

— Ceci est possible; et, si nous le retrouvons, que ferons-nous?

— Ne vous occupez pas de cela, trouvez-le, et qu'aussitôt je sois prévenu : je me charge du reste.

— Nous pourrions aller à la préfecture.

— Je vous en supplie, que la police ne se mêle pas de l'affaire... La justice, c'est nous. Vous nous avez dit qu'à la suite de votre déposition, relative à l'enlèvement, on avait mis des agents dans toutes les gares et à toutes les portes de Lyon... Cela est bon et suffit; il n'a pu sortir, et il ne peut sortir. Il faut le trouver, le reste me regarde.

— Eh bien, alors, en chasse !

— C'est cela, et demain au jour ici. Est-ce entendu?

— C'est entendu... mais si d'ici demain matin j'avais des renseignements?

— Suivez-les, agissez; si vous le trouvez, guettez-le, suivez-le... au besoin et à n'importe quel prix arrêtez-le... ne craignez rien... je vous assure l'impunité.

— Mon Dieu! mais que savez-vous donc contre cet homme?

— Vous le saurez plus tard... Allons, je répète votre mot, en chasse !

Ils se disposèrent à partir; après avoir serré la main à Gaston et à Jenny, Marcel sortait lorsqu'il entendit Ripal dire :

— Enfin, on va donc en finir avec ce coquin-là... et on sera donc heureux ici.

— Quel mystère y a-t-il, sous tout cela, se demandait Marcel, et il courut vers l'établissement de la Casa; il croyait que la cabaretière allait lui donner quelques renseignements utiles pour sa recherche. Marcel arriva bientôt devant le petit cabaret du bord de la Saône. Du plus loin où il put le voir, il regarda étonné; une foule nombreuse stationnait devant la porte et à la lueur des torches on voyait les pompiers manœuvrer les pompes, une fumée épaisse sortait de l'allée, il se hâta, et se renseigna aux gens qui faisaient cercle, car, pour faciliter le travail, un cordon de troupes empêchait la foule d'approcher. Là, il apprit qu'un incendie s'était déclaré dans la cave, d'où l'on venait de retirer un cadavre entièrement calciné, que l'on supposait être un amant de la cabaretière nommé Zidore, que la cabaretière elle-même était disparue... C'était la malechance qui le poursuivait; le seul lieu où il pouvait avoir des renseignements précis n'existait plus; celle qui pouvait l'aider était disparue, et celui qui, assurément, lui aurait fait retrouver Coquelet, son ennemi intime, Isidore Bassier, était mort.

Marcel s'éloigna tout pensif du petit cabaret, se demandant ce qu'il allait faire pour retrouver le misérable; l'heure avancée, près d'une heure du matin, rendait les recherches impossibles.

II

GAIS ENFANTS DU CARNAVAL QUE LE PLAISIR ENTRAINE.

Nous avons laissé Coquelet au moment où, ayant fait sauter d'un coup de mailloche la barre de fer qui fermait la trappe de la case de la

Il alla rejoindre Félicité qui faisait sa toilette. (Page 295.)

Casa, il échappait providentiellement à la mort. Dans tous les propos que nous connaissons, et que Marcel avait entendus, la vérité avait peu de part.

Coquelet, en sortant de l'allée, criait: Au secours! Il avait bousculé, il est vrai, les premiers curieux accourus en voyant la fumée; mais l'alcool déjà brûlé ne le couvrait plus de flammes, à peine les pans de

ses vêtements fumaient-ils. Il se précipita aussitôt par la rue qui longe
les Célestins, toujours en criant : Au secours! au feu ! En arrivant rue
Saint-Dominique, il s'arrêta et se cacha dans l'angle de la porte d'une
allée, pour regarder s'il n'était pas suivi.

Voyant la rue déserte, il sortit; puis, s'arrêtant au milieu de la
chaussée, il sembla hésiter sur le chemin qu'il devait suivre ; il se disait :

— Ceux qui me cherchent doivent être à la gare et dans la ville,
fouillant les endroits où j'ai l'habitude d'aller. Le plus simple, pour
les dépister, est justement d'éviter ces endroits-là. Il faut d'abord, et à
tout prix, changer de costume et de visage : la peau me brûle.

Tout à coup, pensant qu'il était à deux pas de la place des Jaco-
bins, il remonta la rue. Nous l'avons dit, le quartier était absolument
désert, et, de plus, la neige qui commençait à tomber faisait hâter le
pas aux rares passants attardés dans les rues.

Coquelet se dirigea vers le bassin de la grande fontaine ; il se lava
le visage et constata avec joie que le sang qui l'inondait ne venait que
d'éclats de verre qui n'avaient fait que des blessures insignifiantes...
Excité par la fièvre depuis le commencement de la lutte, il se sentait
fort ; l'eau glacée, en lui mouillant le front, lui avait fait du bien ; toute
son énergie revenait, et, avec elle, l'idée nette de la situation.

Il était poursuivi, traqué ; s'il était pris, le crime oublié pouvait se
dresser à côté des crimes ou des délits nouveaux.

Il fallait passer au milieu de toutes ces toiles tendues ; il fallait gagner encore une fois Genève. Mais il fallait vivre, et, pour cela, Coquelet
n'hésita pas ; il se dit qu'il fallait tenter un dernier coup, qui lui donnât
l'argent nécessaire.

Un crime de plus n'entraînait pas, s'il était pris, une peine plus
grande.

Il s'agissait de trouver un sujet lucratif.

Coquelet était adossé près d'une des statues, lorsqu'il lui sembla
entendre crier :

— Ohé ! ohé! par ici.

Qu'était cela? Était-il découvert? Il se hâta de descendre les marches, et se cacha dans l'angle de la place, perdu dans l'ombre d'une
porte.

Prêt à tout, à se défendre surtout, il regardait, anxieux, l'entrée de la rue Centrale.

Il vit alors déboucher une bande de déguisés qui criaient pour se persuader, dans la nuit et dans la neige, qu'ils s'amusaient.

Chaque minute, un ou deux de la bande hurlaient :

— Ohé! ohé! les autres! ohé!

Et les femmes costumées en bergères, en laitières, court vêtues, entortillées dans les vieux tartans, marchaient sur les pointes pour ne pas mouiller leurs bas, pendues au bras d'un pierrot ou d'un titi qui les protégeaient d'un parapluie; forçats du plaisir sous la bise glaciale, à peine vêtus, ils grelottaient, claquaient des dents; pour aller danser deux heures, ils risquaient leur vie.

Coquelet, rassuré, respira à son aise; puis, comme si une lumineuse idée jaillissait de son cerveau, il s'écria :

— Mais je suis sauvé!

Alors il s'avança sous un réverbère et fouillant ses poches, il compta l'argent qui lui restait : une dizaine de louis environ. Il traversa aussitôt la place, remonta la rue de l'Hôtel-de-Ville et s'arrêta devant une maison, au-dessus de laquelle, sur un transparent, on lisait : *Costumes et dominos au 1er*.

Il grimpa vivement l'escalier et demanda au costumier :

— Monsieur, je voudrais louer un costume, et que vous me prêtiez un rasoir pour raser ma barbe, car je ne veux pas être reconnu... tout de suite.

C'était la chose la plus simple du monde, le costumier lui donna un rasoir et le dirigea vers la salle où dans la journée travaillaient les couturières; placé devant la glace, Coquelet faucha sa barbe. Il était méconnaissable. Il prit un costume de diable d'opéra comique, et une fois travesti, il dit au costumier que le lendemain il enverrait chercher ses effets en renvoyant le costume. Il se couvrit de son pardessus et descendit.

Il héla la première voiture qu'il vit passer, monta dedans, et se fit conduire cours de Brosses.

Quelques minutes après, il faisait arrêter la voiture, disait au cocher d'attendre, et allait frapper à la porte d'un petit cabaret, dont les contrevents étaient fermés, mais à travers les interstices desquels on voyait filtrer la lumière ; un petit cabaret dans lequel nous avons introduit le lecteur au début de cette longue histoire.

On n'avait pas entendu, Coquelet frappa sur le volet, aussitôt la lumière s'éteignit. Le misérable connaissait cela ; il se mit à rire et frappa d'une façon particulière. Alors il entendit qu'on demandait :

— Qui est là ?

— Ouvre toujours, Félicité, tu le sauras.

La lumière reparut aussitôt à travers les jointures des contrevents, et la porte s'ouvrit. Coquelet entra vivement et ferma la porte derrière lui. En voyant entrer chez elle, vers minuit, par ce temps affreux, un grand gaillard habillé en diable, la malheureuse femme jeta un cri et recula épouvantée jusqu'au fond de sa boutique.

— Seigneur, mon Dieu ! gémissait-elle, c'est le diable... le diable, et la pauvre Félicité, d'une main cachait ses yeux, et de l'autre faisait des signes de croix.

D'abord stupéfait de l'effet qu'il avait produit, Coquelet cherchait à s'expliquer la cause de cette terreur, puis, comprenant, il éclata de rire et dit :

— Es-tu folle, Félicité, mais regarde-moi donc... mais, je suis déguisé pour le bal de l'Alcazar.

Au son de cette voix, la commère se rassura et regarda ; elle cherchait à se souvenir. Se rapprochant, sa lampe à la main, en regardant celui qui venait d'entrer si singulièrement chez elle, elle demanda, toute tremblante :

— Mais, qui êtes-vous ? Je ne vous connais pas, moi.

— Comment, fit Coquelet, tu ne me connais pas ? Regarde-moi bien...

— Félicité le regarda encore faisant vainement des efforts de mémoire, et secouant négativement la tête.

— Comment, tu ne me reconnais pas, oublieuse... ou suis-je si vieux maintenant ? Tu n'es presque pas changée, toi, toujours fraîche, rose, aussi jeune.

— Cependant, votre voix ne m'est pas inconnue.

— Voyons, Félicité, il y a presque quinze ans, un soir, par ce même temps de neige, je partis.

— Ah! exclama tout à coup la cabaretière, en écarquillant ses petits yeux brillants, ah! si je vous... je te reconnais... Clément!

— Enfin! oublieuse!

— Clément!... comment, oublieuse, un soir, tu pars... et tu reviens quinze ans après?

— J'attendais le même temps pour te faire croire que j'étais sorti la veille, dit Coquelet en riant.

— Toi, tu n'es pas vieilli, mais cependant tu as changé.

— Oui, autrefois, je portais toute ma barbe.

— C'est cela. D'où viens-tu?

— Du bout du monde.

— Tu as voyagé?

— Oui, ma belle Félicité. Il a fallu cette distance pour m'empêcher de te venir voir...

— Mais comment se fait-il que tu sois parti sans venir seulement me dire adieu?

— C'est une longue histoire que je te conterai un jour... j'ai été arrêté le lendemain pour politique, et tu comprends...

— Pauvre garçon!...

— Mais, au moins, que je t'offre quelque chose.

— Non, tu vois, mon costume, c'est moi qui viens te chercher... es-tu libre?...

— Dieu merci!

— Eh bien! veux-tu, comme si j'étais parti d'hier, renouer le passé? Veux-tu, ce soir, endosser une robe et venir avec moi passer une heure au bal, puis souper, puis... revenir ici...

— Dame! oui, mais pourquoi as-tu mis un costume?

— C'est que je veux n'être qu'avec toi... éviter les rencontres, les reconnaissances des anciens amis; costumé, je puis porter un masque...

— Ça va... Je vais m'habiller. Veux-tu prendre quelque chose en attendant que je sois prête?

— Oui, donne-moi de l'absinthe; je veux m'ouvrir l'appétit pour bien souper.

— Voici un verre, voici la bouteille, voici l'eau; verse-toi. Je te demande dix minutes... Tu sais que je n'en reviens pas... Cette partie impromptue, ça m'amuse comme tout...

Puis s'arrêtant tout à coup devant Coquelet et secouant la tête, elle dit :

— Sommes-nous bêtes !

— Quoi donc?

— Nous avons oublié de nous embrasser.

Et, tous deux, ils s'embrassèrent avec effusion.

— Laisse-moi, dit Félicité se dégageant, je vais me dépêcher, et, dans dix minutes, je suis prête.

Et elle se sauva dans l'arrière-boutique qui servait de chambre à coucher.

Seul dans le cabaret, Coquelet fit lentement son absinthe. Coquelet était amateur. Mais, à cette heure, c'est l'habitude qui dirigeait sa main; la pensée emplissait la tête, et l'œil fixe ne voyait pas. Il versait goutte à goutte l'eau froide sur la terrible liqueur, et, lorsque les nuages cotonneux se formèrent dans le verre, il attendit quelques secondes et précipita l'eau sur la verte purée pour donner à l'apéritif sa couleur d'opale laiteuse.

Tout cela fut fait machinalement. Le front plissé, une idée occupait le cerveau.

Coquelet trempa ses lèvres dans le breuvage, puis s'accouda sur la table, le regard fixe; il pensait :

— Il faut en finir avec l'existence cruelle que je traîne... même par un crime... encore un... Sous mon vrai nom, je suis criminel; sous ce nom-là, c'est un métier; l'assassin Clément... Je suis dans une impasse, il faut en sortir, coûte que coûte. Il faut fuir d'abord; pour fuir, il faut de l'argent. Avec de l'argent, je leur échapperai, et je mettrai la mer entre mon passé et moi... Je voyagerai... Au fait, j'ai besoin de voyager... Mais la réalité est tout entière dans ces mots : de l'argent! Les sots qui me poursuivent, qui, après les avoir défendus, m'obligent à les attaquer... ils ne savent pas de quoi je suis capable!...

Et sous ce front plissé, à cette heure, on aurait pu voir les terribles

idées qui hantaient le cerveau du misérable... Les lèvres séchées étaient
gercées par la fièvre. Ses dents grinçaient, ses yeux avaient des lueurs
étranges dans le regard immobile... Ses mains, grattant ses cheveux,
déchiraient son crâne brûlant. Et il pensait :

— Il n'y a pas à dire, c'est l'heure de la lutte, c'est le dernier effort...
j'avais sacrifié ma vie, je me compromettais pour eux, je comptais sur
eux, ils m'abandonnent. J'étais le serviteur des honnêtes et ils me re-
nient. Malheur! vous l'avez voulu, tant pis! J'ai vécu du mal, je ne
changerai pas, j'en vivrai ou j'en crèverai... C'est vous qui m'obligez à
marcher dans cette voie... gare à vous!... défendez-vous!

Il passa alors la main sur son front, sur ses yeux... puis il se leva et
alla rejoindre Félicité, qui achevait sa toilette ; elle était devant sa
glace, et, en le voyant entrer dans la chambre, elle sourit et dit :

— Ne t'impatiente pas!... tu vois, je suis prête...

Il s'assit sur un meuble et dit, de l'air le plus simple du monde :

— Nous avons le temps... ce n'est curieux que vers une heure, une
heure et demie ; il est minuit et demi à peine... Mais c'est très joli, chez
toi, maintenant, Félicité... Tu as fais de belles affaires...

— Tu penses bien que, si j'ai travaillé pendant quinze ans ce n'est
pas pour rien... je n'en suis plus à l'époque où tu me faisais des billets
de complaisance... Dieu merci !

— Enfin, tu es riche, maintenant! tu pourrais te retirer.

— Riche! non ; mais cependant j'ai ma vie assurée... et si, aujour-
d'hui pour demain, je venais à vendre mon fonds, j'irais vivre à Paris...

— Eh! dis donc, la vie est chère, là-bas...

— Mais j'ai ce qu'il me faut, et je n'ai pas fait de bêtises... des
bonnes valeurs que je ne serais pas assez bête pour aller déposer nulle
part...

— Ah! fit Coquelet qui ferma les yeux pour voiler l'éclat de ses
regards.

Félicité était habillée, et, il faut bien le dire, elle était charmante ;
grande, rondelette, fraîche, souriante, beaux yeux, belles dents et
beaux cheveux, et on pouvait facilement retirer six années de ses
trente-six ans. Elle dit :

— Tu vois, je suis prête. Je n'ai pas été longue. Sais-tu, Clément, ce que nous devrions faire?

— Quoi?

— Au lieu d'aller souper au dehors, où nous serons mal, où nous ne serons pas à l'aise pour causer..., car nous avons bien des choses à nous dire.

— Oui! Eh bien!

— Si tu veux, nous souperons ici... Nous n'allons pas rester deux heures à ce bal.

— Certainement non. Mais comment veux-tu souper?

— Oh! c'est simple comme tout... Il n'est que minuit et demi.

— A peine.

— Eh bien, la mère Renaud, la concierge d'à côté, ne se couche guère que vers une heure; je puis donc la trouver... C'est elle qui fait mon ménage. Je vais lui dire de courir rue de Lyon, au besoin d'aller aux *Deux-Mondes*, d'acheter une langouste, un perdreau, des huîtres et des fruits; elle nous prépare un couvert dans la chambre, près d'un bon feu... Tu sais, j'ai maintenant d'excellents vins... Elle prépare bien tout ça, et, quand nous revenons, dans une heure, nous trouvons tout prêt...

— C'est une idée... Mais ne lui parle pas de moi.

— En voilà une bonne... Est-ce que ça la regarde?... Eh bien, partons!

Félicité ayant fermé ses armoires, après en avoir retiré ce qui était nécessaire pour dresser le couvert, mit ses clefs dans ses poches et prit le bras de Coquelet. Une fois dehors, celui-ci lui montra sa voiture et lui dit?

— Va chez ta femme de ménage, je t'attends dans la voiture...

Félicité lui dit alors :

— Ah! voilà qui est adroit d'avoir retenu une voiture !... Mais pour acheter le dîner?

— Ah! c'est vrai! fit Coquelet fouillant dans sa poche, et il donna trois louis à Mlle Félicité.

Celle-ci en mit deux dans sa poche et courut porter l'autre à la mère Renaud. Elle lui commanda le souper, et dit en partant :

Un homme habillé en moine et l'autre en gamin. (Page 304.)

— Mère Renaud, marchandez, achetez ce que je vous demande, et le reste des vingt francs sera pour vous; chaufferez bien, et vous ferez la couverture.

Et la cabaretière courut vite pour ne pas se mouiller les pieds dans la neige. Elle monta dans la voiture, et, se blottissant près de Coquelet, elle lui dit toute frissonnante :

38

— Oh! qu'il fait froid! Tu ne sais pas, Clément, d'être là, près de toi, allant au bal, il me semble que j'ai quinze ans de moins... Mais tu as l'air tout soucieux?

— C'est le plaisir de te voir.

— Tu es trop gentil, dit-elle en lui tendant ses joues appétissantes comme une pêche mûre.

Coquelet l'embrassa.

Elle dit aussitôt :

— Et toi, au fait, as-tu fait de bonnes affaires?

— Moi? Oui!

— Tu es bien, maintenant?

— Oui, je suis dans une heureuse position, non pas absolument riche, mais à l'abri du besoin.

— Et ta femme?

— Elle est morte! fit Coquelet froidement.

— Ah!... Un moment, tu sais, le bruit de ta mort a couru... mais je n'y ai pas cru !... Mais, qu'est-ce que tu as fait pour te relever?

— Moi... je te l'ai dit? fit le misérable embarrassé pour trouver une histoire.

— Tu ne m'as rien dit du tout... tu m'as dit que l'on t'avait arrêté à cause de la politique.

— Oui, eh bien, je me suis sauvé! j'ai trouvé un commanditaire et j'ai fondé une maison à Sidney.

— Une maison de quoi? fit Félicité avec l'indifférente curiosité des femmes.

— Une maison de... de peaux.

— Ah! et tu as gagné de l'argent?

— Oui.

— Mais j'y pense, et ton ami... celui avec lequel tu venais... Tu jouais avec lui le dernier jour que je t'ai vu... attends donc... il était en ribote... tu l'as reconduit au chemin de fer... tu ne te souviens pas... il s'appelait... Justin. . non... ah ! Gaston...

Coquelet avait senti un frisson lui courir les veines, et Félicité continuait en riant :

— Il me semble que c'est aujourd'hui ; il faisait ce temps-là. Tu le tenais sous le bras, il ne se tenait plus debout...

— Oui ! oui ! balbutia Coquelet... je me souviens... il est mort... mais, parlons de toi, plutôt ; tu voudrais vendre ton fonds et te marier.

— Me marier ! Mais, mon pauvre ami, tu as perdu la mémoire : il y a longtemps que c'est fait, et j'aime tant le mariage, que ça n'a pas duré longtemps.

— C'est vrai, j'oubliais que tu as quitté ton mari quatre mois après être mariée.

— Pour un ingrat comme toi... mais, je ne lui en veux pas...

— Tu n'as jamais revu ton mari ?

— Non !... il y a au moins quinze ans... à cette époque je l'ai quelquefois vu sur le bas-port où il travaillait, mais il ignorait ma situation, tu comprends, il m'avait connue laveuse.

— Et si tu trouvais à te débarrasser de ton commerce, tu te retirerais ?

— Ma foi, oui ; je n'ai rien à te cacher à toi ; celui qui m'avait dérangée de mon ménage m'avait fait une petite situation, et, avec ce que j'ai gagné depuis, sans être riche, je peux vivre à mon aise. Tu conçois, mon petit, que pour avoir des choses comme ça aux oreilles — je les ai mises en ton honneur — il faut avoir fait son affaire.

Et, en disant ces mots, elle montrait à ses oreilles d'enfant, toutes rouges du poids des boucles d'oreilles, deux diamants gros comme des petites noisettes.

Coquelet, émerveillé, dit :

— Les brillants sont si gros, que je les prenais pour du jargon. Combien te coûtent-ils donc ?

— C'est le premier cadeau que le monsieur dont je te parlais, m'a fait pour me décider à quitter la maison ; c'était un grand magistrat de l'Empire. Je ne veux pas dire son nom ; il les avait achetés d'occasion, et secrètement, à une femme du monde, qui s'en fit faire une paire absolument semblable en faux, afin que son mari ne vît pas qu'elle les avait vendus. Il les a payés seize mille francs.

Coquelet passa la main sur son front et sur ses yeux en disant :

— Ils sont superbes.

— Mais toi, Clément, tu es content... tu as réussi, enfin.

— Oui, je reviens à Lyon pour m'y installer tout à fait. Nous liquidons cette année; je cède la maison à mon associé et je me retire ici. L'hiver à Lyon, l'été aux environs, sur les bords de la Saône, où je vais chercher un petit domaine.

— Tiens, tiens, c'est la bonne vie, ça. Et m'y inviteras-tu?

— Peux-tu me demander ça, puisque ma première visite est pour toi?

— Et une visite qui m'a fait assez peur... Aussi, quelle idée de s'habiller en diable.

— N'est-ce pas le meilleur moyen pour voir tous les anciens sans être reconnu et me diriger parmi ceux que je désire revoir!

— Nous sommes arrivés... dit Félicité lorsque la voiture s'arrêta.

Coquelet allait descendre; reconnaissant des agents postés devant la porte de l'Alcazar, il mit son masque, et, sur le conseil de sa compagne, il dit au cocher de l'attendre.

Puis ils rentrèrent dans le bal où l'orchestre d'Antony Lamothe faisait entendre ses valses mélodieuses.

Après une promenade autour du grand bal et s'être fait bousculer par celui-ci et celui-là, Félicité demanda à son cavalier de la conduire au buffet.

Là, une fois installés tous les deux, Coquelet lui dit :

— Écoute, Félicité, c'est une vie longue et triste la vie seule, il y a toujours un âge où l'on doit penser à l'avenir...

— Ah ça, dit Félicité en riant, tu m'amènes au bal pour me faire de la morale.

— Ce n'est pas de la morale; tu ne comprends pas. Je veux te dire qu'à l'âge que nous avons, avec les goûts que nous avons, peut-être pourrions-nous établir solidement ce que nous avons si légèrement préparé : notre amour.

Félicité mit sur la table ses deux bras replets, avança son museau fripon, et dit, moitié riant, moitié sérieusement :

— Est-ce que c'est pour de bon ce que tu me demandes-là?

— Et pourquoi pas?

— Voyons, Clément... tu m'as dit que ta position était faite...

— C'est vrai.

— Et tu n'ambitionnes pas une vraie femme que tu pourras épouser ?...

Coquelet dit aussitôt en se penchant vers elle comme s'il allait lui faire part d'un secret :

— Je vais te dire la vérité, Félicité, je ne suis pas certain d'être veuf... et tu conçois... comme tu te trouves dans la même situation que moi, nous n'aurions pas de reproches à nous faire.

— Je vendrais mon fonds, et si je me retirais avec toi, tu serais sérieusement, mais là, sérieusement, mon homme ? Tu consentirais à vivre comme deux bons bourgeois ?

— C'est mon rêve ! tu viens de dire le mot : en bons bourgeois...

— Si c'était vrai !

— Mais es-tu drôle, c'est absolument vrai... je ne suis revenu à Lyon qu'avec cette idée... je me suis informé aussitôt... on m'a dit : Elle est toujours veuve et elle a une conduite très régulière...

Félicité devint toute rouge, elle n'était pas certaine de mériter le dernier paragraphe de la phrase.

— Tu conçois que ça n'est plus à mon âge où l'on pense à chercher une petite fillette qui vous mangera en deux ans le peu de bien qu'on a pu gagner; il faut, pour vivre comme je le rêve et se trouver heureux, quelqu'un qui sache le mal qu'on a à gagner son bien.

— Cela est vrai, avec de la coquetterie et du gâchis, la plus belle position se perd vite.

— Tout le point est là. Veux-tu nous marier... comme les petits oiseaux, bien entendu, puisque nous ne pouvons faire autrement... Suis-je de ton goût? crois-tu que ton caractère se ferait au mien?

— Oui, certainement... Je ne peux pas prendre absolument un engagement aujourd'hui, mais enfin je crois qu'à tout cela, je dirai : oui. Je ne veux pas rester seule une fois ma maison vendue. Je veux un beau gars encore solide, tu es donc de mon goût... un homme sachant la vie, qui ne fasse pas de morale sur le passé... et ton caractère me va... Je te demande le temps de nous reconnaître d'abord...

— Ça, c'est le premier point ; maintenant voici le second...

Coquelet, en parlant ainsi, regardait en dessous, ne perdant pas un moment de vue la physionomie de la belle cabaretière. Il était arrivé au sujet intéressant pour lui.

Félicité dit, étonnée :

— Qu'est-ce que le second point?... Il me semble que ce que j'ai dit est déjà grave.

— Certainement, tu ne comprends pas. Voici ce que je veux dire : Nous nous entendrons parfaitement, c'est bien, nos natures, nos caractères se conviennent. Il s'agit de savoir si à nous deux nous apportons assez pour vivre comme nous le désirons.

— Ah! oui, je comprends.

— Il ne faudrait pas que je te fasse quitter les affaires, ta maison, si nous ne sommes pas sûrs de pouvoir vivre avec ce que nous avons.

— Je vais te répondre d'un mot. Tu es bien, tu as une fortune suffisante maintenant, m'as-tu dit?

— Oui... pour vivre seul, j'ai certainement plus qu'il ne me faut...

— Eh bien! mon petit Clément, tant mieux... mais tu n'en aurais pas, si ça me convenait de me mettre avec toi, j'en ai assez pour les deux... As-tu compris?

Et toute fière, la grosse Félicité le regardait en souriant.

Coquelet reprit d'un ton dégagé :

— Vous autres, femmes, vous êtes toutes les mêmes, vous comptez avec votre cerveau. Vous dites : voilà des dentelles qui valaient tant... des bijoux qu'on a payés tant... et en vendant ça j'aurai tant, le jour où on veut avoir de l'argent, si on a aligné quatre-vingt ou cent mille de chiffres, on revient de la vente avec quinze mille francs... et on a les frais à payer...

— Mais dis donc, Clément, tu me prends pour une imbécile... Non, mon petit, mes bijoux, c'est à moi, comme ta montre; je les ai pour les porter quand ça me plaît; ce que je compte comme fortune, ce sont des valeurs au porteur que je peux négocier comme je veux.

— Comment! au porteur, tu as tort, si tu les perdais...

— Je ne peux pas les perdre, je ne suis pas assez bête pour les déposer chez ces faiseurs qui, six mois après qu'ils ont ouvert leurs boutiques de change et d'avances, lèvent le pied avec ce que vous leur avez donné... Je les garde chez moi, et je ne rendrai nominatives, lorsque j'aurai acheté la propriété où je veux me retirer et qui me fera des rentes en fermage, que celles qui me resteront... Jusque-là, ça dort dans un coin de mon armoire.

— Tu es une vraie femme, Félicité... Ne parlons plus de ça, fit Coquelet, avec une gaieté fiévreuse, c'est une valse, viens valser, ma belle...

— Enfin ! fit celle-ci en se levant, il est temps, on n'aurait pas cru que nous étions au bal.

Coquelet glissa son bras autour de la taille ronde de Félicité et l'entraîna dans la valse.

Les deux anciens amants ne valsèrent pas longtemps; gênés dans la cohue, bousculés dans la foule, ils ne tardèrent pas à revenir vers le buffet. Félicité était essoufflée et Coquelet était en sueur. La gentille cabaretière, toute haletante, s'éventait, et, pendue au bras de son cavalier, disait en souriant :

— Tu sais, Clément, voilà un plaisir sur lequel il ne faut pas que nous comptions beaucoup. Il y a quinze ans, il me semble que j'aurai valsé deux heures sans être fatiguée... Et, maintenant, je ne peux plus respirer, j'ai les jambes brisées, et nous n'avons pas seulement fini la valse...

— C'est vrai... Ceci prouve une fois de plus que l'heure est venue de ne plus penser qu'aux joies intimes du foyer...

— Vivre en bons bourgeois, le dos au feu, le ventre à table...

Coquelet prit la taille de Félicité qui, se laissant faire, pencha sa tête sur son épaule et le regarda tendrement...

— Félicité, la vraie vie est là ! Assembler nos économies et vivre heureux et calmes tous les deux.

— Il n'y a que ça... A mesure que nous vieillirons, nous évoquerons notre jeunesse, car nous nous sommes connus très-beaux tous les deux, tu t'en souviens?...

— Le temps des tourments, des tracas est fini... Maintenant, l'heure de la vie tranquille a sonné.

— Tu sais que je redeviens absolument amoureuse, moi, dit tout à coup Félicité.

Et elle allait retourner à la table où ils étaient lorsqu'elle se retourna, à un mouvement de Coquelet. Celui-ci, après la valse, avait ôté son masque pour essuyer son front ruisselant, il tenait le masque à la main, lorsque, ramenant Félicité à son bras, celle-ci, penchée sur son épaule, le regardant, animée encore par la valse, lui avouait, qu'en le voyant ainsi, l'ancien amour renaissait...

Coquelet avait eu un mouvement en voyant une jeune fille qui le montrait à un homme.

Coquelet se détourna violemment en disant à Félicité :

— N'allons pas de ce côté..

Mais l'ancien argousin vit à dix pas devant lui deux personnes qui l'observaient : un homme habillé en moine, un autre dans un costume de gamin, tous deux masqués ; mais dans le noir du loup de velours les yeux flamboyaient terribles...

Coquelet tenait Félicité par la taille. Il l'entraîna dans la foule en lui disant :

— Viens, viens vite, Félicie ; il y a des gens qui me reconnaissent et vont nous ennuyer... Ce n'est pas le jour... Rentrons, veux-tu ?

— Ah ! oui, je veux bien ; d'autant que j'ai une faim ; tu verras ça !...

Et puis, se penchant sur Coquelet, elle lui dit :

— Et ici on s'ennuie : seuls, nous pourrons causer : n'est-ce pas, mon Clément ?

Ces gentillesses étaient perdues. Coquelet bousculait tout le monde, se jetait dans les groupes, n'entendant rien, regardant avec inquiétude derrière lui, craignant d'être suivi.

Arrivé à la sortie, il jeta un regard ; ne voyant pas le moine, ne voyant pas le gamin, il dit, plus rassuré, à sa compagne :

— Vite, vite, Félicité, courons à la voiture, la neige tombe, ne nous refroidissons pas, nous la trouverons plus vite qu'en l'envoyant chercher pour qu'elle vienne nous prendre.

Deux minutes après ils étaient pelotonnés dans le fiacre qui les conduisait au cours de Brosses.

Félicité, toute transie, s'enveloppait de son manteau en couvrant Coquelet.

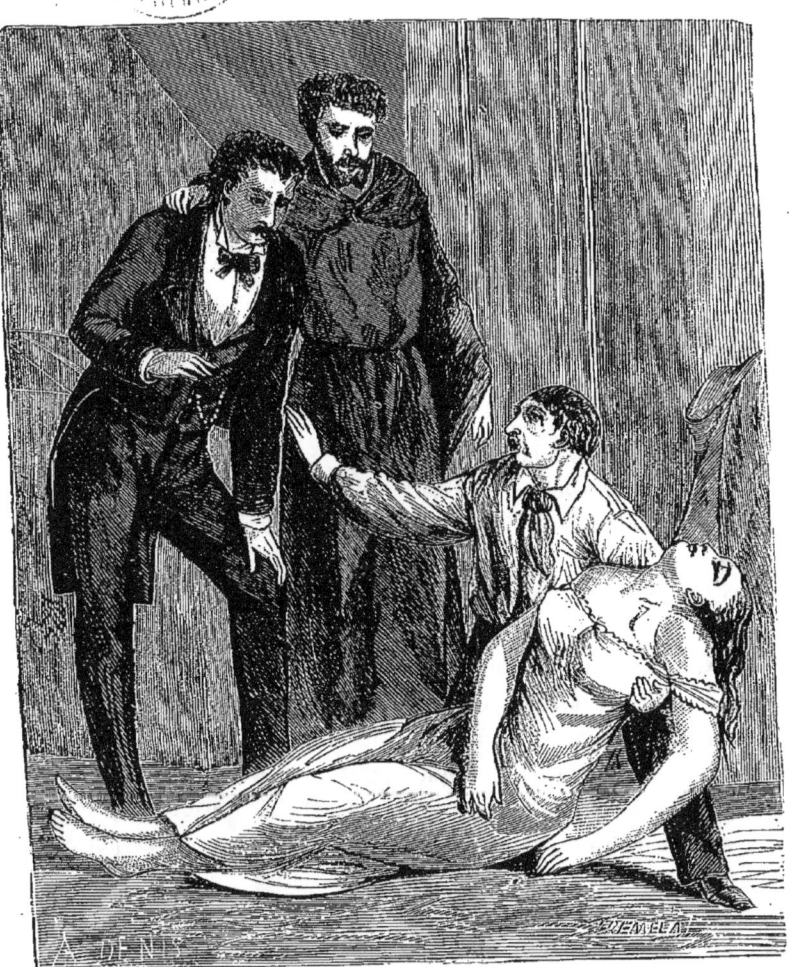

C'est Félicité, c'est ma femme, ma vraie que je retrouve. (Page 310.)

Celui-ci, le front soucieux, embrassait sa compagne... Et derrière la voiture, un homme courait... C'était le moine qui venait d'indiquer à cet homme le fiacre qui entraînait l'agent et la cabaretière.

39

III

LE CHATIMENT

Lorsque Coquelet et sa compagne furent entrés dans le cabaret du cours de Brosses, lorsque la porte se ferma sur eux, que le fiacre qui les avait conduit allait s'éloigner, Ripal (c'était lui), accroché au ressort de la voiture, se laissa tomber sur la neige.

La voiture s'éloigna.

Ripal regarda le numéro de la maison dans laquelle ceux qu'il suivait étaient entrés; il se pencha au volet pour écouter... On riait. Il se redressa calme, en disant :

— Cette fois, nous le tenons.

Et il courut aussitôt vers l'Alcazar. Il entra, et trouva près de la porte l'individu habillé en moine, qui n'était autre que Gaston Rosay, causant avec Marcel.

Près d'eux était Jenny dans son costume d'homme.

— Eh bien! demanda Gaston en voyant paraître Ripal.

— Nous le tenons, répondit celui-ci, venez vite.

Ils montèrent dans une voiture particulière qui les attendait. Ripal se plaça sur le siège à côté de celui que nous avons vu dans le petit hôtel de la rue de Béarn, Éloi, qui servait le cocher.

On arriva bientôt devant le cabaret de Félicité. Ripal sauta du siège et, ayant regardé les pas marqués dans la neige, devant la porte du cabaret, il dit :

— Personne n'est sorti, il est là.

Puis, ayant mis son œil entre les deux volets, il ajouta :

— Il y a encore de la lumière.

Gaston et Marcel sautèrent de la voiture. Nini voulait descendre, mais Gaston lui dit :

— A cette heure, Jenny, ta place n'est pas ici, retourne chez toi... nous sommes trois hommes, cela suffit, attends-nous...

Malgré les protestations de la jeune femme, Gaston et Marcel l'obligèrent à les écouter, et la voiture la reconduisit chez elle.

Marcel dit à Gaston.

— Vous êtes armé? Il faut s'attendre à tout.

— Non! fit Gaston en souriant, je n'ai rien à craindre de lui, vous le verrez.

Les trois hommes se postèrent près de la petite boutique; la neige tombait dru, la bise d'hiver soufflait âpre et dure, mais pas un ne ressentait le froid; au contraire, dans l'atmosphère glacée on voyait la buée envelopper les fronts.

Marcel avait à la main un petit revolver, Ripal tenait son couteau. Seul, Gaston, — l'oreille sur la porte, cherchant à entendre ce qui se passait à l'intérieur, — avait les mains libres.

Tout autour d'eux, le tableau était sinistre.

Trois heures du matin sonnaient, le cours de Brosses était désert; de temps en temps, au loin, sous la lueur des réverbères, on voyait scintiller les paillettes d'un chicard ramenant sa bergère du bal masqué. La neige tombait, tombait, et les trois hommes veillaient attentifs; l'heure du châtiment était sonnée!

. . . .

Au dedans, un drame horrible se passait.

Après avoir soupé, assise sur les genoux de Coquelet, buvant dans le même verre, les lèvres séchées par les baisers, un peu prise de gaieté, d'amour et de bon vin, Félicité avait dit à Coquelet, qu'elle appelait par son véritable nom:

— Clément, il est l'heure de dormir... dis, mon chéri...

— Oui, va, ma belle, couche-toi... je te rejoins, je vais fumer un cigare...

Pendant que Félicité se couchait, il était venu dans la boutique; en cherchant des allumettes, il avait pris dans un tiroir du comptoir, un couteau à découper et l'avait glissé dans le pourpoint de son costume, et il s'était promené à grands pas dans la boutique sombre.

Trois fois la jeune femme lui avait dit:

— Clément, viens donc?

Il avait répondu:

— Une seconde encore, je finis mon cigare...

Et Félicité, lasse de la soirée prolongée, la tête lourde du souper, s'était endormie. Quand Coquelet avait entendu la respiration régulière de la cabaretière annonçant le sommeil, il était entré doucement dans la chambre, il avait regardé son amoureuse.

Félicité était endormie, la tête souriante appuyée sur son bras droit recourbé...

Quatre heures sonnent.

Coquelet avance, l'œil ardent, les dents serrées, marchant sur le bout des pieds. Arrivé près du lit, il se penche et écoute un instant la respiration régulière de la pauvre femme. Elle dort, elle dort profondément. Elle rêve et son nom sort de ses lèvres. Alors il fouille dans son pourpoint et regarde autour de lui. Il est bien seul. Sa main gauche appuie sur le front de la dormeuse... Elle s'éveille à demi.

— C'est toi, fait-elle; couche-toi donc.

Mais le misérable brandit son couteau et la lame disparaît tout entière dans la gorge de la malheureuse.

Il recule alors.

Félicité se dresse et se jette en bas du lit éperdue, la face convulsée, l'œil hagard; elle veut crier, mais aucun son ne sort de sa bouche.

Coquelet s'est reculé près de la cheminée, il guette sa victime, terrible, l'œil en feu, les sourcils froncés, serrant dans sa main crispée le couteau sanglant.

Le sang s'est échappé d'abord par l'horrible blessure, mais le couteau, en sortant, a ramené les chairs grasses et la plaie s'est refermée.

La pauvre femme, râlant, peut à peine se soutenir, elle se cramponne au lit pour rester debout... elle veut marcher, se sauver, appeler au secours, échapper enfin au bourreau dont le regard la terrifie, dont le couteau l'épouvante; le sang l'étouffe, ses yeux hagards ne voient plus, elle marche en aveugle, les mains tendues en avant, trébuchant, titubant; elle va tomber, elle s'accroche de ses mains... Ne pouvant se sauver, elle veut demander grâce, elle fait un suprême effort et tombe à genoux devant son assassin... elle vacille, elle s'affaisse, s'étend sur le tapis, la tête en arrière... le corps s'agite une minute, puis c'est tout !...

Coquelet suit un à un tous les mouvements. Comme il lui semble entendre du bruit au dehors, il écoute, rien !... Il revient alors, il fouille l'armoire... mais ses mains sanglantes laissent leurs traces sur tout ce qu'il touche... il s'arrête.

Il prend la cuvette, l'emplit d'eau, se lave les mains et retourne à l'armoire; il cherche, et trouve enfin la liasse de valeurs, puis les bijoux... Il va partir. Mais la victime râle... Il se souvient alors, il se baisse, et, n'ayant pas de temps à perdre, déchirant la peau, il arrache les boucles d'oreilles de brillants.

Enfin! il est riche, il va se sauver, il ouvre la porte de la rue, mais Ripal se précipite; Coquelet le saisit à la gorge et avant qu'il n'ait levé son couteau, d'un formidable coup de poing, il l'assomme à moitié... et le malheureux va rouler à terre. Il va sortir; mais Marcel est devant la porte, un revolver à la main.

Coquelet pousse un cri de rage; cette fois, il n'y a pas à reculer, il faut sortir ou se faire tuer. Il se baisse vivement, prend le jeune homme par les jambes; Marcel, étourdi, tombe; Coquelet se précipite sur lui pour lui arracher son arme, et c'en eût été fait du malheureux garçon, lorsqu'une voix dit :

— Arrête, misérable!

Coquelet regarde quel est le nouvel ennemi qui surgit encore?... à peine a-t-il vu celui qui a parlé qu'il recule épouvanté, suffoquant, les yeux à moitié sortis de l'orbite...

C'est le moine qui, les bras croisés, marche vers lui... Dans sa grande robe grise, blanche à cette heure, éclairée par les lueurs blafardes du feu de la cheminée, il reconnaît Gaston! Gaston, qui semble enveloppé de son suaire et qui vient punir son assassin...

La journée, la soirée, la nuit, avaient été épouvantables, il fallait la volonté et la force du misérable pour y résister; cette fois, il était vaincu, il avait peur! il voulut se sauver, échapper au spectre; il fit un dernier effort, et, jetant les valeurs et les bijoux, d'un bond il sauta jusqu'à la porte et parvint à fuir.

Mais aussitôt Marcel et Gaston se lancèrent à sa poursuite. Alors fou, éperdu, convaincu que c'était le spectre de sa victime qui le poursuivait, il reprit le même chemin qu'il avait suivi le soir du crime du pont de la Guillotière.

Arrivé sur le quai, il tourna la tête et vit le spectre presque derrière lui ; épouvanté, il se laissa glisser dans la neige jusque sur le bas-port... le spectre le suivit... Jetant des cris rauques et comme poussé par une force invisible, il courut au Rhône et s'y précipita ; l'eau bouillonna une seconde... puis tout se perdit... la neige tombait...

Marcel et Gaston, épouvantés, étaient sur le bas-port ; ils se serrèrent convulsivement la main.

Gaston dit :

— Laissez passer la justice de Dieu !

Et, remontant silencieusement le quai, ils allèrent retrouver Ripal.

On juge de leur surprise en voyant Ripal, tout à fait remis, à genoux, et donnant des soins à une femme complètement nue...

— Qu'y a-t-il donc ? demanda Gaston...

— C'est Félicité, c'est ma femme, ma vraie, que je trouve, il l'a assassinée...

On coucha Félicité, qui reprit bientôt connaissance, et qui ne fut pas peu surprise de trouver son mari près d'elle.

Marcel était un peu médecin, il assura que la blessure de la cabaretière n'était pas mortelle, grâce au déchirement des oreilles qui, en saignant, avaient empêché l'hémorrhagie interne.

Félicité jura à Ripal que c'était parce qu'elle résistait à Coquelet que celui-ci avait tenté de l'assassiner... et, devant à Ripal les secours qui lui avaient rendu la vie, elle promit de lui consacrer désormais les jours qu'elle lui devait.

Dix jours après les événements que nous venons de raconter, un dîner de fiançailles réunissait tous nos héros chez le capitaine Sapertache, car il était convenu que, le même jour, Gaston et Jenny, Marcel et Ève devaient échanger leurs serments devant l'écharpe municipale.

Au dessert, le capitaine devait lire les épreuves de son livre : *Mes heures de prison.* C'était gros comme l'almanach Bottin, et, frappant sur le tas, il disait :

— Quand la jeunesse aura lu ça... sans en passer une ligne — tout est dans les détails — la France sera sauvée...

Ripal — qui avait tous les courages — retint le premier exemplaire.

FIN

Imprimerie D. Bardin, à Saint-Germain.

TABLE DES CHAPITRES

IMPRIMERIE D. BARDIN, A SAINT-GERMAIN

NOUVELLE ÉDITION

DE LA

FRANCE ILLUSTRÉE

Par V.-A. MALTE-BRUN ⚜❀

Secrétaire général honoraire et ancien président de la Commission centrale ou Conseil de la Société de Géographie de Paris.

AVEC LA COLLABORATION

D'éminents Professeurs, d'après les documents officiels les plus récents

ILLUSTRATIONS	CARTES ET PLANS
PAR	Dressés avec les plus grands soins
LES PREMIERS ARTISTES	Sous la direction de M. V.-A. MALTE-BRUN.

Malgré les nombreuses publications faites sur la puissance et les richesses de la France, depuis les terribles événements de 1870, La France illustrée par V.-A. MALTE-BRUN n'a pas eu de rivale.

La réputation universelle de l'ancienne édition a maintenu pendant vingt-cinq ans le succès sans précédent de cette œuvre, unique dans son genre.

M. V.-A. MALTE-BRUN, l'illustre géographe dont la France s'honore, convaincu de rendre un grand service à son pays, a entrepris l'immense travail d'une nouvelle édition revue, corrigée et augmentée de La France illustrée, à laquelle il a apporté l'étude la plus approfondie pour rendre son œuvre utile et même indispensable à toutes les classes de la population.

Jusqu'à ce jour, aucun ouvrage n'a groupé toutes les parties nécessaires pour généraliser la connaissance complète de la France sous tous les rapports; les uns sont purement géographiques, d'autres seulement historiques ou de statistique, etc. La France illustrée, rédigée d'après des documents officiels et particuliers, a tout réuni; elle renferme pour chaque département :

GÉOGRAPHIE	VOIES DE COMMUNICATION	AGRICULTURE, INDUSTRIE, COMMERCE
Situation, limites, superficie, nature du sol, Montagnes, Vallées, Rivières, Hydrographie, Climat, etc.	Tous les Chemins de fer et toutes les distances kilométriques, Routes, Chemins, Sentiers, Canaux, etc.	Productions naturelles, Agriculture, Industrie, Manufactures, Usines, Commerce, etc., etc., etc.
HISTOIRE		STATISTIQUE
Histoire depuis les temps les plus reculés jusqu'à nos jours (la seule traitant de l'histoire de France par département), Villes, Châteaux, etc.	DIVISION POLITIQUE Administrative, militaire, civile, religieuse, etc. Tribunaux, Lycées, etc.	Générale et morale, la population et les noms de toutes les communes, par arrondissements et cantons, etc.

En disant que La France illustrée est un ouvrage national et d'utilité publique, nous avons l'intime conviction de propager une œuvre faisant connaître la France dans ses plus petits détails.

La France illustrée doit être dans toutes les mains, aussi bien dans la modeste chaumière que dans les salons, chez le campagnard comme chez le citadin, et tous, commerçants, agriculteurs, industriels, professeurs, voyageurs, artistes, militaires, employés, etc., y trouveront les renseignements généraux et particuliers qu'il faut absolument connaître, parce qu'ils sont la base indiscutable de la grandeur d'un peuple et de l'amour de la patrie.

LA FRANCE ILLUSTRÉE paraît en livraisons à 15 c., deux fois par semaine
4 livraisons et la carte coloriée forment un département complet, à 75 c., deux fois par mois.
(Quelques grands départements formeront double série.)

15 Cent. la Livraison	75 cent. la Série avec CARTE

La quatrième livraison de chaque série renferme hors texte une belle carte coloriée; cette livraison sera vendue 30 centimes. — C'est une prime que nous offrons à nos 50,000 premiers souscripteurs. Pendant le cours de la publication, la carte seule sera vendue 30 centimes. L'ouvrage terminé, la carte sera vendue séparément 50 centimes.

Jules ROUFF, Éditeur, 14, Cloître Saint-Honoré, Paris
En vente chez tous les Libraires de France et de l'Étranger.